我香港 我街道

Writing Hong Kong

香港文學館——主編

好評推薦

這是一部在城市的高原景觀中長出根莖的精神地圖史。以過去的記憶作為路標，以此時此刻的街衢作為戰壕。讀這本書，有時我會依沿著街巷斜坡的傾斜角度，彈珠一樣地被滑進一個隱密的密室，觀看一個全景幻燈的香港。

——言叔夏（作家）

打從讀第一個字開始我就想香港了。往日走過的街閭書店茶餐廳寫字樓，跑馬燈一樣在腦海裡冒泡泡。我想著旺角中國冰室的凍鴛鴦和黑白磁磚地，想著淩晨深水埗蒸氣騰騰的粥麵攤，想灣仔山坡路上的藍屋美味燒臘滑膩粥品，想北角地鐵出來整排壓進眼眶的唐樓，想著中環半山手扶梯上的王菲，雙舟橫擺的蕩蕩漾漾南生圍。想得欲淚欲笑，思念成灰。《我香港，我街道》藉著虛構的（小說）、紀實的（散文與地誌）、隱喻的（詩）各種路徑，重新抵達一個意識豐滿血肉飽滿的香港，一個擁抱無數故事空間與生活碎角的香港。那是一座任憑怪手暴警催淚瓦斯橡膠子彈也無法須臾摧毀動搖的金剛不壞之城，只要我們還擁有記憶，只要我們維持住呼吸，此城便永在而無敵。

——崔舜華（作家）

目錄

II 九龍

Ⅲ 新界

尖沙咀彌敦道

推薦序

我的香港門牌

張曼娟（作家／教授）

一九八七年父親退休，我們參加港泰旅行團去香港觀光，那是我第一次踏上東方之珠，果然如同傳聞一般，車水馬龍的不夜城；人聲鼎沸的喧譁；堆積如山的貨品，我們買了想要的東西，也被相機器材店訛了一筆錢，父親激動的與店家爭吵，想把錢討回來，店家全程說廣東話，父親全程說國語，我實在不知道如此無效的溝通有什麼意義，心中卻雪亮的明白，我們是一毛錢也要不回來的了。所幸不久之後，香港旅遊局有了帆船標誌，讓觀光客能辨識可靠的店家，這樣的買賣糾紛才平息下來。初次的香港行，印象最深刻的是街道名，「中間道」、「廣東道」、「北京道」都是可以理解的，但是「彌敦道」、「亞士厘道」、「加拿芬道」、「加連威老道」又是什麼意思呢？這些新鮮陌生的命名，勾起了我的好奇，於是買下了《香港街道圖》的最新版本，做為旅行的紀念。

第二年在母親陪同下，我們再度去香港自助旅行，為的是到書店裡尋找寫博士論文的書籍資料。我們主要都在旺角的二樓書店穿梭，細長陡峭的樓梯，一直登上三樓，才是「二樓書店」。「奶路臣街」、「洗衣街」、「西洋菜街」、「通菜街」、「豉油街」、「染布房街」……我走過這些充滿煙火氣的街道，感覺到生活的真實況味。

一九九二年我的散文集《緣起不滅》發行了港版，我特地從美國飛去香港做宣傳，與香港的不滅緣份就此展開。

一九九五年為了一段戀情，飛到香港，住在灣仔太和街的泰和閣短租公寓三個月，那是我在香港的第一張門牌。日日巡遊在春園街街市，還沒有建造街市建築物的時候，無所不包的攤販，就像灑了一地的水銀，無限漫延了好幾條街。叮叮車的路線在不遠處的莊士敦道，夜漸深沉，我探頭望向中環廣場的燈暗去，聆聽著電車從軌道滑行而過的聲音，進入夢鄉。

一九九七年回歸之際，突然有了一個赴香港中文大學教書的機會，那種雀躍又緊張的心情，是無可言喻的。非常努力的尋找租屋，最終在火炭駿景園第三座擁有了第二張門牌。那一年的港居生活，使我認識了一位異性知己。他很熱衷帶著我去吃各式平價美食，我們去了九龍城吃越南菜；去旺角吃涮羊肉；去西環吃潮州打冷，必然以蠔仔粥作結；去中環的巷道吃私房菜，只有兩張桌子，卻是我吃過最美味的泰式料理。每一年薄殼上市，他總會帶著我去吃，那樣的美味迄今仍在唇齒間纏繞。直到他因病過世，我們的美食之約再也約不成了。

原以為香港於我而言，已成為離別與傷心之地，沒想到二〇一一年夏天，竟然獲邀擔任香港光華新聞文化中心主任，類似台灣的文化代表，上班地點就在灣仔中環廣場。許多人都勸我在中環半山區租屋，說是一種身分的表徵。看了《我香港，我街道》這本書才明白半山地區的優越性，及其歷史意義。而我偏有一點特立獨行，選擇了住在九龍站上蓋的凱旋門，那是我在香港的第三張門牌。這一次，遇見了貼心的好姐妹，回憶起來有太多奇幻的故事。

「香港文學館」集結了三年來的「我街道，我知道，我書寫」計劃，編收了五十多篇精彩的文章，從不同的角度、面相與經驗，呈現出如此繁複、多彩多姿、令人既熟悉又陌生的香港。編者鄧小樺將本書分為「港島」、「九龍」、「新界」三大篇章，正好是我的三張香港門牌，是多麼神奇又溫存的巧合。本書收錄了詩、散文、小說三種體裁，也像個寓言：香港有許多譬喻和意象如詩；那些溫暖或蒼涼的抒情是很散文的；時光夾層中的故事怎麼也說不完，就像小說一樣，讓人欲罷不能。

三張香港門牌，數不完的街道故事，不知不覺中，我已經將香港當成第二個家了。常有人問我：「為什麼妳那麼喜歡香港？不覺得香港是個現實、冷漠的地方嗎？」或許因為我在香港遇見的都是好人和好事吧。二〇一九年夏天，香港發生了全世界都矚目的大變化，走上街頭遊行的一百萬、兩百萬香港人，感動了全世界。以前質疑過我的人對我說：「終於明白妳為什麼喜歡香港人了，他們確實令人佩服。」而這一次，我沒有說話，只是流淚。

本書編者鄧小樺曾在理工大學做觀察者被捕，也在跨年夜時站在街邊被催淚彈擊中受傷，在香港，許多文化人選擇了公義與良心，他們沒有子彈可以還擊，只能用文字善盡記錄真相的天職。

香港人有多愛香港？過去幾個月來發生的事，已經說明一切。《我香港，我街道》這本書，會讓你也愛上香港，愛她的歷史，她的氣味，她的榮光。

推薦序

如果香港不屬於任何人——#myhongkong

胡晴舫（作家）

人不能踏入同一條河流兩次。希臘哲學家赫拉克利特如是說。大河浩浩蕩蕩，湍流不息，當你踏入河流第二次時，已非五分鐘前你提腳離開的河水。瞬息萬變為事物的本質；變，才是不變。

當我轉身進入一間軒尼詩道上的麵包坊，買個菠蘿包，回頭推門出來，我瞬時領悟：人，不可能踏入同一條香港街道兩次。我已回不去剛剛我站立的街頭。這條街，已是新街。每回走在軒尼詩道，都不是同一條街，因為氣味是新鮮的，聲音是陌生的，光影閃爍的方式對我來說都像是第一次看見。因此，住在香港，我時時有股幻覺（也可能是實情），每天起床，睜開眼睛說早安的城市並不是昨夜道晚安的同一座。大量的人群像新鮮的河水流入我城每一條街道，爆量奔流，用他們易腐的肉體與有限的生命，嘩啦啦，衝撞出這座城市的花樣風華。

活在一座記憶來不及、歷史留不住的城市，你如何留住一條千變萬化的河流，當沒有一滴河水得以重複，根本無法阻止任何人、任何事的消失，反而沖刷得更快，更何況香港人自己都會告訴你，記憶會騙人，決不能相信世上有任何固存的事物，不如喝一杯忘情酒，早早把你的前世今生忘個乾淨，來場醉生夢死。因為，你的香港並不真正屬於你。風雨經年累月洗刷那些樓房，將一層一層的歷史殘土泥敷在你腳下的街面。你居住的街道，街名已無法指涉街道的內容，灣仔的「船街」並沒有船舶停靠，徒留一棟年月荒廢的紅樓大宅，終年纏繞鬧鬼傳說，中環的「擺花街」早沒有了那些英國紳士買花送給交際花的琳琅花店，只有冷氣過強的健身藥品店、壽司店和服裝店。李碧華的如花回到她的石塘咀，站在二十層樓高的快速高架橋下，她以為她能等來什麼？鍾曉陽於是寫下：「是是非非、恩恩怨怨，都是我」，董啟章嚴謹考古一座想像中的城市，記錄她的夢華錄，編排她的地圖集，然而，那座城市真的不曾存在嗎？或僅是她消失得太快？

一九七四年西西率先寫下「我城」，作家宣稱她並不是為了記錄香港，只為了寫下自己的生活，然而，那座宛如流沙分秒快速從眾人指縫流走的香港，卻在她的文字中凝固了，留下立體而雋永的身影。或許再偉大的城市都免不了終將崩壞的命運，但，文字卻使其不朽。從此，「我城」成了香港人稱呼自己城市的方式。西西之後排隊一長串香港作家，從他們各自生活的香港角落，默默捕捉這座城市的精神樣貌。香港文學館在詩人鄧小樺主導及策展下，三年前開始「我街道，我知道，我書寫」大型書寫計劃，號召我城所有寫作者共同書寫香港街道，譬如劉偉成娓娓道來不同街道的典故，譬如黃怡以路樹為背景描述一段戀情的生滅，韓麗珠畫出幼時的動線而勾勒了昔日香港社區的樣貌，關天林以詩歌傳達中環域多利監獄所引發的情感聯想，而我也以後來者的身份，寫了西營盤的第三街。

當我們記憶一座城市，我們魂牽夢縈的，一直是那些街道。我們神往那些街道，觸動我們深層情緒的並不是街道的彎曲弧度或是兩旁的硬體建築，卻是空氣中活躍的紛雜味道、陽光灑落的角度，形形色色的人們，以及生活其中那個日常的自己。那些宛如河流的街道，裝入了所有人的童年記憶，載浮載沉了一切私人的愛恨情仇，大時代縱使如白日喧囂車流轟隆隆駛過，當夜空籠罩我城，皎潔月光沿著彌敦道漫流，流入維多利亞港灣，粼粼照耀海水，每個在天星小輪回望我城的人都不免有個錯覺，是的，香港屬於我。此刻當下，將進入永恆。我在這座城市的一切的一切，終究不會是一場風流夢。

正因為世間不斷流動，每一個片刻皆不可取代，只能獨一無二地存在。雖然人不能踏入同條香港街道兩次，但，每條變動中的街道時時刻刻都在創造特殊的生命經驗。我街道，我書寫，因為我路過，活過那一刻的美妙。

編者序

我街道，我香港

鄧小樺（香港文學館總策展人）

街道構成一個城市的命脈，街道是讓城市可被分拆細析的單位，裡面有城市面貌最日常多元的顯現方式——在街道上我們看到了人事物，發現與構造了自己。我們天天走過的街道，平凡或著名，都可以是神聖的。問題在於我們怎樣看待它們——這也關乎我們怎樣看待自己。都市香港，街貌繁異，作為遊客或居者的你，或者也有體驗；而本書收錄了香港作家書寫香港街道的散文、小說、詩歌，它提供著一些內在的角度，令表象與內裡，共同與殊異，當下與過去及未來，同時浮現。

街道的意義

就其外在而言，街道是城市的面貌與歷史。由人文地理學者朵琳．瑪西、約翰．艾倫、史提夫．派爾所編著的地理教科書《城市世界》指出，城市包含豐富的節奏、感受的密集狀態、萬般的情境、匯聚一地的種種可能性。不同世界會在城市裡交錯重疊，一些移動和關係顯現，另一些則掩藏或模糊化。人文地理學呼喚著多元的眼睛與敏感的心靈，要我們對熟悉者有情，對陌生者開放，以獲取更多的意義，看到許多細節，捕捉到流動變化的事物。

町村敬志、西澤晃彥所著之《都市社會學》這樣描述：第一次接觸不熟悉的街道，我們的視線多會不安地四處游移，過後只能帶走一些混雜的片斷式印象。經過重複的走訪，我們可以開始記得一些地標，視線也能停留較久，「整個景象帶著一定的秩序，呈現在我們面前。」每天在同一條街上走走，日常經驗的累積，原來竟讓我們逐漸知曉了都市空間的意義。

人文地理學認為，「空間」(Space)只是人們日常的生活座標，而當人將意義投注於局部空間，然後以某種形式依附其上，「空間」就轉變為「地方」(Place)。人與地方之間的情感依附和關連，令「地方」存在。「地方」是我們使世界變得有意義，以及我們經驗世界的方式。當十多年前香港保育運動興起時，《地方：記憶、想像與認同》(*Tim Cresswell* 著，王志弘譯)一書的翻譯與出版，是當時重要的理論資源。

空間轉向・地誌書寫

書寫日常社區與街道經驗的文學作品歷來在所多有，香港自然也不例外；而本書結集是出於香港文學館始於二〇一六年的「我街道，我知道，我書寫」計劃，其理念則來自於二〇〇六年以來的市區拆遷重建（台灣稱為「都市更新」），保育運動及社區營造趨勢之關懷。香港作為一難民社會，經歷殖民統治，解殖的本土化進程尚未完成，某些過客心態與客居心緒彷彿揮之不去。而香港的都市景觀也頻繁改變，往往人們是到街道景物消失了，才感受自己對之戀戀不捨的牽繫——誠如班雅明在剖析「現代性」時一針見血地指出的，人們是在事物消逝時（而非初現時）才特別關注它。歷代關懷本土的人士，始終抱有一種對於自己的地方與歷史，尚未透徹了解的缺失感，希望以己身的熱情，呼喚著對本土的認識與重視。在其中，文學當然是重要的一環。正是都市拆遷引發了香港文學的「空間轉向」；近十多年來，香港文學界轉向探討情感與空間之間的關係，既以新的眼光去審視既有的作品，亦湧現以新觀念來創作的作品，其中一個新現象是，以往作者們常視城市變遷為如季節變更般不可避免的事，近年則大部分作者都視這種變遷為受經濟政治等人為因素影響，其中涉及資源及權力分布之不平等。

香港文學研究學者陳智德，曾在二〇〇七年香港保育運動期間，提出新的「社區文學」概念：「相對於大敘述注目於政權更替、大人物言行、天災人禍等大事，文學保留日常生活情態，並轉化為想像和理念，包括作者及居民當時對地方的觀念、批評或願景，除了紀錄既有的現實生活，也透過批評或願景指向開創的可能。在以地方風物為主要對象的書寫，往往見出本土性，當中的地區景觀描寫只屬較表面層次，更重要的還是那內在的批評和願景。」(陳智德，〈社區保育與社區文學〉)

陳智德並在文中呼喚一種廣闊的「本土」，包含本土認同、公民意識、社區保育，可持續發展、環境保護等等觀念，重建土地和人的關係，批判短淺的經濟或市場利益，批判無根和無視人文環境的政策。這種本土意識落實到文學層面，則為：「文學實不單純是作家在書房裡的技藝，它也可以參與一整個社群的文化想像，探討社區和人的關係，參與建立社區文化，締造社區理念和願景，我想這或可稱為一種『社區文學』。社區文學的意義絕不只是寫本土地方或記錄事件，而是發展、引申與社區相關的人文活動，包括生活、情意和評論。」

經歷了近百年歷史的香港文學，訴說的是這個地方的故事，記載的是這個地方的記憶，塑造的是這個地方的自我形象。香港文學的視野、感受性和語言藝術特徵，在華語文學中獨樹一幟。近年來，「地誌文學」的書寫與出版，在香港更是蔚然成風，提出上述「社區文學」概念的陳智德本人也寫出了《地文誌》一書，引領風尚。一種由下而上，重視庶民價值、重視個體情感與經驗的地方書寫，能否讓我們趨近某種主體意識，凝聚一個開放而流動的社群？

以街道凝聚共同體

具體而言，文學作品紀錄了街道的實存景物、所發生過的人事聚散，這種紀實性證成著文學的歷史價值；而文學創作注重個人角度與獨特風格，作品自然蘊含著情感與回憶，超越現實所見，而有幽微之境。在創作中，個別的意象與事件被提升到象徵的層次，文學的這種超越性使之高瞻於過去未來，見證人的意志之超拔——必須說，香港文學並不熱衷於附和常見之政治與流行象徵，而更著重於立足個人層面，相對於經國大業，香港文學更傾近於庶民。想像的維度在文學中至關重要，以小說與詩開展及提煉想像，在其中有理想主義的追尋，與現實的多元或殘缺呈辯證關係。本書文類混雜，包含散文、小說、詩，正是希望能更完整地呈現文學在地方營造方面多維度的可能性。

本書力求呈現香港的多元面貌，作者從三十年代生人至九十年代生人均有，橫跨六十年；他們是作家，也有著評論人、媒體人、出版人、學者、社區工作者等的斜槓身分；風格各異，有現代主義者如崑南，平白天然如西西，傳統古雅文風如陳德錦，概念跳脫如黃裕邦，考究如劉偉成，奇詭如廖偉棠，多變如關天林，九十後青年作者如王証恒、王樂儀、梁莉姿特別能呈現出他們的生存狀態；部分人如葉輝、鍾國強、胡燕青等早有累積大量地方書寫的經驗，也有池荒懸、李智良等以抽象、「非地方」的概念性先鋒作品。讀者在其中，能讀到鄧小宇、何秀萍、韓麗珠、袁兆昌等著名作者不常提起的昔日記憶；也可以在伍淑賢、張婉雯、可洛、劉綺華等的小說中，進入香港平民紛繁的生活甘苦。

本書以地區分章節，排序以顏純鈎先生在其工作數十年的莊士敦道開始，以開人文風景歷史的甘醇。香港島的地標較多，可幫助非香港讀者把握總體印象、進入細節，因此先排，讀者可據目次組出一條橫切香港的文學旅遊路線。九龍一章，流行文化的集體回憶、個體童年回憶、日常散步觀察、社區重建下的邊緣處境，組出繁富複雜的民生面貌。新界幅員較大，該章排列更為詩意，著重文章輕重韻律，如信步游晃，自取所需。全書壓尾的李智良一文，取筆全係室內，主角為大陸性工作者，乃是「社區」可能存在的盲點與排他性提出尖銳警惕。主體與排他，劃界與流動，香港的地誌文學書寫必須在兩難中辯證提升。

「我街道，我知道，我書寫」計劃歷時三年，本書收納五十多篇成名作家文章，必須感謝這許多位作家信任我們，慷慨賜稿，加入這個街道的寫作共同體。我們也感謝計劃的資助方「何鴻毅家族基金」，三年以來給予我們相當大的自由度，讓「我街道」網站成為社區文學發酵的土壤。木馬文化的陳蕙慧、陳瓊如、戴偉傑諸位，與我們一起打拚，推動本書成功面世，是令人感佩的戰友。「我街道」計劃曾獲香港藝術發展局的「藝術推廣獎」，感激評審對於計劃的肯定。三年來曾協力過本計劃的楊華慶、石俊言、吳祉欣、黃康怡、李卓謙、張亦晴等工作辛勞——引用二〇一九年一句流行的歌詞：願榮光歸香港。

I 港島

般咸道

散文

桃花依舊笑春風——
莊士敦道生活點滴

顏純鈎

我生性安土重遷，雖然也多次搬家，四十年了，竟然都在香港島，都在電車路，從北角英皇道，到灣仔莊士敦道，好像一日聽不到叮叮聲人就不自在。

上世紀八十年代初，我進文匯報任副刊編輯，稍後天地圖書找我做兼職編輯，那時兒子又在灣仔聖雅各小學讀書，於是就搬到灣仔。先在灣仔道保和大廈，稍後又搬到莊士敦道恒生銀行大廈，前後住了八年。

即使後來不住在灣仔了，每日上下班也都在莊士敦道出入，走慣了那幾條街坊味濃重的小街，時不時見到一些不認識的熟面孔。灣仔街市夾莊士敦道路口，有一家中藥鋪，以前常在那裡執藥，很多年後，那裡的伙計見到我，還會問一聲：阿女有無返來啊？

「阿女」每年返來一趟。有一次來灣仔找我，她還感嘆説，時常回想起灣仔那些日子，不知為何，總感覺這裡特別親切——玄都觀裡桃千樹，盡是劉郎去後栽。

來港之初，在大道東晶報做校對，半夜下班後在宿舍睡覺，白天也都在莊士敦道出入。有一天大清早，經過修頓球場，迎面一個七八十歲的阿婆，滿臉塗白抹紅，身上穿的，也是「九唔搭八」的鮮艷服飾，搖搖晃晃，蹣跚而來。我以為碰上一個流浪的神經病婆婆，趕緊躲開。那晚和同事說起，同事竟說：那是灣仔一帶有名的老妓。我問：都那樣了，還有人去光顧她嗎？同事說：當然有，灣仔有的是露宿者，那些老男人就是她的主顧，貪便宜嘛！

想起這可憐的阿婆，帶著一個老伯，兩個人都搖搖晃晃，蹣跚走過灣仔夜深的街道，一步一喘，扶牆爬上唐樓窄僅容身的樓梯，那時整個灣仔都要背過臉去，張愛玲說的：一步一步，走入沒有光的所在。

有一晚深夜，從大王東街往莊士敦道走，有個女孩站在路口，見我走近了，問了一句什麼，我沒聽清楚，剎住腳步，女孩又問：先生要人陪嗎？電光石火之際，即刻明白是什麼事，趕緊閃開身子，像幹了什麼壞事一樣狼狽逃走。

那女孩高䠷瘦削，幾乎有點書卷氣，秋冬之交的夜街上寒意侵身，她微微縮起肩膀，怯生生向過路的男人搭訕。事後回想起來，我幾乎覺得她應該是大學中文系的學生，晚上在一個溫暖的家裡，一盞精緻的檯燈，燈下一本李易安詞選，她幽幽誦讀那些淺怨輕愁的詞句：這次第，怎一個愁字了得？

我不知道近年夜街上還有沒有流鶯。三四十年來莊士敦道街面變化不太大，除了東方戲院原址拆建成大有商場，近年又翻新了囍帖街，此外一般店鋪都是小小的格局，馬虎的裝修，做一些古靈精怪的生意，「你方唱罷我登場」。只有茶餐廳生意滔滔，有的數十年屹立不倒，為生活在這裡的單身寡佬提供三餐熱飯。

早先在天地圖書上班，編輯部在書店地庫，門市後面隔開一個區域，兩個老闆，一個校對，再加我半個編輯，就是我們的編輯部了。朋友都說很羨慕我的工作，因為在出版社工作，想要看什麼書都有。我說你錯了，看書的基本條件不是書，是時間，沒有時間，你坐擁書城也是白搭。我每天經過門市部，放眼看去都是我喜歡的書，但那些日子我幾乎沒有真正讀過一本書。

初到貴境的日子艱辛而潦草，一時興致勃勃，一時又心裡發虛。不懂英文，廣東話麻麻地，身無長物，萬事攐心，但我們總相信生活會慢慢好起來。

我和太太同一天到天地圖書工作，我在編輯部，她在門市部。兒子上小學，女兒上幼稚園，因為住莊士敦道，太太要利用公司午飯時間回家，做午飯和兒子吃，然後再趕回公司上班。家裡總有做不完的家務，中午她就不只是吃飯那麼簡單。有一天中午我離開天地圖書去文匯報，看到隔著電車路的對面人行道上，太太一路小跑著向書店趕去。午飯時間街上人很多，大家都悠閒地踱步，只有她在人叢中穿行小跑，氣急敗壞。我好像不是看著自己的太太，好像看著一個被生活擠壓的陌生婦人，艱難地計算每一分鐘，奔波在車水馬龍的莊士敦道上。她也曾是嬌生慣養的女孩，少女時代被裡外長輩溺愛，因為嫁給一個不中用的窮酸文人，流落到千里之外的大都會，以致承受那麼大的生活壓力。她那些與生俱來的細緻敏感的情意，都給生活磨糙了，但是，她也從無怨言。

兒子十六歲生日時，我們大手筆買了一部電腦給他做生日禮物。那還是286的時代，電腦公司折價酬賓，八千八百大元，幾番想起來肉痛。兒子在體藝中學住宿，周末回家來去匆匆，結果那部電腦反倒成了我的恩物。我請人安裝了倚天系統，學習倉頡輸入法。

吃過晚飯稍事休息，先應付一兩個專欄，等到家人都睡下了，我就對著電腦練習中文輸入。倉頡入門很難，但熟練了輸入速度卻比速成法快很多。有時把報紙的文章作摹本，有時嘗試用電腦寫一封信。一本《成語大字典》裡頭的成語，我一個一個輸進電腦，不懂的要查輸入法字典，再不懂還要問人，直到整本字典裡的成語都輸入完了，我終於能用電腦來寫稿。

深夜坐在餐桌前用功，家人在旁邊碌架床上睡熟了，窗外不時有叮叮隆隆的電車經過，有人在修頓球場那邊喊叫，樓下還有電視的聲浪傳上來。那時常有一種深切的孤寂感，不知道和那些千古不易的文字廝磨，能折騰出什麼光景來。

八九年北京學運乍起，那晚新聞報道學生們要絕食了，很多人跑到大道東新華社門口去請願。八號風球正在逼近，大雨傾盆中，我和太太撐一把傘也去了新華社，那時都沒有什麼組織，很多人站在新華社對面，表示一種深切的無言的聲援。

後來有一天，作聯秘書打電話給我，似乎因為學運的事她受了什麼委屈，才說兩句，兩個人都對著話筒哽咽。放下電話我就給會長曾敏之打電話，說作聯再不表態就太不像話了，再不表態我就退出。

曾老總那時也承受很大壓力，但終於在莊士敦道與菲林明道交界路口的作聯會址，召集了一次座談會，大家紛紛宣洩悲憤激昂的情緒。香港人從來沒有像八九年那樣因政治而夜不能眠，從來沒有不約而同流那麼多眼淚，也從來不知道集體的高貴激情能凝聚成巨大政治能量。座談會結束後，我受委托起草了一份聲明，表示了作家聯會的立場。今日看來，那些慷慨淋漓的文字，都有點失之於空洞了，歷史不以我們的意志為轉移，而我們都已經老了。

那真是一些疲勞而又興奮的日子，每天都有新鮮事情發生。閱讀各異其趣的文稿，見各種作者和朋友，眼界一點點開闊，思想往深處走，寫寫寫，發表發表發表，偶爾得心應手收穫一點讚賞，無奈間也生產大量垃圾。那也是出版最好景的年月，賈平凹、王安憶、蘇童他們來了，都可以開公數在福臨門請他們飲茶。修頓球場邊上的波士頓餐廳至今還在，陡削的樓梯，淺窄的卡座，下午時分一杯奶茶，一個遠道而來的老友，可以消磨一個多鐘頭。

莊士敦道近菲林明道路口，有一家小餐廳（忘記它的名字了），有時吃過晚飯約朋友在那裡聊天。每個人都是一座思想的孤島，在兩杯咖啡氳氤的熱氣中，好像有靈光電波來回傳輸。那是自卑感與孤傲糾結的日子，困苦和憋屈太沉重時，就以狂妄和虛幻來平衡。話題無邊際，感受卻驚人地相似。

有時很認真地探討問題，有時無聊地胡說八道——學會寫小說後，就不要看小說了，要看雜書；人漸漸老了，要注意保持好奇、感性和激情，讓生命繼續有趣；做人做事要講究分寸，等退休了，可以寫一本《分寸人生》。《分寸人生》當然成了笑話，朋友後來與一位學者談起，學者說，那不就是哲學上的「度」嗎？早就有人研究了。

苦悶出思想，也助長胡思亂想。思想本是愉快的過程，想到最後，有沒有結果都好，你都有「得著」。腦子是用來「想」的，不可荒廢它。

早年莊士敦道上有兩家書店，天地圖書之外，還有青文書店。未進天地圖書之前，我因投稿給《七十年代》，先參加過天地的五周年酒會，在那裡認識了曾敏之、何紫，見到李怡、於梨華，冠蓋滿京華，斯人獨憔悴，一個邊緣人，戰戰兢兢，初窺文壇堂奧。天地圖書雖然歷史悠久，但也曾經面臨絕境。聽說八十年代初期財政上不能支持，已經準備執笠了，執笠前例有一次清貨大減價，當時「盡地一煲」[1]，在《明報》封面登了全版廣告，誰知港九讀者蜂湧而來，事後不但沒有執笠，居然還挺過來了。從此每年春節和暑假，例必有一次大減價，也例必要在《明報》買一個封面全版廣告。

1 編註：意即放手一搏。

九十年代中，門市部曾經歷一次火災，電線漏電，深夜起火，整個地庫的圖書付之一炬。那時編輯部已經搬到後面的大道東了，上班後聽說，跑到聯發街側門去看，還有濃煙從門縫裡冒出來。門市部停業好幾個月，後來獲保險賠償，似乎損失不大，經過重新裝修又再開業。

至於青文書店，早年我也時常上去走走，找一些偏僻的好書。那還是陳錦昌、王仁芸他們的年代，鋪面淺窄，光線也不好，書的分類排列都草草不工，但去到那裡，往往又自由自在亂翻書，沒有店員的白眼。他們多年都在苟延殘喘，時不時有執笠的傳說，而居然一直捱下來。我和古劍、舒非合編《文學世紀》時，曾經不只一次帶了雜誌去找羅志華，放在他那裡寄售，似乎讀者反應還不錯的，但結帳總是姍姍來遲。他那個人愛書愛到不近人情，一個人看店又要編書，每日還笑臉迎人，最後終於以身殉書，求仁得仁，而青文終於還是跟著他走了。

莊士敦道上原來只有一家東方戲院，印象中那裡放一些武打和愛情片，我好像從來沒有在那裡看過電影。倒是不遠處的京都，當年有早場放一些經典名片，票價便宜，選片內行，好像專為我這種遲來的觀眾提供補課機會。記得黑澤明的《羅生門》就是在那裡看的，完場後出來，外面陽光灼人，市聲盈耳，因為剛剛經歷了一次靈魂洗滌，整個人還恍恍惚惚，不辨方向。電影是虛幻的人生，但好電影比人生更人生。

前年底退休前，公司同事和我飲茶，飲完茶大家到莊士敦道門市部門口拍照留念。我們站在路邊，背景是門市部那個窄窄的門，門上是公司招牌，身邊路人絡繹不絕，向我們投以怪異的目光。電車一輛輛老態龍鍾走過，有香港的一日，就有電車，但有香港的一日，會不會一直有莊士敦道，那就天曉得了。編輯部同事輪流和我合影，我突然覺得三十多年一閃而過，好像電影的快鏡頭，時空壓縮了，影像閃爍跳躍，我居然在這條普普通通的電車路上來回了三十多年。人生易老天難老，從今以後，別過莊士敦，人面不知何處去，桃花依舊笑春風。

散文

思念縱橫　景物滄桑——
憶皇后大道西

崑南

緣分，其實很簡單。在某一個時空，不明不白，遇上了就遇上了。

我對一個朋友說，在皇后大道西住了近十年。同檯的一位茶客搭上了咀，說，今天的皇后大道西變了許多了。就這樣，我們在回憶中交談了大半天。

三十年前我們竟然是街坊，他的門牌是一〇五，我的是一〇號，近水坑口。我提起時他才留意到，大道西的起點，就是水坑口，至於最後的一個門牌，是六一六號，落在石塘咀，近堅尼地城海旁區了。水坑口充滿歷史痕跡，一八四一年英軍就在這個地區宣示主權的，所以水坑口的英文名是Possession Point，佔領角之意。當時的升旗禮就在大笪地舉行。

當我提到了大笪地，他馬上有反應，「那裡，我有不少童年記憶，大笪地那個圓環之地，睇相佬單位林立，其他便是理髮店，我幫襯過好幾次。那裡還有一個佔地不少的經濟飯堂。而家已改建為荷里活公園了。」他還記得，直出大笪地，沿荷里活道走下大道西的小段路，對面全是長生店，所以，他念小學的年代，每天走過，都習慣了棺材氣味。他補上一句：「其實，棺材木是很香的。」俗語說的聞了棺材香，就果頭近[1]，他大笑過後，便說，「邊有咁嘅野，我而家不是活得好地地？」現在還賸下了一間「天壽殯儀」，勾起他的記憶。荷里活道的華僑日報社址，對他是一個重要的印記，因為讀書時他經常投稿去學生園地。

他比我年紀大許多，日軍攻侵香港時，他是七歲。他父親有個富有親戚（岑日初），走難時在他的半山豪宅景賢里（舊名是禧廬）渡過十多天。他說，他好記得，那裡的洗手間的牆上磁磚是紫紅色的。他親眼看到日軍在跑馬地上空投擲炸彈，當時他的感覺，那枚炸彈好像一個西瓜那麼大。

生不逢時，我難有共鳴。我找到一個有趣的發現，就係水坑口當初是妓寨所在，日軍一到，加上一場火災，便下令移往石塘咀，塘西風月，一時佳話，大家可否想到，原來皇后大道西，一頭一尾，是由花街開始，也由花街作結，這一個串聯，的確很「西」。

終於我們相約一天，重遊舊地。他居住的地方，已改建，面目全非了。他只記得樓下是洗衣鋪。「童年時，在樓上望下來的荷里活道，迎面而來，就像一條瀑布傾瀉而下。而家仍沒有變的只是雀仔橋吧。」我同意，應是少男少女拍拖的歇腳處。根本不是什麼橋，只是路旁出現拱起的空間罷了。橋側可通往當年的國家醫院（現稱賽馬會分科診所）。

1 編註：意即死期將近。

說起來，當年國家醫院專醫性病，恐怕與紅燈區水坑口有關吧。

雀仔橋斜面便是當年的高陞戲院，以及後面著名的與南北行交接的高陞街，一提起高陞戲院，他就眉飛色舞，因為那是他美好的童年時光，都在那地區流連。自小他便看粵劇大戲，有機會讓他可以在後台穿插，欣賞老倌如何化妝出台。戲院旁的甘雨街，是他與其他朋友仔一起玩耍的地方。他隔鄰的得男茶室，武昌酒樓，是他父親經常帶他一起嘆茶[2]的地方。他結婚那年，都是在武昌擺酒。到我稍懂世事的年紀，高陞戲院已淪為電影院，大戲舞台已移往西環的太平戲院了。至於高陞茶樓，其實不是落在高陞戲院附近，而是近大道中的閣麟街口，之後，搬往德輔道西，西營盤七號差館斜對面。

所謂西營盤，仍是歸入大道西區內的，東邊街，正街，長命斜，斜路直上，第一街至高街，真是相當吃力。幸好今時今日半途已有自動電梯，直達半山的般咸道以及堅道了。他說，當年小學的校舍就在堅道，所以每天都要爬樓梯街上課。他的記性真好，還記得是慶保小學。今天地鐵的西營盤站已可直達堅道了。樓梯街好厲害，無論俯看或仰望，石級都是一望無際。從前當然沒有鐵欄扶手的，正所謂無番咁上下[3]，唔敢挑戰樓梯街也。全長三百五十米，共三一六級，一八四一年建成，一百六十年歷史，到盡頭與荷里活道交界的文武廟，一八四七年建立，可以說，當你爬一次樓梯街，就恍如穿過了香港的時光隧道。

我的舊居五號，樓下便是一間燒臘店，他也記得，因為經常幫襯。至於今天大道西最後的門牌六一六號，從前是什麼我們都記不起來，今天卻變成了「潤富建興行有限公司貨倉」。

羅大佑唱的〈皇后大道東〉的第一段歌詞，至今難忘：「皇后大道西又皇后大道東／皇后大道東轉皇后大道中／皇后大道東上為何無皇宮／皇后大道中人民如潮湧……」此曲流行於一九九一年，是年中英政府剛通過基本法，歌詞表白了，香港再沒有「皇宮」，英式殖民地從此一去不返了。也許在不久的將來，皇后大道，無論中、西、東，都可能消失，由人民或解放所替代。想及這些，我們不禁黯然，良久不能語。

2 編註：意即悠閒地享受茶飲。
3 編註：意近「若沒兩把刷子」。

散文

原來我們還在玩「天下太平」——「環」「環」相扣的文學散步

劉偉成

1「天下太平」的玩法

「天下太平」是我孩提時的一種「玩意」。遊戲只需一張紙，甚至是用了一面的「環保紙」，再加一節用了多年老用不完的中華牌鉛筆即可，不會因缺乏實質「器物」而無法進行。更有趣的是，玩後那唯恐天下不亂的塗鴉可像棋局一樣供揣摩，而且從中可以讀出對壘雙方的許多性格特徵來。讀到這裡，即使是屬於玩過「天下太平」年代的一輩，大概也會想那些畫成大花臉的紙，合該玩後即扔，還花時間推敲幹啥？

玩「天下太平」的年代，電腦當然未普及，家中所謂的「廢紙」並非現在用過一面的A4打印紙，而是學期末一些還未用完的練習簿，所以可以拿來大玩特玩，多是期考後，還未放暑假前的一、兩星期；加上老師見學生已無心聽講，多會容許我們在課室進行各類棋類、摺紙、拼字或其他案頭活動。既是一整本簿，自然不會輕易散佚，戰績便得以保存下來。如此經過多次交戰，原來以為一無可看的戰局，原來頗堪琢磨。琢磨什麼？琢磨面對旗鼓相當的對手時的自己。「天下太平」的玩法相當簡單，就是「努力興建」跟「盡情破壞」，兩者都是靠「剪刀、石頭、布」來決定。猜拳看似靠運數，但實質是「捉心理」的把戲。記得簿中記錄了這樣的一個「殘局」，對手是一位現在怎樣也想不起容貌的插班同學，特點是我還沒有「興建」什麼項目，只有靠一猜一劃掙來四格「天下太平」碉堡，甚至連旗也未畫上，便給盡情摧毀殆盡。我記得對方是較我們年長幾年，由內地來港的，可能多見了些世面，所以較擅長捕捉我們純真的心理。

建好中心碉堡後，接著便輪到防護罩和炮台，後者必須建在前者覆蓋的範圍以外，這樣才能攻擊敵方，才不致破壞自己的防護罩。有了這些規條，那些「殘局」便更有性格了。我記得有一位對手，他從不發動攻擊，但卻興建了十多重防護罩，每重防護罩都有三個炮台，這樣只要有人打破一重防護罩，他便有炮台可以立即反擊，足見這位仁兄是十足的和平主義者，他不願戰鬥，卻做好種種自衛的準備。

太平山頂好比「天下太平」的中心城堡，一直在攻守的拉鋸中成長。太平山的英文名稱是 Victoria Peak，中英文名字便暗喻了戰爭與和平的矛盾——英文隱含了港英殖民政府的耀武揚威，中文則突顯逃難南來的中國百姓但求安居苟活的卑微想望。董橋對中國百姓這種心態描述得最為精準：

於是，老一輩的中國人經歷國破，經歷家散，經歷人亡，寧願一生平平靜靜乞求吉祥，乞求如意：「中國傳統的政治要求是『風調雨順，國泰民安。』風調雨順是農業收成有保障，人民有飯吃；國泰民安是國家安全，不受外敵威脅和侵略。清朝皇帝的寶座之旁，立有金製或銅製的兩隻象，象背上有瓶，諧音為『太平有象』。天下太平是中國人自皇帝以至庶民同時祈求的事，天下太平就是國家安全。」查良鏞先生這樣的老一輩中國讀書人因此覺得香港人長期以來沒有可以歸屬的國家，一生安樂，所以國家安全的觀念很淡薄，甚至認為香港特區政府引進「國家安全」的概念，也是當政者利用這個名義鎮壓百姓。[1]

但「國家安全」不等於「天下太平」——就是因為國家不安全，內地同胞才逃難南來，追求和平。只是「天下」的概念可能有變，從往日的茫茫九州縮小為南方的彈丸之地。就這樣在香港，無論是殖民官員，還是尋常百姓，都努力在心中建一座「天下太平」的碉堡，嚴密地固守著自己的意識形態。

2「由」字碉堡

除了四字大格以外，碉堡還需要在頂頭加上一根旗杆，使之成為一個「由」字，接著畫上旗面，再畫上徽號，如果不懂畫，一般會簡單寫上自己的姓氏，就像古代的軍旗般，不然便是一張白旗了。「軍旗」的概念，大概是來自軍棋，總司令的旁邊都有兩隻「軍旗」的棋子。另外就是來自我那年代男生的通常娛樂——漫畫版《三國演義》，記得其中軍旗上的「曹」字並非現在的寫法，中間只有一直豎，更像一個「由」字。那時以為畫師寫了別字，後來才知道那是三國時候的寫法，足見雖然是漫畫，畫師倒也考究甚詳，絕不苟且。往昔英人在太平山頂升旗以示佔領成功，山頂就是他們的「由」字碉堡，現在纜車所抵我們慣常稱「山頂」之處，並非當日「扯旗」的位置：「但到了山頂纜車的終點，並不等於就到了扯旗山頂，在車站的背後，仍有小路可以上到更高的山頂，不過普通僅是沿山頂環行一圈便算遊了扯旗山頂。那一條圍繞山頂的路名為盧吉道，從這裡沿路向西走，可以眺望對面九龍和香港港內的風光。另有一條路可以通至島南，名霞櫪道（即現在的夏力道），從那裡可以望至薄寮洲以南的一片海天蒼茫的遠景。」[2] 英人為了讓佔領港島的光彩得以

1 董橋：〈過客達達的蹄聲〉，《英華浮沉錄3》，香港：牛津大學出版社，二〇一二，頁二一四—二一五。
2 葉靈鳳：〈香港的山〉，《香島滄桑錄》，香港：中華書店，二〇一一，頁一六三。

廣傳，特別將扯旗山繪成「阿群帶路圖」的背景，以之作為殖民政府的官印。怎料為了讓人一窺扯旗山的全豹，英人竟擺了烏龍，沒想到英官員還不及《三國演義》的漫畫師嚴謹，熟知香港歷史的葉靈鳳當然伺機諷刺：

《阿群帶路圖》所鬧的笑話，乃是這個標誌是用來代表香港的，而圖中所繪，隔海的背景是「扯旗山」，那麼近景「阿群」和那個外國人握手所站立的地點，豈不分明是九龍了？可是，在繪製這幅《阿群帶路圖》，甚至在正式公布它作為香港殖民地的官方標誌時，九龍還是清朝帝國的領土，那麼，英國鴉片商人又怎能站在九龍岸邊同中國人握手表示親善呢？更有，圖中的那個中國人既是所謂「阿群」，他的「功績」該是在香港島上作英國人的嚮導。為什麼竟站在九龍岸邊同外國人握手呢？這未免過於不倫不類了。[3]

換句話說，官印的岸邊整整齊齊放著的六個小立方便是鴉片，我想從來沒有見過毒販的勾當會幹得如此明目張膽，甚至企圖「磊落化」，還將之變成官印。

官印上還要將中國百姓矮化成對運來的鴉片甘之如飴的愚民。當時的清政府並非捉不著對手的心理，林則徐被欽點銷煙時，曾給維多利亞女王頒發過一則檄諭，內文諄諄勸諫，不亢不卑，令在香港土生土長的我相當動容：

乃有一種奸夷，製為鴉片，夾帶販賣，誘惑愚民，以害其身，而謀其利。從前吸食者尚少，近則互相傳染，流毒日深。在中原富庶蕃昌，雖有此等愚民，貪口腹而戕生命！亦屬孽由自作，何必為之愛惜，然以大一統之天下，務在端風俗以正人心，豈肯使海內生靈，任其鴆毒？是以現將內地販賣鴉片，並吸食之人，一體嚴行治罪，永絕流傳。

……

惟思此種毒物，係貴國所屬各部落內，鬼蜮奸人私行造作，自非貴國王令其製賣。且即各國之中，亦止數國製造此物，並非諸國皆然。稔聞貴國亦不准人吸食，犯者必懲。自係知其容人，故特為之嚴禁。然禁其吸食，尤該禁其販賣，並禁其製造，乃為公恕之道。若徒禁其吸食，而仍製造販賣，引誘內地愚民，則欲己之生，而陷人於死；欲己之利，則貽人以害，此則人情之所共恨，天道之所不容。[4]

3 葉靈鳳：〈裙帶路和阿群帶路的傳説〉，《香島滄桑錄》，香港：中華書店，二〇一一，頁四五。

4 葉靈鳳：〈林則徐給維多利亞女王的檄諭〉，《香港的失落》，香港：中華書店，二〇一一，頁四六。

上面一段檄諭轉引自葉靈鳳《香港的失落》[5]。據葉所載，檄諭確有傳達至倫敦，因英人關於鴉片戰爭的論述中也一再提及檄諭。

自古以來，成王敗寇，在人類戰爭是不易的規條，即使像黃遵憲在〈香港感懷〉其中一首恨得刻意將扯旗山上英國旗誤當成滿清八旗的龍旗也沒輒：「遣使初來地，高皇全盛時。六州誰鑄錯，一慟失燕脂。鑿空蠶叢闢，噓雲蜃氣奇。山頭風獵獵，猶自誤龍旗。」[6]「獵獵」二字，擬聲也擬態，彷彿在張牙舞爪似的，那究竟是暗罵英旗的攫奪無度，還是幻想龍旗的威猛猶在？旗，從來都是排他的，一根旗杆不會有兩面旗，誰將旗幟掛上「由」字碉堡，誰便是權力的中心，可能也是一切苦難的因「由」。鴉片戰爭，帶來的苦難，是「剝洋蔥式」的，它先破壞外圍的海防護罩，然後是天朝威儀這重護罩，接著國民身心志氣的護罩也給打破，當時中國可說是處於一個什麼堅固的都煙消雲散的亂局中，同時揭開了「香港失落」的序幕。

自從葉靈鳳的掌故和方物志結集後，坊間開始有「香港學」的名堂，並以葉為篳路藍縷的創始人。現在「香港學」的學者丁新豹教授給《香港的失落》作序時指「正因為他學貫中西，掌握到這麼多外文資料，故往往可以徵引中外文資料作比較，從而探索到事件的真相。」但在我看來，葉不但是整合和轉載珍貴史料並考證真偽，更重要的是他寫出了香港人應保持怎樣的風骨，以回應時代的荒謬。我十分慶幸葉靈鳳的記述中包括了香港「失落」和「襤褸」的一面，這些面向讓我明白為何回歸後，何解當遊行隊伍中出現手持港英殖民政府的龍獅旗時，心裡竟然會像黃遵憲那樣，感到莫名的痛。我時常想，倘若這些年輕人讀到林則徐給維多利亞女皇的檄諭，不知會有什麼反應？或許還是滿不在乎地持龍獅旗叫囂，在乎的可能便會給人打為「左膠」[7]。我因此而寫過一首名為〈旗——在遊行隊伍中驚見港英米字旗〉的詩，詩是以滅絕於模里西斯島的渡渡鳥為敍述者。渡渡鳥因長期缺乏天敵，所以退化了雙翼，而且對登陸的水手更是毫無芥蒂的坦迎：

他們帶來的獵犬把我視作熱身的練習
搗毀我的巢，吃掉我苦苦孕育的蛋
我明白，縱然阿群所帶的路
迂迴如資本主義舞會裡
漿直卻又裝著款擺的裙腳
至少，至少，阿群曾在佔領的徽號中
佔一個卑微的席位，現在你們沿著

5《香港的失落》非由葉靈鳳自編題名，而是由絲韋（即羅孚）先生於葉身後將表於報紙副刊關於香港研究的文章輯錄而成的其中一帙。其餘兩帙《香海浮沉錄》和《香島滄桑錄》亦於一九八九年出版。
6 李小松選注：《黃遵憲詩選》，台北：遠流出版，二〇〇〇，頁四〇。
7「左膠」為網路用語，「左」是「左傾」之意；「膠」是形容呆子，帶粗言穢語成分。

阿群帶的路，高舉水手的旗幟，沸沸騰騰的
究竟是在歌頌阿群憨實的坦迎
還是感謝水手侵略式的開拓？

你們以侵略者的辱稱
來呼喝北方的同胞滾回去
同胞則斥你們喝著祖國的奶水
而繁榮，卻妄想著獨立，但大家都疑心
祖國的奶水有毒，都在搶購海外品牌的奶粉
原來未斷奶，才是彼此對話的基礎
那個我曾經在上面，安然退化雙翼的小島
叫模里西斯，在獨立的時候，把我奉為國鳥
畫在徽號的左邊，侍護著
那見證我滅絕的孤島[8]

那些持旗的年輕人就像一個個移動的「由」字碉堡，靈活地游移於不同的理念、口號和立場，但他們是否真的看起來那樣「自由」？不，有時我們都感覺自己彷彿是集成電路上的一點，給義憤的火槍焊死在立場的底板上，一直忙於遞送不同的信息脈衝，卻說不出自己心底的想法，更遑論較宏觀的視野了。班雅明說真正自由的漫遊人是在推湧向前的人群中保有回身餘地的人。但願我們在進入群情以前，先清楚明白自己回身的底線是什麼。這大概就是「香港學」的其中一個含義，就是令碉堡真正成為「自由」的象徵，不會給鴉片迷惑，也不會受怨恨束縛。「香港學」意味著一種「本土性」的發揚，而我實在喜歡樊善標對「本土性」的闡述：

「本土性」在字面上解作一個地方群體的特質，似乎是靜態及已然的。但任何一種文化，隨著時間流逝，必然有所變化，地方上的人眾也總能一再劃分為更小的群體，哪些群體的特質具有代表性，它們的代表性是永久的，還是只在某一時期內有效，都是可以商討爭論的問題。這樣看來，「本土性」其實是動態的。由此而進，對地方具有歸屬感的人，他們關注的可能不僅是某些特質的有或無，而是體認了這些特質是否有助於——從他們的立場看來——令地方變得更好，例如有論者從解殖的立場提出，以「主體性的能否發展、豐富、成熟」作為「衡量本土性」的依歸。相應地，「本土論述」的方向也可轉為「以『我們要成為（becoming）什麼』的開放問題代替『我們是（being）

8 見劉偉成：《陽光棧道有多寬》，香港：匯智出版社，二〇一四，頁二〇八。

什麼』的固定尋索。[9]

難道我們往日給殖民的歲月，不管怎樣光輝，難道就是我們夢想成為的藍本？對，我們應以「開放問題」代替「固定尋索」，我正好也是以一道開放詰問，甚至可視為天問，來收結〈旗——在遊行隊伍中驚見港英米字旗〉一詩：

你們問我何以變得通曉世情，那是因為我的滅絕
成了傳奇，給歸納為俚語，形容事物的溘逝
還有，卡羅爾先生，讓我在愛麗絲的仙境裡
以你們趨騖的英國紳士的姿態復活
賜給我雙手，讓我可以跟水手作禮儀性的招呼
但身軀依舊臃腫，雙腿依然孱弱
難以持旗遊行，吶喊立場，只可
一手執杖支撐，一手托腮，按情節需要
作莎士比亞的思忖：如果世界就是一個舞台
上面是否還需要升一面堂皇的旗？[10]

3 對壘狀態

雖然英人搶先在太平山頂上建好「由」字碉堡，但一九四九年以後，中國也建好了他的，並一直跟港英政府周旋著。從山頂沿夏力道走下去，便會遠遠望見香港首個水塘——薄扶林水塘。由於香港雨水是香港唯一的天然水源，為了使香港不因供水權而落入當時中共政府的牽制，港英政府於是自六十年代開始，便在香港各處「盡情興建」水塘，而我們這曾滿足於「天下太平」這類字面遊戲的一輩，大概會記起小學課本中常會提及香港的水塘工程如何宏偉，獨步天下。這亦確非厥詞，一九五九年至一九七八年的二十年間，中共政府跟港英政府的水權政治的對壘角力，締造了香港境內幾項世界級的水務工程，包括一九六八年建成的船灣淡水湖，一九七九年建成的萬宜水庫，兩項均是當時最早及最大的，於海灣內興建的淡水庫，還配備先進的集水、調水、輸水系統。兩個水庫容量佔香港水塘總容量86%。另外，還有屯門樂安排海水化淡廠的規模亦是當時世界數一數二。[11]

9 樊善標：〈近年本土運動之中與之前的香港郊野遊記——從劉克襄《四分之三的香港》回溯一九七〇、八〇年代〉，載《中國文學學報》第五期，二〇一四年十二月。

10 見劉偉成：《陽光棧道有多寬》，香港：匯智出版社，二〇一四，頁二〇九。

11 詳見李家翹：〈為何香港依賴了東江水？——再思香港的供水故事〉，收入許寶強編《重寫我城的歷史故事》，香港：牛津大學出版社，二〇一〇，頁六三—七三。

站在夏力道瞭望薄扶林水塘，但見壩後不遠就是石筍一樣席地拔高的建築，不無觸目驚心之感。在外國，水塘總是遠離民居的；這個水塘的規模雖小，但獨特在於其緊貼市廛，彷彿是繁忙的腳步上攀至大自然神域之前供滌淨心靈的濯池。雖然那是政治角力催生的建設，但未嘗不是淡化了「天下太平」的反諷力度，成了炮彈以外，另一個令人安居樂業的嘗試。

只是單靠雨水始終有望天打卦的成分，好像工務司祈禮士（Harold Thomas Creasy）一九二三至一九三一年在任期間，先是遇到當時香港有紀錄以來的單日最高降雨量，大雨沖毀了好些設施，待他好不容易修妥後，又遇上大旱災。於是之後的柏立基、戴麟趾和麥理浩都是一方面引入東江水，以解水荒，另一方面又籌建獨立的供水體系，以防政治上給扼著咽喉。就這樣港英政府跟中共的心理猜拳，便一直拉鋸地進行著，而香港人就在水塘堤壩崩塌的陰影下繼續「安居」。堤壩下的人，抑是視自己為過客，抑是矢志不遷以後，無奈接受自己被消音的宿命。這樣的「天下太平」便一直維持至回歸以後……

回歸以後，香港的「天下太平」遊戲便由特區政府跟生於斯長於斯決定不遷的香港民眾接力。去年的雨傘運動呈膠著狀態時，一隊自稱「蜘蛛仔」的攀崖愛好者在獅子山的崖壁掛上「我要真普選」的大橫額後，李怡發表了題為〈太平山VS獅子山〉的專欄文章，確立了這兩座山分別代表的意識形態：

獅子山遙望著太平山。獅子山滿是岩石又陡斜，建不起山之半居；太平山綠野婉轉，樹立豪宅富戶。獅子山下住著低下階層，太平山住著高官富豪權貴。上世紀七十年代，香港經濟起飛，關注低下層生活的電視劇《獅子山下》播映，一首同名歌曲冒起，告訴香港人只要艱辛努力，就有向上流動的機會。獅子山下的人們辛勞拼搏，但總有希望在明天，於是，香港人也開始有了文化身分的認同。那是一個流動的社會。

回歸了，中國權貴資本主義興起，香港扭曲的政制產生向富裕階層傾斜的施政，於是窮者愈窮富者愈富，高樓價和中國富戶移居，商户倒向自由行客扼殺了香港人的生活空間。社會不再流動，艱辛拼搏也無望。獅子山精神失去存在空間。香港人要掌握自己命運，要回到一個可以向上流動的機會平等的時代，只有由所有獅子山下的人選出掌權者，而不是任由太平山的權貴和他們背後的北大人去擺布。[12]

李怡指出了兩座山所象徵著不同的意識形態，大概限於專欄的篇幅，無法闡明是怎樣的不同。如果將兩座山視為「天下太平」的遊戲中兩個陣營的「由」字碉堡，便會發覺分別也在於一個「由」字。太平山這邊的旗幟從港英政府開始，已是「由下向上升」。在擺

12 見《蘋果日報》「副刊．果籽」，李怡專欄「小塊文章」，二〇一四年十月二十六日。

烏龍的「阿群帶路圖」的官印中，我們讀到那是基層的阿群主動來向登陸佔領的鴉片商示好；六七暴動以後，港英政府事後研究結果是「政府與民眾間的溝通失敗」，於是便提出了所謂「行政吸納政治」(Administrative Absorption of Politics）模式來穩住「天下太平」的局面：

「行政吸納政治」是指一個過程，在這個過程中，政府把社會中精英或精英團體（elite group）所代表的政治力量，吸收進行政決策結構，因而獲致某一層次的「精英整合」(elite integration)，此一過程給統治權力賦以合法性，從而，一個鬆弛但整合的政治社會得以建立起來。[13]

即是說由下吸納本地精英上流，這大概就李怡所謂的社會流動。回歸以後，歷任特首都是港英政府吸納的本地精英，他們習慣了普羅大眾主動向上奉迎的取態，其中尤以梁振英的權力慾最大，從他「我和我的政府」的開場白便可知，就是有梁特首之夜郎自大，和愛受追捧，始有像陳茂波此等經營劏房也能任發展局局長之事。試問賊喊捉賊，在城市發展政策上鑽空子，壓榨基層血汗的所謂「精英」，又怎可能定出什麼符合基層市民想望的發展宏圖？旗幟所象徵的「安居樂業」的感召力已逐點逐滴給蠶食掉。

至於對岸獅子山的旗幟則是一大幅好不容易由「獅頭」峭壁下垂的橫額，清晰地號召著山下的人仰望，一起打從心底的鐵屋中爆出「我要真普選」的吶喊。梁特首一直不明白，或者拒絕去承認，隨著教育普及，以往精英階層的神話已給消弭，加上政府吸納精英的制度已經飽和，之前被吸納進去的精英還有一段日子始屆退休年齡。現在政府和民眾間再次出現一九六七年暴動時溝通失效的情況。要對症下藥，其實不須什麼偏方，只在於當權者的姿態。王良和的〈煙花港與夜廟街〉上半部分記述自己一九八二年的大年初一，一家人沿薄扶林水塘的山路，一直走到太平山頂看煙花：

嘣，一個深藍的摩天輪剛升起，中心又自我爆放集束炸彈，呯呯呯呯呯，一團團強如白晝的蛋狀眼光中，又爆開一圈一圈彩虹般的雨花石，小圈罩不住大圈，大圈困不住更大的圈，所有圓心突然一齊引爆，滿天裂帛，無數恍如陽光中的鑽石閃閃發亮，飛光幻彩，閃得人眼花繚亂。片刻不尋常的寂靜，低空、半空、高空，彷彿一齊張開了眼洞，把商廈的霓虹，海底的珠彩，所有的燈光，所有的星光，全吸進去，忽然，啊忽然，燦然的眾色終極爆放，霹靂啪啦霹靂啪啦，琉璃幻象激撞得粉碎，滿天不可逼視的彩虹光圈，一圈圈籠罩世人。夜風一吹，煙消火滅終場的一刻，歡呼、尖

13 金耀基：〈行政吸納政治：香港的政治模式〉，邢慕寰、金耀基編，《香港之發展經驗》，香港：中文大學出版社，一九八五，頁六。

叫、掌聲、噓聲，立時震撼維港。我稍一定神，目光越過黑壓壓的人頭，浮向天邊，只見一海船燈，滿天煙霧。[14]

賀年煙花可說是最能粉飾昇平的活動，在太平山上看，煙花襯著繁華的維港夜景，更是迷醉人心的觀感饗宴。施放煙花，就像是吸納精英的過程，讓它從下而上的飆升，然後給它繁華的背景爆放自我，賺得仰望的目光、掌聲和歡呼。只是那不是能長久維持的光景，表演過後，夜風一吹，一切均散入黑洞的虛無。無怪，王良和在文章最後，以絢爛的煙花反襯看似龍蛇混雜的廟街檔口燈火的耐看：

站在四樓外父租住板間房的陽台，我喜歡俯看廟街、樹頭燦爛的燈火。一個個討生活的小燈泡，每一夜，隨夜幕低垂而低垂，在鐵枝綢帳篷之間，升起輝煌、充滿生活氣息的夜市。在我的感覺裡，這樣的人間煙火，比起在太平山頂，在中環的海邊觀賞瑰麗奪目的煙花匯演，更實在，更耐看，更有人氣人情。我感念這平凡而又充滿江湖氣的街道，養活千千萬萬的人，讓芸芸眾生在黑夜中帶著自己在塵世點亮的燈，熱熱鬧鬧的匯聚，融成一片流動的光海。[15]

所謂「由上而下」的姿態，不用特別做什麼，只要改掉不可一世的想法，真心為民眾做事即可，即如彭定康、高永文的民望之所以高企，也不在於「蛋撻秀」或「限奶令」，而在於這些舉措背後所彰顯的從上而下的為民請命的真心。

4 防護罩

接著要談到的是防護罩了，一般而言，愈內向和欠缺安全感的，便會建立愈多重的防護罩。

從以往的預科中國文學課中，我們得知楚辭中之所以多鬼巫思想，在於楚辭源於南方丘陵地帶，常有濕氣在山巒間形成氤氳之境，遂產生神仙騰雲駕霧的聯想。撇開神怪的聯想，南方的濕氣在古人眼中是所謂的「瘴癘之氣」，是疾病的來源，如白居易的〈新豐折臂翁〉所言：「五月萬里雲行，聞道雲南有瀘水，椒花落時瘴煙起，大軍徒涉水如湯，未過十人二三死。」可見五月盛夏時，瘴煙最重。濕潤的空氣本身無毒，但它能帶動致病源蔓延，不用說遠的亞馬遜雨林易引發傳染病，近的如二〇〇三年沙士疫情，據後來的調查報告顯示，乃源於淘大花園天井內的氣體動力帶動病毒散布各層。

14 王良和：〈煙花港與夜廟街〉，《女馬人與城堡》，香港：匯智出版社，二〇一四，頁五五—五六。
15 王良和：〈煙花港與夜廟街〉，《女馬人與城堡》，香港：匯智出版社，二〇一四，頁六一—六二。

當時從北半球來港的英人自然難以適應香港的濕潮氣候。蘇子夏編於一九四〇年的《香港地理——山海依舊風物在》指出：「山巔之溫度與濕度，本與山下不一致。香港島山頂區高處之溫度，約比市區低八度，故尚涼爽，惟山頂區在高出海面一千英尺以上之處，在每年三四月間，常有層雲籠罩，天色晦冥，反不若較低處之有明朗時較多。再向風山地之雨量，本較背風處為多，因此山頂區之向南部分，其每年雨量，比背風之域多利城多一倍。」[16] 這令我們明白為何高官商賈於山頂區的房子，以集中在北面維多利亞港的山麓為多數，那是因為另一面山麓的雨勢要大得多，也更為潮濕。

當時華人則多聚居於港島北面的山腳，環境狹窄，又沒有適當的排污設施，結果在一八九四年爆發鼠疫。這次鼠疫，真的令人心生「新豐折臂翁」之懼，因其源頭正好就是「有瘴煙的雲南」。在一八五五年至一八六六年期間，鼠疫肆虐雲南，並變成風土病，之後再肆虐香港。三十多年，奪去逾二萬人的性命，死亡率達九成。這次鼠疫其後蔓延至全球，總死亡人數達一千二百萬人。鼠疫就是所謂的黑死病，是一道生死屏障，它遏止了蒙古軍這場「黃禍」從亞洲繼續向歐洲蔓延。在當時太平山頂的官員眼中，那場鼠疫也是「黃禍」，不同的是那時是蒙古人以長勝姿態在侵略，是殖民統治者的角色；香港那次的「黃禍」卻是在落後的東亞病夫社區爆發，是受殖民者得無奈接受的宿命。居於山頂的高官為了築起第一重防護罩，在一八九五年把太平山街附近一帶的土地收回，拆掉一大片民房，建立低密度的緩衝帶，不准華人越過太平山街，這街以下的地區天天要洗太平地，山下的居民便成了卡繆《瘟疫》中給放逐的人：

因此，瘟疫所帶給我們城市的一件東西，便是「放逐」。並且敍述人確信，他能為了大家的利益，在這裡記錄下自己的親情愫。毫無疑問的，這是一種「放逐」之感——一種永遠不會脱離我們的內在空虛感，一種想要回到過去、或希望時間加速前進的不合理渴望，以及那些像火燄般令人刺痛的鮮明記憶迴光。……永遠總有這麼一個時刻到來——這時我們不能面對這沒有火車會來的事實。……我們重又回到目前這座監牢中，除了「過去」，別無他物留下，縱令有人想去生活於「未來」之中，但只要他們一旦看見那甘於「幻想」的人所受到的創傷，便也很快地放棄了這種想法。[17]

如果我將香港這場瘟疫，跟當時的政治環境連繫起來看，便會發覺——香港是在一八四二年根據「南京條約」割讓，九龍則是一八六〇年根據「北京條約」割讓，而新界則是一八九八年才租借給英國九十九年。換句話說，當瘟疫發生時，新界還未給強硬租借，

16 見蘇子夏：《香港地理——山海依舊風物在》，香港：商務印書館，一九四〇年初版，二〇一五年復刻再版，頁四〇。

17 卡繆著，周行之譯：《瘟疫》，台北：志文出版社，一九八一，頁八一。

這些殖民地官員還得繼續設法吞併新界的計劃，可說是給祖國放逐到疫區中的行動棋子，他們大概也逃不過卡繆所說的「內在空虛感」的煎熬，遂開始建立多重的防護罩，藉此護衛空洞的心靈。四環九約的碑石，界定維多利亞城範圍，規定華人活動不能超逾這道界線，是第一重防護罩的鞏固措施。現在碑石上所刻的年分為一九〇三年，而一九〇〇年八國聯軍則剛入侵北京，燒掉了圓明園。不知有沒有關聯，在應對瘟疫期間，在港的華人一直對西醫存在敵視，認為病人給隔離後，會成為解剖實驗的對象，不願合作。不少華人得病後，不願意去診治，如有人於屋內逝世，更會悄悄棄屍街頭。衛生當局於是強行入屋檢查消毒，激起華人社區的群情。卡繆在《瘟疫》中描述疫症其實源自民眾的無知，他們甚至試圖若無其事當作沒事發生，甚至不願意改變一點兒生活的習慣。當時的華人甚至刻意忽略和遺忘洗太平地對遏止疫情的重要。董啟章在〈太平山的詛咒〉中更賦予這種因保住「太平」幻象而生的遺忘症以遺傳的特質，禍延深遠：

太平山的悲痛歷史遂埋藏於卜公花園的鳥語花香之下，巨大的榕樹鎖住了死者的陰魂，祥和的根鬚驅除了腐敗的氣息，一切也正如此地的名字一樣得到應驗。自此太平就像瘟疫一樣的蔓延，侵蝕著維多利亞城居民的記憶，並且把遺忘的症狀遺傳給後代，以至後來有人開始不相信太平山曾經是他們前人的家園，就像他們不知道全城最早的慈善機構東華醫院的好些總理是鴉片煙商一樣。其中只有少數人執迷於太平山的故事，但他們已經沒法在地圖上找到線索。[18]

與其說維多利亞城的界碑圍起了華人社區，不如說是高官商賈自我孤立的標示。沿著這道標示線，他們開始用醫院和植物建立第二和第三道防護罩：「地圖顯示，山頂的醫院系統相當嚴密，有正統醫院、婦孺專用醫院、軍用醫院。當年的鳥瞰圖亦看到百年前山頂只是座光禿禿的石山，完全不是今日的漫山翠綠。……英國人進駐山頂後，開始移植外來植物，如用以遮蔭的印度橡樹、驅蚊的白樺樹，綠化是後話，防病才是主因。」[19]

就在三重防護罩之下，高官商賈以「天下太平」的幻想構建的未來，大概也不離黃遵憲〈香港感懷〉所描劃的幻境：

沸地笙歌海，排山海酒林。連環屯萬室，尺土過千金。
民氣多羶行，夷言學鳥音。黃標千萬積，翻訝屋沈沈。[20]

18 見董啟章：《地圖集》，台北：聯經出版社，一九九七，頁一〇四。
19 屈穎妍：〈山頂故事，由盧吉道27號開始……〉，《明報》副刊「心筆在妍」專欄，二〇一四年五月九日。
20 李小松選注：《黃遵憲詩選》，台北：遠流出版社，二〇〇〇，頁三九。

黃遵憲曾於派駐海外期間幾次途經香港，就在瘟疫爆發前後，但詩人筆下的香港已是紙醉金迷之地，現實與詩境的差距愈大便愈顯出詩人內心的悲絕——自己既無力力挽狂瀾於既倒，只好鞭撻香港這棄子在資本主義的鴉片中如何引致人心萎靡、世道敗壞。黃遵憲倘泉下有知，看見現在香港的物業代理店面張貼的樓盤廣告，標明尺價過萬，不知會是慨嘆自己的一語成讖，還是讚嘆自己的一語中的？

之後一九一一年便爆發了辛亥革命，同年香港大學成立，可能因著要設法控制疫情和教育公眾接受西方醫理之故，大學將香港西醫學院納入大學機制，成為開校三個學院之一。孫中山在一八八七年至一八九二年間，即瘟疫尚未爆發前，曾在香港西醫書院習醫。在我的年代，〈中山先生的習醫時代〉是初中必教的課文，其中的沉悶可說是當時的集體回憶。孫中山在習醫時常跟同學說：「醫生救人只幾命，反滿救人無量數；吾欲反滿，吾此生舍反滿莫屬矣！」[21] 孫中山之後棄醫從事革命，矢志扭轉時局，建立新政府，以救黎民於水深火熱。革命成功後，先生回到香港大學發表演說道：「有等西人，亦曾向余問及，何以中國反正後亂事多過從前，吾祇答以緣故極多，現在革命事業只行了一半，譬如香港山頂，有一大石，由山跌下，至半途為樹枝阻遏，不能一直跌下，而樹枝終有枯之一日，障礙物既除，大石自然跌到平地，吾所抱之宗旨亦如是耳。無論若何艱辛，一定要革命成功。」[22] 孫先生的「香港山頂大石說」相當切合本文的語境，如果說當時香港華人對山頂殖民官員的消極抵抗情緒是山頂滾下的大石，那麼香港大學便是特別築起在半山用以承托的護網。大學起初的三個學院，全是理工科研的專業，又容許華人入讀，除了可藉西方科技的領先姿態向華人子弟施以攻心之計，又可漸漸將護網變成華人上攀的社會階梯，這樣民間與政府之間的張力自然得以慢慢消弭。

在香港大學下方的西營盤山道，五十年代初為煙花之地，殖民政府為了開拓西環石塘咀一帶，特別將灣仔的風月地移至此處，並將電車線西延。真的很難想像當時最高學府下方不遠處就是煙花地，這好比將一疊白紙放在染缸邊兒一樣，如果是現在的香港，家長大概會先在網路臉書上大搞一頓，製造輿論，然後再遊行請願吧？這種城市規劃究竟是絕對

21 見鄭子瑜〈關於〈中山先生的習醫時代〉〉，《啟思生活中國語文》第二版（中一上）教冊，香港：啟思出版社，二〇〇五，頁教冊一，七。這文是鄭子瑜在〈中山先生的習醫時代〉成了坊間教材的課文後特別自撰來解說文章的寫作背景和手法。

22〈孫中山於香港大學大禮堂（今陸佑堂）演講〉，摘錄自羅香林著《國父在香港之歷史遺跡》，見「孫中山——偉人．大學．歷史」網頁，網址：http://100.hku.hk/sunyatsen/address_CHI.html（二〇一五年十二月二十九日檢索）此網頁為「香港大學百周年」網站內容，其中所載的演說列明為一九二三年於香港大學的演說，但內容跟收錄於《孫中山全集》第七卷，中山大學歷史系孫中山研究室、廣東省社會科學院歷史研究室、中國社會科學院近代史研究所中華民國史研究室合編，北京：中華書局，一九八五，頁一一五—一一六的演說全文內容頗有出入。觀乎網站內的行文，可推測網站所載為羅香林的報道，當中可能包括了除了正文以外，孫中山跟與會者的答問內容。

信任學生的價值判斷，還是為了反襯港大的超然域外，強化上流的慾望？無論怎樣，聽起來都強於將一些愛國意識或道德判斷灌進學生腦袋中等待風乾成型。當時的港大校園規模當然比現在小得多，只有本部大樓，五十年代給冠名為陸佑堂，是中世紀歐風的建築。我時常覺得「陸佑」這名字真是相當適合用在校園建築上——佑，本意是「幫助」，所以陸佑，字「弼臣」，號「衍良」。我們常說「輔弼」，古代君主年幼，都會有「輔弼大臣」，協助治理天下。教育的本意不就是輔弼年幼，蔓衍良知嗎？這是時代的橫向拓展，符合防護罩大覆廣廈的特質。

港大校園後來不斷發展，七十年代更興建了柏立基學院的研究生宿舍，孔雀藍的傳統琉璃瓦瓴和栗棕色的門廊，掩映在樹叢中可謂古樸又不失簡約的現代感。詩人胡燕青就是在這裡寫出〈問夜空〉這首榮獲首屆中文文學創作獎詩組冠軍詩作。胡當時以李賀詩為碩士論文題目，故詩中提及李賀瀝血的寫作模式，並以金甲蟲自喻，覺得自己像李賀一樣是上天揀選的寵兒：「我以夜空投來的金甲蟲自喻，當時心中歡喜，就好像蒼天已揀選了我。……如果我仍執持李賀的反叛與自卑，我永遠無法臻至那自己構思出來的至高境界。」[23]詩人望著瑰麗的星空，感悟到自己心中潛藏著澎湃的才情，思索如何駕馭，並煉出金甲蟲一樣的詩作，薰染人心。這令我想起小思的《承教小記》中開卷的第一篇就是〈不追記那早晨，推窗初見雪〉，整篇文章沒有怎樣談雪，雪只是觸發省思的景象罷了，作者因雪景而感嘆四時流轉之飛快，文末作者嘆道，離開香港後，覺得自己老得真快。表面是因為香港四時不分明，想深一層，就是香港連天氣也沒啥變化的穩定，令自己常糾葛瑣事，沒有專注感受天理的循環，於是更難以感受到自己要「承」之天命。在日本，打開心扉，承接天籟，知天命以後，自然變得步履沉重了，而更覺自己老了。[24]如果「衍良」是時代覆蓋面的拓闊，那麼「承」便是文化體統的延續。孫先生在港大的演講中道：「深願各學生，在本港讀書，即以西人為榜樣，以香港為模範，將來返國，建設一良好之政府，吾人之責任方完，吾人之希望方達。」由此看來，香港大學的建立不獨是社會穩定的防護罩，更是給體內存有中華文化基因的知識份子打造一道開闊天穹，讓他們仰望星空，傳承天命，不用擔心天空會在連天的炮火中塌下來。

香港大學現在猶在，但校園下方山道的歡場真的像煙花一樣消散了，街道回復庶民風味，常言道歡場無真愛，難道情愛沾上了買賣的銅臭便注定變質？電影工作者吳昊的《塘西風月史》中的〈還清花債，妓女埋街美談〉便記述了桃影和零零兩段儼如電影《風月俏佳人》（台譯《麻雀變鳳凰》）（*Pretty Woman*）橋段的香港現實版故事。兩位都給富二代戀上，一擲千金替其贖身之餘，更立之為嫡室，而非為妾，而且還以極大的排場迎娶，鋪張程度，一時無兩：「夜幕低垂，飲宴之前，詠樂的姊妹花，人人自樓上拿著電火炮，燃

23 見胡燕青：《日出行》後記，香港：山邊社，一九八八，頁一二三。
24 見小思：〈不追記那早晨，推窗初見雪〉，《承教小記》，香港：華漢文化，一九九七，頁一—三。

著拋擲馬路上，歷時一小時有多，還沒有停止。弄得整個石塘咀火光燭天，炮竹聲震耳欲聾，交通也因而梗塞很久呢。」[25]迎娶零零的架勢，吳昊寫道，較桃影更甚，門口的對聯，除了花以外就是金，堂內則用美鈔摺成不同的裝飾，還用金幣封利是，妓院上上下下都獲得一封。自從她們二人的佳話以後，吳昊寫道再沒有聽過其他了。像這樣夢幻的上攀事跡畢竟不多，更多是像《胭脂扣》裡的如花，遭十二少一方的白眼反對，於是兩人說好一起殉情，怎料十二少命不該絕。香消玉殞的如花在黃泉路上苦候了五十年不果，於是決意重返凡間尋找。電影回到山道取景，對於面目全非的街道，我還是覺得梅艷芳演繹的驚愕略嫌不夠。經過連日的尋索，如花終於在拍攝場地找到潦倒不堪的老十二少。看見他的景況如此，如花轉身離去。電影沒有交代如花放棄帶走十二少的原因，有人認為是如花是嫌棄十二少潦倒，我則嘗試代入，猜想如花是感到痛心，痛心十二少愛得不夠——他寧可忍受如此淒涼的晚景，也沒有勇氣殉情，足見當日的信誓旦旦只是信口雌黃。

記得雨傘運動爆發後，社會上有些知名人士診斷說，那是由於年輕人缺乏上流的機會。可能，但我相信這不是主因。那些知名人士，在香港這個慣於講求經濟實效和行政效率的大都會，上攀至一定階層，可說就是當年港英政府，「以行政吸納政治」模式栽培的精英，他們心底的感悟系統早已蒙塵和鈍化了，不可能再明白「衍良」和「承教」的使命感召。雨傘運動的大學生就像當日的孫先生一樣，感到有大石從太平山頂下墜，只靠大學這重防護罩承托著，暫免於滾到山腳，砸壞每天努力設法上流的普羅大眾。大學生的感悟系統還會驅使他們每夜都來個天問，問自己是否就是上天點選的一員？自己是否真的可以駕馭上天的厚賜，擔得起指派的天命？每次說到這點，總有朋友問我，你怎樣確定學生如此具使命感？我總是斬釘截鐵地說，只看這麼多人聚集了七十九天，但附近商鋪汽車沒有破過一塊玻璃便可確定。在其他地方很可能早已釀成了暴動。至於退不退，何時退，這等問題，當然可再商榷，但我嘗試代入，我體會到運動中的年輕人的心情大概就像如花看見潦倒的十二少，當他們看到自己的政府奉迎中央政府的窘態，便知道特首跟十二少一樣，就是愛得不夠，他還是看重自身的名利多於自己所代表的民眾。就在民眾像如花一樣轉身離去之際，雨傘運動就這樣爆發了。孫先生所說的大石，已突破了大學這防護罩，滾下山了。只是我們的窩囊十二少特首不是去修補大學這重防護罩，而是進一步派人摧毀它，試圖除掉學生接收天命感召的氛圍，真是教人看在眼裡，痛在心裡。不知從防護罩破洞口，上天能否接收到這份我們轉身撤離時的痛，並出於憐恤暫緩新的大石滾下？

25 吳昊著：《塘西風月史》，香港：次文化有限公司，二〇一〇，頁五八—五九。

5 炮台

「天下太平」的最後一重建設，就是興建炮台。炮台必須建在防護罩外，而且要猜拳兩次獲勝才可以建成一個。第一次勝，畫一個「凹」字作台座，第二次勝才能在「凹陷」位補上炮管，使之成為「凸」字便告完成，可以發動攻擊。

從太平山頂沿夏力道下行，便會進入龍虎山郊野公園，那處有二級歷史建築。炮台建於一九〇三年，即和四環九約界石豎立年分相同，也就是界定維多利亞城範圍之同時，便設立了此組炮台，負責捍衛港口的航道。最初配備了兩座六寸口徑的大炮，是當時香港位址最高的炮台，後來於一九一三年拆卸大炮。小時候我到炮台郊遊時，聽過晨運阿伯跟人說，炮火用來阻止日軍從維港登陸，說得眉飛色舞，彷彿自己有份參戰，親眼目擊似的。但這說法不確，因為炮台於一九二〇年代換上防空高射炮，於抗日期間，主要用來阻遏日軍戰機的轟炸，而日軍的地面部隊是由新界取陸路進入香港的。

上次帶隊到松林炮台作文學散步，適逢抗戰勝利七十週年的國慶前夕，傳來籌備煙花匯演的單位，準備以空襲警報聲為背景襯托，藉此回應主題。我聽後真的唏噓不已，縱是沒有經歷過戰爭的幸福一代，也該有同理心去體諒那些看過屍骸遍地而猶有餘悸的倖存者吧？如我們連這樣的憐憫也沒有了，只會公式地迎合上意，那麼我們又如何可能感悟「衍良」和「承教」的天命？難道所謂「上流」只代表體察上意，伺機迎合奉承？「上流」的「上」，不只是指社會的上層，還隱含上天的使命，而我們的心就是承接的鉢子。

許鞍華的電影處女作《瘋劫》便是在龍虎山取景。這是由於電影乃根據真實發生於這山頭的雙屍案改編。警方展開調查後才發現案中有案，就連死者的身分也撲朔迷離。站在松林廢堡的炮台，我每每都會想到虎門炮台，在那裡林則徐建造的銷煙池，是鴉片戰爭中的重要軍事據點，也是不能抹殺的歷史舞台。如果林則徐站在松林廢堡，讓他知悉了英國、日本對香港所作的「瘋劫」，弄得香港人的身分就像劫案中的死者一樣撲朔迷離，然後問他：「可有後悔打響虎門的第一炮？」我想他一定會堅定地說：「無悔！」鏗鏘有力得像他掛在書房上的「制怒」二字。《瘋劫》最後的結尾相當荒誕，神經漢的祖母突然出場拿起菜刀一揮，剖開奄奄一息的趙雅芝飾演的紈紈的肚子，取出嬰兒。我覺得這場面象徵性很強，就是無論如何糾葛不清，導致怎樣的亂局，最後還是回到生命的初心便足以教人放下執念。這便是何以我會以「虎門炮台」來收結這篇關於「天下太平」的文章。虎門炮台，是香港百年繁華的起始，只要明白上面打響的第一炮的原由，那麼街頭上一個個移動的「由」字碉堡便明白自己該走向哪個方向。

鍾玲的個人詩集《霧在登山》的自序是這樣作結的：「近二十年來開始學會反思和考察自己的內心和念頭。因此希望能對生命有深層的體悟。我尋求的是在〈霧封太平山山頂〉這幾句中的內心境界。」接著引詩如下：

走在山頂徑上
你走在虛實之間
實的是身體和腳下的路
霧把真相都掩了。
你掌握得到多少真相？
朦朧的生命，他們的悸動
你想像得出，感覺得到？
前行的你，內心也有前行嗎？[26]

太平山頂的霧，不知是否因為摻雜了鴉片的騰雲、銷煙的毒霧、熱帶的瘴氣、炮火的硝煙，還有昇平的煙花大放後的裊裊，總顯得有點沉滯。那天，同樣有霧，我們一隊人浩浩蕩蕩地從中「環」散步到西「環」新闢的港鐵站，雖然全身沾滿了濕氣，但總算完成了一次「環環相扣」的文學散步。孫中山說如「大石落山」，鍾玲則驚呼「霧在登山」，可憐傳說中那塊到達山頂香港便要陸沉的蟾蜍石，真不知該隨石滾下，還是駕霧登山，管他，只要我們散步時能專注讓身心同步契合，便有可能臻至平和之境；隊伍中愈多的人能達至平和之境，我們便愈接近「天下太平」的願景；愈多人漫步向這願景，最終才能締結出「我們要變成什麼」的本土性。

啊！這些年，原來我們一直在玩「天下太平」。原來，玩了這些年，除了身體變老了，玩法一直無啥更新。且看何時我們始能以身心同步的姿態來玩「天下太平」，並翻出新意來。

26 鍾玲：《霧在登山》自序，香港：匯智出版，二〇一〇，頁七。

詩

維多利亞的囚徒

關天林

一　亞畢諾道

我終究無法想像拾級而上的人
都將走進黑暗。
雲也自願被虛無
裁短，然後綿長如某座空想的砥柱
於是超度之歌用頭
將枯之樹用手，染血的拱門
擱在遺忘的半途，用證人
用說謊家，用你在斜路

拐彎時碰見的人。
這裡遠離海
但我拾級而回
仍然看得見海水無限增生
像一個鑒賞危險幻象的家族
在黑回音箱的深處
踱來踱去，沿著畫框：
牢籠，骨頭，充血的歷史。

二　贊善里

至少，槍聲並無悔意。槍管裡
有另一條賣咖啡的巷弄濾出
黑石和厚書都已絕版，一千零一
數到，不如我們推翻微熱的黃昏

像那個埃及商人
在金碧屏風前克制住惶恐。

三 奧卑利街

周末深夜激烈的荷爾蒙
混和日出時分惺忪的香水
風乾。每個小時
寒氣通過哮喘的背脊
滲進百年孤牆。
我知道你的那一面是湖泊
每一分鐘。
如果有囚徒
撫著地圖，整個等待的身體
便會墮進暈眩，而北方

下著永恆的雪。
在你我他森寒交疊的印象中，日出
真的來臨了，如常分割
山腳和峰頂的迷濛
他寫下第一句，像交出了他的肉體。
低沉下去的喘息聲
驚醒渡鴉，橫過敏感的屋脊，電線桿
與新的黑回音箱。你打量著
每一秒鐘，他跨過
塵埃味的香水揮發成鏡上
難以解釋的薄霧
沒有百年，但已經足夠了
對於等待。

* 維多利亞（Victoria）本指域多利監獄。

小說

根深

黃怡

她跟妳說他真的要和妳分手時，妳只聽見漫天婆娑的樹葉聲，竊竊私語。那兩棵長在香港大學般咸道外牆的石牆樹，氣根垂落成千成萬的視線，樹葉一眨一眨，然後沙啦沙啦，把粉末般的耳語灑落在般咸道上，妳抬頭，但無法辨清誰人說了什麼。白得近藍的光管在妳眼裡灼出短暫的光影，妳並不在樹下，也不在般咸道，真實的是正在律師樓裡說著那些像判辭的話的她。

其實那不只是分手，而是悔婚。妳本來以為那只是原定作妳伴娘的她為了給妳辦告別單身驚喜派對的藉口——略嫌不吉利的藉口，但妳知道她這種長年只會埋首讀書的怪人，通通都不懂得人情世故。那時候妳和他都已經拍好了婚紗照，訂好了減肥計劃、脫毛療程和新娘化妝師，妳的伴娘團已經全部量過身訂造她們的伴娘裙，那張標題是「I said yes」的訂婚戒指照片代妳把婚訊公告天下，在眾人眼中妳和他已經合而為一。妳問她是不是妳和他之間的第三者，她絕不承認。然後妳看見妳母親看著妳，不敢直望她或他的父母，示意妳簽署桌上他早已簽好的解除婚約協議書。

妳不知道原來她和他已經親近得可以代他發言。用刀傷人是犯法的，老實説，妳既沒有那種膽量，更沒有能憑自己的力氣把刀刺進她或他體內的信心。於是妳開始每天找藉口經過般咸道，拿一把舊鎖匙偷偷地狠刮石牆樹的外皮，名符其實的刀仔鋸大樹。當然，樹也不見得因為妳的攻擊而有什麼重大的損傷，妳再用力也頂多只能在又老又厚的樹皮上留下淺淺的刮痕，連那些熱戀中的自私鬼在樹上留下自己和情人的名字的程度也不及。妳本來非常喜歡這兩棵細葉榕，和他拍婚紗照時更特意要求他站在樹下，而妳坐在那樹寄生的古老圍牆上，讓巨大裙襬上所有的白紗所有的蕾絲、刺繡和珠片垂落，順著盤纏的樹幹，望向抬頭望妳的他。婚紗照這種將為千秋萬代記錄愛情頂峰的證據，總得包括一些歷史悠久的物事作永恆的意象，而妳和他既然是在殖民地時代建立的香港大學相識，讓校門外這兩棵老樹見證妳和他的婚姻相當恰當。

那是多麼難拍照的位置：八十多歲樹齡的細葉榕長在港大鄧志昂樓的圍牆外，粗壯曲折的樹根緊緊抓住矮牆和古老的欄杆，把圍牆外原本已經窄得只能勉強讓兩人並肩前行的行人路佔去大半。平日路人經過樹下時總得排成單行，逐一側身穿過樹幹和行人路欄杆之間的空隙，因此許多人索性只走對面英皇書院和「薄餅博士」店前較寬闊的行人路。兩邊行人路中間的般咸道有兩條行車線，東行和西行的雙層巴士、來往數碼港或西半山豪宅的私家車、為附近食店送外賣的電單車等從沒間斷地在鏡頭前駛過，妳的婚紗攝影師站在英皇書院那邊的行人路上，差點忘記了他的職業沒有發脾氣的資格。還好後來攝影師在轉角斜坡上的禮賢會教堂平台，找到可以從高處拍攝般咸道的位置，換上像狗仔隊遠處偷拍般的長鏡頭，拍下妳和他在老樹下對望的畫面；英皇書院外的行人路上站滿了用手機拍妳的路人，妳毫不介意。那些在紅地毯上被幾十個鏡頭看著的天王巨星大概就是這樣的感覺了。

明明那麼困難的拍攝和更多的苦難都曾經一起克服過來，為什麼妳和他的愛情最終還是會爛尾收場？妳和他一起挑選婚紗照、放進設計成迷你相冊的囍帖時，他看著妳在西環各處的石牆樹前拍下的一系列婚紗照，相當快樂。那時他好像心事重重，但他既然笑了，妳就沒有在意。這是妳的婚紗照，人生中最重要的肖像，在世人面前定義妳的婚姻是否美麗高雅的宣傳照。妳在照片裡明明笑得那麼燦爛。

要銷毀一切和妳那胎死腹中的婚姻有關的公眾紀錄，幾乎是不可能的事。妳可以刪除發布到網上的婚禮資訊，取消一切預訂了的時間、空間和服務，但妳無法讓當日在般咸道上拍過妳婚紗照的人手機裡的照片通通消失，也無法讓每一個知情的人忘記妳曾為婚禮多麼雀躍。妳在社交媒體上發放一張黑白獨照，隱晦地說妳和他在諸多考慮過後，決定分開，各自尋找自己的幸福，並祝福彼此，像藝人宣布離婚一樣強裝冷靜得體。妳的伴娘團和朋友們小心翼翼地問候或探問內情，妳起初還會急於自辯，但妳慢慢地明白沒有誰會相信妳。妳很清楚每個人都在交換各人對妳被悔婚內情的猜測，妳不知道當中多少人知道真相。後來妳只想讓包括自己在內的所有人都忘記妳和他曾經是一對這件事。妳把求婚戒指丟到堅尼地城的海裡，他送給妳的毛公仔、香水、書本和旅行紀念品，也全數運到垃圾站去，不想留下任何足以讓妳觸景生情的物事。最難丟掉的，是那幅婚紗攝影套餐裡附送的大型婚紗照油畫。原來妳打算把它放在婚宴的入口，然後掛在新居睡房內，保佑妳的婚姻不致被外人動搖。妳把油畫丟到垃圾站後，不知哪個八卦的街坊路過看見了，居然拍照上傳到臉書的西環街坊公開群組裡，留言的網友要麼對妳的婚姻作出諸多猜測與嘲諷，要麼假裝感傷地剪貼謝安琪《囍帖街》或何韻詩《木紋》的歌詞贈與。妳的一位老友私下告訴妳婚紗油畫被網友取笑的事，妳又羞又怒地封鎖了那位老友和那個臉書群組。可是那又有什麼用？妳不認識的眾多網友都已經看見妳狼狽的證據，也認出妳拍婚紗照的場景就是街坊都熟悉的般咸道鄧志昂樓石牆樹下。難道妳在嘗試用鎖匙把樹砍掉以外，還要把整個西環裡知道這棵樹的人都滅口嗎？悠悠眾口，樹影婆娑。妳閉上眼，就能聽見那些細碎的，細碎的聲音，像蚊一樣懸在耳邊。

＊＊＊

妳從沒想過，妳和他的戀情，最終會這樣結束。妳更沒想過，他會和剛好回港的她走在一起。妳在中學時就知道，妳和跳級往外國極速讀到博士學位的她是兩種完全不同的生物，但當時妳也不覺得有什麼所謂，反正妳早知道自己對當學者完全沒有興趣。在妳預想的人生裡，妳只要求自己得到一個由港大頒發的本科學位，找到一個四肢健全五官端正無不良嗜好身家清白上進顧家的丈夫、當一個稱職的家庭主婦，已經滿足了生而為人的兩項主要任務，可是這一切居然比預想中困難。妳和他認識時，他是妳的私人補習老師。妳並不喜歡讀書，但妳喜歡他。妳把他追到手以後一直瞞著妳媽拍拖，還真的成功瞞到妳考進了大學才被她發現。妳媽本來還一直向妳潑冷水，說妳和他的戀情不會長久，可是當他碩士畢業、找到大學助教教職時，妳媽卻在陪妳和他影畢業相時向他暗示他是時候和妳定下來了。

妳大學三年級時，他果然向妳求婚了。妳馬上把婚訊在網上公諸於世，幾百個朋友在網上祝賀妳，連妳已經忘記了的舊同學都統統出現了。記憶總是那樣根深柢固，妳沒忘記妳和他在一起的消息被妳當時的中學同學們發現時，她們曾經怎樣談論妳和他戀情的未來。他和一個十六歲的女生在一起，難道真的是因為真愛嗎？像妳這樣總是只求合格就好的學生，和一個大學助教在一起，真的合得來嗎？像妳這樣年輕的女子，那麼急於和比妳年長的男子交往，到底想得到什麼？有多少對在中學時開始的戀情，在當事人大學畢業後還能維持？那些竊竊私語像穿過細葉榕樹葉空隙的街燈一般落在妳腳尖前，妳看不清是哪一塊樹葉擋去燈光，但每走一步，陰影都落在妳身上，讓妳不忿。

妳只能一直假設每一個人都不相信妳的戀情，努力向每一個方位展現妳和他的幸福。他和妳去吃的每一頓飯、他傳給妳的每一個早安或晚安短訊、他和妳一起逛街看電影喝珍珠奶茶坐地鐵等巴士，妳都拍照上傳，讓每一個願意看的人都能看見妳和他過得有多甜蜜。只要持續的向八卦的人們供應妳和他仍快樂地在一起的證據，別人再非議你們的戀情都不會有說服力了。而現在妳左手無名指上有了他送的訂婚戒指，別人就更加無話可說。妳在社交媒體上若有所指地說，妳和他的戀情並非一帆風順，而他套在妳無名指上的戒指，正好向每一個不看好妳的人證明，妳的愛情可以戰勝所有閒言閒語。或許有份對妳閒語閒語或其實無辜的人都對妳的發言讚好，妳總算是為自己出了一口氣：樹大招風，世上總有樂見妳狼狽的人，妳反擊的方法，只有在所有人面前一直展現妳的快樂和美麗。

大學四年級時，妳的生活忽然變得非常不順利。畢業論文被教授指控涉嫌抄襲，導修課的出席率又不夠，學系要求妳延遲一年畢業，以重寫論文和補足課時。和妳同年的宿友們都找到銀行見習經理的職位或部署好投考公務員的各項考試了，連妳以為最不可能找到工作的歷史系同學都找到研究助理或銀行檔案部門的職位了，只有妳還在跟大學的畢業要求糾纏。每一個朋友獲得聘書的消息，都像在質問妳為什麼落後大隊；妳羞愧得只想躲起來，但每個人的問候和報喜總會刺進妳的耳內。論文補寫到一半，便是中學同學們相約穿畢業袍拍照的季節，妳努力假裝為了認真完成論文才自願延遲畢業，在社交媒體上每天分享桌面擺滿參考資料和咖啡的照片，每天從網上抄來一些名人和學者對學術追求的金句和語錄——妳可不會給她們任何蔑視妳的理由，但消息總像氣體一樣容易洩漏，妳隱約聽說有人好像已經看穿妳的謊言，但妳無法確認消息來源，只能若無其事地繼續假裝自己對論文題目非常感興趣，更一度謊稱有意把論文發展成碩士研究題目，荒謬得很。

而這樣微小的所謂抄襲事件居然會是妳和他戀情的最大危機。他竟然認同妳的教授，認為妳把幾年前別人交過的論文裡的 literature review 只改一改文法就放進自己的論文裡，是懶惰而不認真的行為。只要一所大學裡有任何一個成員不重視學術誠信，那麼整所大學裡的每一個人、整座城市、甚至整個學術範疇裡的學者，都不會被世人信任，他說。妳不敢相信當時已經和妳訂婚的他竟然不和妳站在同一陣線，還附和外人對妳的指控，更把那樣的小事說成影響深遠的大事，真是過分地誇張。明明所有學者寫的文章都只是用不同方法把那些別人說過的話循環再造，但妳只要稍微不跟從無聊的規矩把別人論文的內容改頭換面、直接搬字過紙就會被指控抄襲、違反學術誠信，這樣不公平的規矩妳怎可能甘心接受？而妳也不過是一個小小的本科生、寫著一份除了妳的教授以外沒有人會在乎的功課，一點小小的犯規居然被他扯到危害整個學術範疇那麼嚴重，不是太過分了嗎？妳和他吵架吵得前所未有地激烈，激烈得妳幾乎可以看見戀愛終結的結局懸在面前。妳知道他對於某些奇怪的原則有著無可撼動的堅持，但哪有人真的會因為抄功課這種「小學雞」理由而分手？妳極度懷疑他只想找藉口悔婚，妳又傷心又憤怒，但妳深知妳無法說服他事情真的並沒有他想像中那麼嚴重，畢竟他是學院裡的助教，說話一定比妳有力。這不是一場可以用理性解決的爭執，而妳穩佔下風。

妳陷入了人生中最困難的時期。妳用盡力氣只想保住妳的學位和妳的婚約，兩項生而為人只要得到了便合格的資歷。要是妳真的無法畢業、無法結婚，妳的生命還有什麼可以憑恃？妳情緒混亂得幾乎無法思考，還好過了不久，他就對妳說：我們一定會結婚的，我會照顧妳。妳哭著答應：原來人在諸多痛苦過後迎來最快樂的消息，居然第一個反應就是大哭。妳做到了，什麼塞翁失馬，什麼否極泰來，都是真的。在延遲畢業的後半年裡，妳一頭栽進婚禮計劃裡，居然忍得過同時補課和重寫論文之苦。和好後他對妳寬容了許多，見妳肯按時補課，他就幫妳整理好論文草稿的參考書目表和格式，為妳分憂。他在宿舍房間裡埋頭幫妳改論文時，妳就坐在床上幫他挑選妳認為最適合的婚紗攝影師和禮服，男耕女織，一時風平浪靜，那麼純粹。

妳把他專注地改著論文的背影拍照放到網上，讓大家看見他是多麼的用功，並真誠地慶幸自己選擇了一個不覺得讀書是苦差的男友，幫妳渡過那般難過的日子。老實說，他如此努力地進修，也真是不容易：今時今日，大學生已經不是天之驕子了，連在石牆樹和鄧志昂樓牌坊對面馬路的外賣薄餅店都叫「薄餅博士」的年代，一個學士學位只是白領階層的基本入場券。既然他終要成為一個負責養家的丈夫，他的學歷高一點對妳來說也是好事。妳聽說很多人都把研究院當作延遲畢業、逃避現實的手段，他好像也說過想讀博士，妳也記不清楚了。不過，妳以為他作為一個男人，面對世界他至少會比妳勇敢一點。後來妳才發現，原來他也不過是個懦弱的人。

光是由港大東閘到西營盤站之間、不到十五分鐘路程的那段般咸道上，至少有十二間地產鋪。在他向妳求婚後的某個晚上，他看著地產鋪不管日夜都亮著燈的櫥窗裡的呎數和價錢，然後問妳，如果我們有了小孩，妳會怎樣做呢。當然是馬上辭職當全職媽媽，等你請工人來幫我照顧小孩啊，兩房單位加工人房，大家都有私人空間，是對小孩最好的選擇吧，妳說。他仍看著那些呎數和價錢，沒有作聲，也就是說他並無異議。妳看著滿街由外傭領著的狗、由嫁給外國人的華人女子領著的混血小孩、由大陸研究生領著的大陸研究生，一一在外傭中介公司、窗簾鋪和議員辦公室門外走過，妳很高興他有想過妳和他的未來，那個未來有婚姻、有後代的未來，看來妳當時選擇追求他是個非常正確的決定。

那時妳不知道他居然會喜歡像她那種愛讀書的女生。在分手以後妳一度非常在意他有否後悔為了她而拋棄妳，不斷用各種方法打聽他和她的近況，希望抓到任何即使微小、模糊的證據，證明他和她在一起以後並沒有過得更好。可是呢，他似乎沒有什麼不快樂的跡象，跟她一起搬到英國後他在那邊的大學找到研究工作，一樣可以幫教授寫論文，還有時間參加學術會議、為報名博士課程做準備。妳不清楚對他這種學術水平的人來說，在外國的大學裡找到工作是不是非常容易的事，畢竟聘請他的英國教授也有意當他的博士論文指導老師；但妳總覺得他的事業之所以能如此一帆風順，一定是她在背後做了什麼手腳。妳對他真是太失望了。他居然成為了這樣的一個透過愛情去依附比自己高學歷的人的男子，一和她在一起就飛上枝頭變鳳凰。妳甚至有理由懷疑，他會和她在一起，只是因為想她幫他完成論文、輕易得到一個博士學位吧？難道他真的像她那樣，為了無法丈量的知識而讀書嗎？

要是別人知道他居然是個這樣膽怯又愛攀龍附鳳的人，又會怎樣評價妳看男人的品味呢？畢竟妳曾經多麼興高采烈地在眾人面前展露對嫁給這個男人的期待，就算大家知道妳和他最終解除了婚約，也無法洗去妳曾經選擇把一生託付給他這一點。事後妳回想那次和他一起在般咸道看地產鋪，他應該不是在想怎樣和妳建立一個家庭，而是被樓價嚇壞了。風一吹來，自石牆樹頂垂著的榕樹氣根就隨風搖擺，明明它們看起來那麼堅實，還是一吹就動。妳沒有想過妳和他七年多的愛情，就這樣輕易的輸了給他的恐懼和一個博士學位。

* * *

記憶那麼深長，在妳忙著戀愛之時無聲無息的建立起來，到刻意要遺忘的時候，才發現每一個看似微不足道的細節都已落地生根，而且根深柢固，要把依附的物事全數拆毀才能根除。妳無論何時何地也總覺得他仍在妳身邊，在妳那不再常常收到他訊息的手機另一端，在妳和他一起看過的地產鋪地下那隻招財貓的眼裡，在街道的車聲和風聲裡，在「薄餅博士」對面的那兩棵石牆樹下，無論夢裡醒裡，只要妳一個人靜下來，他或她或那兩棵該死的樹就會出現在妳眼前，一眨一眨的，轉述著那些關於妳愛情失敗的耳語。殺人是犯法的，隨意砍樹也是，但妳仍是不甘心，仍是每天特地走到般咸道，拿鎖匙刮那兩棵細葉榕的樹幹，並積極把自己的網路足跡全部刪除，不讓那些談論妳的人有可以憑恃的證據。

要是這兩棵樹可以被砍掉就好了。人類確是很健忘的，只要改變地景，一切就能忘記，以前妳和他在般咸道上常常光顧的「蛇竇」樂香園咖啡室也早就搬回中環，現在也沒有誰記得在現址是地產鋪的地方曾經賣過他最喜歡吃的雞批和滑蛋叉燒飯。那次他的臉上沾了雞批的碎屑、妳伸手去幫他抹時，他握住妳的手吻了妳的手心，要不是妳經過中環的「蛇竇」也不會想起。關於記憶的腦神經科學雖然複雜，但只要改變物理環境，還是可以很有效地阻止別人記起對妳不利的事。地鐵港島線的西營盤站和香港大學站開到般咸道來，也幫助妳淘汰了許多往日的記憶。在還沒有地鐵的日子，要從港大往港島的東面需要坐23號巴士，往港島南區要坐另一方向的90B，要去旺角又要到另一個巴士站坐970巴士，每一個巴士站都記得妳和他在妳仍是中學生時往不同地點的約會，妳和他在約會時吃過什麼、買過什麼，他在多晚的時候才送妳回家，遠遠的看著妳走進電梯大堂才離開，不讓妳落單也不讓妳家的看更看見，杜絕被妳媽發現妳和他在一起的事。妳當然沒有辦法殺死一個巴士站，但地鐵來到以後，大家不管是要往北角、旺角還是海怡半島，都只需要坐上東行的港島線再轉車就行，巴士站的人龍短了很多，會因為情景而想起妳和他也曾一起排隊等巴士的人也就少了許多。然而那兩棵可惡的樹，卻沒有一併消失，向每一個路過般咸道的人當著沉靜的證人，證明妳曾經和他在樹下如此甜蜜地對望，以不再成立的未婚夫和未婚妻身分。

妳和她，以前當同學時也曾經一起在般咸道等過巴士。那時候妳沒有想過她在外國可以跳那麼多級、那麼快讀完博士學位，她回來香港時妳才剛訂婚、看著他幫妳改論文，而她已經是博士後研究員了。老實說，妳和她在中學時並不熟，可是既然妳要辦一個讓大家都羨慕的婚禮，何不找在妳的中學同學之間最受歡迎的人當妳的伴娘呢？那時她是學校的大明星，既是田徑隊隊員、風紀，成績又好、性格又隨和，當年她因為太聰明而往外國跳級讀書的事，到現在還不時被同學及學妹們當作傳奇來談論。當然，現在回想，妳就知道妳想得太天真了。妳當然知道妳不可以找一個比妳漂亮的人當伴娘，而她的眼睛比妳小、臉比妳圓、身材比妳扁平，妳很放心在美貌方面她不可能搶走妳的風頭。妳在中學畢業的謝師宴上被同學們一致推舉為最有資格選港姐的人，雖然妳沒有真的跑去參選，可是看著那些什麼青少年雜誌的校花校草選舉時，妳也不覺得妳的外表會輸給那些入選的女生。妳甚至真的覺得，像他那樣內向、低調的小書生，能得到妳主動追求，也真的算幸運了——然而他最終居然因為她而放棄妳，妳真沒想過他的價值觀會如此奇特。

妳其實在畢業以後就和她斷了聯絡，到她回港後妳才在同學聚會上和她再次見面，就算是邀請她當妳的伴娘後，妳也總覺得和她對話的語境像公函而非私人書信。當時妳會選擇請並非交心好友的她當伴娘，無法否認也只是為了虛榮感：妳搶先所有中學同學，成為第一個宣布訂婚的人，而且妳才廿三歲就訂婚了，比跳級讀書的她或是那個在中學時就開始寫專欄的誰厲害多了。像她那麼聰明、讀那麼多書的人，也願意在以妳為主角的婚禮上，俯身為妳拖起婚紗的裙襬，難道不像英國那兩個年輕的皇妃一樣能傲視全場嗎？妳在腦裡預演過好多次她垂頭拖著妳的婚紗走在妳身後的畫面，以及想像過妳的同學們和學妹們看見以前的大明星當妳的配角時，她們會發出怎樣的讚嘆。真的沒想過她這樣的愛情居然會是大團圓結局呢，她們會說。我也希望能像她那麼找到可以托付終生的丈夫呢，她們會說。她能請到那樣的天才來當她的伴娘真是難得，她們會說。妳光是想著，已經笑得眼角都掛滿笑紋。

那絕不是什麼瘋狂的想像。學校是一種培育耳語、讓故事持續流傳的溫床，再多年前畢業的校友、傳過的醜聞，只要兩個來自同一所學校的人碰面，就能馬上重翻舊帳。般咸道上諸多的校園都有公開讓路人探看的空隙，聖保羅的泳池、港大的老樹、英皇的噴水池、禮賢會的古老大樓、聖士提反的花園、般咸道官立小學的旋轉樓梯，都仍帶有許多可供耳語填滿的想像空間，走在路上，大家都認得路上的學生從哪間學校裡來，許多鬼故事和是非在空中飄落到好奇的耳內。誰在水運會上展露出和年齡不符合的成熟身材，哪個自命不凡的小學妹對同是校友的音樂老師不禮貌；哪間男校出身的藝人以前在學校欺凌過誰，哪個立法會議員以前來自哪間學校，後來又發表過哪些令人咋舌的言論。哪對形跡可疑的男教師，在離職以後各自過著怎樣的生活，都仍在所有曾經在般咸道附近上學的人口中流傳著。妳的婚禮有了像她那樣的傳奇人物當配角，誰又會忍得住不談論呢？妳訂婚後馬上發起的那次中學同學聚會，話題全都圍繞著妳的婚訊，妳當眾邀請她當妳伴娘後所有人都陷入對婚禮的興奮，幾乎沒有空間容納別人對她久別回港的問候。新娘和新生嬰兒一樣永遠是主角，而妳非常享受這角色。有了她當妳的伴娘，妳的婚禮一定能成為被人傳頌的大事。

那時在同學聚會上，妳還說過要叫他幫沒有男朋友的她找個對象，結果呢，在妳和他分手的會談裡，居然會是她當妳和他之間的調解人。她到底是怎樣介入妳和他之間的呢？明明她在答應當妳伴娘以後才在妳介紹之下認識他，就算在姊妹兄弟團的聯誼聚餐裡，二人也只會一本正經地討論研究院的話題，正襟危坐。言談間妳完全看不出他們之間有任何情感上的連繫，甚至有點相信他真的從她那種學術天才身上受了什麼感召，真的要追求一個讀很多書的人生。還是他們當時這樣的對話，只是為他後來跟妳提出分手而刻意安排的伏線？她給妳的解釋，的確是說他重新審視過他的人生規劃，決定不那麼早結婚，改為到外國尋找讀博士及繼續發展事業的機會。他都三十歲了，三十歲結婚還早嗎？一個從那麼早就開始準備的藉口，妳要怎樣拆穿？

當她向妳轉述他悔婚的決定時，他已經遠遠的躲在外國了，只有他的父母、妳的母親和她在場。不敢親自說分手的男人，還有什麼用？她站在妳和他之間，說他不想和妳直接對質，即使緣分結束，也想好來好去。妳說，妳和他是什麼時候開始背叛我的？她堅持她沒有背叛妳，並用電視劇裡假裝關心的社工語氣說，妳的母親讀過由他當律師的母親寫的協議書、已經同意由雙方家長平分無法退回的婚禮經費；考慮到退婚對妳的名聲會有所影響，如果取消婚禮的經濟負擔太沉重，男方願意多負擔部分費用，只希望妳和他可以和平分手。妳問她憑什麼代表他說這些。妳說，妳和他睡過了嗎？妳說，妳到底用了什麼方法讓他忽然變心？妳母親拉住妳，不讓妳衝上去抓破她的醜臉。

誰都希望自己喜歡的人是正義的一方。天秤的一邊是完美的她和護著她的雙方家長，天秤的另一邊是崩潰大叫的妳，任誰都會認為妳的失戀是自找的。明明分手前不久，他還問過妳：妳流產那時痛嗎？流了很多血嗎？那時妳瞞著妳媽媽到大陸的醫院進行流產後的治療，可怕嗎？妳說當然可怕，當然痛啊，那是非常傷身的事情，那時就算你從美國的研討會趕回來，我的手術也已經完成了。你讓我的身體經歷那麼重大的創傷，要是你婚後對我不好，你就死定了，妳撒著嬌說。那時候他看起來那麼哀傷。現在，他自由了。妳最終還是在那張他已經簽妥的協議書上簽名，聲明妳已經和他解除婚約，並承諾日後妳不會再直接主動聯絡他，各走各路。妳一簽完，妳媽就拉著妳離開律師樓，彷彿妳是個剛離開法庭的罪犯。妳到底要怎樣向所有知道妳和他訂過婚的人解釋呢？妳應該怎樣才能把妳在大家心中的形象扭轉為對妳有利的模樣呢？妳可以說服眾人妳是自願解除婚約、而不是如此狼狽地被拋棄嗎？妳在腦裡迅速設計了許多說詞，但沒有一種真正天衣無縫。離開律師樓的路上，妳看見了好多好多的石牆樹，氣根垂落成千成萬的視線，每一片樹葉都在對妳指指點點。看看那個被男人始亂終棄的可憐女子，那些氣根說。她怎麼可能會以為她能瞞騙所有人，那些樹葉說。她不可能真的相信她在此事裡沒有做錯吧，那些在石牆上的樹根說。妳忍不住大叫，想摔什麼，但街上只有因為妳情緒太激動而側目的路人。夠了。

妳不想再在人前出現了。妳媽直接攔下一架的士，讓妳可以在車廂裡一路哭到回家。

在解除婚約後妳從所有朋友處打聽她和他的近況，她在看著妳簽完協議書後便回英國工作，還和正在找讀博士的機會的他和他妹妹三人一起住在他父母在英國買的房子裡，親密得像家人。妳聽說她不打算生小孩——他不是很喜歡小孩的嗎，妳對妳的朋友們說。他居然為了依附像她那樣的學者而放棄想生孩子的願望？他真的有那麼懼怕畢業後要在職場上找工作養家的前景嗎，妳對漸漸不再回應妳的朋友們說。他其實沒有害怕畢業的理由：他的父母都是律師，手上有不少在般咸道或更高貴的地段的物業收租，他就算不供養父母，父母也不會餓死，甚至可以靠父蔭安穩地渡過一生。難道他決定繼續讀書，真的是因為像她那種怪人對學術的追求嗎？可是就算妳真的知道了真相，妳又有勇氣告訴世人他和妳分手的真相嗎？

* * *

妳知道和妳同代的人，都在偷偷談論妳解除婚約的事。妳無法否認這是妳自招的惡果：要是這些年來妳沒有如此高調而且頻繁地放閃，或是沒有邀請像她那樣受注目的人當妳的伴娘，也許在妳和他分手後，妳還可以保有一些靜靜地療傷及重新出發的私隱，可是一切都已經太遲了。妳和他在七年多的戀愛期間，已經由妳親手種下了太多的記憶和戀愛的物證，每一項都像榕樹的氣根，已化成難以根除的一枝枝樹幹。妳在無力自辯以後終於疏遠了和妳同代的所有人，不讓她們各種有心或無意的言行提醒妳那一切耳語和傷痛。難道要等全部人都死光，妳才會被原諒嗎？一八幾幾年活著的那代香港人已經死光了，也就沒有誰記得般咸其實就是香港第三任總督文咸，除了喜歡在同學聚會上賣弄知識破壞氣氛的她——不過殺人是犯法的，殺一個人還是殺一代人都是。而妳就算再怎樣用鎖匙刮那兩棵樹，它們還是靜靜的站在那裡，不容許妳被遺忘。

妳和他不是一起在那樹下山盟海誓過的嗎？妳和他不是曾經一起渡過那一切的苦難嗎？妳被妳媽拉到相熟的泰國寺廟裡強制禪修三個月，想讓妳可以找到心靈的療癒和平靜。但就算妳遠在外國的神明面前，不許用手機或電腦、每天都得依時間表作息和參加禪修，心裡還是無法排除一切的哀傷和仇恨，仍一直想著那般咸道那兩棵該死的樹，期望香港會刮起一個十號風球，把它們吹倒。被颱風吹倒算是無法以法律追究的act of God吧？陪著妳禪修的妳媽並不知道妳在那三個月裡每天都祈求香港打風，妳也不知道妳媽篤信的神會不會為還未是信徒的妳實現那樣重大的願望，可是當妳回到香港時，就在新聞裡看見那兩棵樹被政府砍掉了。

妳趕到般咸道的「薄餅博士」前，看著對面馬路的港大鄧志昂樓圍牆，兩棵八十幾歲的老樹被清理得那麼乾淨，一條樹根也沒有留下來。妳哭了。妳的願望居然實現了。現場原來有記者在，問妳是不是因為捨不得那樹而痛哭，妳沒有回應，記者就當她的猜想無誤，還把「街坊因為不捨得兩棵老樹當街痛哭」寫進網上新聞裡了。擋路的樹連樹根都被徹底挖掉，工人在原來被樹依附的地方，填滿了新鮮的水泥、石磚和欄杆，企圖讓人造結構看起來不曾被石牆樹擾亂，也杜絕了石牆樹再從牆裡長出新枝的可能性。當然，那些新填進去的物料，還是有點明顯的歪歪斜斜，也未有圍牆其他部分被風雨和年月刷上的老舊顏色，只能像新長出嫩肉的傷疤那樣，以明顯較淺的顏色保護著剛剛密合的重創。那邊的行人路重新變得寬闊，一對女大學生輕鬆地並肩走過原本被樹幹擋著的地方，不需要側身，也沒有轉過去看那曾經有樹的位置，彷彿對她們來說，那裡從來都是沒有樹的平凡行人路，也沒有妳和他曾經拍過婚紗照的記憶。

這應該就是妳被集體記憶赦免的開端。那段戀情裡有太多妳不敢想起的事，也有太多妳不願意被別人知道的真相。妳實在不願意承認在妳被教授指控抄襲後妳向他假稱懷孕，只是為了使他不跟妳分手。你是男人的話就要負上責任，我們已經訂了婚，你絕不可以離開我，妳說。明明在冷戰中的他讀到妳的訊息後馬上打電話給妳，並說，我們一定會結婚的，我會照顧妳。妳沒有想過那樣的謊言可以如此有效地使你們和好，老實說，妳也沒有想過他會上當。妳要求他在三個月內保守妳已有孕的祕密、連彼此的父母也不能通知，並非因為胎兒會小氣的習俗，而是為了方便妳在說謊一個月後、他剛好陪老闆到美國參加研討會時，假裝流產、要到大陸醫院刮宮，就算他想馬上坐廿八小時飛機趕回來照顧妳，也因為妳「在大陸的手機網路無法和香港聯絡」，無法成事。妳要求他絕對不能向外人說妳曾經流產，說是怕他的父母會介意而阻止你們結婚：你不會因為這樣而丟下我的吧，我們的婚紗照都公開了，大家都知道你會娶我的，妳說。他抱著妳答應了。

妳真的以為他不知道妳是假裝懷孕的嗎，她在律師樓裡這樣跟妳說。妳那才知道他早就發現了。是她告訴他的嗎？她那麼聰明，就算她在讀博士期間學會了分辨誰曾經流產而誰沒有，妳也不會覺得稀奇，畢竟讀那麼多書的人總是像英雄電影裡的超級壞人一樣，擅長用自己的各種專業知識毀掉英雄主角的一生。一定是她告訴他妳假裝流產的事了。像她那樣想介入妳和他之間的人，要是握住了如此有力的把柄，又怎麼不會利用這樣的事來離間妳和他？明明要是他一開始就跟妳攤牌，妳還有自辯或道歉的機會，妳和他都已經經歷過那麼多的苦難和考驗，一個在妳情急之下為了留住他而衝口而出的謊言，真的會讓他下定決心和妳永遠決裂嗎？她在妳背後通風報信，不就是為了要把妳置於無法自辯的境地，並讓她保有從旁煽風點火、乘虛而入的空間嗎？為了從妳手中把他搶走，她到底下了多少機心？我從沒想過妳會向他通風報信，妳對她說。我和妳認識那麼多年了，妳和他也是因為我介紹才會知道對方，妳居然為了他而不顧我和妳多年的情誼？妳說，妳和他是什麼時候開始背叛我的？妳說，妳和他睡過了嗎？妳說，妳到底用了什麼方法讓他忽然變心？妳在律師樓裡緊握的拳頭氣得發抖，同時不知是因為憤怒還是哀傷的淚水直流，劃過兩頰，直直地滴在深紅色的木頭會議桌上，閃閃發光。

其實他的同事在妳假裝流產時，拍到妳在香港的酒吧喝醉了、和男生親密地共舞的短片，她說得很平靜。房間的空氣凝固。他給過妳一個機會講真相，但妳還是選擇騙他，他就無法忍下去了。妳想起他問過妳：妳流產那時痛嗎？流了很多血嗎？妳說當然可怕，當然痛啊，妳說。那時候他看起來那麼哀傷。原來他已經知道了。

對了，她說。其實我是他妹妹的未婚妻。他並沒有對不起妳，我也沒有。

從那時起妳就一直在刮那兩棵石牆樹。她徹底地清白，而妳沒有可以自辯的餘地。妳一直刮一直刮那兩棵樹，想把身上的污點全部刮去，但妳無論怎麼刮也無法從世上把那兩棵樹刮走。到底她有沒有告訴那個房間外的別人這一切真相？到底那些曾經見證妳邀請她當伴娘的人，會不會從她口中問出一些線索來？妳當時那麼高調地演出自己的幸福愛情，到最後只能假裝和他因為無法向外人言明但非關妳的過失的原因而和平分手，大家真的會相信嗎？妳真的寧願大家都忘記妳曾經有過的這一段情，好讓所有人都不再注視妳那充滿罪名的過去。可是要怎樣做才能把已經傳送到眾人記憶裡的婚紗照、放閃照等都一一刪除？找另一個人結婚、用新的故事和影像蓋過他和妳的故事嗎？把到處都能勾起眾人記憶的般咸道放火燒毀嗎？把和妳同代的每一個同學和朋友都殺掉嗎？殺人和放火都是犯法的，而妳並不相信妳可以輕易找到別人來和妳製作新的愛情影像。除了刮樹以外，妳沒事可做。

於是那兩棵樹被政府砍了時，妳真是再快樂不過了。砍樹是犯法的，除非砍樹的人是政府。那麼老的樹本來還能活上許多許多年，實在是不該留它活口那麼久的。政府說那兩棵樹本來就有倒下的危險，雖然妳怎麼用力刮它都傷不了它的皮毛，但妳也不在乎真相了。連那裡深入牆壁和地底的樹根都被挖走處死了，就再也不會有那兩個巨大的證人，讓所有路過的人都能聯想起妳和他的事了。

樹曾經生長的痕跡，已經被水泥抹去，只要給它一些日曬雨淋的時日，就連新塗上去的物料都會完美地和老舊的部分接在一起，無法分辨。也許那時，妳就能自這一切侮辱中重生了。兩棵石牆樹被砍了，可是後面山坡的陰影仍落在般咸道上，像一種鬼魂一樣，代替原本長在石牆樹上的氣根籠罩著凹陷的牆、牆上新鮮的水泥，還未夠暗的天色還未能把欲蓋彌彰的水泥隱去，還有讓知情者想起那兩棵樹的可能性。

等待吧。等待見過那兩棵樹的人都老去，等待她們各自陷入更大的快樂和醜聞之中，等待世界一點一點的變幻，把妳的醜聞壓到不再使人覺得有趣的歷史深處。妳無法殺死每一個記得的人，但妳可以等待他們遺忘。妳繼續沿般咸道往中環方向走，經過轉過幾次手的茶餐廳、已經改賣紅酒的乳酪雪糕店、總是說要結業清貨但十幾年後才終於結了業的時裝店，妳開始慢慢相信遺忘的可能；近聖士提反女子中學那邊的般咸道上，那四棵被砍去的細葉榕在石牆上留下了樹根，切口處長出了好多水橫枝，像爆炸頭髮型一般茂密，正好盛綠。風一吹過，像眼睛又像嘴唇的細葉榕樹葉，又再次在妳頭頂沙啦沙啦，妳抬頭，但無法辨清誰人說了什麼。

詩

石板街

蔡炎培

你在陽台望著我
滿有笑眉風在泣
雲咸的門當與戶對
不像字畫文玩嚤囉街

你滿有會心望著我走下
長街是塊會跳腳的石板
一列書牆矗立街角
扶我唐璜是隻魚眉的夜鶯

中環碼頭在望
午間出廠的貨物報了關
手中書湧的人潮
卷帙浩繁踏正了下班

你的陽台住過風華正茂的真光女
今天我去探望徐娘半老的姨媽

⋆五十年代的工商署，離中環碼頭不遠；區區在培正畢了業，常常前往申請大英聯邦特惠税，母親的祥興襪廠的灰棉襪，甚受南洋礦工歡迎。我文學生命第二要人blue coat就在石板街上端的雲咸街，那人是林燕妮的同班同學，在石板街獵書之餘，間或匆匆一敘。金庸説得好：「紅顏彈指老，刹那芳華。」一回首，六十多年就過去了。

小說

越過鐵絲網去看海

方太初

從的士下來的時候，深夜的街道有一條黑色的狗，牠望著我，有一刻我以為牠可能衝過來咬我，牠的眼睛裡有些我不明白的含意，我猶疑要否退回車廂內，牠卻轉身離去，我站在鐵閘門前，看牠因行走而身體搖晃，高揚的尾巴，我清楚看見牠的性器，夾在兩腿間的蛋。我突然很羨慕，動物不需要衣著，甚或不需要定義，牠們清清楚楚明明白白，就是牠們本來的樣子。

取了郵箱的信，等電梯的時候，我習慣地望一眼更亭，看更又睡著了，戴一頂太陽帽，為他遮掉大部分燈光。人們睡去，狗在街邊流浪，也有未睡去如我的人，也是流浪者。在銀行信、電水煤氣單、各種廣告之間，有一張無雙從德國邊境小城寄來的明信片，說每天都會經過舊橋到河的另一邊，久了會想念海的寬闊與難懂。她說因為香港，學懂了一個由葡萄牙語衍生的字詞praya，海濱的意思，雖然她一直以為葡萄牙語與澳門關係更密切。我這才知道，她誤以為我們最後一次見面時，我帶她去的是一個叫praya的海旁。

無雙在旅程上，我不知道她下一站在哪裡，無法告訴她，Kennedy Town Praya 堅彌地城海旁其實是一條街道的名字，一截電車會經過的街道。而我們一起看海的地方，我後來再回去，大閘外是維多利亞公眾殮房，我們站過的地方是前堅尼地城垃圾焚化爐的位置。

無雙聽了可能會說這是一個錯摸[1]的故事。

那是五月初的事了。無雙傳短訊說來了香港，想看看能否見面時，我正在工會之中，空氣鬱悶，但我其實不那麼在意，年長同事有他們家庭經濟的擔憂，年輕的空言理想與決裂，我不想傾向任何一方，都好像與我無關。

待得工會完後，埋完版也很晚了，無雙說沒事，直接到我新居附近逛逛談話就好了。約她西營盤站等，她穿白色連身裙子，跟我在台北第一次遇見她時一樣，她卻說我記錯了，那次穿的是黑色。

我們沿地下長廊走向第二街出口，長廊貼滿黑白照片，全是店鋪與街景，我跟無雙說，夜已深，這些景色妳都不會看見，看看照片就當逛了西環一轉。無雙一直跟著照片裡的招牌唸：合利鹹魚海產、蓮香居、德昌森記蒸籠、趙醒楠、遠興號、裕隆號、友記理髮、陳泗記飯店、餘樂里、正街、桂香街、西華里、梅芳街、高街、第三街、第二街……我聽著，發現原來換了一種語言，這些店鋪與街道名字有些陌生。

1 編註：意即陰差陽錯，多指劇情。

無雙問我，這是舊香港嗎？我告訴她這兒時興將還存在的東西掛上牆，這些黑白照片裡的景象根本走出地鐵站就能見到，大學三年，我常沿興漢道、水街走到電車路，「德輔道西的七號差館，對面有家趙醒楠跌打館，牆外有一張六七十年代的跌打油舊廣告，那殘舊的海報我每次經過，它都是一樣的舊，好像再過五十年也是這樣舊，可能到這些黑白照都被人換了時，那舊廣告還是會在。」

無雙說這些照片算是提早的悼念了。我有點驚訝，因為她說對了，有些東西我們總是不知不覺就失去了，尤其在這樣的時代。和無雙從第二街往高街走去，她看著那垂直電梯，問我這是王菲蹲下偷看梁朝偉的地方嗎？不不，那是中環的半山電梯，比這條長多了，那兒的晚上沒這麼安靜，或許不久後這兒的夜也不會安分，電梯對面早就開了家叫soho的酒吧，如此直白。

「下次妳再經過香港，時間充裕些時，帶妳去蘭桂坊飲酒，去乘那長電梯。」

「這樣我就看明白剛才照片旁的壁畫了，明明畫著生活的場景，遠處卻有吊臂，前方還有整段地面翻起了，原來就是在建這電梯。」

上到般咸道，我教她往下望，只要往下走去，燈火通明處就是電車路，永遠向光處走，就怎樣也不會迷路，就像這城裡的人，都認為往最繁鬧處走，就不會迷失。

「但有時迷路也不錯，旅程就是為了走新的路呀。」無雙說。

「台北的巷、弄、號，我總弄不清，有次在師大附近找布拉格書店找了一小時，後來再去，它已經消失了，我在師大附近迷路時倒經過了另一家叫永樂座的書店，那次去日星鑄字廠也差點錯身而過。你們的巷弄，轉彎又有一段，再轉彎還是有，好像一直走不完。」

「其實西環也很好走，也一直走不完，這兒一段、那兒一段，剛才你帶我走的那些巷里短短的，各有各名字，毓秀里像女孩子。」

我帶無雙左穿右插，來到電車路，這鐘數，一些電車早停了，還在開的懶懶散散，搖著搖著，城市都要入睡了，電車上層零散的乘客望著街道上的我們。到他們也過去了，街道就更安靜。不知是喝醉酒還是太累的男子，坐在電車站牌的石墩上，挨著欄杆睡去了，無雙問香港人是否都很累。「若說是累，不如說是有點無力感吧，很多事情若不知怎樣下去，不如維持現狀，現狀應不會變得更差？」

我忘了無雙怎樣回答我。後來我總想起這些如像無聊的對答，才明白它們重疊了在不同街道上遛達的時光，恍似跟著對話可以畫出班雅明所言的私地圖。我們從第二街、第三街、高街到般咸道，從水街到毓秀里、廣豐里、皇后大道西、屈地街到電車路，我們走了一些路，但更多街道巷里都沒有經過。

「餘樂里、爹核里、東邊街、西邊街、青蓮臺，加倫臺、寓安台、山道、南里……」我數算著告訴無雙我們沒有經過的街道，她回答：「本來就沒可能走遍所有的路，選擇轉一個彎，就會捨棄了另一些道路。」

我們又從西營盤走到石塘咀，從石塘咀走到堅尼地城。無雙問我堅尼地城是不是城中城，我說起維多利亞城，那是香港開埠初期，西環、上環、中環、下環組成的範圍。「一個跟海港叫同一名字的城很浪漫，雖然我不了解維多利亞城的歷史。」我記得無雙這樣回答。

我們緩慢走著，取代了夜間的電車，轉入爹核士街，這兒有酒吧，有原本不屬於西環的熱鬧。兩個在酒吧外喝酒嬉戲的外國人，醉了的男人有他們的嫵媚與風光。經過他們就到達海邊，右邊的飯店亮起「西環碼頭」的燈牌，如像明信片裡的樣板風景一樣媚俗，無雙問我會不會覺得像在自己的城市裡體驗了一趟遊客的感受，我們都笑了，決定原路退回去，去另一邊碼頭看海。喝酒的男人仍歡愉，我看著他們，無雙剛好回過頭來看我，我訕訕然望去別處。

經過臨時花園時，不知何時掛了大幅橫額抗議政府清拆花園建豪宅，無雙好奇這麼完整的花園，為什麼會以一種臨時的狀態存在，我不懂怎樣告訴她這城的習慣，很多事情都臨時，有臨時十年的、有臨時三十年的，最終都躲不開被棄掉的命運。

「住附近的人會不習慣吧，一天起床一座花園就消失了，只餘一個空洞。」

「就是這樣，你永遠不知道每天在失去什麼。」

想不到說些什麼時，我們就潛伏在夜的沉靜裡，向港島西面邊緣，沿域多利道一直前去。維多利亞又好、域多利也好，勝利之名，譯音不同，就指向不同的意義，世上各事總在各種名詞間分類。我那時其實想問無雙，為什麼失蹤了那麼久。

暗夜裡招商局碼頭的指示牌明明就在前方，我帶著無雙轉彎後卻只見圍板與鎖起的大閘，幸好那鐵鎖只輕輕勾著，推開一條門縫，閃身就進去了。圍板後邊原來是一片空曠的土地，只泊著幾架貨車。看來我們走錯路了，這應是等待重建的地皮。

再前方有鐵絲網圍起的海，無雙在接縫處找到罅隙，我跟著她進去，告訴她小時候住在安置區，旁邊就是海，我常隔著鐵絲網看海，有時海上有大船，但我從來都沒有想過要越過鐵絲網那邊去。所以那時我看的海、天空與大船都是從格子裡看出去的，但我總記得清晨陽光反映在海面上時，怎樣金光閃閃。

鐵絲網後的位置不算窄，早有人放置了三數張殘破的椅子，大概常有人到這兒垂釣，我們坐進椅子裡，一同看海。我叫無雙坐近一點，她挪一挪椅子，挪不動，我們隔著不遠不近的距離，看暗夜海面虛幻。無人知道暗夜的海底蘊是什麼，它們承載海上的一切，甚或陸上那些因海面波動而微微搖晃的人。

不遠處泊著一架軍艦，我想起港聞版的同事才提起中國拒絕美國航母戰鬥群訪港，卻准許這海軍軍艦停靠的事。「真猜不透準則在哪，但這些美軍會上岸到灣仔酒吧喝酒，就像以前蘇施黃的故事般。」

我問無雙怎看這美軍軍艦，想到的會不會是不同的故事。「你意思是，如果兩個人背景不一樣、身分不一樣，看同樣事物時想到的也必然不一樣？」無雙明白我想問的是香港與台灣兩個地方對中國、對美國不同的看法。

「這關乎界線吧，但有時我會想界線真的那麼重要嗎？為什麼不能像越過鐵絲網去看海般越過所有事情，就像你是一個同性戀男子，我是一個異性戀女子，所以我們看的世界必然不一樣？」

我不知道怎樣回答，我指無雙看軍艦後方的大小青洲，無雙問對面燈火通明，車如流水處是否青馬大橋。我告訴她那是昂船洲大橋，我也告訴她一套關於青馬大橋的電影。「有兩個人駕著車在青馬大橋上，其中一個說好像突然有些東西不見了，但又多了一些不是自己的東西。他們說這電影是關於一九九七年的香港，但我覺得放在現在也一樣。」

「你讓我想起很小的時候，小姨說的故事。」無雙講起了另一個有關遺失的故事，「A班的小娟掉了手帕，她跟老師說，老師從教桌抽屜取出一條手帕，問是否這條，小娟搖搖頭，我那條是格子的，老師放回手帕，關上抽屜；B班的小明掉了手帕，他跟老師說，老師從教桌抽屜取出一條手帕，問是否這條，小明搖搖頭，我那條是綠色的，老師放回手帕，關上抽屜；兩條手帕就這樣靜靜躺在隔壁班的抽屜裡，小娟和小明誰也沒有找回他們的手帕。」

「我後來想這是很哀傷的故事，你遺失的東西就在你的附近，但是你並不知道。」

「或許有時遺失的東西從來不是可以在原處找回。我小時候住的安置區，於我是永恆，於這城是臨時，早早清拆了，我連當時住處確實位置也未能尋回。但剛才這樣跨過鐵絲網，好像當年的自己跨過了鐵絲網去看海。」

無雙說她以前不明白這個故事的意思，「但或許就是為了多年後當我轉述時，讓你記起小時候隔著鐵絲網看海的日子。」我喜歡她總是找到方法解釋人同人的相遇。

再坐一會，五月的夜風一樣有點涼。終於無雙說起她辭了職，想離開台北去看其他地方。

「小英上台，改變不是要出現了嗎？」

「馬英九也好、蔡英文也好，其實分別並不那麼大，誰都是在幾種力量之間周旋，或許現在這樣，不統不獨，就是我們最好的狀態。而我只是覺得了隔閡，無論怎樣，這一切都如同與我無關，我的城市並不需要我。」

無雙望著我，看久了我們都沉默。她在說一個城市，但又如在說一個人。誰都希望強烈的感到有人、甚或有一座城市，永遠在那兒需要自己，但這些都不是必然。

「妳小姨說的那掉下的手帕，叫我想起擦過欄網頂端的網球，也可以是排球、羽毛球或乒乓球，到底它將會落在左邊還是右邊？但它落在哪一邊都只是偶然，就是這樣子。」

「碰巧你是這樣，碰巧我是這樣，我都明白。」無雙停了好一陣子，最後說，「但無論球是掉到左邊還是右邊，確實有一條界線在那兒。就此把你與我都歸了類。」

送無雙搭的士回酒店後，我走了另一條剛才沒有經過的路回家，等電梯的時候，如常看見看更戴著太陽帽睡去。後來在夜歸的晚上，瞥見一個城市疲憊的時刻，我都會想起和某些人一起走過街道時的溫暖，如果走了另一條路，又會是怎樣的光景？有時也會想起無雙上車前說上次在台北，我們在酒店附近遇彎就轉，然後沿馬路一直走，去大稻埕碼頭看海。她總記著我說的那些旅途上的事。

而現在踏上旅途的是她。我零星收過無雙其他明信片，多是旅程上當地風景照，只有一張是何藩的《日暮途遠》，電車路旁邊就是海旁，男子推著三輪車經過。原來Kennedy Town Praya曾經真的就在海邊。

詩

由禮頓道到加路連山道

鍾國強

記憶不知鑽進街上
哪個補過又補的洞？
新的榕樹又長出來了
來得及被再度磨利的
刀斧修理
被緘默的鴿嗚啄碎
鋪路中的骨白直指前方
急速拐彎的地方
曾經有茶餐廳
名為蘭芳

如今是連鎖的燒臘
燒十枚酷陽在冷色的店
汗在玻璃
如滴下枯乾
又再生長的文字

又再生長的街道
草色的舊樓房孵著
一列新店
離鳳城不遠
又再長出 Benz 專門店
只有書報攤閉合
在大白天裡如夜葉
還有附在文字上的魂靈
木頭車和三色袋

牢牢綑綁在一起
要我們認清主人
巨型廣告牌上的裝酷
和微笑
在劣績期都難挽頹勢
交叉口屹立的電箱
再無九龍皇帝
只有單眼仔通渠
禁止標貼
的繁殖

蒸餾水空樽在路旁
由一至百的自我
默默算計
保良局的樹

剛擺出迎接的姿勢
又趕緊收斂
善門容子稚
苦海作慈航
門面的話這麼說
轉角的樹椿仍在
仍蹲得高高的不讓人坐
南華會是中菜廳和咖啡閣
足球呢足球呢？
牆隙有若干不知名的植物
望著不密不疏
不像假日回想也不像
平日的交通
記憶中的日子是否往回

生長？榕鬚縮回
枝椏無名處
仍窺看對面的名牌櫥櫃
明火還是無火
教堂半透明的玻璃沒有答案
利園與可口可樂廣告牌
也沒有
老餅店的窗仍像牢房
香腸在滾動
不見感動的人在探望
教會名校的後門
又聚了不少人
從幼稚園開始
生涯與善惡
彷彿對面久被凍結的資產

忽又成了熱鬧的酒店
天橋下有高價回收
電器，如今也收
古木傢俬和黑膠唱片
什麼時候
人們會再擲杯
為號？過濫的陽光毫不費勁
穿透營養不良的樹篷
還可以叫作樹篷麼？
底下淒厲一聲
一步一踏碎
紛然墜下的
一隻又一隻
三腳烏鴉
及貓
與文字

詩

白沙道

呂永佳

躲在唐樓裡
然而終於靜下來
深夜有無言的劇本
小販木頭車的痕跡
遠處徘徊的電車
連同屈藏帶刺的記憶
一一逃遁在深橙色的
仍未肯回家的路燈裡

或許這裡本來有雪

並聚成白沙
失落的名字讓它失落
是白嗎？兩邊的唐樓都塗上
五彩繽紛的油彩
為了蓋掩叫人尷尬的
殘舊斑駁

曾經我們說絕不食言
一條街的長度
就是變改的長度
我無法相信
一條街道都懂得說謊
要用新的傷口，治療舊的傷口。

三十歲以後

迴避沙，只有雨
雨點隨我們的身體滑落
我選擇一個人住在白沙道
二十多年，我渴望碰上自由
卻不知道我們無法觸及真正的自由
用一輩子的時間和自己吵架

銅鑼灣的舊樓，深而昏暗的天井
水滴進空谷之中
我誓要推翻城市的印象
那繁華的外衣，然而脱盡以後
只餘脱盡本身

早晨的電車開出了
我總是無法學懂

小說

浣紗

伍淑賢

快到餐廳大門的時候，美美打開手袋拿出小鏡，看看哭過的雙眼有沒有異樣。還好，妝容貼服，眼肚也沒腫。

三月七日，這組數字像無人飛機，廿四乘七在她頭頂盤旋，四隻螺旋槳跟美美說，你好。

剛收起小鏡，已見陸生和一個女的站在餐廳門口。美美是個守時的經紀，一貫比客早十分鐘，今次卻是客比她早。這兒是酒店的咖啡廳，環境很舒服，輕輕有背景音樂。隔著玻璃門，天后地鐵站讓冬午陽光滿滿罩住，竟生出溫暖，雖只是個地鐵站而已。

美美本來已訂了檯，陸生卻想光顧街坊小店，說附近大坑有好些，不如過去走走。美美剛從這兒搬走，地方還很熟，便帶路。

邊走邊看客人卡片，原來陸生不是陸先生，他真叫陸生。卡片沒有公司名字，只有個手機和電郵。那個女的卻沒介紹，美美就不作聲。

經過蓮花宮的時候，陸生才開腔，那女的叫林姑娘。女的很有禮，微微一笑點頭。這麼些年頭，美美見過不少人，想這是個斯文的小三，或是男人老婆死後，跟進跟出的紅顏知己。

早上還在家裡大哭了一場，幸好這位陸生臨時找她看盤。現在出來走走，做做生意，心真寬了點。不過如果讓她揀，她寧可不再來這邊。

走了半天，陸生還未說想找什麼單位。其實最緊要是知道客人的預算有多少，其他一切都是虛的，只有錢是實的。還有第一次說的銀碼也多是虛的，非到第四五輪，客人才供出心中真正的數字。而且永遠是，只負擔到四萬租金卻要看七萬貨色，愈看愈心紅，然後就死纏，最後還不是要接受現實，住回自己階層的房子。

美美提議不如在街口一家新派麵包店坐下，喝杯咖啡。陸生卻說這邊好像有家茶檔，奶茶極滑。

「報上說不喝過他們的奶茶就不算來過這兒。」他說。「政府好像要收回他們的牌。」林姑娘還是微微地笑，骨碌眼睛細細打量每家店鋪和招牌。美美帶他們走進後街，那個茶檔今天卻沒開，全封了板，也沒招紙解釋。

「已沒做了嗎？」陸生有可惜的表情。

美美說街坊都知道他們早賺夠了，高興就開，不高興不開，無定向風，從不解釋。還有，早上七時就貼告示，謂已踏入高度繁忙時段，謝絕外賣，其實不過那兩三檯客。舊區就是充滿這些無理小店，傳媒卻捧到天高，好像小店必人間有情。美美就是不受這套。大商奸，小店也非善男信女。

差不多五點了，幾家茶餐廳都已在洗抹東西，基本沒客。彎彎曲走了幾條街，終於在個車仔麵店停下。美美本來要帶他們坐店裡，比較乾淨，陸生卻說陽光好，不如坐門外的摺檯摺椅。附近車房的人都讚這兒的奶茶，美美說，便點了。有個男的很快端上三杯半暖的棕色東西，說你們走運啦，最後幾杯，馬上就要轉做晚市雞煲。美美倒是留了神，那林姑娘，足踏光鮮皮鞋，坐在溝渠蓋邊的小圓櫈。這兒每張櫈，眾街坊之小狗大狗都坐過，她意態卻沒不自在。

美美不喜拖拉，廢話少講，開門見山問陸生想找什麼單位。

原來，他們有貨放售，不是要租別人東西。

「賀小姐事忙，不認得我們了？」陸生喝茶不放糖，大口大口喝，林姑娘卻下足一包，攪兩圈，喝一口。白糖沉底，再攪，糖雲在翻騰。

此時林姑娘開腔：「我們在深井見過的。」美美快速搜尋記憶，十多年前在深井的確有個新盤銷售處，許是那時的舊客？

「就是有晚去超市買廁紙，卻買了層樓的那人。」陸生笑了。美美記起來，那個示範單位是平地上無中生有搭出來的，附近有個屋苑，左面一排燒鵝酒家，右邊有家超市，同事一批守超市門口，一批看住燒鵝店，找客。結果是沒人吃完燒鵝買樓的，反而那些穿著睡衣涼鞋的街坊，本來去超市買個杯麵，買卷廁紙的，竟買了層樓。美美以後就常說，慾念是長駐底心魔，一勾就給勾出來。經紀吃的是勾魂飯。

既是舊相識，就好說話。美美問，那時應是另一個同事為你開單的，陸生為何記得我？原來他當時趕不及上寫字樓簽文件，是美美親自給他送去的，於是記住了這位熱心的賀小姐。

「香港要找人也不難，舊卡片我都留著，就是怕你轉了行。」陸生一仰喝光玻璃杯餘下的奶茶，簡單說了他在中半山要放的幾個單位，美美記下了，說要回去做些準備功夫，約好明天再聚，去看看那些單位，拍照放上網。現在都沒獨家不獨家這回事了，資訊完全開放，就只看誰的客有質素，夠牙力[1]。美美爭著付錢的時候，記起深井時確有位陸太，夫婦簽的是長命契，妻子果然另有其人。但這種事也平常不過。

「賀小姐好像很熟悉這區？」林姑娘以一貫的柔聲問。美美說她在這兒住過幾年，最近才搬走，所以還有印象。美美當然不會告訴她，今早她就因為突然感觸，離開了她喜歡的銅鑼灣，搬到不毛的西環，心很苦；雖然一賣一買，她西環單位的房價已能一筆付清，還賺了裝修費和一點現金。不過今早看報，見大坑的房價又漲了，於是後悔賣得太早，又哭了一場。她是為錢而哭，也為了擇地而棲的理想而哭啊。

三月七日，別忘了，診所的護士說，六日晚上五時入院，要準時呵。阿爸說了，你怎麼總是惹麻煩。錢？我們有也留給你大哥；誰叫他是兒子。

她雖捨不得這兒，不過對客還得客觀點。「也不是人人喜歡這區的。住慣山上的人，聽人說這幾條街紅火，便來看房子。晚上黑麻麻還好些，白天一來，看見車房，後街，地面油污，黃梅天垃圾臭氣，坑渠水氹，的士司機泊車開飯坐滿一街，老人坐在馬路邊，齊齊聽震天響的粵曲，就嫌亂嫌髒，都不喜歡。」但以防萬一，美美還是開了扇後門：「不過這兒靜中帶旺，算方便舒適。」

回到寫字樓，美美馬上用手機向舊同事打聽陸生，不久就有回覆。深井那次之後，陸太不久中了風，長期住療養院。然後就有林姑娘。舊同事發揮粵語片的智慧，相信陸生是因為正室還在，才不方便給林姑娘一個名分。這些事美美聽過就算了。倒是有點想不到陸生手上還真不少優質物業。深井那晚，她記起來了，他雖穿了牛仔褲，繫了皮帶，上身套頭毛衣底下卻明顯是件藍色睡衣，衣領上有熱鬧的小熊公仔。後來美美培訓些年輕代理，少男少女都問，為什麼衣著光鮮的人總開不了單？答案還不容易，美美說，因為像我一樣，錢都花在衣服打扮上，哪再能買？

回到家第一件事，就是把那煲湯放到爐上翻熱。玲姐逢星期四來她家打掃兼煲湯，她也放心把鑰匙交下。朋友都說你這樣信人，要小心點。美美倒是用人不疑，疑人不用，家裡也無甚珍寶可偷。但她也留了神，只給玲姐大門鑰匙。除了星期四，她平時都加鎖鐵閘。

1 編註：意即討價還價的口才。

洗過澡，完全安靜，就著飯桌喝口燙嘴的蘋果雪梨無花果湯。美美對今天還算滿意。陸生最終不知會是哪類人，得放長看。剛才舊同事已提過她，深井那次他為了減一萬，後來上售樓處總共磨了五遍，幾乎打破印度客為講價兩萬而磨纏十次的紀錄。不過美美現已很少煩這種心。她腦有個瘤都不怕，還怕這些？湯底挖到大塊豬腱，她暢快吃光。玲姐記得她說過不吃動物沒氣力，熬湯一定要放肉。

那無人機有暗器嗎？轟隆聲是否幻覺？不清楚。呀，醫生說她左耳會慢慢聽不到。那天在電話上，兩邊耳朵都明白大哥的話：三月七？會很忙，要到聖誕節才有空，到時探你。

眼下西環好像為她完全靜止下來，鄰居傳來爆蔥蒜的鑊腥味，她感覺到動物的力勁在她血裡慢慢舒張，那個瘤也醒了，大口大口吸蛋白質，猙獰細胞全方位起角激長。她推開湯碗，進房收拾東西，往對面公眾泳池游泳。只要完全讓暖水包圍，在一張一合的規律中，她就會覺得那個瘤，還有身體裡千億種運動，以至世間一切轟隆嘮叨，原來都是她極親密的一部分。

兩個月後見陸生的時候，他手上的住宅單位已賣剩最後一個，是東半山老牌屋苑的頂樓複式，也是他報的住址。美美覺得運氣不錯，雖然有幾個單位給其他公司搶先成交了，但她經手的也有三分二強，算不賴。應付買方的場合，陸生都不出現，多由美美做傳話人，林姑娘間中會出來。他們也不好找，不是在日本韓國就在大陸或越南遊玩。手機傳來的照片，地點常讓美美猜不著。陸生對智慧型手機一點不懂，開群組，傳相片這些都是林姑娘做的，他只負責笑和被拍攝。每次去一個地方傳相片過來，林姑娘必先寫一句：猜猜我們在哪？再加個哈哈笑。美美當然答不知道，或故意答錯，照樣回個哈哈笑。猜不中，問的人才愜意啊。不過要簽什麼重要文件的時候，陸生又總能從天而降，趕上最後半小時在律師樓出現。

這天見到二人的情景，也是美美想不到的，想不到偌大的複式房子，器物竟這樣少。大傢俬只五六件，雜物是幾乎沒有，兩隻手可拿起，衣服少得放不滿兩個行李篋。美美問是否東西都已搬去街外的便利倉，林姑娘說沒有呀，他們日常就是這樣過。因為要拍照和攝錄，美美要走遍全屋。總共三個套間，三個普通房，樓上樓下都有工人房，天台花園，再加廳廁廚露台洗晾間各樣，空間是舒服的，可她卻覺得屋子有點怪氣。比如主人房浴室，百多呎，潔具美如外國家居雜誌，卻找遍都只有一瓶沐浴露，另有塊幼了腰的肥皂擱在洗手盤邊。雖沒其他人，美美也覺不好意思，卻還是忍不住看看是什麼牌子。那巨瓶裝沐浴露，蜂蜜奶味，透明膠樽金黃液，上面寫是香港名牌，廿多年歷史，本地才俊研發，保證新鮮，還有零售門市，美美竟從未聽過。那肥皂倒是英國貨，她認得是小時候洗澡用的，和哥哥各掰一半，現在都不流行了，家家洗手都用梘液了吧。

工作做完，陸生說不如喝下午茶去，反正大家都未吃飯。美美以為他會開車下去銅鑼灣，他卻有點抱歉地說車剛賣掉，不介意的話，樓下有專線小巴。白天小巴人稀，只他們三個，和兩個後來上車的印傭。陸生坐車門旁的單位子，讓美美和林姑娘坐另一邊的雙座。

美美有點好奇：「你們家東西這樣少，用起來不大方便吧？」

「本來東西很多的，都是他和兩個女兒貯了廿多年的東西。現在女兒都嫁了，他半年前開始收拾，可以賣的賣，或送二手店，有部分放親戚處，沒人肯收的就扔掉。」林姑娘的神情表示那全是陸生的意思。那邊陸生好像聽不到他們說話，淨看山邊斜坡的風景。暖如夏的冬日，石牆頂無端爆出大串簕杜鵑，桃紅皺紙般脆薄，究竟是葉是花？美美總搞不清楚。可今天她終於看清楚陸生和林姑娘的衣服：他們總是穿一樣的卡其褸，天氣暖是麻的，米色，女的有條腰帶；天涼就是夾棉的，外面薄薄防風料子，栗褐色，頸端生出頂軟兜帽。裡面的襯法也一樣，暖天是恤衫西褲配皮鞋，涼了換樽領毛衣配絨褲，冷鋒到就套上短靴，結條絲巾；晚上外出，林姑娘會加串小圓珠鍊，男的會結領帶。

不單這樣。美美今天發現二人的卡其褸袖口都繡了大楷L字，只是顏色收得很隱，要耐心才看見。

「這是我們以前工廠造的，每季穿一件，季尾乾洗後就送去救世軍，下季穿件新的，不收納衣服。現在我們的衣服統統只穿一季，也只買便宜的，專揀基本款式方便配搭，一到季尾就送出去，下季重新來過。」美美想這極不環保，林姑娘像知道她在想什麼：「把衣服好好的穿它一季，天天穿，總好過收在衣櫃幾十年不穿，又不理，更糟蹋了。東西要像水般流轉，運氣才會好。」下車時陸生搭了一句：「我們下次送你幾件卡其褸。倉還有些，質地不錯，幾世穿不完。」

經過崇光，陸生突然提議進去試食，原來地庫超市有北海道食品節，他喜歡牛奶雪糕紅蜜瓜和長腳蟹。拿支牙籤去逐檔討吃的？美美每天穿得體面，努力精神抖擻，如在這鬧市核心遇上客戶，一嘴油膩，還用見人？

她便推說要回去整理相片，朝另一方向走。這對神鵰俠侶，是神經俠侶吧。她肚餓，頭又疼，覺得腦瘤位置有微微脈動。紅燈也不理，朝一家牛排料理就跑。此刻天地間，只有足六盎斯的炭燒安格斯是她底救贖。

有天老闆通知她，說陸生之前賣出的十多個單位，只肯給七成佣金，藉口是公司計法有問題，或是想趁市轉淡找便宜。原來這事已有一段日子，老闆的意思不用說出口：客是你帶回來的，請你搞定。美美也不怕這些，她以前告過一家英資銀行剋扣十多萬佣金，一堂官司就贏了，那個本來想撿她便宜的人事部經理搞糊了事，很快給銀行掃地出門，美美打了人生漂亮一仗。錢和原則，用命去爭。

又是一個不認數的下三流。美美想起大戲裡黃衫客唱，天下負心人何以殺之不盡？這邊卻是人間無賴愈賴愈富貴。比較討厭的是今天約了林姑娘，不好推掉。他們那複式一時賣不出去，轉租，下午有租客要看。

醫生說，我們會先固定頭顱，用伽瑪刀放射逼腫瘤收縮。沒效的話，才考慮開顱骨手術。像小學生唱，掀起你的蓋頭來，讓我來看看你的瘤。顱骨蓋打開，豈不像無人機起飛，飛到哪兒去？醫生，會不會死？人都會死，不過先讓瘤死掉。都到這步了，她唯一在意的，是堅持每晚游泳和敷面膜。手術後第一件事，不是找親人，而是梳頭，擦護膚液補潤唇膏。美麗高雅，也用命去掙。

雖然公司跟陸生有金錢糾紛，林姑娘依然溫和悅色，笑著給她一杯暖水，屋裡卻天翻地覆一廳雜物。有兩個女的蹲著，把山高的東西分開兩堆，似摩西分開紅海，不過一堆極矮，顯出另一堆海嘯般高，中間留條可讓一人通過的通道，林姑娘就在通道放張摺椅坐著，拉把椅子讓美美坐她身邊。

兩個女的是陸生女兒，都高大親切，也穿米色窄腰卡其褸。

「我是寶耳。」「我叫寶兒。」雙聲道般，你好。

「我們都住離島，今天回來清理雜物。親戚還的。」又是一起說話，尾音很齊。

然後不知為何，寶耳寶兒邊執拾邊高聲解釋。

「小學的校服，體育衣，扔掉。」「玩具，十幾箱全不要。」「爸媽的結婚相簿，待會兒拿去電腦掃描就可以扔掉。」「衣服？要乾洗的全送走。可以自家洗的？也不留。這些衣褲很便宜，穿一季就送人，換季買新的，省地方，收的人又高興。」「書？舊雜誌報紙？我們不買很久了。還有這許多？書在圖書館就有，報紙雜誌政府都訂齊，要看就去圖書館。這些舊的，和所有課本，都扔掉。」

林姑娘這時開腔，雖然聲音很小，小得美美只右耳聽到：中小學教科書和功課簿鑾珍貴的，有小時候的筆跡呵，要不要留下給你們小孩做紀念？話未說完二人已把東西朝海嘯高那山倒掉。這時寶耳想了想，掏出三四本學生手冊，轉放到先掃描後扔掉那小堆裡，其餘紙本物事維持原判。

美美想待會兒給租客見到這場面，真不知人家會怎樣想。林姑娘這時說，陸生想請美美喝下午茶，也看看大坑的鋪位，一會兒可有空？

鋪位業務另有同事負責，美美說，我給你約他們。

那就喝下午茶吧。

寶兒，或者寶耳，這時提醒林姑娘，明天一早六點機場集合。他倆又要去大陸旅行，張家界，特惠團五天四夜。回港後一天，再乘高鐵去福州，三天的團，順道去看土樓，回來一星期後去海南島，吃文昌雞遊三亞，報了五日四夜團。之後的再安排吧，寶耳或者寶兒說。她們時單時雙聲道，像武俠片魔咒，美美暈眩。林姑娘身邊不知那時起立了兩個紫紋行李篋，色一深一淺，可手提帶上飛機那種。

我們這半年都這樣生活，林姑娘笑說。所有東西都在這兒了，她看看皮篋箱，其他什麼都不儲存。真有放不進去的，就去租個貯物櫃暫放著，等理好箱子，看看有什麼還可扔掉的，總塞得進去。回香港時候會不會住親戚家？當然不會。如果只是一夜或一兩天，便在機場休息室過。陸生是幾家航空公司的貴賓，洗澡休息吃點心不用錢。如果兩團之間有十天八天，寶兒會預訂青年宿舍或者貝澳之類的政府營地，讓他們過過田園日子。這樣不辛苦嗎？林姑娘答其實很好玩，交到很多朋友。知道自己只一篋子東西，什麼都沒有，多輕鬆。

維園的流浪漢也只一篋家當呢，美美按捺不住說了，三個女人哈哈大笑。美美暗中希望租客快點來。真的，這樣生活，還不跟露宿者一樣，天天提著行李奔波。

這樣過最省錢呢，寶耳寶兒好像怕美美還不明白：旅行團使費每天平均除開，低過在香港租屋吃飯。永遠旅遊，香港便天下太平，雙聲道說。那看醫生呢？美美問，你們不會生病？不用體檢，休息？林姑娘說，我們每天都吃補充劑，我們沒想過病。美美咭一聲幾乎沒笑出來。

租客傳來短訊，臨時爽約。美美告辭。三月七日，如果醒得過來，還要不要再見這些人？或者乾脆做這些人？

按時去到約好的浣紗街街角咖啡店。陸生已在張露天小桌子坐下，位置剛看到十字街頭四路八邊的鋪位。陸生堅持美美試試這兒的紐約芝士藍莓醬蛋糕，配埃塞俄比亞咖啡。難得用頓間茶，美美決定不幫老闆追數。收壞帳本就是老闆的事，她打工而已。真收不足佣金的話，跟上次一樣她必咬住公司不放，更不怕打官司，但此時她只想好好喝杯熱飲。果然咖啡未到，陸生就說錢的事。美美切一角蛋糕嚐嚐，好味。

「我們今天光吃茶好了陸生，這頓由我請？還未多謝你給我生意。公司數目我不清楚，怕傳錯話，不如我回去請老闆直接找你。」他一時沒答話。美美專挑藍莓醬吃。「等你和林姑娘從福州回來，我正式請吃飯。」

二人沒話，安靜喝咖啡。這時一個店主模樣的男人，出來跟陸生打招呼，很熟的樣子。不久又端出小碟曲奇，剛試烘焙的無花果味，夠涼了，大家嚐嚐。美美本來堅持埋單，可執拗不過這男子。男子還硬要她帶走一包曲奇，陸生更要帶雙份。陸生請美美給這男子名片。是呀，管它三月七三月八，只要有氣息，能走路，生意還得要接。然後陸生問她怎樣看這邊的鋪位。

「我哪有什麼看法。」

「或者我先講，你看同不同意。」他從口袋掏出近視眼鏡戴上。「我跟太太和她妹妹，即是林姑娘，就是在這條街上一家豆腐鋪認識的，差不多是現在賣越南河粉的鋪位，所以跟這邊有點緣分，之前也買下些鋪位。」眼鏡剛戴上又摘下，可能是要近看清楚她的神情。「這幾年有發展商看準這兒的地段，蓋了些我認為是偽豪宅的東西，但賣得好。」

「豪宅還分真偽？有人肯買就是真的。」美美說起這些就有點氣。「不過那種包裝方法也真不老實，明明在豪宅區邊皮而已，卻冒認好區，然後大做高級裝潢，買家滿心歡喜，以為是珍品，其實只買了個A貨地址和一堆裝修。付天高的呎價，待看清楚周遭，竟是住在公廁旁垃圾站邊。人人都知是空的，但人人都讚，簡直是皇帝的新衣！」她一口氣爆發出來，舒服了不少。沒人聽過她說這些，腦門一陣發滾，很過癮，但馬上就後悔。說不定陸生正是那種隱形發展商。而她更氣的，是自己竟很想穿但穿不起這皇帝衣。

陸生專心聽了，問她有否興趣過檔幫他做事。

「做什麼工作呢？我不可以像你們居無定所，每季扔掉所有衣服。」她想起剛才孖寶雙聲道也覺恐怖。美美還想有個家，想爸爸大哥以後對她好些，想每年去三四次旅行，想多掙點錢。她所有名牌包包衣服，都買能力內最好的，因為好的東西，有感情的東西，都應該用上一輩子，跟自己一輩子。她是這樣深信的。她什麼也不要扔掉。三月七日之後，她仍想做個開心普通人。她愈來愈相信可以。

他像沒聽到她的話，逕自說下去：「我不過是個收租佬，有時賺點買賣差價，幸運地每次都感覺到跌市快來，比人早點離場。」他指指前面的大街。「你別看這街的名字很詩意，又火龍又新派食肆，發展商也來趁熱鬧；要是市真退起來，一沉百踩，也不是未見過的，其他區也一樣，到時就吉鋪滿街，會心寒。不過我小學在這兒上，見過老藝人逐個鋪挨著唱龍舟，也記得以前的豆腐店，豬肉魚雞檔，雜貨鋪，有感情。」

「我想，這兒不會大變，以後還是街坊在過普通日子。怎樣看，這都是條隱世小村，還是有點髒亂那種。」

美美沒想過這些，可也不反對。心想要是新工作能讓她住回這邊，她有興趣。這人可靠嗎？錙銖必較，身外物省至近零的人，起碼嚴肅認真。她再問一次，是做什麼工作的？還有，萬事要過了三月才可以決定。

二人走著，陸生還來不及回答，一轉彎，就給幾個正在路邊摺檯上打十五糊的街坊認出，拉他坐下玩兩手。

這馬路邊，面向左右進出的車子，看人看景一清二楚。誰上班誰下班，哪幢大廈有新洋人搬來，哪家老人上了十字車入院，誰生了小孩，有心的看官幾天功夫就知道。路邊常有四五把不知來歷的櫈，散放在便利店旁，有彩色膠櫈，有甩皮甩骨包格仔布的餐椅，夜冷撿來的寫字樓安樂椅，裂開的皮沙發縱橫貼了膠布，常有幾個老人佔著坐，細細曬太陽，突然大聲說句話，嚇人一跳。有時聽電台粵曲，也懂開藍牙擴音器，逼全街人陪聽。這鐘數，老人常客早已回家煮飯，而晚上來圍坐喝酒聊天的鬼佬，則未下班。櫈都涼著。

美美記得這排街座。以前怕髒，經過都拐遠點。現在累了，放心坐下去。

詩

那個下午我給舊居寫信——

致大坑　兼誌《那個下午我在舊居燒信》三十週年

何秀萍

親愛的舊居：

「信」這回事，今天也許只有你懂
我第一封收到和寄出的
信，從你開始。
你是我的起始，生於斯長於斯
母體孕育我的血肉毛髮
安居於你之內
營造了我性格

縱使你已不知所終
稽考無從
事到如今，不免憂傷
同時歡喜，似實還虛
這種因緣，最後成為我的一個
祕密花園
埋葬了
我的乳齒
校服旗袍丟失的鈕扣
初潮經血初戀的淚
都經過你的下水道
一一流走
流向哪？
流過那些番衣乸[1]？
流進那條大大的坑？

我熟悉的浣紗是一條街
和一個婢女

親愛的舊居
古老的住宅建築群
不高攀不貼地
端穩地獨佔一個高臺，
正大光明
每幢樓高不過三層
幢幢緊貼互相依傍
園子之間一道矮牆
房子長，而深
一進、兩進、三進……
從前園到後門
坐卧起居六步曲

上半雕花玻璃下半木板
間開臥室有四
二房東三房客
兩家收音機整夜開著
守護彼此隱私
用聲音保護聲音。
共棲時代
從小知道禮讓，安靜，
尊卑長幼、守望相助。

親愛的舊居
鋪了冰凍花階磚的客廳，
紅黑兩色的花紋。
房東不在時
可帶本書去

就著日光看
吟詠瘂弦
「整整的一生是多麼地多麼地長……」
想像到底有多長？
家裡習慣用箱子收納瑣碎
看完的書就打開蓋放回木箱去
如此這般箱子一個個疊起
在每個房間。

親愛的舊居
我竟然找不到
一張也沒有跟你拍的照片
膽小的女孩狠狠地在
公共大平台上使了一整天勁
學會了踏腳踏車

平台一頭是通往大街的石樓梯
高、大、闊
如同那時候的天空
樓梯旁有一神祕的所在
人稱「居士林」。
據說我們隔鄰的隔鄰，
住過一位「華南影帝」
少年李小龍演的影畫戲
曾在此取景

親愛的舊居
你的園子裡花木扶疏
蟬鳴蟀叫
高大的樹開大朵的花
散出陣陣幽香

是落得一地的
蛋黃花，煮水也好喝。
不用不想留的紙張
家人會拿火盆到樹下
劃一根火柴
新新舊舊灰飛煙滅

親愛的舊居
從前的日子很寧靜
人不常碰見但聽到
十面埋伏
樓上的人練琵琶
後欄的老劉在播麗莎
左鄰炒菜右里車衣
就是沒有人聲喧嘩

在家千日好
我放下唱針轉出「波希米亞狂想曲」
或以叮叮鋼琴聲回應。

親愛的舊居
我沒想到你的壽命這麼短
人們這麼不懂愛惜你
昔日我們
很多路走
往上走向學校
下課後從大坑道長階梯
下達浣紗街轉入京街
外婆的家
中秋舞火龍
舞動全村男性賀爾蒙

眼睛避開煙燻在龍舞士中
找尋舅父們的英姿
街坊興奮地說著客家話
我沒聽懂。

親愛的舊居
八十年代末我們分開
你被推倒我往西移
印象印出
那個下午我在舊居燒信
信封上的回郵地址已經湮沒在人海
卻永誌不忘在腦海：
香港大坑光明臺三號地下。

1 編註：「番衣氹」是指面積約半個泳池大的水窪，水流急速上方有瀑布飛瀉。許多村民都在此洗衣服，附近洗衣公司職員甚至把客人衣服拿來洗，常見人們拿著洗衣棍打衫「扑扑」成聲。

渣華道

曹疏影

罡風
噩夢
你的橋墩可
踩遍海水
車蟻延
殯儀如魚
赴水

流星流星
燒壞了

一個小職員的腦盤

筋抓蟹
他抓她筋骨
碘藍

他和她
都沉醉雲煙
水草承受水
指摘與流瀉

明知是噩夢
大公買保險
醒不來哪
眾差人

把馬路
過完

巨肻六十座
壓咖啡廳上
假雪真聖誕
你捲紙菸
燒個臘鴨腌臢年

紫雨曾降
他擁她
紅裙卸任
她又找另一他
共渡船，對岸
對岸垃圾如炬

鬼燈南巡北角
波子球丸地
你有少女鉻
鍍給途人

一面是明路
一面暗海
劣峽留我
她廉政上雲
躡足心花
而他港產皮夾克
楊柳風肩頭滑
他在馬路中間説無恥
她一忽七十歲，街心
淡忘了戒心

渣華道戒心重重
他買魚放生
老闆娘周身白花
魚皮煎了還倦
捻花生茶走
他東瀛回來煮得
一手好人面

憨獸之心
石階下潛帆
兩邊風都不撤手
掰一個狹縫
陰蒂上斷崖
相逢了忘卻

party了忘卻
風暴了忘卻
廉潔了無恥忘卻
隱匿了確幸不大了忘卻

罡風灌底
明知噩夢
怎麼就
醒不
過來了
呢

水草
承受海髒腳

一湧湧
日了夜
蛆了蝶
我的
加入你的
不醒的
玩的

詩

濱海街

黃燦然

如果我傍晚時分路過
定會感到非常迷人並遺憾
自己沒機會住在這裡，可現在
我就坐在這裡，每天經過這裡，
它也就變得像我當初夢想
住在沒電梯的二樓而如今住上了
卻只感到沉悶和局促。事實上
我剛才經過時，不知怎的，好像有了
某種超脫，當自己是路過的，並少有地

感到它非常迷人並且與其說是遺憾
自己住在這裡，不如說是遺憾
自己不是住在別處好讓自己
遺憾沒機會住在這裡。

散文

車程

蘇苑姍

想太多。

眼前無路，而車程總是令人想太多。

或者其實我是在發呆。

一段日子你把我由一間疲累的房間，接回到另一間疲累的房間，由沙田，到南區，再折回沙田。是十多年前的事了。每天早上睡覺，過午才醒，起身之後，出門，走下一條十分鐘的「長命斜」到車公廟對面巴士站，搭182往中環，再轉搭40經花園道，轉右入堅道，上山。

上車，下車，疏疏散散的路線如我無聊、瑣碎、不著邊際的意識流。一路上我與同行的爸或媽無聲對峙，他們會突然不自覺叨念，繼而以責備口吻訓斥，一發，便不可收拾。我厭倦所有說話，將它縅成一球巨大的沉默，化成等待，等車來。車來了就獨自爬到上層找個窗口位，儘管前後有人，但因為有風景，有牆可靠，就成了我唯一的私密空間。那時我總是希望它駛得慢，愈慢愈好，塞車更好。

我其實想，日子駛得慢。

八達通嘟聲高高低低，如散銀的回聲變調。$13，入散銀，嗆啷啷嗆啷啷，一圈圈聲的環揚。循聲，意識彷彿由重量跌落，跌進連串虛幻之中。

空氣中彷彿有種重來的味道。那時我還是個孩子，那時好像還未有八達通。四五十分鐘車程裡，時常，我揣想未來，兩眼凝視前方，便錯覺一切也會往著好的方向走去，隱然充滿某種無法言明的，典型青春期感悟。

握著可能握過的巴士扶手，由現在馬鞍山的家蹭到中環，轉小巴。車行緩緩，彎彎曲曲起起伏伏，徘徊山腰再開上去，坡度或轉彎讓我感到一種往上的下沉。一天接著一天，整條路線被岔成兩條，一條往前，一條往後，如時光隧道，長長而莫名。重疊、切換、迴旋，又繞回相同目的地，好像我一直留在車上。時間移動，而空間總是停留，我頓然有種支離覺悟：如果我坐過頭沒有在瑪麗下車，是不是就可以進入另一條軌道，就可以不走到今天。

時間和生活會改變一個人。如是，我走進往後。等照肺等抽血等驗CEA等照X光磁力共振電腦掃描等見醫生再等等等報告；有時是等八點、十二點、四點，四小時一次等吃止痛藥如飯後最期待的甜品；做電腦斷層掃描時我追想未來同是斷層；整個城市忙得像摩打的時候我不由自主地停下；QMQE威爾斯中醫西醫腫瘤科血科婦科骨科眼科內科分泌科物理治療；各種現況各種後遺原因至今未明，難以預防；嘗試將文字從身體裡拖出來再縫合。人生不如意事十常八九九龍新界香港來來回回薛西弗斯死裡逃生輪輪迴迴。車一直謹慎地搖晃，嚴禁崩潰，小心頭別撞向窗。藥物生活灰白無意志，說不出比說出來更加強烈。如此地，今天，累極。

生活，一個被掏空的概念，只剩下吃藥和看醫生。但旁人總說，你得堅強你得這樣你得那樣你得好好活著。好好活著，說這句話的人知道這代表什麼——深層的意思——知道活著本身是什麼嗎。——世界此際狹小得非常可愛，請同學好好分配每天時間，用相同顏色填滿二十四個空格。呼吸吃飯大小二便沒有意識不要感受。明天十點抽血，三點覆診，五點中醫，快，快填滿每頁填滿最後一行。分割，裁切，合成我的全部現實。

有時會想，我是否應該學像個大人，報以微笑，或說些什麼打完場，但始終覺得，不必。(沒病沒痛沒有壞事發生，這樣活著應該是比較容易的。請不要假裝懂得那些其實你不懂的，好嗎。)

不懂回應，便自覺地從自己脫離開來，用手摀住嘴巴，笨拙地打個哈欠，當差不多打完，我希望對方默默收話，不再講下去。

換上紫袍，病床推進電梯，然後電梯下降，停止，穿過人群，錯過人群。推門，等候進入最最裡頭的手術室，戴上氧氣罩，「嗱，宜家比啲麻醉藥你聞」，吸入氣體，沒幾下，就進入了睡眠……活，一個太大的字眼。我只知道現下長長的呼出，徹底空白的長段時間，比什麼都來得真實——最核心的疾病時空其實並不可怕。

知覺逐一從末梢恢復過來，從房間望出去，還是海景，半山。

飛鳥劃過像秒針，夕陽沉落如時針，一個巨鐘上面有很多大貨船來來往往。但時間從不是一個實在的東西，它伸張：日日，月月，年年，時時，刻刻。在終日的凝望下，全部光、陰，往黃昏墜去。

盯著海的皺褶，我的意識由薄轉濃。

似水流年，生死浮沉，彷彿都是這樣明白過來的。

而時間從來不在我們這一邊。

沮喪—反抗—接受—承受—然後。然後有什麼然後，不是每件事都有然後的，尤其從我指尖流出的文字。

還好，只是八點半。人少了，我側身晃過探病的人們，登上小巴。風景緩緩流過，然後漸漸加速。車廂裡很多肉體與靈魂同我一起被搖晃，不知，不覺，便晃入了夢。

乍醒，再開眼，往窗外張望：還是路樹橫陳，黑濕濕的人影，堅硬乾燥的路，一彎窄月脫落如指甲的月牙。車一輛一輛地駛過，失速的生命，就讓我盡情地瀏覽目前，眼睛看到什麼就單純地看到什麼。

總站，下車。天空迎面撲來，城市依舊擠擁發光。離開時經過太多，為了不至太沉重，我猶能記下的，無非是這麼一些瑣碎片段。

感覺比任何看得見的東西更加明白，更加確鑿。意符飄浮，我在細長的陰影裡踱步，此刻，只是理解到何謂虛妄，何謂距離。

兩者相加，便是離開的速度。

（無人希望知道疾苦，我是知道的。）

散文

瀑布灣道

王良和

走過那麼多虛渺的雲山石路，還有密矗矗迷宮似的摩天大廈，我終於回到出生、成長的地方。這樣的長旅，長了多少見識，如何磨礪意志，對我以後的人生有什麼影響，我感到冥冥中的力量在推移。太陽緩緩西沉，我的衣服散發落日柔和的亮光。記憶的光暈可及之處愈來愈小，不會很久的，眼前一黑，沒有了海灣、岸邊的房子、街道上的行人，沒有我，想告訴你尋常但有意味，或不尋常但終必遺忘的見聞，都沒有可能了。所以我現在要做一次嚮導，你跟著我就是了。

華富街市

我不諱言是個街市行者，每一天迎面而來，過眼雲煙的謀食臉孔，呼魚喊菜的高亢聲音，藝熟的營生手腕，都令我流連忘返。比如穿行於華富邨的街市。這華富邨，前身是墳場、亂葬崗，點化成高樓處處的新型屋邨後，竟成了窮人的富貴屋苑。是的，這裡經常鬧鬼，鬼故事特別多。不必怕，連小孩子都夠膽帶著蒜頭捉鬼，那些鬼也不會厲害到哪裡去。我反而覺得人更加可怕呢。

華富邨的街市，初見真有一點新奇的驚喜。它不是那種露天、攤子處處、地面污黑濕漉的舊式街市，而是巧妙設在商場的底部，晴天雨日，買菜也不用撐傘。你只要沿著華富道，向左走到瀑布灣道入口，左轉，落斜路就見到。然而，這是許多年後，習慣上網看街道圖的新世代，或者依路牌尋路的遊客的指認方法；那年代的居民，沒有什麼街道意識。他們會說，邨口，大大公司，華泰樓，華明樓，雞籠環，商場，郵局，街市，惠康，4號巴士站，小巴站，華富酒家，永德書局，卻從不說街道的名字。除了經過時偶然瞄一眼斜路口「Waterfall Bay Road 瀑布灣道」的路牌。

是的，就沿著瀑布灣道下行。街市的入口，左邊是惠康超級市場，大大的英文Wellcome，有多少人懂得是什麼意思？剛搬到這屋邨來的人，都是第一次見識「超級」市場。裡面，除了特別多女人，還特別多小孩。買菜的人拎著菜籃，偶然會看到穿著灰色長衫、灰色長褲，趿著膠拖鞋，樣子誠樸的中年女人，氣急敗壞地走下斜路，走向「惠康」門口——一個面如死灰的小孩，雙手插在褸袋中，身旁站著穿制服的男人。他麼？多數是偷糖的小孩，給職員抓住了。怎樣處置？那年代的人，仁慈些，很少報警。小孩子嘛，給個機會，好好教導，會改過來的。（明天，他也許會和其他小孩滿腔正義一起追打垃圾蟲呢）他媽媽為孩子道歉，之後拉高面衫，在碎花內衣的兩個袋口中摸來摸去，找出碎銀，買了那筒糖，寒著臉把兒子罵回家去。

惠康對面的雜貨店，店門口本來有兩個大木桶，高高的白米山，走近會聞到粉滑的米香，偶然有兩三隻黑色的穀牛在米堆中玩耍，引得小孩子用手掌去撈，撈到又張開手指讓穀牛沙啦沙啦跌進米丘中。居民習慣在惠康拎著一袋五公斤泰國米和一膠袋一膠袋的食物後，雜貨店的米桶就消失了，當眼處是整整齊齊的雞蛋小山。一個明亮的燈泡低垂，店員五指張開，一次抓起四隻雞蛋，在燈泡中一掃，照出微紅的圈暈，偶然有黑點，好蛋壞蛋就現形了。黑白相間的鹹蛋，卻是一隻一隻照的，白邊透光，可以窺見裡面的紅暈。有時，一個工人坐在店裡，在紙皮箱中抓起一個泥黑的鹹蛋，用銀色的小刀俐落地刮出一坑一坑的白邊，邊刮邊轉動鹹蛋，就像撥琴弦，如果你喜歡聽刀鋒與蛋殼輕擦、黑泥粉落的磁磁，那就有點聽音樂的感覺了。而每一間雜貨店，當眼處總有一個敲開了大缺口的瓦缸，裸露著一塊塊暗青沾著辣椒紅的榨菜，連同蝦米帶著海水鹹味的鮮香、鹹魚的霉臭、花生油濃稠的氣息，空氣中充滿生活中的甜酸苦辣。

一個小學生在門外說：「三毫子麵粉。」

「三毫子，好少嘅播。」

「買嚟釣魚，少啲唔緊要。」

於是店員在厚厚的黃頁簿中唰的撕下一頁，摺成漏斗，把一個銀色的勺子插入麵粉山。

華富家庭用品店，每天都擠滿買菜刀、砧板、生鐵鑊、鑊鏟、瓦煲的女人。你會經常聽到這句話：「襟唔襟？」那是耐用不耐用的意思，這個時代的追求、生活哲學。我想，我也是個積極學習生活的人，從小就學會燒飯、買菜、炒菜。到這裡買砧板，老闆娘提醒我，新的砧板要用花生油塗抹，讓木頭多吸油，才不易裂開。買瓦煲，她又說要先浸水兩天，煲底也要用花生油抹幾次，這樣才可防漏防裂。知識總是從經驗中來，街市人有街市人的學問。你不要少看這些天天在街市買菜、講價的女人；也不要少看那些賣魚賣雞的小販，他們有多少學問和絕技？我的一個親戚，開南貨店的陳三姑，在《歡樂今宵》參加剝蠶豆比賽，現場觀眾一分鐘剝二十五粒，她呢，一分鐘剝一百七十二粒！所以我常跟小販閒聊，有機會偷下師——怎樣用鹹水草「一手紮」氣脈相連的把一斤菜心綑紮得左右平衡？這年代，傳統的好東西、活手藝都消失得七七八八了，想吃一碗有魚味的魚蛋粉都「唔使指擬」[1]。

最美麗的海景

華富街市對面是屋邨辦事處，買菜時順便交租，向職員查問什麼，都很方便。向上行是市政局公共圖書館（現在已沒有市政局了），向下行是郵政局（香港郵政局的標誌換了）。每個初搬來的小學生，大概都會去一次郵局學習寄信——寫一封信給自己，寄給自己。

從街市弧形下行，再弧形上行，差不多就是整條瀑布灣道，這是全華富邨海景最美麗的地方。瀑布灣道依山而建，從華美樓到華建樓，一段像項鍊的斜路，買菜的人，釣魚的人，游泳的人，燒烤的人，散步的人，離家又歸家的人，走在下坡、上坡的路上，在愈飄愈高、藍天下曳著長尾的風箏眼下，都成了一顆顆黑珍珠。

路的左邊，是藍汪汪的大海，這種在陽光下閃著碎金的瑩澈的柔藍，可以越過岩石，湧到人心裡，把人變成靈動善感的海。站在瀑布灣道，可以看見鱷魚島和南丫島。鱷魚島外形像鱷魚，這名字是四十多年前我們起的，它的正確名字是火藥洲。

我常常走過這條路，因為到釣魚台釣魚，或者到石灘游泳，都要從這裡左轉，下坡，走過崎嶇的石路到海邊。這條斜路上，總有大人、小孩，光著上身、穿著泳褲、趿著拖鞋，慢慢上坡、下坡。也有額頭戴著潛水鏡，手挽蛙鞋的年輕男女，甚至用頭頂著吹脹了的橡皮艇，兩手抓著艇邊的青年，在烈日下投奔夢幻的海灣。釣完魚的人，提著一小桶或半小桶魚穫，從石灘走到這條路上來，經過的人總會好奇地往桶裡瞧：「釣到乜魚？」我最輝煌的戰績，是用六爪鈎，一天「挫」了七條臉盆長的烏頭，上午四條，下午三條。捧著大面盆裡的烏頭從瀑布灣道回家時，一個女人還問我「賣唔賣」，說要給孩子煲粥仔。當然不賣，那是人生開始嘗到的成功感。

1 編註：意即，想都不用想。指擬，指望。

從華富道左轉駛向瀑布灣道的車輛不多，這條斜路也就成了孩子的「遊樂場」。剛搬來時，偶然看見穿著汗衫、短褲、拖鞋的小孩子，坐在自製、簡陋的木板車上，從郵政局外的斜路往下衝。後來換了穿上Texwood牛仔褲的少年，踩著雪屐向下滑行，再後來，是穿著光鮮運動裝、Adidas運動鞋的青年，有型有款地站在滑板上，蛇游而下，朝瀑布灣的方向飛馳。

瀑布灣入口

經過露天停車場，上坡，走一小段路，左邊就是瀑布灣的入口。一條小瀑布，就掛在濕黑的崖壁間，水並不潔淨，因為中游的牛奶公司，養了不少乳牛，下游有一些農民，養雞養鴨，溪水受到污染，有點暗黑。

瀑布灣是燒烤的好地方，小孩子喜歡到這裡釣魚、捉魚、撿火石。七十年代，你在瀑布灣的入口，常會看見來燒烤的人，從華生樓對出的路口，另一邊的瀑布灣道下行，經過華建樓、寶血小學來到這裡。他們手拿一大綑鏽跡斑斑的燒烤叉，走到山坡下的海灘，第一件事就是插沙——不斷把鐵叉插進沙裡，把鏽跡擦掉，直到生鏽的鐵叉變回銀亮。今天，再沒有多少人會把燒烤後的鐵叉帶回家裡，留待下一次再用了。這是一個即用即棄的年代。

如果你問我在瀑布灣入口的街道上見過的最難忘的事，我會說：那是入黑的一個秋夜。幾個女人在這段上坡下坡的路上走來走去，一臉焦急愴惶，見人就問有沒有見過一個五六歲的男孩，穿什麼什麼衣服的，他本來和家人在瀑布灣燒烤，大家收拾東西離去時，卻找不到他了。當途人搖頭的時候，其中一個女人就大哭了，她一定是失蹤孩子的媽媽。我們一直聽到那大哭大喊的聲音：「他一定給海浪捲去了！他一定給海浪捲去了！仔呀！仔呀！嗚……嗚……」途人幫忙四處找，我走到海邊——黑夜的海，白浪翻滾，夾雜震撼人心的濤聲，沙……沙……崩……。那是和晴陽、藍天下完全不同的海灣，閃著詭異的浪的幽光。

走在瀑布灣道上，我偶然會聽到隱隱約約的淒厲的哭聲，使我有許多想像。我加快腳步上行，路的盡頭，就是瀑布灣道與華富道的交界。前面就是華生樓，這裡常有不願走樓梯的小孩，跨過鐵欄，從斜坡爬下來。我們從另一個路口，下坡，上坡，走完瀑布灣道，從這裡離開；他們迎面而來，和我們打個照面，走在我們站著的街道上，走向瀑布灣，開始新的旅程。

小說

鴨腿米粉

梁璇筠

阿明替我買艇仔粉的那次，剛好被Miss Cheung罰留堂。明知午飯得一小時，還要遲放，真的非常討厭。阿明向我眨著他的濃眉深目，說：「不要緊，我替你買，照舊是嗎？」我們有默契的點了點頭。然後便傳來，阿明掉進水裡的消息。阿輝告訴我，阿明在岸邊做了一個跳水的姿勢，打算跳下賣艇仔粉的船上，雙手合十朝天，撲通一聲，怎知真的跳進水裡！與艇家只差一步呢！阿輝笑得捧著肚子，好不容易才把事情說完。在旁的同學們都驚訝得反應不過來，只見到塗改液、原子筆和八達通在飄浮。阿明終於回到學校，全身濕透，髮尾的水滴在恤衫領上。阿明到校務處借了體育服，一個十七歲健朗的身體，被放進過小的，顏色不搭配的體育服裡。

艇仔粉固然是好吃的，清湯上泛著燒味的油香，應該是雜魚湯來的。不知什麼時候開始，大概是高中之後吧，大家都沒有再帶飯了。除了到附近的熟食市場，一星期裡怎也有一、兩天在吃艇仔粉。那一次，我們大夥溜進午膳時少人用的活動室，關了燈，以免被訓導老師發現趕回酷熱的小食部。阿明悄悄把雞腿放在我的碗裡。班房很暗，我低頭喝著湯。之後很多次，一開始吃的時候，我便把兩塊最大的叉燒都放進他的碗裡。

放假的時候，我們不是乘小巴到銅鑼灣玩，便是在大街[1]上遛達。但銅鑼灣其實很貴，大百貨公司，希慎SOGO，賣的東西好像只有大陸遊客才會買。走到時代廣場旁邊一帶，阿明買了One Piece的鎖匙扣給我。其實我不喜歡戴草帽的路飛。但是我們仍然非常喜歡銅鑼灣。有時候，我們會吃聽說差了很多的「南記粉麵」。「譚仔」吃過一兩次便沒有吃，寧願回來大街吃「妹記」的鴨腿米粉，一樣價錢呢。說是大街，其實走路來回才總共需要大半小時，都是看來很舊的店，每到吃飯時間卻也人頭湧湧。一間超市、一間萬寧，數間老人院。到處是涼茶鋪，賣乾貨海味的鋪頭。聽說大街從前是南區的「銅鑼灣」，十分興旺。如果是真的話，那麼應該比現在有趣得多，但是到時我們大概沒錢住這裡。

星期六幫阿媽洗好衫後，我便落樓與阿明坐在大街的李麗珊紀念公園[2]。這裡明明就是海旁，不知為什麼，突然被說成李麗珊紀念公園。李麗珊不是來自長洲嗎？但也沒有關係，公園的花開得很燦爛，坐椅也很受老人歡迎。公園盡頭那個象徵風帆的枝架，常常曬著熾熱的陽光，把影子一支一支的攤放在地上，好像被曬得直直的鹹魚。我們有時就坐

1 本篇的「大街」均指鴨脷洲大街。
2 編註：正名為「風之塔公園」。

在「鹹魚」上，看著一隻一隻的漁船，「阿明，你從前真的是住在船上嗎？」，阿明說：「誰說的呢？我倒從來沒有住過。」我好像聽過阿輝說，不過也沒有關係。避風塘上的小船看來是一動不動的，又看來總是搖曳在波浪裡。每到節慶，例如新年的時候，避風塘會多了很多艇家，每戶都有塊花布飄著，他們偶然拿出來的搖櫓，深深的曳在海中。到了午夜十二時，艇戶便會放煙花。這是屬於香港仔和鴨脷洲海岸的煙花。一盞一盞的升上半空中，爆上一支紅花，連著炮仗的聲音。這時候我通常在家中倚著窗，我知道阿明也一樣。我們是在手提電話裡一起過新年的，上年也是，今年也是。握著手提，電話內外都傳來炮仗的聲音。

阿明的父親強叔，是在大街賣船上產品的。他的店裡有齊船上要用的各種金屬部件、零件、流量感測器、力量感測器、不同顏色的繩索。只有在阿明替強叔看鋪的時候，我才可以仔細地看一看這個店子。這裡各種物品加起來，便是船的裝甲。我從來都不知道，原來船上的配備，還可以有這麼多樣式的。繩索是那麼堅固，又如此色彩繽紛。有時會看見曬得黑黝黝的叔父來幫襯，「X，果日在水涌果邊有燦[3]呀……」強叔笑嘻嘻，把幾米繩，幾個塞古，一些工具給他。強叔長得真像阿明。他比阿明皮膚更黑，在室內都頂著牛仔草帽；眼睛很大，有點突出來，加上深深的皺紋，像魚的眼睛。

天氣變得和暖一點。那年三月，我們把筆記、書本、計數機、文具，都搬到海旁邊，一邊釣魚一邊溫習。阿明見到我時會笑得好開心。他打開英文書，然後一直留意著魚桿。

如果有魚上鉤的話，通常都只是石九公、泥鯭。到了晚上，阿明便會施展獨門釣墨魚祕技，釣到墨魚，卻也把我的T恤濺成墨色了。每天晚上，我提著畫滿螢光筆的筆記、書，和魚箱回家。媽媽竟還真的等著我回去，拿魚做菜或者煲湯。午飯呢，我們偶然會去食記，吃燒賣、炸雲吞、炸魚蛋，只需十多元，便會很飽。這裡的魚蛋跟外面自是不同的。有錢的時候，會再來一個豆腐花兩份吃，比在南記吃飽很多。

「講真，你畢咗業會做咩？」

我問阿明，看著對岸的香港仔、山坡和更遠的南海。中六，差不多便大考了，還有更嚴重的DSE。我們的成績一向也不好，不知為什麼數學就是很差，更差的是英文。通識胡亂吹一些便可以了，但也不見得會合格。我當個售貨員便好了，阿明倒好像是想讀大學的。阿明笑一笑，

「你怎麼總是個問題少女呢？」

然後像往常一樣拍拍我的瀏海。他站起來，把魚絲慢慢抽起，很認真地說：

「我的目標是得到One Piece。」

「吓？」

「不知道，到時才算吧。」

---

3 礫，指海中的障礙物，例如礁石。

也真是。此刻看著他像個大男人的背部，擋著微微的海風，還有快要踏過來的夕陽。我大概不曾決定過什麼。畢咗業，也許還是見步行步吧。

「就快端午了。」他突然說。

我知道，那代表他要晚上四點鐘起來到深灣練水。有一晚，我偷偷跟了過去。漆黑的海面上，數隻銀色的龍船劃過，像流星。從前端午前他就很少上學，一星期總有兩天缺課。就快端午，也代表我們會少見很多。直至他站在香港仔海濱公園的竹棚下，與隊友一起拿著獎杯，大咧咧地笑著。

「今年你總算可以毫無牽掛的練習了！」

我笑著說。前面又好像有一艘將要出航的漁船。

春天總是轉眼便過去。今年，未到端午節，我倒開始在銅鑼灣的化妝品公司上班了。上班先為自己化一個紅彤彤的妝，畫上韓式一字眉，貼上眼睫毛，點上紅唇，再把頭髮梳到兩邊去。然後整天站得腿都酸，為客人找找化妝品。「眼線畫粗些，不然得儲錢走轉韓國啊！不，唔夠錢還是番大陸整啦……」阿姐笑著對我說，她嘴很大，笑時歪下來。每天真是，天昏地暗。晚上執貨差不多十一時，胡亂吃點東西等小巴。萬一沒有小巴便只能坐往鴨脷洲的巴士，再在山邊走下樓梯，沿著街燈回家。

上班的日子，原來比任何時候都過得快。想起阿明的時間，竟比我想像中少。我知道這陣子阿明總是替父看鋪。除此之外便一無所知。想起來，即使天天在一起的日子，他也不多話。我只知道，他總是先吃魚蛋才吃燒賣，豆腐花下兩層紅糖。他會告訴我每條魚的名字。他喜歡海。我也一樣。

我媽說：「等以後地鐵通車，你夜點都不怕，可以坐地鐵回來啊。」喝湯時她說，然後我看著港鐵利東站的出入口，發現陳伯的雜貨店不知何時不見了，有吉鋪正在裝修。強叔的店，不知為何今天竟關門了，也沒有看到阿明。

DSE放榜。事情總是可以預料的，沒什麼驚喜，也沒有無謂的沮喪。只是很悶。但是這天我還是特意請了假，早早的便到學校。我問阿輝，見不見阿明，阿輝說：

「我們『明輝蝦片』依家各自發展，你等我地復合紀念演唱會再來買飛啦。」

阿輝這傻小子竟然拿到十二分，班主任正趕他去試一試副學士。他拉起索袋便走了。

一如所料，我沒有看到阿明。

然後第二天，不是假期，我得回去工作。現在我已不再是學生，正式成為大人。

見步行步，原來是不會見步的，也只能往前走下去。

＊＊＊

在那很久以後，一個冬天的早上，港鐵南港島線終於通車。

媽和我決定回去走走。從列車走出來，還要走過一道橙色隧道，經過五分鐘的下斜坡，終於到了比從前光潔很多的大街。前面有兩個人在賣香港寬頻。這裡變得，熟悉又陌生。一共有五間新的地產鋪。一幢新的大樓在大街屹立，有著極高的天花板、豪氣的名字、一盞巨大的水晶燈，還有一閃一閃的聖誕裝飾。他的前身，便是我從小到大的家。我倚窗便會看到強叔的店。甚至看到阿明在打機。

原來，已經消失的事情，真的可以一點痕跡也沒有。我知道，這高樓現在縱然顯得很突兀，不久以後，大概整條街也會煥然一新吧。我不由得拉著母親加快腳步。幸好，「妹記」還在。

「哎喲，珠女大個左靚左好多啊，都不認得了。」

「妹記」的老闆娘端著熱燙燙的米粉湯，上面仍是那只油亮亮的鴨腿。

「靚乜，依家識貪靚就真……」我媽笑咪咪的：「大街真係方便左好多啊，你地就發達啦……」

我咬著香氣滿溢的鴨腿，低頭喝湯，不知為何突然好想哭。

「媽，我去廁所。」

我走到後街，往海旁直奔過去，一直跑到從前我們釣魚「溫習」的地方。

海、山、避風塘裡大大小小的船、對岸的舊工廠和華富，一如從前的看著我。海浪細細的湧過來。一切都彷彿沒有變。這讓我稍稍感到安心。

夕陽的金光忽然亮起來，我看到其中一艘船，掛著路飛的旗幟。

詩

香港的婦女

陳滅

時光似海浪拍擊著臉
外貌不留痕但筆劃疲倦
晚霞映襯婦女的優雅衣裳
予她們力量下了班仍站穩
香港你可知城市如船？

就在船街已無船的時代
如果香港的筆跡凌亂
誰載你掛念的人返家？
驟雨已歇，盈步縹緲

又似利東街編印詩語
隱隱暗示斑斕創痛
葉落掙扎般淩亂

洗衣街容不下洗衣婦
詩歌舞街無興趣與學童共舞
清風街揚起行車天橋塵囂
婦女浮沉是否可如風自在？
願有飛翔的足跡終可輕步

漫舞不覺獅子山已越過
越過夢和霧，似婦女的掙扎
風波拍擊一刻娉婷自主
從定型身分的困鎖中越過
現實和大廈都藏不住

香港，你可知婦女如船？
就在船街已無船的時代

II 九龍

土瓜灣鴻福街

小說

不是流金其實是鏞

陳慧

杜太

女人安靜地聽著醫生解說，肺尖上的小腫瘤，確診為惡性，三期。她吸氣，呼氣，吸氣，呼氣，一點異樣都沒有。醫生又問了一次，你的家人呢？彷彿她再不讓家人登場，就有點對不起醫生似地，於是她站起身，說，我出去找找看……。

女人遠遠看著護士奔出大門在計程車站前張望，她知道是找她來了，她沒打算回到診症室去，其時她在坡道下的陰涼處抽菸。

杜小龍。她深吸了一口菸，又唸了這名字一遍，杜小龍。如今連她都快要死了，我跟你就算了吧……？

兩小時後，女人出現在金巴利新街的地產代理店。她自稱杜太，說要看位於金巴利道地庫的鋪位。

杜太一直以兩個身位距離走在經紀前面，從金巴利新街走到金巴利道不用三分鐘。經紀摸了好一回才找到燈掣，燈還沒完全亮著，杜太就越過經紀走進大概六百呎的鋪位中。經紀以一種自言自語的狀態介紹著間隔結構，杜太木無表情，打斷經紀，說，我要看旁邊的單位。

經紀不停說話，說佩服杜太的眼光，說這單位比剛才看的好上十萬八千倍，說這種地庫鋪位全港也不多，幾乎是尖沙咀區獨有……。杜太不為所動。這單位跟之前那個的分別在於有臨街的窗戶。她走到窗前，抬頭張望，那神情確然有點怔怔的。從這扇窗戶看出去的不是街上的風景或路人的神態姿容，而是路人的西褲與鞋子、飛揚的裙沿與高跟鞋，都是匆匆的步伐。是地庫的緣故。杜太愛理不理，經紀變本加厲到聒噪的地步，杜太忍不住回了一句，這單位跟剛才看的其實相連，硬生生封間成兩個而已。經紀呆了一呆，想要補充，杜太截住他，說，我從前住在這裡。

經紀抹著汗看著杜太走遠，不服氣，悄悄跟在杜太身後。

杜太去了兩間分別位於加連威老道和金馬倫道的樓上精品小店，兩間樓上鋪所在的樓宇樓齡都有五十年以上。最後杜太轉回金巴利道，走進了香檳大廈。經紀看定杜太必是炒家，決定死纏不放。

半小時後，杜太在香檳大廈外被經紀截住，她沒被嚇著，自顧自走，經紀鍥而不捨，緊隨在後迭聲叫著杜太杜太。杜太連回頭瞪一眼都嫌費事。

——這些年來全香港拆老房子一點也不手軟，只是這尖沙咀，就像什麼也沒有發生，從前的都沒過去一樣。

自稱杜太的女人有些懊惱，真的，不去看還好，走進去一看，就知道都讓掏空了。這裡曾經是杜小龍的家，電話打進來，傭人會對電話那頭說，沈公館。她記得牆上掛滿草書大字，說是從上海老家——還是北京？山東？——帶來的書法珍藏。她只認得兩個字，「虫二」，小龍笑她不懂事，那是風月無邊。還有六個字她看得清楚，「惆悵舊歡如夢」，其他的墨字都看不出是符還是乩。沈師傅一年吃一幅，吃了好些年，牆上才開始有些空蕩。如今都漆上浮艷粉紅，在賣性玩具。

怎麼說呢？像看恐怖片裡的鬼魂附身，徒具軀殼，根本已不是那個人；又像接受不了衰老而整容過度的女人，明明曾經精緻美麗，真難堪……。

經紀在人潮中追，只見杜太腳下沒停，沿著彌敦道一直走一直走。

有一些還是連根拔起了，像從前的東英大廈，還有麼地道和棉登徑。整條街道上矗立了數十年的房子，彷彿只是一層污跡，一下子就被抹布刷拭得乾乾淨淨，變換成另一種模樣。才只不過二十年。

杜太就這樣呆站在路旁。

經紀沒追上來，他愣住了。拐過街角時，一陣大風吹過，將杜太搭在肩上的外套吹落，露出了杜太的無袖上衣，杜太撈住外套，經紀清楚看見了她臂上的青龍紋身。良久，經紀從公事包中取出杜太給他影印存檔的身分證副本，黑白拷貝裡的女人甚至有點嫵媚，不過看久了，還是會看出潑悍。身分證上的女人叫沈大鳳，出生日期是一九六八年一月一日。

經紀打電話給小強，說，我遇上你媽媽……。

二號

沈大鳳不是杜太；她一直想當杜太又是另一回事。

最早的時候，她叫二號，因為她在二號床出世。二號床在香檳大廈的留產院內。她沒名字，因為她的母親在她出生的第三天，換上入院的衣服，閒閒地跟護士說了一句，她爸爸應該來接我們了，我去電梯大堂看一下……。之後她的母親沒再出現過。助產士是虔誠的天主教徒，每日黃昏會沿著金巴利道走到玫瑰堂參加晚間彌撒，最後留產所同意將二號交給修女。二號給送去修道院後半年，這所位於香檳大廈的留產所也結業了。

二號在四年後又回到金巴利道。當二號住進地庫的房子，她終於有了名字，叫張大巧。名字據說是修院裡一位專責中文文書工作的修女為她取的，說她太聰明，名字能作提醒儆悟，大巧若拙。大巧一直疑惑著，聰明有太過的嗎？

地庫是張裁縫的工場連住家。張裁縫的妻子沒生過小孩，每次到玫瑰堂都對著修女嚶嘤的哭，説聖母怎麼不讓她當母親……。後來她當了二號的養母，在修女口中，就如同神跡一樣光輝完美。

張大巧在小聖堂旁邊的女校上學，六年小學，升中之後也沒轉校，不過她中學沒唸完就輟學了。她仍記得最後一課要背書，曹植的《贈白馬王彪並序》，她沒備課，借病躲到醫療室，閉目裝睡躺在小床上，課室其實就在隔壁，女生的背誦聲仿似從枕下傳來，「謁帝承明廬，逝將歸舊疆。清晨發皇邑，日夕過首陽。伊洛廣且深，欲濟川無梁。泛舟越洪濤，怨彼東路長。顧瞻戀城闕，引領情內傷……」聽著聽著心裡就生出無由的悲傷。當年沒用心唸的課文，經過了這些年來卻記得牢牢。其實她記性一直都好，杜小龍就老愛打趣説她記仇。

她每天早上沿著金巴利道走路上學，就算上課鐘響起前十分鐘起床都不會遲到。張裁縫打從那時候起就認定她是懶。這沿路上認得她的人其實不多，偏偏就是特別愛説長道短的那幾個，又把她的經歷私議給不知道的人，於是，每逢她走過，一街的人仍是叫她二號。大巧年紀很小就懂得要立志，她要離開金巴利道。

後來她寧願早些起床，繞路走柯士甸道去上學。

柯士甸道上，就連陽光的亮度都不一樣，大概是樹木的緣故。跟金巴利道不同的是這裡沒有密麻麻的大廈，過了覺士道，就只有連排的五層高房子，有電梯有露台的那種小洋樓。從這些小洋樓的露台外望，看見的大概是草地滾球會裡的風景，還有小山丘上的軍營。大巧希望自己能在這樣的房子裡長大。
每天傍晚，張裁縫的妻子都會上玫瑰堂望彌撒，就只張大巧陪著她。張裁縫的妻子很愛哭，隨時隨地，邊走邊哭。大巧還小的時候，會環抱張裁縫妻的腰，仰頭求她不要哭，後來漸漸慣了，只是拉著她的衣角，靜靜跟在她的身旁。裁縫妻子不想讓人看見她又哭了，於是走寧靜的柯士甸道上玫瑰堂。
當時沒幾人知道所謂抑鬱症。
大概是五年級的時候，大巧發現了露台上的男孩。
最初的時候，男孩可能只是奇怪這婦人怎麼一直在哭，就盯著她們看。後來大巧發現，不止傍晚，早上她上學的時候，男孩的頭顱都會忽然從露台邊緣冒出來。
大巧走進文具店，說想要一塊小鏡子，但她沒錢。文具店的老闆用硬硬的髭鬚擦她的面頰。第二天，大巧從男孩的樓下走過，然後掏出小鏡子悄悄往後照，就看見男孩從露台伸出了半個身子，視線沒離開過她身上。
就像那些有錢的女同學，總是正眼也不看大巧一眼，大巧也決定了，無論如何也不會抬頭去看男孩。她沒抬頭看，但她知道他的視線一直跟著她走。
終於，有一天，男孩朝她喊，二號……。
誰都可以這樣叫她，偏偏就他不可以。張大巧抬頭扯開喉嚨叫，我—恨—你。
都說柯士甸道寧靜，男孩的祖母聞聲從房子走出來朝街下張望。大巧認得她，上海姥姥，每天下午都會上柯士甸路的太平館，跟一幫上海女人吃下午茶。她們當中有些人是張裁縫的主顧，張裁縫會打發大巧到太平館請她們過來試穿大樣，看有什麼地方要修改。這天下午張裁縫又要大巧上太平館去，大巧才步上那道只會出現在電影別墅場景裡的旋轉樓梯，就見男孩的祖母在打量自己，並且跟其他女人嘰哩咕哩地用上海話議論著。大巧心裡很不痛快，故意看也不看姥姥，就算她開腔用半鹹淡的廣東話問大巧，為什麼你早上在樓下嚷叫……。

後來張裁縫就教訓大巧，說她沒禮貌。

張裁縫教訓大巧的方法不是用罵的，也不會動手打，他只是在大巧熨衣服的時候在她身後推她一下。打從她十歲開始為張裁縫熨衣服，她手腕手背就有無數因為碰到熨斗邊緣留下的烙痕。

大巧仍每天經柯士甸道上學，她沒再偷看男孩，男孩則依然伸頭張望大巧的背影。

大巧一直藏著那面小鏡子。多年之後，她將小鏡子塞在趙家安手上，轉身而去，趙家安看著她的背影，只有茫然。

趙家安

有一天，男孩發現張大巧換上了中學校服。他想了一下，就寫了一封信給張大巧，除了為喊她二號的事情道歉，他還寫了一些別的；他的心事。他把情書偷偷塞在張裁縫工場的門縫。那一年，他十五歲，每天下午在張裁縫家的窗前來回踱步。他朝窗下看，什麼也看不到。人行路比地庫光亮，光的反差令他不知道張大巧在窗邊瞪他，不動聲色看著他把信件塞進門縫。

大巧打開信件，看著署名，趙家安，直覺這是一個好人。

只是張大巧從沒回信。

有一次，二人在金巴利道上打照面，距趙家安寫第一封信已經兩年。趙家安嚇了一跳，沒想到她長高了這麼多，上圍發育得比其他女孩明顯。他別過臉去，木無表情。眼看著擦肩而過，趙家安仍是看都不看張大巧一眼。張大巧忽然在他身後說，你不認識我幹嘛天天寫信給我？一街的人都在訕笑。

趙家安回到家裡關上門，好像仍聽到文具店印巴裔老闆的大嗓門。

半年之後，趙家安中學畢業，去了投考見習督察。後來趙家安跟人說起當警察的緣由，當然不會提到要迴避些什麼，就說是看了《獵鷹》的緣故……。

又過了兩年，趙家安從見習督察晉升為督察，派駐尖沙咀。第一天從環頭巡到環尾，只覺震撼無比，就好像世上有另一個他不知道的尖沙咀。從小到大，尖沙咀是寧靜端雅生活圈；柯士甸道旁的山林道和金巴利道上有出色的上海館子和北京點心菜館，每逢聖誕節就光顧彌敦道上的ＡＢＣ西餐廳，媽媽愛逛龍子行和海運大廈的天祥，爸爸有時候會陪著外國來的朋友上金馬倫道看古玩，或是到棉登徑去跟印度人買傢俬，爸爸帶著一本武俠小說，就能在九龍公園的樹蔭草地消磨一個下午，末了在半島酒店的大堂茶座喝一壺黑咖啡……。穿著警察制服的趙家安發現，他一直在此生活的尖沙咀，原來是可以剖開來的，裡面有另一個世界；暗黑熱燙，閃閃發亮。

趙家安並且發現，這附近新開了很多越南餐廳、日本餐廳和韓國餐廳。日本餐廳是新興的高消費地方，經營越南餐廳的大都是越南華僑，至於韓國餐廳，則往往是家庭式的，那些韓裔老板甚至不會說廣東話。這些店的顧客都不是素常住在尖沙咀的人，彷彿五湖四海，一夜之間全都湧進了尖沙咀。

那時候剛好在山林道的越南餐廳發生了槍擊案，死了一個警長，鬧得很轟動，上司很緊張，說是大圈幫跟越南幫在爭鬥，天天要趙家安帶著小隊去巡這街上的店。

趙家安就是在山林道上重遇張大巧。

趙家安與小隊的人先盯上杜小龍，杜是小頭目，這附近幾條街道的「代客泊車」都被他攬下來了。然後趙家安就看見了杜小龍身旁的張大巧。趙家安焦躁莫名，他依然木無表情，就跟兩年多以前與大巧在路上偶遇並無分別。不過趙家安比當天篤定了很多——他是這樣以為的——他要檢查張大巧的身分證，一派警員在公事公辦的模樣。

趙家安一看身分證就呆住，張大巧身分證上的名字是沈大鳳。

趙家安抓著沈大鳳的身分證，什麼都說不出來。他問自己，沒搞懂的，其實是什麼？

他連自己錯過了些什麼都不知道。張大巧就在他跟前，這些年來他好像都不曾跟她靠得這麼近，他呆呆看著大巧勾了濃黑眼線的眼角。鳳眼。沈大鳳帶著輕蔑的神色，從容自趙家安手上取回身分證。在場的其他警察喝罵大巧，趙家安還沒反應過來，張大巧就在他面前揚了一下手，不知道是要擋格還是撥開些什麼。趙家安只覺得額角涼涼的，然後看見大巧前臂上開了幾朵血花。

原來杜小龍發飆，朝趙家安摔了個啤酒瓶，玻璃碎片四濺。

擾攘大半夜，張大巧和趙家安在伊利沙白醫院急症室並肩而坐，等候護士包紮傷口。張大巧說，張裁縫的妻自殺死了之後，我逃出來，只有沈師母願意收留我，是杜小龍帶我去見她的。他是沈師母的私生子。沈師母帶著他嫁給沈師傅，沈師傅待他如親生兒，他們都是有情有義的人。我滿十八歲就去改了身分證上的名字，名字是沈師母為我取的……。

趙家安當然知道沈師母，尖沙咀的警界和黑道都認識沈師母，她領著一幫女孩在尖沙咀最豪華的夜總會裡表演，羽扇舞或是雜技，身手好的，就跟著沈師傅的大徒弟到片場去拍功夫片，或，當女主角的替身，從二樓跳下來，或，脫衣服。

趙家安有很多話想說，最後只說了一句，杜小龍是壞人。

張大巧掏出小鏡子塞給趙家安，說，你是好人，但只有他是真待我好，我現在是沈大鳳，你不認識我，我也不認識你。說完轉身而去，剩下趙家安在清冷的急症室中抓著小鏡子一臉茫然。

之後的好幾天，出現了很多趙家安上司口中的「前輩」，輪流要請趙家安吃飯，「朋友總比敵人好」，個個都跟趙家安這樣說，勸趙家安跟杜小龍交個朋友。在上司的命令下，杜小龍襲警的小風波算是平息。

又過了兩、三個月，趙媽媽埋怨兒子的脾氣變差了，而趙家安則常常在路上錯認別人是張大巧。最後他悄悄走進沈師母安排節目的夜總會，果然看到羽扇掩面的沈大鳳，她不止舞跳得好，還會唱歌。沈大鳳唱的歌，原曲來自日本，趙家安身後的日本商人喜歡得不得了，要請沈大鳳喝酒。沈大鳳經過趙家安的身邊，一如趙家安當年與她擦肩而過，看也沒看一眼，不認識似地。

當晚趙家安就在尖東拘捕了杜小龍。沈大鳳當然是跟杜小龍在一起，她死命拉住杜小龍的手，兩個女警上前都無法將二人分開，其他辦事的警員乾脆將沈大鳳也趕上警車。趙家安有點情急，他擋住警車的門，要把大巧拉下來，偏偏沈大鳳不願跟他走。眾目睽睽。他對大巧說，我要救你，你懂不懂……？

車門最後還是關上，沈大鳳瞪著趙家安掀起衣袖，讓他看她臂上的青龍；新刺，落墨處仍浮著紅腫，看著都覺得痛。

收隊的時候差不多天亮，趙家安獨自走到海旁。這尖東真是古怪的地方，憑空冒出來，就像改了名字的張大巧，趙家安不明白。這尖東新淨明亮，卻偏偏帶著靡爛的氣息，一望無際大片土地，不再有尖沙咀那種繞來繞去的小街，卻藏納著無數禁忌。趙家安不懂尖東，一如他不懂沈大鳳。

他想起沈大鳳的歌聲——「恩怨不分，愛亦有恨，明亮背影有黑暗……」

杜小強

杜小強愛祖母，除了因為她是唯一的親人，還因為她為他取的名字。祖母從無隱瞞為他取名小強的原因，就是要他如蟑螂般頑強。杜小強不覺得這是戲謔，他確實需要這樣的祝福。他只有她，他沒見過祖父，甚至沒見過爸媽。他對「沈公館」倒是有模糊的印象，記得騎著三輪單車在大廳裡亂衝亂撞的時光。當時四面牆都是光禿禿的，祖母說字畫都給吃光了。後來為杜小龍打官司，房子都得賣掉。

杜小強六、七歲開始就幫忙看店。所謂店，其實只是加連威老道某幢老房子的樓梯口小貨攤，祖母佔著，賣內衣賣襪子賣茶葉蛋賣大閘蟹。每逢有政府部門或業主來要清拆，祖母就會躲起來。這些大人都不好意思拿小強怎樣。祖母賺著蠅頭小利，杜小強沒捱過餓，要唸的書也都唸了，好歹當上了大學生。祖母在杜小強準備升大學的那一年夏天一睡不起，死時八十歲。

祖母的喪事，杜小強沒付過一毛錢，那時候忽然從尖沙咀街頭巷尾走出來很多祖父祖母的徒子徒孫。他們為沈師母的喪事出錢出力，杜小強這才相信，祖母說的，並不是老人神智不清的胡言亂語。這些徒子徒孫問小強，你在大學裡唸什麼科目？小強說，我唸電影系，我什麼都不懂，我比其他人優勝一點點，無非就是我有一堆祖母給我說的故事。徒子徒孫們說，那些不是故事，是真人真事。末了他們眾籌了十萬元讓小強交學費。

杜小強這些年來只有一個老友，就是從小住在佐敦的肥春，肥春每天放學都會徒步走十分鐘到小強家裡玩。愛小強的祖母不會管他們。有一天，肥春沒找到小強，第二天上學，肥春就問小強昨天去哪了？小強說，祖母帶我見爸爸。向來小強都會將從祖母處聽來的告訴肥春，肥春知道杜小龍，很雀躍，追問小強，見到了？小強搖頭，肥春又出奇的體諒，從此沒再問過。

其實見到了，遠遠的，隔著一條馬路。高架天橋下有露宿者，祖母指著其中一人，說，那是你爸爸。杜小強猶疑，祖母問，你要去叫他還是不叫？杜小強哭了起來，祖母說，我們去吃狗不理好不好？小強答，好。小強在吃狗不理包子的時候，祖母說，以後就不要多想爸爸了。小強點頭。

祖母不喜歡杜小強的媽媽，說她無情且笨。那時候她剛懷了小強，但知道杜小龍的心不在她身上，就摸上門來找沈師母，說，我懷了你兒子的骨肉……。沈師母在打牌，討厭這女的不懂分寸，在不相干的人面前說私事，故意不理她。上家打出一隻二筒，祖母碰了，糊了牌，才慢條斯理跟一直站在一邊的小強媽媽說，你跟我兒子上床的時候，為什麼又不來跟我說呢？小強的媽媽臉色鐵青摔門離去。七個月後，某天早上祖母出門，發現門外放了一個紙箱，紙箱內就是睡得正酣的杜小強。

祖母常提的是沈大鳳。說她唱歌比徐小鳳好，而且長情。那時候沈師傅天天上酒樓，一桌徒弟與歌舞班的女孩跟著他吃飯，這些少年男女很易生出戀情。他知道大鳳愛上小龍，就指著龍鳳大禮堂柱上的金龍對大鳳說，你愛這金龍也比愛小龍好，這金龍會乖乖待在飛鳳旁邊，小龍嘛，沒人能栓住他。隔了幾天，就看見大鳳手上刺了一條青龍，跟杜小龍臂上紋身的式樣是並對的。大鳳說，以後這青龍去哪裡，我就在哪裡。沈師傅無話可說。

每隔一段日子，祖母就會說起沈大鳳，說，大鳳回來了，或，大鳳又走了。

最早的時候，沈大鳳為了替杜小龍還賭債，跟了經紀人去日本登台賣唱。後來聽說杜小龍跟別的女人生了孩子，立馬回港，發現杜小龍早就沒跟孩子的媽在一起，而是又有了別的女人，暗自慶幸趕回來也不忘帶上兩大箱化妝品水貨，不至於白賠了機票。大鳳走的時候，帶了好幾個從深圳買回來的愛馬仕手袋，日本女人趨之若鶩，賺了一大筆。大鳳如是者去又復來，成了一個走水貨的。沈大鳳最後一次見杜小龍，確認他染了毒癮，就沒再見面了。

杜小強寧願自己是沈大鳳生的。

男生在街上朝她大叫沈大鳳的時候，她正從廣東道轉入海防道。這廣東道，怎麼說呢？大鳳以為自己正身處某中國城市，悶熱聒噪。她想起剛才走進去看過的性商店，這廣東道比沈公館更似被鬼附體，早就魂飛魄散。她只想多看一眼海防道上的大樹，然後徹底離開尖沙咀。

男生旁邊站著之前招呼過她的地產經紀，她直覺就是求她看樓盤來了。二人從後追了她好長的路，始終沒放棄，生意就有這麼難做？她打量男生，看著看著，只覺眼熟。

男生說，我叫杜小強，杜小龍是我爸爸，祖母常跟我說你的事情。

大鳳忽地頭昏目眩，她跟這兩個男的說，你讓我休息一下……。

小強與肥春陪著沈大鳳在茶餐廳坐下。大鳳呷了一口奶茶，一臉嫌棄，自言自語說道，這尖沙咀真的完了，奶茶都能沖調得這麼難喝。兩個男的陪著傻笑。

小強說，我不是地產經紀，我是拍電影的，他賣尖沙咀的房子，我賣尖沙咀的故事。你不要生氣，是我誤導他，你別害怕，我很清楚你不是我媽媽。我想我算是自由的人，這些年來我要過怎樣的生活，都是出於我個人的選擇，然而人生還是有好些事情，無法出於個人選擇，好像說，選你來當我的媽媽……。

大鳳問，你今年多大？小強答，二十五。哦，難怪，真是青春當旺，口沒遮攔。一直都在尖沙咀？一直都在。

大鳳撥了個電話去尖沙咀警署，跟接線的說要找趙家安。半晌，電話那頭一把深沉男聲，仍是那個搞不清狀況的趙家安。大鳳沒好氣，你要見我還是不見？速來就是。

趙家安趕到茶餐廳，沈大鳳一眼瞄到他左手無名指上的婚戒，趙家安渾身不自在，支吾說，你這些年來都沒什麼變改。沈大鳳少理，跟他介紹，這是杜小龍的兒子。趙家安大吃一驚。沈大鳳說，現在就他一個人，他爸爸不在，祖父祖母也早不在，以後你要看顧他，算你欠他家的。趙家安說不出一句話。都說不清楚。

杜小強說，祖母跟我提過你，是你把我爸爸送進牢裡去的。說的時候光明磊落，倒是趙家安覺得不知道虧欠了誰。

沈大鳳推了趙家安一下，問，你發什麼呆？趙家安訕訕答，我在想你唱《風雨同路》的光景……。沈大鳳肯定趙家安記錯，堅持他去夜總會的那個晚上，她唱的是《每當變幻時》。趙家安沒想過沈大鳳一下子就說中他偷偷去看她的事情，只是，明明是《風雨同路》。肥春在旁邊起哄，說知道這歌，楊千嬅唱的，是同名電影的主題曲，邊說邊唱起來，荒腔走板，茶餐廳中眾人側目。

沈大鳳獨個走出店外抽菸，不知不覺竟隨著哼起來，「……想到舊事，歡笑面常流淚夢如人生，試問誰能料，石頭他朝成翡翠……」，她最愛這句，「石頭他朝成翡翠」。真是，一場舊夢；就像把臉埋在舊衣物裡用力地吸，聞到的無非是沉積在織物中的過時氣息。她遠遠看著店裡的杜小強和趙家安，心裡莫名抽動了一下。捺熄菸蒂，她翻出醫生的電話，接通了，當然給護士罵了幾句，不過還是預約了再跟醫生見面的時間。

——心頭有人，還是可以多停留一陣子的。

詩

我愛你愛你愛你不顧一切（半自動書寫）

黃裕邦

該說的不說了，你懂得的
像個塗上蠟的花萼，或綿羊
揹著的馬鞍。至於綿羊是否走私得來，
我們下次再談。隧巴上一個女人對她朋友說：
我第一首識唱嘅喺Monica，
但佢後來扮女人，著高踭鞋，
個啲我唔鍾意。
左右左右左右

左右，這樣然後……手然後放些可愛的東西
在你那裡／手然後可以很快很霸道地喜歡／手有良心
但有點回憶／
手是延續童年的支架／外面沒有
下雪／手在家中
找東西／找到了／跑掉／
手拿著童年時就開始食的時時食／
手斷了／又康復／手在演唱會瘋狂擺動／
手很累／要放些東西
在你那裡／手累了不休息／手在歌裡
常常踫上藉口／理由／外頭／手沒有很喜歡
外頭／手通常在演唱會之後就去吃拉麵。
地標就是遊走這個城市的方式。
通常拉麵就是在E House那條街，
而E House就在角落。不是左面

那個，是右面。不太記街名也生存到四十年，
這城市很多地方也是沒有街名。譬如隧道口。
紅館那條叫暢運道。
我們／不再／當好境不再
我們來聽聽／來聽聽那個女人
還說他在文華做的事令她好失望／還有羅文／
還有陳百強／她反覆跟她每個朋友說
同一番道理／好境不再時我們聽著
同一番大道理／還有
很少人會看過紅館的
地板／地板上有一個「·」／「·」
以外有些圓形的紋／
像年輪／我夢見一顆
很大的彈珠／在股市跌停板的那一天
在紅館內滾動／粉碎了

場館內的圓柱（對，
紅館內是沒有柱的）／除了我
沒有人知道紅館會倒塌／沒有歌手
在採排／也沒有人
信我／信任是見到牙齒潔白
就完全覺得它是顆好牙齒的
一個狀態。不愛看男人
穿高踭鞋是因為有宮廷劇可以看／因為有男人
在呃蝦條／因為房間有一扇窗／
窗沒有窗花／窗花不用澆水／因為身體
可以輾轉反側／
床褥可以
有記憶力／不用理會廚房的要求／
一味吃外賣便好了／即棄餐具
和收據就是證據（我要

飛走，我要自由）／

那女人家裡應該供奉了一個觀音像／保她闔家

眼睛明亮／她每天會記得

記得買花／記得

記得對賣花的人微笑／只可以微笑／

她不會破壞人家的早晨／

她配有個丈夫／她會對他說：

幸福就是你睡在我身旁時

我比你早入睡／她沒有害過人。

何時學會不再講／

不要講／不要

講歧視／不評論個別事件／不要

去看Crash／看後不要讀Henry Giroux／

他那篇講人人都會歧視的文章／不要

在意隧巴上那女人的說話／不要

表達自己／不要
表達自己的權利／不要自己／不要介意
演唱會買不到票（傻孩子
怎麼了）／不要詫異場館內
兩成觀眾也是同胞／不要
凝視／不要講時代變了／不要／不要刻意
避免去看天皇天后級演唱會／
不要在演唱會中從觀眾群找認同／不要群眾／不要
老記住在銅中旺的郊外通宵至到達旦

散文

馬頭圍道——我童年世界的全部

鄧小宇

我和土瓜灣／紅磡一區大概很有緣吧，六年小學一直都在該區的聖提摩太小學就讀，兩三次搬屋都離不開那社區，成年後在父親創辦的空運公司工作，辦公地點二十多年也是在土瓜灣，即使退休了，仍不時回去光顧那些熟悉的茶餐廳、藥房，依然有濃厚不滅的感情。

我們家是在一九五八年夏天搬到去位於漆咸道北和機利士北路之間的「漆咸大廈」（現址為昇御門），屬所謂的「公務員樓」，有一段時間政府一個「公務員房屋福利計劃」曾經建造大量專供公務員居住的樓宇，港九多區都見到，以土瓜灣為例，現時機利士北路、美善同道／天光道一帶仍有不少尚未被收購重建的公務員樓，它們大都是四五層高，有露台，看似洋樓的建築，我家得以入住公務員樓是其中一個單位的業主只留起一間長年鎖住房間，把其餘廳房租出去，以我所知這樣分租其實是違規的，所以日常出入都要刻意低調，幸好住了一年多也沒遭鄰居告發。

年幼時，我家環境不算好，一直都嚮往「房房有窗」的「洋樓」，在漆咸大廈建築群中間還有一個供住戶休憩的私家花園，除了綠化，更設有小朋友愛玩的鞦韆和滑梯，夢想也算成真了吧。因利成便我投考僅隔一條機利士北路的聖提摩太小學一年級，記得放榜當天是我自己過馬路去看結果，取錄名單有鄧宇之名（小時候我名鄧宇，到五六年班才改名鄧小宇），就此決定了我未來六年的小學生活。

漆咸大廈四周環境在五、六十年代是相當幽靜，區內地標如青洲英坭廠，黃埔船塢當時仍未拆卸，確是另一個世界，隔鄰有多間學校，包括女校天神嘉諾撒小學，以及柏立基師範學院（原校舍現歸納為聖提摩太一部分），每年這幾間師範學院（羅富國、葛量洪、柏立基）都會派學生到不同小學實習現場授課，有時有導師在課室監察評核他們的表現，而這些身穿校服來教學的「實習老師」總是絞盡腦汁增添學習樂趣，自製一些新奇有趣的視覺元素來爭取導師評分，小時候最喜歡莫過於上實習老師的課堂。

與學校相隔一條馬路的方便隨著業主收回單位自住之後結束了，小學二年級我們曾一度搬去靠近宋皇臺公園的盛德街，也是租公務員樓一個單位，不到一年時間再搬回離學校走路不需十分鐘馬頭圍道二〇八號一棟唐樓租住，一直住到唸中一，一九六四年的春天。

真的很難清晰界定何謂洋樓何謂唐樓，模糊的分別是洋樓多數一梯兩伙，每戶每間房都有窗，感覺上較「骨子」[1]，有些較大型唐樓則每層的公用走廊連貫起多個單位，另外唐樓通常只有「騎樓房」有窗，其餘「中間房」就不見天日，白天都要著燈，我們入住的二〇八號是這棟唐樓靠邊的所謂「單邊屋」，除了面向馬頭圍道一面的騎樓有窗，側邊和鄰近大廈隔離了一條小巷也有窗戶，算得上通爽開揚，雖然相距不遠，就比不上漆咸大廈地段高尚了。

大廈每層有十多個單位，我住的三樓其中一間經營山寨廠，出貨時經常擺放木箱在走廊，靠近樓梯另一端開了一間公寓，從未見過有什麼人出入，感覺很神祕，「開房」大概都是在夜間進行吧，還有一個單位一對夫婦租來辦無牌學校，有十來二十個學生就讀，也不知怎樣去分級別，我和他們家兩個兒子鄧志成、鄧志正倒成了好友，另外還有一個叫Betty的小女孩也是玩伴，她家人操外省話，那時講外省話的我們通通稱為「上海人」，但Betty一家可能真的是上海人，也只有上海人才那麼洋化，三樓全層只得她有英文名。

一條馬頭圍道，單是我居住那一段，衣食住行，想得出的物品差不多都有售，連錶行都有幾間，裝上「雷達錶」、「依波路錶」、「得其利是錶」的大型霓虹光管廣告牌，無需去到旺角彌敦道，我們馬頭圍道晚上整條街也是燈火通明挺熱鬧的。其他日常生活所需亦不假外求，在我家對面，榮光街口有一間金門麵包店，今天仍可買到的雞尾、菠蘿、椰絲奶油包、紙包蛋糕、方包等等小時候已有供應，店內還有一部電動切麵包機，現時的方包都是預先切成一片片包裝好，小時候則是即買即切，類似這種切麵包機現時在些凍肉店仍見到，作切肉用，記憶中金門麵包一度在全港各區都開分店，不正是連鎖店概念的先驅？

但不知為什麼慢慢被時代淘汰了。

其他類型小店像藥房，士多（又稱辦館），乾濕雜貨鋪等附近也有開了不少，那時家中裝有電話屬奢侈品，一般人都是問商店例如藥房、士多借用，電話多數都貼上「借用電話，請勿超過三分鐘」的招紙，我記得小時候經常落去樓下那間紅磡大藥房借電話，奇怪是我的同學絕大部分家中都沒有電話，我是打給誰呢？

士多賣的汽水，雜貨鋪的米和食油等都包送貨服務，而且可以賒數月結，也是一種街坊鄰里的人情味。士多還有很多小玩意、小童恩物出售，例如「公仔紙」，它是一張面積比火柴盒稍為大些的卡紙，上面印上歷史、神話或漫畫人物，在物質貧乏的年代，這些公仔紙大多數小孩子都當寶物般珍而重之一疊一疊收藏。

除了賣中西藥的藥房，我家樓下還有一間山草藥小店，賣新鮮採摘草藥，有一段時期，全港學童忽然間興起養蠶蟲，通常都是放在紙製的鞋盒內養，牠們吃的飼料桑葉就是在這類山草藥店買的。

理髮店也有多間選擇，比現時的7-11、Circle K不遑多讓，有上海和廣東之分，寫明上海理髮，裡面的師傅大都操外省話，收費也不知是什麼原因例必較廣東理髮店貴，我習慣光顧樓下一間上海華樂理髮廳。提起華樂，就自然聯想到從家徒步只需五分鐘就去到的

1 編註：意謂精緻小巧。

華樂戲院，後來才知道是丘世文太太周雅麗家族經營的，主要放粵語片，但公餘場（下午五點半開映那場）專門是放舊西片，而且天天不同，票價也特廉，平日上學沒機會看，一到假期就預早去排隊買票看這些公餘場，幫助我從小養成習慣，把電影當做精神食糧。

平時精神食糧，除了電影，主要是各類的「課外讀物」，榮光街行入去，在一間冰室後就有一間租武俠小說、流行小說及連環圖的街檔，很多小朋友都坐在檔口的小木櫈追看連環圖，我過了連環圖階段後，金庸、梁羽生的武俠小說，及後來依達的愛情小說全是從那處租來看的。

區內連遊山玩水都有好去處，海心廟是也，它是一個怪石嶙峋的小島，從前在落山道街尾有街渡，登上小木艇幾分鐘便抵達，據聞張保仔曾將他部分財物藏於島上洞穴內！雖然不用十分鐘就可以遊畢全島，小時候去海心廟仍然是令人興奮期待的旅遊節目，島上靠近碼頭有一間用木搭的海鮮食肆，主要賣炒蜆，蜆應該算是價錢最大眾化的海鮮了吧，還記得有個怪趣畫面，吃剩的蜆殼似乎全都隨手倒在岸邊就算，出現了近岸處浮滿蜆殼的奇景。

到了唸小學六年級時，填海工程已把海心與土瓜灣相連，最終規劃成現時的海心廟公園，填海後那片爛泥地未開發，街坊會之類的社團經常在該處演神功戲，通常不單止搭一個戲棚演粵劇，還有其他表演，有點像個小型荔園，去湊熱鬧也是童年難得的現場娛樂，人的記憶真是很奇怪，過去的生活瑣事很多早已忘記得一乾二淨，為什麼就總是記得在海心廟填海區演出的團體中有一個唱流行曲的「紅寶石歌舞團」，還記得有個女歌手曾在台上唱出《永遠的微笑》，畫面和歌聲至今竟仍歷歷在目，是周璇經典名曲的魅力嗎？

比街坊會遊藝節目更吸引的慶典莫過於一年一度的工展會了，年幼時工展會一向在港島金鐘附近或尖沙咀現址為喜來登酒店的露天停車場舉行，後來紅磡機利士南路對開填海，即現時殯儀館及火車站地段，記得小學六年級時就改在那塊填海出來的新地皮舉辦工展會，本地大小廠商紛紛租攤位宣傳及展銷旗下產品，很多的設計以現時的眼光看未免品味粗糙，但看得出是擺放了不少心思，攤位有富古典氣息如寶塔，又有未來科幻如火箭，真是各適其適，我記得當時是我們幾個同學相約徒步到會場，從場內第一街一直逛到第十街，大家零用錢有限，捨不得買什麼東西，但心靈上絕對是滿載而歸。

到了小學六年級，我已嘗試踏出我居住和上學的紅磡／土瓜灣區，開始學坐巴士搭小輪到港九各處「探險」，那段期間披頭四（The Beatles）熱潮席捲全球，連我家對面樓梯底那間唱片鋪都整天播披頭四的歌，成了我做功課時的配樂，我儲錢買的第一張唱片，披頭四的 *A Hard Day's Night* 大碟就是在此小店買的，到後來再買 Peter, Paul and Mary，還有 The Lettermen 已是去到旺角光顧有更多選擇的新興唱片鋪。顯然我已長大了，學識越區之後我的世界已擴闊，不再局限於紅磡土瓜灣，不久我們家亦搬去別區，但無論我遷徙到何處，載滿我童年回憶的紅磡土瓜灣，即使昔日先後出場的人和物早已煙消雲散，這個舞台始終都是我人生中一個珍貴無比的地標。

散文

舊時藍田

韓麗珠

當要向你重述關於那些街道的事情時，我無法指出它們的名字，因為由官方定出的名字，不一定會種植在居民的心裡，直至現在，如果你翻看地圖，街道的名字並沒有改變，但我生活過的地方已經消失了，所以我要敘述的是那些已經永遠消失了的地方，它們只有它們活著的時候的名字。

但為了確立那個區域的消失，我仍然可以指出一個沒有意義的地名——藍田平田邨，它座落在安田街之旁，我生活過的地方是「第二十四座」，兩個不同的名字，重疊在相同的地方。更準確的說法，這個區域並非由幾條街道，而是以座數來命名，一座四通八達，布滿過多出口因而令人容易失去方向的迷宮。

當然在我出生之前，區域已經建起了，人們帶著各自的生活疤痕在那裡聚集。我母帶著兩個孩子從大陸來港，暫住在當時的龍翔道木屋區，不足半年，一場大火使他們輾轉得到住進新落成的藍田公共屋邨單位的機會。幾年後我才出生。

童年時期，母親總是重複這樣的往事：第一天搬進這個房子時，什麼家具也沒有，只有幾個紙皮箱，內裡有他們僅餘的衣服。她要到製衣廠上班，可是工廠位於牛頭角，她身上沒有一個硬幣，翻遍了屋子的各個角落，也找不到僥倖掉落的零錢。無計可施下，她只好跑到樓下的雜貨店，硬著頭皮向那個坐在店門前發呆的陌生老闆娘問：「可以借我一個硬幣嗎？我要到牛頭角上班，但剛巧沒零錢坐車……」老闆娘看了看她，從錢箱裡掏出一個五元硬幣塞進她手裡。

當時的工廠是日薪制，母親晚上回家時便把硬幣還給她。

其實我從來不知道是哪一所店。低矮的大廈旁是一個潮濕的菜市場，幾個宰雞殺鴨的攤檔，一個賣燒臘的店子，麵包店，賣文具和玩具的鋪子……但並非我喜歡流連的所在。那時候，我的活動範圍，或對於那裡的座標記憶，以我所唸的小學（就在我居住的樓房的左方，兩者相隔一條馬路）為定點。雖然，在那裡上學的孩子，都住在附近，可是為了安全，學校還是安排了在放學時由每位老師負責一個區域的「歸程隊」。其中一隊，會浩浩蕩蕩地走向另一個方向——學校右方的斜坡，他們上坡，向左拐彎，那是我喜歡溜逛的所在，我們叫它「十九座」，以公共圖書館為地區的中心（當然，這只是對於我的心裡地圖來說）。每隔兩至三天，我就走到那裡，借閱還沒有讀過的衛斯理系列（倪匡的其他系列，童年的我並無興趣）、亦舒、心理學初階，和各種雜七雜八的讀物。管理員說我只可以停留在兒童閱讀區，但當我進入成人閱讀區並在那裡待上很久，他們也不說什麼。離開圖書館，往往都是因為空調太冷，推開玻璃門，便會看見，左方有賣車仔麵的攤檔，無論任何時候都溢出煮湯的香氣，母親並沒有給我們零用錢，因此只能節制食欲。直至現在，我仍然感到能毫無考量地購買自己喜愛的食物是一件難得而幸福的事。

車仔麵檔之旁，總是有幾個圍坐在矮櫈上，一邊有一搭沒一搭地聊天，一邊縫製手中衣服的初老女工，當時的製衣廠，已經開始北移，可還有一部分未及遷徙的，留給製衣女工一些外發工作的機會。與車仔麵檔比鄰，還有一家賣盅頭飯的攤子，我常常在上課時懷念他們的鳳爪排骨飯，偶爾，即使跟著歸程隊回到家裡吃過母親上班前所準備的午飯，還是會拿著從紅包裡省下來的錢，坐在那裡，把那盅沾了豉油的飯，珍重地吃完。留在舌頭的記憶，還有女工旁邊，一個時而出現，時而消失的手推車，販子會在車上的平底鍋澆上香氣四溢的油，然後把一塊漢堡扒放在上面，直至煎得有點焦，外脆內軟，也把兩塊漢堡包輕輕在鍋子上擱一下，擠一點番茄醬，便把漢堡包交給我們。我從來不愛吃麥當勞，覺得即使在垃圾食物之中，那也只是次等的味道，其實是因為那個賣漢堡包的木頭車。當然它隨著重建而永遠失去了蹤影。

圖書館的右方，是我還沒能獨自上街，必須牽著母親的手，才能到街上去的時光，就在十歲之前。我們愛到藍泉麵包店，因為那裡的麵包香氣會吸引所有饞嘴的鼻子。母親會讓我選一件西餅，當作一種因為身為孩子而得到的獎勵。我總是會選雪人蛋糕，就像訓練自己對於破壞所愛之物必須具備的殘忍，每次在興奮地接過從老闆娘滿臉笑容地交到我手中的蛋糕之後，我都會先咬掉雪人戴著巧克力帽子的頭顱。

位於麵包店之旁的，是藍泉餐廳，兩個店子為同一個老闆所擁有。小學畢業那一年的暑假，我跟友人第一次走進那裡，點了一份早餐，在客滿的餐室，等了甚久，食物仍未抵達，招手叫來在那裡顧店的麵包店老闆娘，那時，她的臉上再也沒有出現對小童的憐愛，只是冷冷地丟下一句：「早餐熟了自會送來給你。」然後轉身走開。我有點驚訝，同時明白改變了的人不是她，而是我，是那個分水嶺，讓我隱隱地感到邁向成人是一件怎樣的事，只好呷一口手裡的黑咖啡，那是人生裡第一杯咖啡，過於苦澀，那時我並不知道，十多年後，自己會迷上那樣的一種飲料。

街道所伸展出來的，從來不只是橫向的店子，或縱向的人面，還有，無法定出確切位置，卻一直在生長的，時間。

初中時期，區域重建，我們遷往另一個新落成的公共屋苑。直至現在，母親仍然會對我談及那個區域的事情，例如，當她再次走到已成為「平田商場」的地方購物，碰到L醫生。「你記得嗎？」她問我：「在你年紀幼小時，常常帶你到十六座去看的那個年輕醫生？」我記得十六座，那是一幢暗綠色的大廈，外牆繪上了一條碩大的彩色的龍，人們說，到了深夜，龍會飛出來，俯視熟睡中的區域。

「他的診所仍在那裡，只是，已成了一個初老的人。」母親說。

重建的時候，他們必定忘記一併拆毀我的夢境，以致它有時過度地生長。

在夢裡，我一次又一次回到舊居。回家的路，必須經過通往菜市場的路，兩旁的欄杆坐滿了身上刺著各種圖案的紋身的少年（也有可能，他們身上只是印水紙的油彩），他們一邊愉快地搖晃著穿牛仔褲和人字拖鞋的腳，一邊緊盯著來往的路人，要是發現有年少的女生，便會以各種方法去形容她，大笑，互相扭打，企圖引起她的注意。我只能低著頭，緊縮著身子快步走過。

夢醒以後很久，我才想到，我長得太慢而且太大，而當年坐在欄杆上的少年，該也早已各自成了面目全非的人。

散文

四重世界

謝傲霜

當我在母校藍田聖保祿中學與平田街公園之間，連接平田街、安田街與德田街一條沒有名字的微斜小徑上，好奇地探視鋪展於中學牆腳及公園鐵欄兩旁滿滿的二手地攤時，孩子嬰兒車四個輪子的其中一個，因我抱著既想向前又想停下的心態去轉換腳踏煞車系統，就這樣卡住了，我嘗試多次開合無效，輪子像停頓了的時間，無法向前，也不得向後。

每個二手地攤都有一位檔主，他們都是披著分秒年月歷練而來的公公婆婆，跟眼前的每件瑣碎雜物都有各自的身後身——白手挽垂下合攏乖巧站立的紅身白蓋直坑紋暖壺、怠倦地卷曲在藍白間條地蓆上的黑色電線群、斬殺如麻而略帶風霜鏽漬的菜刀……而嬰兒車，就被迫停在《魯迅小說集》、《毛澤東私人醫生回憶錄》、《2000電腦生手萬用入門》、鑊蓋、攪拌機，和幾位或蹲或站著選書選貨的中老年漢前面，才一歲半的孩兒，被春夏交界濕熱的近午陽光曬得昏昏欲睡。

我現在只有兩個選擇，一是放棄近兩年前二手買來的嬰兒車，轉售或轉贈予旁邊收集二手物品的公公婆婆，二是輕輕托起載著一歲半孩子，而車身卻比一歲半孩子還要重的嬰兒車右後邊，讓整輛車微微向左傾，依靠左邊的輪子繼續前行。抱著輪子可以修理的希望，我選擇了後者。

大約在三十多年前的一天，媽媽也曾經帶著就讀高小的我在這條無名小徑上，兜售表舅父從任職的製衣廠廉價買來的貨辦或貨尾，我們也是把十數件簇新的線衫、毛衣隨意放在地蓆上，供行人檢視篩選。我已不記得那天是春夏交界，還是夏秋交界，僅記得雖艷陽高照，卻又未至於炎熱冒汗。整條小徑上，僅得我們和另外一兩個地攤，疏疏落落，行人亦稀少。當時我好奇又緊張，戰戰兢兢地向陌生人介紹衣物價格，同時又擔心同學偶然路過，看到我在街邊擺賣臉上無光。現在回想起來，不明白何以媽媽要帶我來幫忙，也不知道年輕我四歲的弟弟當天被安排在什麼地方託管，但依照販賣的時間推測，那天應該是學校假期，就讀小學下午校的我不用上課。

我在媽媽身旁或站或蹲或左右徘徊，及至陽光慢慢收起四周景物的鮮明斑斕，繼而塗上淡淡的金黃以至死灰，大部分行人都漠然路過，對我們視若無睹，整個下午就僅僅賣出了一兩件價值數十元的衣服。可能因為生意太過慘澹，自此以後媽媽沒再嘗試做小販，而是繼續在家中當個車衣女工。而那是我首次當小販，也是至今唯一一次。

我右手使力略略提起嬰兒車的右邊把手，使停頓運轉的右後輪稍微離地，以左手緊握左邊把手運勁向前推，從平田街的小徑入口附近，上行至德田街巴士總站旁的出口，努力地維持著嬰兒車左傾又不至於翻側的平衡繼續前進。行畢這段路，我額角臉面已滲滿汗水。

在巴士總站旁的行人路上，二手貨物堆積如山，部分更用大型黑色垃圾袋裝好疊起，堆在一個個長方形用以栽種植物的水泥座旁。張眼望去，原在藍田聖保祿中學這女校對面的男校聖言中學，已變成了一間國際小學Nord Anglia International School，德田街與慶田街交界的藍田綜合大樓如龐大的玻璃巨獸俯伏在路邊，映照著不屬於我的異域。

我使勁邊托邊推著嬰兒車前行，跨越幾條馬路來到了德田廣場，本欲穿越街市到後面的德田邨去看看，因為這是我中七畢業離開母校前已存在的屋邨，可卻在每次只容一兩人通過的街市走道迷宮中舉步維艱。在轉角處，一家小型裝修店的老闆娘正招呼客人，旁邊兩位貌似技工的男士半蹲半坐在矮櫈上閒聊。

「請問這裡有維修服務嗎？」我滴著汗問道。

「有呀！你要修理什麼？」老闆娘爽快地答。

「我這嬰兒車其中一個輪卡住了，請問可以幫忙修理嗎？」

「這個我們幫不了。」老闆娘晦氣地答，可能她心想怎麼今天遇著一個瞎撞的。

「可是這車現在真的很難推啊！」我的抱怨投進了空蕩蕩的荒野，老闆娘連頭也沒抬一下，繼續忙她的，旁邊的兩位男士亦沒轉身望一眼，我就像不存在於這個時空。

是的，我真的不存在於這個時空。我是在前往永遠無法抵達的過去中，就如這個輪子般，被卡住了，時隱時現，如那些運轉不良會自動跳接的翻版光碟影像。

從德田廣場出來，我猶疑是否應隨意在路旁揮一揮手，攔截一輛計程車立即把我從這困局中撿出去。可是如果這樣，今天尋訪舊居的行程就泡湯了。我遙望前面的安田街，這條我從兩歲多至十五歲間來回往返無數次的路，雖周邊景物已面目全非，可道路的傾斜度、轉彎角度，卻仍如往昔。我把心一橫，舉起酸軟的雙臂，努力控制嬰兒車在不至翻側亦不至被卡著的輪子煞停之間莽撞前行。

安田街這條路很有趣，在地圖上看，它就如一個用來網蝴蝶的捕蟲網的側面，筆直的德田街是它的手柄，整條安田街則網住了平田邨、聖公會李兆強小學、藍田循道衛理小學、藍田聖保祿中學，和藍田配水庫遊樂場等。六至十一歲間，我主要往返於網的底部，從藍田邨二十二座，即現平田商場位置，至原位於十五座附近的李兆強小學，即現安田邨安麗樓、安健樓一帶。及至中一至中四，則主要往返於網的頂部，即從藍田邨二十二座，至聖保祿女子中學之間。從頂部至底部，整條街繞著「凹」形，緩緩從右至左邊向下傾斜。

孩子在嬰兒車裡吮著手指熟睡了，在搖搖晃晃之中，他並不知道也不認識他媽媽曾走過許多遍的街道。「藍田邨重建計劃」始於一九八〇年代，當年政府為所有樓齡超過五年的公屋進行勘查，發現藍田邨不少座數的水泥強度未達標，甚至有即時倒塌的危險，於是陸續展開拆卸重建的計劃。我於中三四遷離藍田二十二座一九六〇室，中四至中七間來回往返於大埔與藍田上學。自中七畢業徹底與藍田斷絕關係後，只回來過三四次，其中一次是回中學母校探老師，那年我自己也正在中學任教，距中七畢業已是約十多年後，所以見到昔日教我中文的老師滿布歲月痕跡的臉容後，淚水便莫名地奪眶而出，流成了一闕既感恩又哀慟的老歌，腦裡翻滾的念頭是：我懂得的每一個字，是自小至大老師們耗盡青春換來的成果。

我邊托邊推著嬰兒車在安田街從Nord Anglia International School跌跌碰碰地往平田商場前進，眼前唯一熟悉的，是左邊高約數層樓的岩石牆，記憶中，因山水緩緩滲漏而染黑了的岩石，依然如往昔黑如墨，旁邊強韌頑固地生長的野草，卻被黑色襯托得更明亮鮮綠。中學放午飯時，我就是緊抱書包微低著頭，期望遇見高小一直暗戀的男班長，他長得像陽光時代的鄭伊健，就讀於我校對面的聖言中學，跟我一樣居於二十二座，不過就算幸運地給我遇上他，我們也因為青春期築起的尷尬之牆而不敢打一聲招呼。我只偷偷看他有沒有偷偷看我，遙遠地。後來一次在家樓下近距離正面碰見，我才發現他臉上長滿了青春的火山，他似乎不想我看見他而匆匆擦身而過。

安田街的路旁相隔不遠就放了兩三張殘舊或破損的空櫈，櫈上或櫈旁會寫著收電器，然後幾個舊有或新添的不同電話號碼重疊在旁邊，令人不知這張櫈象徵的檔主究竟是誰，還是檔主們都不介意，容許大家互相幫忙宣傳？同時也令人疑惑，究竟藍田有這麼多舊電器或二手物品可供回收嗎？又有多少人（尤其長者）是依靠著回收及二手市場維生或賺點外快？在思考著這些問題時，我已推著嬰兒車拐上斜約四十五度的急彎，來了到舊居二十二座樓下，即平田商場的貨車上落貨位置。然後，一種不得其門而入、白費功夫，或再見不是朋友的挫敗感來襲，佇立數秒後，我像遇見舊情人卻發現他正跟新女友在親暱般迅速逃離現場。

搬離藍田二十二座後，我不時在夢中回訪老家，我和家人仍偷偷居住在殘破至快將傾頹的小小蝸居中，新居放不下的雜物堆積在舊居牆邊、床底、抽屜……四周的鄰居都搬走了，我看不見卻知道家家戶戶緊閉的門後全都空空蕩蕩。長長的走廊有時會有鬼怪或殭屍在追著還年幼跑得很慢的我，欲乘電梯逃走卻永遠等到天荒地老也未到，要不就是明明坐上電梯卻變成在空中搖曳甚至急墮的架空纜車。有次成群殭屍在走廊徘徊，我和弟弟就躲在舊居裡爸媽的床上，小心翼翼背靠近走廊的牆壁，屏息凝氣不敢妄動。有時我又會爬窗離開，攀扶著一枝枝從垂直牆身飛出的晾衫竹或一個個僭建的鐵花架，自由簡便地爬到樓下，或從樓下爬回家裡。又記得一次窗外跳進一頭兇惡的黑色大狼狗，把我的手臂咬得很痛很痛。

不知一歲半的孩子，正在做什麼樣的夢呢？我推著嬰兒車上的他走下斜坡，漸漸離開那間座落在垃圾房旁邊，夜裡有機會被蟑螂爬上臉龐、因痕癢而遭吵醒的一九六〇室；離開因對面鄰居開小賣部而至家門往來聚集大廈中各式人等，夜裡飛仔們粗口橫飛伴你入眠的一九六〇室；離開夜裡鐵閘鎖曾遭牙籤堵塞，掛在鐵閘上阻擋走廊視線的布簾被烈火焚燒的一九六〇室。

我沿著安田街從平田商場往平田邨平信樓下斜坡，這中間左手邊有一段稍高於成人、封上水泥的岩石牆，形成了一道垂直的波浪，小學時我總覺得這牆是一座小山，高得不知道山後藏著什麼。我與幼稚園至小學期間最好的朋友秀英，就時常並肩沿這段路上學放學，記得我曾許諾過，永遠視她為一生摯友，還在這路上送過她自己繪畫在撕下來的練習簿紙上、各種自以為最美的圖案和公仔。

在安田街近平信樓的位置，我稍停下腳步張望了一下已消失的舊式街市，有感邊托邊推嬰兒車路難行，還是略過這重要一段不進去了，因為我想回去的地方——仍然用鹹水草和報紙紮肉紮魚包菜的時空，其實根本永遠回不去了。

然後我轉入了安田邨安麗樓往藍田地鐵站方向前進，站在地圖標示為衞奕信徑三段的線上，向下凝視著啟田道，記得我和秀英小時候也常在鐵欄邊往下張望，有時更會將手伸出鐵欄，採擇一條條如暗紅色麥穗、被我們稱為「戒指花」的崖邊野草，然後我們會將它幼幼的莖夾在手指之間，向下一拉，將上面如麥穗的種子全夾在手背指縫間，形成如一只巨大而蓬鬆的紅色毛絨絨戒指，接著我們會朝戒指大力地吹一口氣，讓它化成飄蕩至山崖下的紅雪花。站在崖邊，現在我已看不見戒指花的蹤影，又或者，其實眼前的野草即是，只是它仍未到或已過了結種子的季節？

已經一時多，肚子向我宣示它的主權，指揮著我鑽進附近的啟田商場找吃的。可進了商場，我卻又被無差別屋邨商場中的書店吸引了過去，而就在寧靜的商場、靜止的嬰兒車上，孩子醒來了，他好像知道最艱辛的旅程已經來到尾聲，醒來享受餘下的冰涼舒適的冷氣，和會加鹽加糖的餐廳食物。

吃過午飯，我帶著孩子在啟田商場三樓、擁有較多嬰幼兒食品的Aeon Supermarket選購了一些嬰兒紫菜和餅乾，並於當中的麵包店買了一個短肥版法國麵包，本來想多逛一會買多點東西，但礙於一個輪子被卡住了的嬰兒車難行，亦無法載更多重物，便於約三時半乘商場升降機離去，沿啟田道下坡再繞回匯景道坐地鐵回家。不知是否熟能生巧，邊托邊推的嬰兒車愈見行駛暢順，孩子悠閒地邊欣賞路中風景，邊吃著剝去了硬殼的法國麵包。

晚上在家裡待孩子熟睡後，我在客廳用手機讀新聞，竟見到一則突發新聞如下：

藍田啟田商場，下午近四時，兩名男子乘升降機到商場三樓，當抵達三樓電梯門打開時，一名金毛男子未待乘客離開便衝入升降機，雙方發生爭執。金毛男揮拳起腳打傷兩事主，事主見對方腰間藏有菜刀，於是立即離開現場，並報警求助。警員接報持盾牌到場，迅速將持刀男子按地制服……

而新聞照片拍攝到警員按地制服金毛男子的照片，其背景就是賣短肥版法國麵包的麵包店。

散文

土瓜灣道

西西

當初發生了什麼事？我來到土瓜灣住的時候，一切已經完成。我說的完成，指的是一條並不長的街道，叫土瓜灣道。它是橫空出世的，從哪裡來，到哪裡去？去的地方很清楚，它一直延伸到啟德機場，然後飛走了。那麼它的來路呢？原來是從另一條街馬頭圍道長出來的。馬頭圍道的誕生地是紅磡蕪湖街，這條街浩浩蕩蕩一直走，一直走，走到啟明街竟不見了。忽然，向前一踏步，已經進入了土瓜灣道。兩條街道平行，街道名稱並置，一左一右。曾有新移民問我的朋友，土瓜灣道一號在哪裡？答：在馬頭圍道一二七號旁邊。她以為開玩笑，就帶她去看。啟明街轉角的一家半邊鋪位就是土瓜灣道一號。多年來，店鋪換過許多手，如今是賣蔬菜的攤檔。

土瓜灣道一號的對面，是一個小小的三角形休憩公園，在四條交通要道的中心，車來車往，它兀自悠然安靜，還打理得秩序井然，樹木葱綠，許多印巴家庭的一眾大小常在草地上野餐。如今，寸草不見，因為地鐵工程的緣故，小公園已成施工堆貨場，用木板圍團圍住，圍板上畫了宣傳畫，圍板挺直頂伸出十二棵高大的椰樹。三角花園成倒三角形，底邊已成橫向的浙江街。如果在浙江街朝海的方向走，十分鐘吧，就是海心公園。這公園大得多了，旁邊有球場，裡面有露天的舞台，有亭，樹木茂盛，小山丘上的大石，它自己也一定覺得奇怪，本來是在海心的。

土瓜灣道和馬頭圍道，好像吵過架，一氣之下各走各路，可又尷尬地不能老死不相往來，只好由另一條浙江街疏通。浙江街是兩條街的走廊，角色很吃重，而且，它接下漆咸道北的棒，大車小車，也朝舊啟德機場昂然前進。沿途經過蘋果屋啦、新亞中學啦、自高自大的豪宅啦，等等。

土瓜灣道的門牌號碼也是排列成單數和雙數，啟明街這邊都是單數，由一開始到最後的變電站，一共四六五號。而馬路對街則為雙數，由六〇號領頭，因為一至六〇號分給了三角小公園。可是到了街尾宋皇臺道，只是一六〇號，街號並不平衡，而且相差那麼遠？我唯有切實去數數，原來落山道和上鄉道之間的一段路，是定安大廈的建築群，整幢樓群都用同一號碼，然後以A、B、C、D分別，一直數到L、M、N、O、P，真是舊區的怪現象。

回到浙江街上。它旁邊是一座工業大廈，也算相貌堂堂，樓下的賽馬會往往擠滿了人，許多人沒有忘記，有一年大廈的平台忽然倒塌，傷亡慘重。可有什麼辦法呢，生活還不是同樣的過。不過，因此附近的樓房紛紛拆卸了僭建物，招牌、鐵籠、盆栽、曬衣物少了。

近年一連串的樓房，都掛出大字樓宇更新大行動的條幅。

從啟明街北行，過了浙江街就是益豐大廈，這地方本來是塘瓷廠和熱水瓶廠，以相關語「一味靠滾」和「認真好膽」著名。如今廠房早已搬走，但大廈其實值得參觀，因為那是已經罕見的「回」字形建築。大廈四周都是窗子，每一户的大門都朝向中心的院子，四面是四通八達的走廊，每幅牆都與隔鄰共用。從街外向上望，當然看不出它彷彿北方四合院的格局。這裡曾有一家電影院。當然，在土瓜灣道，另一類型的樓房也很特別，從街外看，也是家家戶戶的窗子連接一起，但不是「回」字形，而是「非」字形，住戶門口對門口，長廊在樓宇中間，兩邊是住户，窗子向街。

土瓜灣道的起點在啟明街，看來還算寬闊的街道，冷冷清清，有點落難荒蕪的樣子，可誰見過它昔日的繁華？在蘋果屋的室內街市沒有建成之前，本地的菜市場就在啟明街。當年，真是車水馬龍哪，人禽爭路。那是一地鮮雞鮮鴨的日子。街道的另一半，也絕不遜色，因為街尾接連榮光街，曾是著名的梅真尼製衣廠，當年可說是無人不識，盛時員工二千多人，老闆Manoj梅真尼是印度人。喜歡喝茶的人都知道名牌TWG Tea，即是梅真尼的家族生意，從製衣變製茶，從香港遷到新加坡。啟明街經歷過熱鬧的歲月。附近又山寨工廠林立，帶旺了這一帶的飲食業，大眾化的粥粉麵飯齊全。其中最受歡迎的，是榮興茶餐室，老闆沖得一手地道的絲襪奶茶。內地開放後，製衣廠北移，街市搬入落山道，啟明街從此黯淡，據説成為了一條劏房街。

土瓜灣道的第一條橫街是啟明街，第二條是鴻福街，街內有一間「土家」，是區內社區團體聚腳之處，都是關心生活，有朝氣的年輕人。因此，有人自稱「土友」。我呢？我是「土人」，或者「土著」，不是「著名」的「著」，而是「著地」的「著」，張岱在《夜航船》解說過。土瓜灣的「灣」，粵人不照書本上說的，並不唸作「海灣」的「灣」，而是「環繞」的「環」，把陰平灣當陽平環。灣仔、牛池灣才讀「海灣」的「灣」。第三條街是銀漢街，名字不好記，但總會認得這裡的恆生銀行分行，更有坐滿夏天嘆冷氣打瞌睡的常客天天出席的麥記漢堡包，或者埋頭馬報，有了研究心得就跑過馬路到對面的馬會報到。這一連三小街，都是短短的，封閉的，車子開進去，只能兜個小圈，出口仍在土瓜灣道。真正頭尾暢通的是第四條街：落山道。四座結構特別的大廈出現了，佔了整整半條路，一至十五樓，由網布包裹起來，像克里斯托的雕塑。

從第五條橫街到第六條，是商業區，各種店鋪如花盛放，而且隨著年代的步伐而變化，鐘錶鋪變了手機店，國貨店變了時裝鋪，皮鞋店改為運動鞋店，木傢俬店改為家居用品、辦公室鋼電腦檯。理髮店不單理髮，還美容。雜貨店成為超市。嬰兒用品變成寵物樂園。然後是壽司店、許許多多的食肆。但定安大廈的確定安，堅持不變，整段街的樓層也被面膜覆蓋，再揭開，可能又稍稍年輕起來。它是本區的第三種樓房形式，從窗子可以辨別，面街的窗子不是連綿不斷，牆壁之間有了空隙，房間三面有窗。

到了第六條橫街了，那是貴州街。到了這裡，土瓜灣道已過了一半，熱鬧繁華彷彿已開到荼蘼。再向前走，一邊是偉恆昌的建築群，前身是偉倫紗廠，後來和恆生銀行合資，建了三排十五層的樓房，剛做過翻新的工程，果然明淨了許多，水管之類重新裝置，應不用再喝鹽水吧。

由貴州街到另一條橫街，這一段路只有一列連成一體的十幢十五層高的西式樓房，每層各有六或八個單位。有電梯，浴室有浴缸。令人驚訝的是一廳兩房的設計特別，兩房是打通的。若要分隔，不用砌牆，做個大衣櫃不就行了嗎，兩室共用，門扇獨立，一九七八年落成，參觀者無不羨慕。地皮本是偉倫紗廠物業，後來與恆生銀行、大昌建築合資，建成偉景閣、恆景閣、昌景閣，合稱偉恆昌新邨。偉倫紗廠的「偉倫」，英文是Wyler，所以偉恆昌新邨的英文名字是「Wyler」。

這三家邨共佔三條街，即美景街、美光街、偉景街。偉景閣是填海而成的浮城。各大廈底層，除了小商店、涼茶店，還有茶樓，兩家超市隔街對峙，兩間銀行吸納客戶，還有一間郵局，開在恆景閣樓下一條暢通兩街的隧道之中。這一帶，本來清潔寧靜，交通和購物，也算方便，街道種植樹木，當年，一個單位只售十六萬。由於鄰近啟德機場，吸引許多空姐租用。

但好景不常，兩間銀行都搬走了，循眾多次要求，只在翔龍灣商場中各擺了一台櫃員機。常常喝茶的酒樓，不再接待本地茶客，變了旅行團的飯堂。忽然之間，新邨之內出現了三間巧克力店，附近至少還有三、四間，藥鋪、鐘錶店，標明政府註冊、免稅。看來都是集團的連鎖經營。而原有的，小本的，為土人服務的，消失了。每天充滿人潮，逛店的逛店，抽菸的抽菸，小童隨地小便。大人大聲喊叫，留下一地垃圾。海邊的小店，生意差，整個底層變了護老院。牆邊蹲著男女青蛙似的遊客。

偉恆昌在土瓜灣道佔了三十個號碼，始於三二九號，終於三六一號的嬰兒用品鋪。這裡已經是土瓜灣道的第七條街，名新碼頭街。的確，在這裡一站，就可以感受到碼頭勁吹的海風，可以看見前往北角的渡海輪。船只往北角，北角來的，卻分別往九龍城和黃埔花園，別上錯。怎麼稱為九龍城碼頭，而不是土瓜灣碼頭呢？土人都明白，香港分為十八區，土瓜灣只是九龍城大區內的一個小區，其他區員還包括紅磡、何文田、九龍塘。怎麼還包括無論空間和心理都很遙遠的九龍塘？可見分得並不精確。也許人口不足以獨立成區吧，所以連選舉獨立的區議員也算不上，要歸入海心區。九龍城和紅磡區內有警署，土瓜灣就沒有。其實，九龍城碼頭本稱龍津渡，遠道而來的船隻運貨上岸，然後運去九龍城寨。九龍城寨本來也是個神祕的地方，三不管，神祕的面紗除去，成為寨城公園了。

碼頭如今寫著「新渡輪」，在海底隧道建成之前，也曾風光了好一陣子，因為它不單載人，還載汽車，駕車的人在船上泊了車，走下來，歇息一回，吃個簡單的早餐，公仔麵、咖啡，看看報，鬆弛二三十分鐘的神經。汽車碼頭還留下架空的車道，天橋下是小小的收費停車場。不載車以後，平日坐船過海的人已不多了，每小時兩班，晚上七時停航。水手都日漸老去，這變成式微的行業。碼頭也有碼頭的命運。

街道平行並置，連碼頭也平排相鄰，九龍城碼頭的新渡輪旁邊，另有一個是開放式的，不過是一些立柱，撐著頂蓋，海邊有些欄杆，中間有石然及成登船的階梯。這碼頭有點像中環的皇后碼頭，名叫「馬頭角公眾碼頭」，普通漁船、遊艇登岸之地。常常見小輪渤渤地推浪而來，船上有人上岸了，船上的黃狗搖著尾巴興奮地跑來跑去。狗也想上岸吧，因為岸上漸漸出現各種狗隻。尤其是傍晚，主人帶著大小狗出來散步，人和人坐在長椅上聊天，狗和狗在互相追逐嬉耍。晚上比日間熱鬧。碼頭前面，整個空地是九龍城巴士總站，巴士其實也並不多。二〇〇七年，五幢新的大廈落成，樓高六十二層，屏風一樣橫亙在偉恆昌前面。人愈來愈多了，從旅遊車下來，戴上同一色的紅帽，或者掛上同樣的襟章，從茶樓、店鋪出來，橫過車道，來到馬頭角公眾碼頭，排好隊，有人揮動旗幟叱喝。船來了，維港夜遊去了。

土瓜灣也有一條海濱長廊，比起尖沙咀的那段短狹得多，卻更適宜居民的散步憩息。這裡的長廊由碼頭開始，一直通到海心公園的魚尾石，沿途有花草樹木，一邊是連接不斷的公園椅。路段不長，卻也經過三座公園，中間幾個出口，可以出外一陣，看看門外的驗車中心、荒廢的官地，看公園裡的人練太極拳、打籃球、唱歌、跳舞。然後再回到長廊裡，坐一陣，看海，看人垂釣。自從煤氣鼓不再用煤發電、青洲英坭廠搬走，土瓜灣的空氣無疑清新了許多，難怪不少藝術家搬進海邊的工業大廈。如果三個公園之一變成狗公園，這裡就是狗主的天堂了。

偉恆昌街段的對面，隔著馬路，是興華、美華工業大廈，近年，樓上不少分割成出租的迷你倉。樓下的商鋪，有些神祕得很，生意竟是關起門來做的，顧客都是內地遊客，珠寶啦、鐘錶啦，可能還有時興的什麼，誰知道呢。然後是家具店、車行。土瓜灣一帶最多，成為本區特色的，正是車行，汽車維修、買賣，單是牛棚對面的十三街，已超過二百間。新碼頭街的一間，更引來不少觀眾，待修的車在街上排隊，像公立醫院的病人，嘩，原來是法拉利、藍寶堅尼，鮮紅、艷綠，像玩具。到專用酒樓的遊客走過，往往不看搖旗催趕，佇足拍照、品評。那麼一個舊區，竟有那麼多名貴的新車。另一邊的街上，六、七名什麼功的成員貼牆靜坐練功，不靜坐的則向內地團客講另類道理。

新碼頭街應該是進入碼頭的入口吧。可是這條街會轉彎，只可繞偉恆昌所佔的三條小街走一個圈，朝紅磡的方向走，否則就回到土瓜灣道。它像護城河，不過環抱的是紅棉工業大廈。所以在土瓜灣上，第七、八兩條橫街都是新碼頭街，真要進入碼頭和巴士總站，得從第九條街新山道進入。碼頭前面新建的翔龍灣（也不知是建築還是海灣的名字）很快就不新了，就橫亙在這裡。翔龍灣背後的明倫街也是一條轉彎街，兜兜轉轉，投奔馬頭角道去了，它四周仍是車行，會否轉得昏頭？幸好都停機息匙，有待修理。白宮冰室變為黑宮，古古怪怪的模樣，原來是紋身的地方。

翔龍灣的前身是人人害怕的煤氣鼓。中華煤氣公司位於土瓜灣道的一〇〇號，從新山道到木廠街一段路，被土瓜灣道切斷，分為南、北兩廠。早年南廠變成富宅翔龍灣，而北座最近也拆了一半，尚存一座管道和筒箱，互相交接，仿如星球大戰的堡壘，既科幻又魔幻。難怪對街的茶餐廳出現了喝冰鎮奶茶的鐵甲人。

土瓜灣位於九龍城區南部，故稱南土瓜灣，簡稱南瓜。不知子時過後，肥美的南瓜又會怎樣變身？社會在變，何況小小的一個老地方？將來，馬頭角道上的牛棚藝術村和十三街又會怎樣呢？我們還會認得嗎？過了新山道、明倫街、然後是馬頭角道，這時候第十二條街就在眼前了，它是木廠街。這段路，自從飛機不再飛來，只留下一片荒涼。生意太少，店鋪大多關了門。然後是盲人輔導會的工廠。這是香港獨一無二的盲人工廠，佔地甚廣，我曾向樓下的看守查問，工廠做的是什麼呢，竟答他也不清楚。後來我翻查資料，工廠成立於一九六三年，一邊為視障及傷殘工友提供庇護式的訓練場所，一邊也接各種工作，紙品方面的大小搬運用紙箱、設計及生產各類禮盒；車衣方面則包括各種工業及學生制服，機恤、風衣、帽子；各種環保袋，尼龍、帆布等等。機場未遷走前，朋友告訴我，當年工廠對外開放，樓頂是觀看飛機降落最好的位置。工廠對面是柏林爐具廠。再前面，見不到什麼行人了，只見鐵絲網，那是舊啟德機場的空地。土瓜灣道至此靜悄悄地讓路給宋皇臺道。

宋皇臺，一個中國末朝皇帝曾流落到這一帶的地方，一條街道來到這裡，看來也前無去路了，未必，拐一個彎，換一個名字，又另有一番景緻，誰知道呢。土瓜灣道單數樓宇最末的數字是四六三號，屬於德國寶旁邊的土瓜灣北變電站。接著已是國際機場。高高的一列鐵絲網拆盡，換上一米高的水馬，兩個一疊，成為簡陋的圍障，貼上黏紙，標名政府的部門，過路者於是知道土木工程拓展署正在空地工作，看見許多直立的柱和高空移動的人影，卻還看不出建的是什麼。

我在九龍城區住的第一家在紅磡，位於蕪湖街背後的小街，當年座落在黃埔船塢圍牆外。四層高的唐樓，沒有電梯，屋內除了廚廁，沒有間隔，卻有騎樓。房子不錯，窗外是無敵海景，船塢牆外是一列大牌檔，叫外賣只需垂個吊籃下來。一梯兩伙，沒有鐵閘，治安很好，家家開門共聽廣播劇，戶戶分穿工廠發派的膠花。父母讓我讀書，不入工廠。我每天在家維郇站乘巴士上學，幾個站的車程，在教會道下車。眼前一片農田，其中有小木屋，農圃道斜坡旁有一巨大石渠，我在石渠上走，不久就到學校了。這是上世紀五十年代，我唯一認識的路線。想來不免奇幻。從家維郇如何直達協恩？因為馬頭圍道在啟明道已分裂成兩半，不再貫通了。如今細說，地方固然不斷轉化，變舊、翻新，何況是人呢，只是我再不可能是昔日那個穿著校服的女孩了。

散文

躑躅彩虹

唐睿

汽車從斧山道徐徐駛下，拐彎，讓觀塘繞道的陰影輕輕洗滌了一下，時光就漸漸放緩了腳步。它並沒有停駐，只是變得安靜，又或者說，少了一份躁動——就像兩旁高架椿柱上的藤蔓，也不知在何年何月，開始悄悄裹住石柱，攀緣到高架天橋的底部。

作為一條街道，我想，你是挺寂寞的。

——能看到的，已經不多，除了這天橋，就只有大磡村的牌匾以及影星喬宏住過的石屋。

從上元嶺出發的時候，我向學生預告了一下行程。

翻出一張一九六〇年的地圖，你，三十歲，從清水灣道分別出來，終於擁有自己的名字，成為東九龍交通的獨一樞紐。但誰又想到，這個獨特的身分，竟就在幾年之間迅即消逝。

汽車在腳底下的龍翔道飛馳，偶爾有輛貨櫃車顛簸了一下，傳來一陣沉沉的「哐啷」，仿若悶雷。立在板面脆弱的行人天橋，孩子們都不無忐忑。要是不說，他們會否察覺，在這條川流不息的公路上面，並沒有設置任何行人過路口？要跨到路的彼端，人們就得繞上天橋或鑽進隧道。城市的脈搏不容許有半點淤塞，然而城市的生命，又當從何說起呢？是速度揚起的塵埃，還是從土地發酵出的生活？

很想告訴孩子，天橋盡處的欄杆，曾掛滿一籠又一籠的彩鳳。我帶了其中一對回家，還有一對巴西紅耳龜。我把鳥籠懸在大廳的竹杆上，鳥兒有時候說話，有時候不。不說話的一個下午，一隻老鼠在我們回家以前咬破了鳥籠，留下了一籠羽毛，和無限悵惘。後來，我們用老鼠膠和老鼠籠逮到了幾隻老鼠，並用沸水，結果牠們的生命。看著那小生命在籠裡瘋狂掙扎，昏厥然後消逝，我首次體會到生存的無奈——當時我並不知道，迪士尼原來是個樂園。至於兩隻巴西紅耳龜，牠們脫了一次又一次的殼，和我們一同換了一個又一個的居所，直到祖母再沒法隨心所欲地蹲下和彎腰。我們把烏龜帶到屋邨商場裡的水池，牠們在假山上疑惑了半晌，就潛進水裡，留下了兩圈不斷擴大的孤獨的漣漪。

失散原來比別離苦澀許多。

好幾次路過水池我都看到一堆烏龜在假山上發呆，但我卻無從辨認誰是共同生活了多年的伙伴。商場改建的時候，職員會預先仔細將全部的烏龜移走嗎？他們往水池注入混凝土時，我的巴西紅耳龜會否因無法背負沉重的生命而最終無法動彈？

很想告訴孩子，天橋盡處的欄杆，有卅小小的寵物店，但他們原來大都未曾摸過活的雀鳥。

有些情感原來會逐漸過時，有些記憶，實在難以言傳。

會寂寥吧？當你聽到這些故事。

我知道，曾有航班借助你的軀體滑翔升空；李小龍的座駕，也從這裡駛往影棚；蕭芳芳的鞋跟得得得，朝下元嶺的內街拐了個彎，買一碗名過其實的担担麵條。這些看似重大的瑣碎事，最近又有人偶爾提起。他們在你身上翻挖泥土，尋找一條通往未來的鐵路，或一座可供緬懷往昔的飛機倉庫，但對一條街道而言，停駐與流逝，到底哪樣更為珍貴？我知道我是在刻舟求劍，但我還是帶著學生，來到那面毫不起眼的牌匾前面，憑弔一個失落了的社區。

——圍幕後面，就是影星喬宏的故居。

孩子們把目光投向尼龍布上的孔洞，穿過了鐵網的鏽跡，穿過了叢生的雜草，卻穿不過時間的隔閡——喬宏是誰？

——那片《女人四十》的光碟，要是沒有丟失那該有多好。

健忘或許真是一種——都市病。

七千戶人的衣服曾在這裡飄揚，還有那數不清的鞋子，每天，就在牌匾旁邊的斑馬線上往返來回，走進旁邊一幢幢的工業大廈，尋找生活。

我讓學生走進新蒲崗嗅暴動的硝煙，路上密麻麻站滿了短袖白襯衫的人，但孩子們竟一個都看不見。周六早上的新蒲崗確實有點冷清，橫街許久才傳來一陣倒車的訊號。印巴藉跟車拿著鐵栓敲打出慵懶的拍子，也沒看到四處逃竄群眾，以及他們濡濕的襯衫。老式的工業空調在後巷裡滴水不斷，大廈與大廈間的縫隙，似乎落著冷雨。新蒲崗的雨天實在很讓人神往，綿綿細雨沿著塑膠布棚不斷流淌，能夠將地上的影子都徐徐化開。要不是正午的日照恰巧充沛，我想，我就不能拾回那年，我跟母親提著油糧、頂著斜陽，遺落在爵祿街角的身影。

我們總是先有指南才有旅遊。無論是在回憶、在寫作，甚或在啟動推土機的時候。

有人說這裡可以變成首爾，有人則說可以把這片土地原封不動，提上一個平台，然後在上面加疊房子，但她只想在她那平凡而卑微的舊物裡繼續靜靜守候她變得愈來愈便宜的時間，在市區最後的這個小小的圍村。我特意到「慶有餘」匾前的中藥店去買點決明，耳朵似乎有點背的老人揮了揮手，也不知道是缺貨還是不賣的意思。我們不需要瓷碗花瓶，不需要無從辨別真偽的古玉或者無從播放的卡式錄音帶，但我們仍可買幾罐飲料，坐在理髮棚前，聽幾個居民說故事。一個目光呆滯的婦人推了一輛輪椅進棚，椅上的老奶奶穿著一襲老式的碎花薄衣。她們曾到許多理髮店去尋找鏡子，最終卻只有圍村的這一面能夠反映出她們的臉。老奶奶把臉湊向鏽跡斑駁的鏡面，打亮額上的皺紋，以及女兒不由自主，不斷張合，猶如金魚的嘴巴。她看到她們在一個廢棄的魚缸裡載浮載沉，石牆與房屋，天后古廟還有活力士多，通通都鋪上了一層青翠的沉積物，仿如植被。她看到有人把她們傾倒到村旁的明渠，催促她們趁著旱季，到大海去尋索海鷗，而她只能躺在明渠前的旱地，看著女兒，不由自主，張合嘴巴，吐出口沫，塗抹自己。

挖土機在你身邊翻來覆去，擾攘了將近一個世紀，除了虛妄的欲望，他們就沒能挖出城市深處的生命本質。

所以我想，作為一條街道，你應該是挺寂寞的。

窩打老道，彼得盧道

鄭政恆

在窩打老道行走，我比較熟悉的是油麻地到何文田一段，還有九龍塘一段。

九月九日，窩打老道有學界聯校人鏈活動，據說學生在早上七點鐘就集合了，我們不難想像，從何文田開始，培正中學、九龍華仁書院、真光女書院、基督教香港信義會信義中學四間中學的學生，手拉著手，高呼「五大訴求，缺一不可」，他們人多勢眾，輕易地組成長長的人鏈。

而多年以前，我們在窩打老道默默行走，時而高聲談笑，當時是港英過渡期的最後時光，也逐步邁向董建華在任的艱難時期。但我們如許默然，專注於功課，也不太理會世事。香港社會在一段時期相對平靜，但暗湧日積月累，終於釀成風暴。

在風暴之中，子彈呼嘯而來。

十月一日，抗爭遍地開花。香港警員在市區發射實彈，抗爭者的防衛裝備卻相當簡陋。在荃灣大河道，一名荃灣何傳耀中學中五學生左胸中槍，他手中的自製膠盾牌，原來只是一塊浮板。浮板當然擋不了真槍實彈，在中五學生旁邊的理大博士生，見中學生心口中槍，願意不走，只求救救學生，救救孩子。

在油麻地窩打老道，也有警員向天開實彈槍。這一發實彈如果早些來到，早一點驚醒如在夢中的我們，我們的目光或會從書本，移到窗外的世界。在窗外，窩打老道上有車、人、樹、鳥、商店、民居、廣華醫院、道聲書局、安素堂、加油站、超級市場，事物如此平凡，但平凡背後，卻有制度的暴力，把握一切。

窩打老道的命名，是為了紀念一八一五年，英國威靈頓將軍與多國聯軍，在滑鐵盧戰役打敗法國拿破崙一世。一八一九年，英國曼徹斯特聖彼得廣場，有大概八萬人要求議會政治制度改革，曼徹斯特義勇軍卻血腥鎮壓。由於《曼徹斯特觀察家報》（*Manchester Observer*）的頭條，將鎮壓命名為彼得盧，以滑鐵盧戰役之名，諷刺當日騎兵大開殺戒。所以一八一九年的曼徹斯特鎮壓事件，史稱「彼得盧屠殺」（Peterloo Massacre）。

當年，浪漫主義詩人雪萊（Percy Bysshe Shelley）以長詩〈「虐政」的假面遊行〉（*The Masque of Anarchy*），留下壯烈的聲音：「讓廣大的人群聚集吧，／並且以莊嚴的辭句／宣告說，你們本來是／上帝的造物，自由、不羈——」（穆旦譯）。

二百年後，邁克李（Mike Leigh）拍了電影《彼得盧：人民之聲》（*Peterloo*），重現屠殺事件。

也是二百年後，當實彈在窩打老道橫飛的時候，我心目中的窩打老道，突然之間，有一刻，成為了彼得盧道。

詩

窩打老，的道

陳麗娟

這些行道樹
和我
都無法選擇
自己被插在哪裡。

路是舊時的
（據説窩打老之中這一段最舊）
因而有樹
沿路是舊朝代的（名）學校
收著新生代的聰明男孩子

因而保護著山頭（免於被起樓）
還有經典現代建築教堂兩座
因而保護著山頭（免於被起樓
如果它們不把自己也起樓）
也保護著這舊朝代的街
也保護著這舊朝代的行道樹

樹被新時代的地磚
圈在小小的泥洞裡
地磚下的樹根便腫起來
把地磚爆開
「想把ＸＸ爆開（無謂再抑壓……）」

我，窩打老
（*Waterloo*）

舊朝代的的街道。
新朝代的語言
難以發音
當然夾硬來的話
「來吧我什麼都應承——」
新時代的男孩
從舊殖民語言直接換新的無縫過渡

我這人
也是舊朝代的
借來的地方、借來的時間也已過時
我借著借來的地址
走在這路上我是借上借（所謂「借過」）
有一天我走在這裡
在一堆腫起的樹根前拍照

（滑iPhone 6大約花了一秒）
身後一名大嬸（或曰大媽）
被dup停的我阻了一秒
她走過我前頭
粗壯如樹的身體
送我一個極嫌惡怨恨的回眸
她在某樹在大風後斷死了的位置過了馬路
到了ＹＭＣＡ，隔著一個窩打老
繼續以嫌惡怨恨睥著我
我想，她一定能
好很能
趕上
這新時代
在這城裡

走得快些
比較著數
可以快點死
但窩打老
請你不要先死於我
窩打老的戰役
原是勝利的意思
雖然「滑鐵盧」只是換個讀音
人家比較記得

榆樹街

池荒懸

在市政大樓和消防局之間
這是一條短小的街
五金鋪、磚店和車行
夾著永遠難於泊車的單程道
康莊大道難於維持，太過擠擁
工業大廈內養著迷你倉、無牌補習社、
社福機構、二手傢俬店
和令你們幾個人失措的蚊型出版社

你在聯想榆樹的比喻

但這地方比喻似乎無法生效
雖說這裡可以避靜
但文件之間無人隱修
離開戰情持續的旺角
躲進一旁的大角咀；從大角咀道
繞過每晚燃起焚火的九龍殯儀館
轉入並停留在休憩的公園
直至感覺道旁巴士太過擾攘
醉漢又不似瞭解逃避的真諦
你最終步入榆樹街的大廈
在二百尺的地方看書或做事
夜裡無人時，門外傳來錯韻的南音
你只懷疑同工們都唱錯時代的曲聲
到步了卻因為門內的燈光而折返

你在聯想榆樹的比喻
它的種籽和果實都可以食用
吃了，就消失
消失了，卻不一定死亡
人也不會因此長出榆樹的影子
至於榆木造的家具，木紋環環相扣
耐水，長期放在海邊也不腐化
自從許久以前，榆木棺材已深深埋進土地
好像泥土下也需要許多街道
而街道縱橫相接
暗示歷史死掉的部分
也經營著繁忙的交通

如是，你十分肯定
比喻有時過分浪漫

事實是康莊大道已經消失了
小街也不會延長
你們還是出版逆市的書刊
寫無人閱讀的字句
不管是戰情激烈的節慶
抑或沒有主題的平常日子
二百尺的單位內可以讀書、吃飯、工作、聽唱片、
看戲、靜默、哭泣
可以和數字打交道、和喜歡的人親熱、
和時代隔絕、為死者療傷……
或純粹聽冷氣機脈動的雜音

比喻失效的方式也有許多
唯獨沒有人知道
哪一種最接近真實

Glee Path[1]

胡燕青

地面總是濕的，鞋底踩過
黏連的聲音如同接吻
有點像愛情，有點像愛情的產物
孩子調皮滑倒，嫲嫲就罵他
她氣昏了頭，幾乎也滑倒
幸好街坊一把撈住
海鮮檔賣完了桶蠔
人依舊蹚水來問
五金店鏽色的咳嗽
噴向路旁的的士

這邊有廁所和燒臘
並午飯的司機
運送需時，麵包的香
衝不破濃重的腥臊
粵滬口音裡，大家都說多多[2]好
聖安娜，你會不會起錯了洋名字？
膠桶沙煲掃把撐起的老店
終於賣出了那雙35號技巧鞋
只有跳舞的肥C9[3]知道這兒有得賣
藥材鋪的稻草人那綠眼珠的貓
佔據著醫師的摺椅，單眼檢閱大隊老鼠
等他走出來抽菸，牠就用力地吸氣

1 Glee Path，美孚新邨最平民的小街。Glee就是歡樂的意思，中文名字是吉利徑，優秀的翻譯。
2 多多是美孚遠近聞名的麵包店，曲奇餅尤其受歡迎。
3 編註：即「師奶」，中年已婚婦女之稱謂。

那是一種癮，在大天井下如水淌流
他和牠都很瘦，但極其耐活
此地不賣燕窩和蟲草
沒有斤兩的問題，只有斤兩
淮山和玉竹，黨參與芡實
配合起來，同樣滋陰補腎
直到某些人開始吵架
電腦零件才悄悄離去，水果檔認輸了
滾得一地都是橙和橙色的燈光
鮮活的魚血淋淋的給劏了[4]
大藥房帶著參茸從油尖旺蔓生過來
疊起一屋子的奶粉，奶粉和奶粉
薇甘菊跨過五個基層地鐵站
撿起死魚的心臟
往自己的身上放

命令它繼續抓狂

4 可能因為租金昂貴，吉利徑上的電腦零件店、水果檔和鮮魚攤子都在這一兩年內相繼歇業。魚攤子變成了賣奶粉參茸的大藥房。

小說

月亮破裂

余婉蘭

阿彌陀佛坐在來福伯單車的後座大發聖光。

嫦姐把剩餘的黃色地盤安全帽都掛出鋪面。黑衣遊行隊伍，如波如浪，她一轉身就瞥見眾生苦海中有一聖光乍現。

阿彌陀佛只在彌敦道大發聖光。

那天嫦姐看見第一隻鳥掉墮，以異象一般的姿態掉墮。明明她逢初一、十五吃素，鄰街則於每月同日大開殺戒，自此鳥一隻一隻於自由飛翔的同時墮進黃泉，自此五金鋪面的黃色地盤安全帽怎麼左掛右掛，也像果實纍纍的頭顱。

來福伯載著阿彌陀佛，即眾人的無上醫王，終日來往尖沙咀至太子的彌敦道。他愛赤身露體，皮膚炙得像燒膿豬皮。他愈老就像虔誠的末日使徒，也像神棍，招搖過市。

「阿彌陀佛，無上醫王。捨此不念，非痴即狂。」

來福伯躲懶不在，坐騎於單車的阿彌陀佛也要在，於彌敦道馬路之間憑欄，不分四季或日夜，普渡眾生。隨日子漸去，大部分欄杆拆來當路障，阿彌陀佛只得歪斜一邊，端倪眾生，聖光如舊如常。

因因果不空。

露宿者文大仙貪銀行少過街老鼠，遂把家當從一中資銀行梯間一地的玻璃碎，搬移至另一間美資銀行，盼能平安，盼容易隱沒於黑夜的陰影。但彌敦道不再讓他容易。過多的夜裡，他撿來了二手豬嘴，裹起臉龐，決意睡進煙霧，好幾晚昏暗窒息得像待宰的羊。

他伸出兩條光禿禿的腿，裸露的腳趾泛青光，被走過的攝影記者拍了下來。這夜這街，唯有睡姿純真無邪。

但文大仙似乎再難以如常閉眼，以眼皮浩瀚的覆蓋，就把整個無望人間收妥於夢了。無法迷糊的日子愈來愈多，他愈常到彌敦道的阿彌陀佛前，拜一拜。

孑然一身，除了為自己祈求，也不知道為誰祈求了，或者為一具他瞥見一眼的無血的墮樓屍體祈求。他和不知名字、無人拜祭的死者，都歸宿於人來人往的街道，都是遊魂。

文大仙供奉一根指尾般短短的菸屁股，餘煙裊裊，口中念念有辭。

這世道禍福無常，這條街也愈來愈無眠險惡了。

遇佛拜佛，遇神拜神，到底是好。

豈料翌日，水砲車的藍色水向真神阿拉狂射，遇神殺神。彌敦道變成戰場。

平時維吾爾族穆斯林艾爾克每次禱告完就靠著清真寺大門，攜來一盒鹵水鴨脖子猛啃。他作為香港穆斯林的少數，常和另一個小腿壞死、臉相粗野的維吾爾族穆斯林，靠著欄杆，啃鴨脖子，形跡極像乞丐般。兩人的眼睛都無光、無神。

艾爾克住在油麻地梗房，走出兩個街口，唐樓外牆上有意大利畫家Pixelpancho的畫，還寫上了一行漢字：

「滅吾族之戰，乃卿之惟戰。」

艾爾克從來沒有正眼看一眼這幅畫。

他也從沒有祈禱他的主：「我確是被壓迫的，求你相助吧！」射藍色水當天，他沒有去清真寺。幾個月來，香港太像他的家鄉，但艾爾克好久沒看家鄉的新聞了，也不知道親人的下落。多年來他像個半死之人，一味撩著腳趾，啃著他的鴨脖子。

水砲車的藍色水向真神阿拉狂射那天，印度協會前主席Mohan Chugani的眼睛整整二十分鐘看不見東西，一生人至為兇險的二十分鐘，權力金錢無法為其免去老來當災。

他失明了整整二十分鐘。在同一條街道，之前救護員少女曾失去的右眼，像荷魯斯之眼據說能吸走苦難，但那個洞至今仍含著黑夜。

可蘭經說到：「月亮破裂了。如果他們看見一種跡象，他們就退避，而且說：這是一種有力的魔法。他們否認他，而且順從私欲。」

Indigo也不再是預言書上說的「靈魂戰士」，用來染牛仔褲的Indigo要把他們通通染成著相的暴徒。同一時刻，同一條街，因著藍色水彰顯平等。一旦淋上「暴力藍」就無所遁形，沒有私立醫院知道Indigo的化學成分。

火燒的灼熱幾乎送Mohan Chugani繞過真主，直接見證魔鬼。

當天日落「昏禮」拜禱時分，眾多居港穆斯林面朝聖城麥加，俯伏參拜真神阿拉三十四遍，重複頌念：

「全能、偉大的上主，求垂聽並且寬恕香港政府、警察破壞Masjid的舉動。」

念完後，彼此向著彼此，憤怒吆喝：「香港警察瘋了！這世界瘋了！」

Mohan Chugani和其他居港穆斯林都聽來傳聞，水砲車上坐的不是香港人，他們眼中，國境內外的穆斯林社群、港獨暴徒和達賴喇嘛都是一樣的極端份子。

以前印巴藉人常被華人叫嚤囉差、嚤囉差，口吻不懷好意。清真寺旁邊的威菲路軍營以前也叫「嚤囉兵房」，方便印籍警察來做禮拜。從前教長每天派人走上拜塔頂部，呼喚信眾前來做禮拜，聲音響遍整個尖沙咀。

嚤囉Mala是「念珠」、阿叉Achcha是「領悟」的意思。

小部分靈動的穆斯林兒童，當天夜晚則做了相同的夢：夢中有月破裂，月照耀不到他們。眾人心臟疼痛，卻不悲哀，沒有流淚。

「有接受勸告的人嗎？」無所不知、無形無象的真神阿拉問。清真寺於夢中消失，原來的位置只餘一堆一堆六、七層高、人疊人的山塚，疊起的臉頓時變成水砲車射出來的顏色。「暴風將眾人拔起，他們好像被拔出的海棗樹幹一樣。」

真神阿拉沒有變成風，把他們逐一從兇險中拔出來。

穆斯林兒童不曉得那是預言之夢，況且巴掌般大的腦袋也記不住預言。他們畫的畫裡，開始有火焰、警署大門。人仔都塗成漆黑、蒙面，只露出眼睛，像他們的媽媽和其他女人。幾星期後，他們快樂地穿過另一次彌敦道上的示威人流，層層疊起隨街可拾的磚頭、蒸魚碟，一手又丟開，跑出跑入重慶大廈。

左派知識青年林傑剛好站在重慶大廈前，抽著大麻菸，和他的俄國朋友挑個好位，邊chill等看戲。自詡為正統左翼青年，反帝、反殖、反資。此刻最接近左翼思想的唯有在中國，何種去歷史化名曰「革命」、「光復」，在他眼中都甚為可笑。

他故意偷看傘陣內製作汽油彈的「小型軍工廠」，讓他提煉心酸。唯有心酸才撩起他的嘲諷的心思——少女少男「懵懂的青春就此被燃燒去了」，甚至「懵懂的青春」帶有極右運動的本質，以空洞言辭讓眾人團結抗敵，暴力也被吹捧為聖潔和愛——「只要我們在一起，彼此支持」，「榮光將會歸於我們。」

他心想：真可笑。

最後林傑還是忘掉嘲弄一兩句「莫洛托夫雞尾酒」。他自己倒真的沒有碰觸過一支「莫洛托夫雞尾酒」。想想無論讀過多少理論、多少主義，卻也無法介入歷史確鑿的流向。此刻世界也不會屬於他。

屬於他的也不會在此時。

英國水兵鬧事打死村民林維喜，引起第一次鴉片戰爭，其後清政府簽訂《北京條約》，割讓九龍半島給英國。

早在林則徐在虎門銷煙，英國再難到廣州做鴉片貿易，商船就一直停泊在九龍尖沙咀一帶。

割讓後，尖沙咀專屬洋人花園住宅區，華人不允許居住，階級比嚤囉差再次一等。今天尖沙咀成為了大陸遊客的名牌買貨場。

大麻菸熏得在擠擁大街林傑也感覺只剩下他自己。重慶大廈傳出的咖喱香，引誘他去吃，待會兒催淚彈一來，他就會跑上去的。

俄國朋友哼哼哈哈「哈」大了：「真爽。」他説想偷撿一個催淚彈殼，回國當水杯。一對女同性戀人花和愛麗絲，頭髮短削得像兩名僧尼，低頭匆匆從林傑和他俄國朋友身後走過。海旁那邊，像有幕蒙起她們的臉。

她們約好這天去半島酒店開房。

花的生日當天難得四折優惠，這幾月來沒有大陸遊客敢來香港，酒店的價格終於滑落至叫她們捨得豪擲一次。因為國難，她們一生終於捨得住一晚六星級酒店，為了彼此記憶多出這麼一次奢華經驗，那或者足以證明有愛。

花心想，或許那時，她倒懷念，在廉價時鐘酒店那一祕密的紫丁香色牆紙，「喵—喵—

喵」，她們像兩隻野貓，聲音穿過悠悠牆身。

經過喜來登酒店，愛麗絲臨時改變主意。她問，你還記得嗎？花的眼中，愛麗絲敏感易怒，溫馴縱慾，喜形於色，所以才深受別的女人歡迎。愛麗絲的嘴唇就是軟熟的形狀，紅得她一咬就流出血液。愛麗絲會幫花，用血來塗口紅。

她問，你還記得嗎？

從前她們愛假裝遊客，走上五星級酒店最高一層，挨著一扇落地玻璃窗，貪婪地看著像鑲著鑽石的夜景。車鑲著鑽石，街道鑲著鑽石，大廈鑲著鑽石，維港的波流也鑲著鑽石。她們俯瞰卻也失去所有人聲、氣味和情感。魂魄像在鑽石裡般安靜。夢與記憶與黑夜開始不分，在夢還是夜，愛麗絲冷漠地看著花，她抱她抱得很緊，要她聽她的心跳，貼近她的乳房、陰道，訴說愛欲。

「光復香港，時代革命？」花以疑惑的口吻問愛麗絲。

這晚她們終於有自己一間房間，毋須假裝。天花板垂直的吊燈照得愛麗絲的瞳孔通澈，通澈得花甚至不敢看進去。反正即將連影子也隱入茫茫黑夜，存在也即將暈眩。窗外遠方催淚彈、布袋彈、橡膠子彈和汽油彈的爆破。如火花琉璃，如夜慶煙火。依舊她們於俯瞰中失去所有人聲、氣味和情感。她和她在擁抱中，靜得像石。

而頭頂，有月破裂。

花和愛麗絲從酒店俯視而下的彌敦道，對上一次有裝甲車、坦克經過，是六、七十年代慶祝英女王誕辰，閱兵巡遊時。閱兵的氣氛卻如此溫馴，那天彌敦道乾淨得連一塊垃圾、一片落葉也沒有。駐日英軍裝甲部隊，駛至彌敦道，尾隨英軍、啹喀兵和印巴籍軍人，揚長而來。街道、石壆、簷蓬和天井都站滿看熱鬧的香港市民，個個脖子都伸得好長。

只有兒童敢跨過欄杆，貼緊警察的封鎖線，把頭顱、上半身通通都伸出去，搖搖欲墜。其中一個兒童是光華。

他同時特別記得同一年，有議員說樹頭肉酸，英女王出巡千萬不可以讓她見到，叫人填高了一米的英泥。

光華自小就意圖靠近榕樹，觸摸榕樹，以圖辨別跟前大地的謎。

那種靠近是相隔幾百年的遙遙相對。他一觸碰就有時間在指縫間碎裂，隱蔽於樹身的庇蔭之下，有時間的脆裂屍首。沒有一個人類見證比樹更多生滅的事物和人。當天英女王匆匆經過幾十秒，彌敦道兩排的榕樹自此就從地面，跑到上一米高的花槽生長。幾十年來，光華看著百年榕樹，一直衰弱下去。

「蠢人類。」光華嘀咕。

到底樹見過什麼，或者它不見什麼。它沉默，是巨大的沉默及記憶，或者它不記憶什麼。

光華想，土地和泥土有關，那也就是與生命起源，與萬物起源有關。拜祭土地公，也同樣是拜祭樹神。樹木能把生機一代傳一代，也許是一種祝福、祈願，是上一代對下一代的守護，延續。將來光華踏足的腳底會出現一座地下城，打通海防道、柯士甸道、彌敦道和尖沙咀港鐵站，「由上以下」挖掘，建二點三萬平方米五層深的地下世界。那時生長在地面的百年榕樹都會一一死去。

有人陰謀論傳言，尖沙咀地下城的地道或許連通西九高鐵站，以一地兩檢為虛無的界線，解放軍可以在地底世界任意出入，捉 Big Brother 想捉的人送中，還有偷運武器和走私。從前英軍就在尖沙咀興建軍事設施，地底早就挖空，作戰略用地。

當生命死去，我們走進不見天日的地下世界，瘋狂購物。

香港淪陷三零年八個月後，光復那天，英軍同樣也在彌敦道舉行慶祝勝利遊行。

樹下從來無夢。

文大仙抱著他珍重的家當，在彌敦道的一排百年榕樹下昏昏沉睡。他老是醒著睡，睡著醒，生怕有人偷他家當。

當風迎合著人而吹來，唯有人來，才有琢磨的感知，特別樹下總迎來了風和溫度，煞是舒服。文大仙一不小心，就順勢滑入了深沉的夢——許多天沒見的餵鴿老人梁婆婆入了他的夢。

文大仙一瞪眼，化成為梁婆婆餵的其中一隻鴿子，正想飛去她的掌心時，一下失控僵直地掉墮在地面，成為嫦姐看見第一隻掉墮的鳥，以異象一般的姿態掉墮。

夢中梁婆婆拖著行李箱，和一大袋裝著麵包的紅白藍，在彌敦道一直走，沒有回頭，口中吟吟一句：「人安鳥亦安，人安鳥亦安。」

散文

輓歌——我的公共的菜街

鄧小樺

一

我記得二〇一七年有一天我上西洋菜南街街頭的榆林書店逛，那時已是九時多，樓下傳來「歌舞」的聲浪，選曲庸俗、歌聲走調、不堪入耳，比粗口還難聽——幾乎是近於生理反應般的憤怒，我幾乎想一個人馬上衝下街道阻止那些聲浪。我突然明白了這些對於西洋菜街的書店們（我最關心和熟悉的商鋪）具有多大的破壞性、是多麼不可忍耐——也就是說，這個行人專用區的存續是成危了。

也許，它已經被殺死了。

二

西洋菜南街行人專用區自二〇〇〇年開始實施，我隱約記得曾是叫做「旺角永久行人專用區」，但在「殺街」即行人專用區被終止的二〇一八年七月，這個名字已經在網上不復查得，彷彿只是我的一個幻夢。

三

但我仍清楚記得，二〇〇三至二〇〇七年我住在亞皆老街先施大廈時，背著背囊，經過永恆擁擠的亞皆老街APPLE SHOP轉角，拐入西洋菜南街行人專用區時，豁然開朗的感覺，街道在我眼前開展至視野的盡頭，有些時候，我會情不自禁奔跑向前。多數是因為街上有我的社運朋友，我終於找到時間下來加入他們的行列，有論壇或者表演，有時是行動。那時我穿OVER-SIZE T-SHIRT，多側袋的寬軍褲，所謂隨時可以示威的知青裝束。因為是從自家的斗室裡走向公共，那奔跑，可閱讀為一種心理的投射與象徵。

我是旺角長大的孩子，中學時就在旺角打滾，那時我不過如一般的中學生，考試期間在花園街公共圖書館自修室溫習，偶爾逛逛旺角中心的格子鋪；至大學，開始在書店街買書，亦是比較文靜的——提著一堆書，跑不起來罷。而是二〇〇〇年，經歷了大學做學生報的歲月，認為參與社運行動既是責任也是興趣，「公共」的牽引乃讓我奔跑起來。那的確，是香港一波追求「公共」的思潮與行動的開端歲月。沉靜的時候買書讀書；行動的時候坐街做人鍊與警察周旋；中間的形態則是在街上信步走，偶然停下來聽一些公眾論壇——因為住得這樣近，可以隨時切換形態，獨行獨居因此也很是繁富。

西洋菜南街行人專用區（下稱菜街），應該可被視為香港「公共空間」的實踐，至少是尋覓或追求的重要歷史地點。公共空間，一般簡單理解為所有人都有權進入，不受經濟或社會地位之類的條件限制，不需繳費或購票進入，不因其背景而受歧視的地方。公共空間中的人們，儘管可能懷揣不同的私人感受，亦做好面對陌生人的心理準備。那時，我們很多人在讀漢娜鄂蘭，深信她的理念：政治生活是公共的關鍵。在天星皇后兩碼頭保育期間，兩個碼頭的公共空間性質被標舉，裡面除了免費，更是本土身份政治與文化政策的討論發酵地，也包含著守護外傭、窮人等邊緣族群在碼頭中自在自處的權利。及後皇后碼頭拆了，「本土行動」的我們轉向與藝術家一起處理時代廣場的公共空間問題，藝術家做行為藝術，朱凱廸等研究型的行動份子就去研究香港有多少法定公共空間因被私人管理壟斷了而不能讓大眾享用。及至後期新立法會大樓「門常開」的諷刺，反國教、佔領區等的形態與報導方式，都帶有強烈的「公共」意識，回頭想想，可能是菜街而始——一波一波的公共運動，像舞動的圓大裙擺，漫延又漫延。

再回到菜街。早期，來自「學聯社運資源中心」（後稱「自治八樓」）及錄影力量等社運文化份子，在菜街進行「眾融頻道」，一邊播放抗爭紀錄，一邊與來觀看的人群交流，音樂人黃衍仁等青年，當時就是這樣接觸到另類文化，走出不一樣的路徑。公共空間是給公共生活的，也包括社交生活。先爾社運，然後便是藝術來臨，「好戲量」在菜街做了多年的街頭劇比較為人所知，藝術家何兆基的行為作品〈聖光十三號〉也在那裡進行過，藝術在尋找人群，即使習慣私密者但也同時開始尋找公共。再後一點的有吐露詩社的六四詩會，在菜街舉行，那時應該已進入二〇一〇年代，菜街多了很多收錢的攤檔，一枝咪要面對整個菜街，是有點吃力的。文藝見縫插針，我見過有些哲學青年，帶兩張摺櫈就在菜街「搵人傾計」，在這些時候菜街的公共性質、人流因素，仍是對於小眾有意義的。

公共的想像，在我心目中，又總是與「多元」掛鉤的。九十年代末以降，「公共多元」的代表就包括六四維園（當年梁款的兩本《文化拉扯》把它寫得像馬戲夜般豐富）、七一（看自製標語、各式民間團體）、菜街。文化雜誌時不時就做菜街專題，一到街上就滿是故事。

早年的街頭表演常受警察滋擾，文藝小眾（常常是蔡芷筠的學生）會去保護小丑「有趣先生」蘇春就，我因為住得近，常收到電話要去幫手。這是希望讓香港有街頭表演的可能吧，後來蘇春就的街頭表演被判合法成為法庭案例，菜街就多了賣東西、拍照等等攤檔——那些消費取向與我不合，這麼多年我在菜街街頭真的一毛錢沒有給過。但我也不說嫌棄他們的話，因為記得書上說公共空間也可能有隱性管理而排斥某些族群如流浪漢、青少年等，我們誡之又誡。

再後來，有些由外地過境的人，來表演沙畫寫字，扭汽球等的。俗也是工藝，功夫好的話也看一下。那時我搬離旺角已一段時間，回去時覺得菜街愈來愈擠，已覺有點危險。再後來的大媽歌舞攤檔，極其騎呢，荒腔走板肢體動作不堪入目，人們駭笑圍觀，我看並無人享受這樣的表演。

公共空間裡包含政治生活，菜街上就常有法輪功展示攤檔，標語、橫額、他們苦難的照片與說明，還有活體解剖街頭示範。其實他們本不太受歡迎，很少人熱衷上前了解。是到了二〇一二年梁振英成為特首後，各處開始出現打著「愛國」旗號去反法輪功組織之行動，一些形像兇惡的人會上前騷擾法輪功的人，因為很像黑社會行逕，那些本來不見得喜歡法輪功的街坊行人，都感到不滿而圍觀喝止，常會擾攘而出現衝突——而來到的警察，則單方面保護騷擾者，更引起大眾不滿。有一次我在現場，有個兇阿伯一直用相機拍我，我一邊戟指罵他，一邊問警察為何不阻止他的騷擾，有警察叫我不要理他，「因為你有理性」。我登時大怒，我的理性竟然成為我受騷擾的理由。

二〇一四年佔領運動之後，旺角有「鳩嗚團」以菜街為基地，開始是晚間遊行，後來規模縮減至地攤，一群上年紀的大叔大嬸，帶著小櫈和遮陽帽，展示黃傘、「我要真普選」標語、用咪演講，大部分時間其實是在大聲聊天——他們分享著網上看到的新聞（主流電視台不會講的），互相訴說著對政府的不滿。這樣的每晚聚集持續了好幾年，直至菜街被

「殺街」的最後一晚，大部分人都已散去，警察來清場，唯一與之對峙、堅守到最後的，就是鳩鳴團。在那深夜的時刻，我更加清晰地理解到，他們守護的，是自己的政治空間，讓他們可以分享日常政見與感受，與其它人連結。這對他們而言是多麼珍罕，以致為之守到最後一刻。

再後來，就是二〇一九年的催淚彈時代。煙霧瀰漫，人們嗆咳走避，混雜著咒罵，掩護著有裝備的示威者脱逃。而我竟然時常不在。

四

我不曾公開説過，但心裡多次覺得，當菜街被消費與大媽舞侵蝕，文化界沒有出來正式要求發牌管理街頭表演的集體行動，是某種缺失。見過不少文化界朋友，出於潔癖及對政府管理的不信任，而一直站在「要求不作任何管理」的道德高地，在時間過去中漸漸失卻了話語權，亦無法與民眾對話。

菜街作為香港的象徵，對我而言它必須是多元而包容的，如此才值得作為我們身份認同的關鍵構成。近年香港的本土主義出現排外傾向，它的出現是因為政府沒有設置適當的紓緩與分流措施，以致香港人與外來自由行及新移民出現利益上的矛盾與爭奪，而本土香港人的利益無法得到保障，連日常生活都出現崩壞，民怨轉向針對個別人群而非制度。在菜街而言，其矛盾便被理解為這些大媽歌舞團，與原有的街道活動與風景，是對應不同的社群，而香港人須衛自己社群利益。換言之，這裡假設不同社群之間沒有對話交流作良好之互相影響的可能。如此，「公共」從何談起。

「公共」這個詞，就是這樣，在二〇一八年開始，劇烈消泯。到後來，好像人們已經不知道它原本的意思。像馬康多的居民，失憶到甚至不知該如何為事物寫上標籤。

菜街之被殺，社會反應幾乎是一面倒接受，完全沒有討論與反對的空間。我是厭惡大媽歌舞團擺檔的，品味惡俗之外，我尤其不能接受它們收取費用、背後還有黑社會操控。但事實上，如果政府要好好管理、還菜街清新之貌，是可以在二十分鐘之內就完成的。而他們不做，分明是想借此機會，把一個能夠論政與發表言論的公共空間滅掉。

所學的知識不能捍衛所愛的事物，這無比痛苦。

五

二〇一八年的夏天，在菜街被殺最後的歲月，前進進劇團上演了改編自劉以鬯小說《對倒》的劇場作品《對倒．時光》，陳炳釗、董啟章編劇，陳炳釗導演。裡面有原著中呈同時同地「對倒」狀態的淳于白和亞杏，也有一對二〇一八年的大陸背景男女角色黃思進與藍丹丹，互呈同時同地的「對倒」，再與原著二人呈異時同地的「對倒」，並又有後六七暴動與二〇一八年的後雨傘運動沉滯氛圍之「對倒」。結構精緻以外，整個作品都以「旺角」為背景，我看時渾身發燙，流淚。

二〇一八年的黃思進，是個文藝工作的邊緣從業員，捧著一個舊香港的模型，穿了大洞，無人願意修復——強烈的象徵意味猛力敲擊我的頭部。黃思進有一個精力充沛永遠想走在時代尖端的舊老闆，打算以VR化了的「Immersive Art」（浸沉藝術，強調親歷其境）重現旺角，好讓自己乘此東山再起——他甚至為自己的雄圖大計引用了空間理論：「街道就係空間，空間就係歷史，歷史就係戰場」。但黃思進總覺得格格不入，在他對旺角的記憶描述中，那一大段內心獨白，他講及了旺角的骯髒擠迫、性工作者、罪惡黑影，還有「眾融頻道」的街頭放映實踐。那些都是「集體回憶」的官方美化工程所肯定不能包含的，卻與我相合。

二〇一八的藍丹丹，是一個總是馬上要回到大陸，卻又苦苦掙扎希望留在香港的港漂。她買文學書，住在賓館時睡不著半夜上街，看著旺角女人街攤檔拆空，旺角一片空靜，感到奇異的療癒感。她甚至背出了夏宇的〈你就再也不想去那裡旅行〉貫穿全劇，那是我深印心頭的一首詩，滿是預兆的隱喻語言——至此產生強烈的投射，再也沒有抽離評論的空間。藍丹丹永不停頓，為了留在香港她試過所有名譽與不名譽的職業，拖著喼（惡名昭著的大陸客形象）攀山涉水，乃至於要以重走一次劉以鬯《對倒》書中的路線，來作為自己告別香港的儀式。

黃思進的旺角的印象是悶熱與停滯，藍丹丹則信仰流動與文藝。這樣的兩個人在彷彿時間停頓的旺角茶餐廳中相遇，一直不能當面對話，只接收著對方的暗示，等待著對方突破，同時喃喃地說著「浪費時間。浪費時間。」愛情的模糊與曖昧，一切將生未生之物的難產時期，時間的虛無感，愛的浪費。

旺角看來很雜亂，沒有文藝氣氛，寫到過旺角的文學作品不算多，但西洋菜南街一直是香港的書店街。文人寫旺角常寫書店，我在其它文章中寫過多次，這裡就不贅了。文學作品中，寫旺角的黑夜、節奏感與龍蛇混雜，主力是崑南，他的現代主義尋索永不止息，也充滿熱情地對「金毛古惑仔」產生投射，這裡有波特萊爾式「現代生活的畫家」之寄託，致有〈旺角組曲〉。同樣是寫一些看來非文藝的人群，陳滅的〈說不出的未來〉一詩曾讓我誦讀多次：裡面的「寬頻人、信用人、保險人、問卷人」等等城市底層人群，都是借「西洋菜街、通菜街、豉油街」的空間討生活的人，這首詩是關於他們的藍調，關於生活把人打磨成不由自主者的悲歌：「世界就是這樣，不用問，還要這樣繼續下去／不會有我們的歌或城市的歌，什麼改變了都不用問」。詩中風景必須建基於西洋菜南街的公共空間，但那種公共的關懷不止在於表象上的多元，而在於相信被扭曲者背後仍有共通的人性，對於苦難的同命感。

我也寫過一首關於旺角的詩，〈再會吧，旺角〉，題借抗日戰爭期間田漢所寫的歌〈再會吧，香港〉，並擬陳滅。那已是二〇一七年的旺角，充滿了矛盾與不快，但我始終認為那是來自於我們內部的矛盾：「菜街上拙劣者跨越邊界來賣藝／到底確實娛樂了自己／無人能堵住西洋菜街的噪音／但噪音無疑來自內心／我們的身體，每天組織凌厲的弔詭」；「身體裡幽藍發亮的部分／到達旺角就顯現，而又那麼不起眼／明白的人太少：擁擠是一種近乎自由的裸露／又或者，他人裸露／我們就自由」——因為旺角就是我自己。可以在寫作時反思並重構不適的外在現實，我時時便於此在軟弱虛無的關頭折返，感到胸中有一口氣提到頭頂，整個人挺直，好像可以重新出發。那力氣，來自抽象的意志，回想起來同樣由旺角訓練：

「旺角迫我們現實
旺角教我們抽象」

——〈再會吧，旺角〉

六

《對倒．時光》因為引起太強烈的自我投射，當時我就知道，是無法寫成評論了。二〇一四年曾打過一篇〈憂鬱旺角〉的草稿，記佔領時期的旺角，同樣無法完成。本文起筆於二〇一八年，同樣無法完成，到二〇一九年重啟，旺角已經變了模樣。「公共空間」的理想離我們愈來愈遠，軍法管制的城市倒是以無比巨大的姿態，從小說裡走到現實中，每天給我們驚人的蠶蝕與侵害。「回不去了」，是二〇一九年許多香港人的共同呢喃。這年我更多是在彌敦道、亞皆老街大十字、登打士街大十字，勸說人們不要往西洋菜南街方向逃逸，因為那裡很容易被埋伏包圍，所謂警方的「布袋陣」。我依然買書，但那已不是我可以無慮狂走的菜街。

煙塵滾滾。催淚彈、布袋彈、海綿彈、胡椒球槍。警察粗暴的言語。列陣、滿街的警車紅藍光、警車呼嘯聲。傘、磚頭、路障、汽油的味道。街邊與安全島上箕踞的人們。罵聲。愈來愈進入革命狀態的街坊。被捉的認識的青年。受傷的孩子。實時位置。報平安的TG。若無其事的步履。笑與招呼。

菜街的公共空間歷史，與當下的瘋狂景觀，難道是斷裂、全然無關的嗎。我們的公民權利，就此要隱沒在黑暗中嗎。

《對倒・時光》最後一句台辭，黃思進、藍丹丹：「我們不是路過的。我們不是路過的。」

公共與歷史，如同沉在水中的明礬，等待我們去打撈——又或者唯有它們，才能打撈我們破碎的主體。我只記得，二〇一九年有一天我在因手足架設路障而空曠一片的彌敦道上抽煙，那枝菸的味道之奇異清甜，與二〇一四年佔領時期的味道，完全一樣。

小說

夢迴塘尾道

查映嵐

一

後來她反覆在夢中回到那個街口。不管有沒有示威活動，旺角總是吵鬧敞亮至夜深，然而離中心愈遠，聲與光都愈發稀薄，暗巷皆難以辨認，其中一個路牌，居然寫著「廣東道」——在這裡生活多年，她從來不知廣東道有如此黯淡的一面。

畢竟是午夜時分了，店面全鎖在鐵閘內，排檔摺疊成一塊塊積木，列陣於無燈街巷。不過跟大十字路口相隔幾個街口，已經是兩個世界，那邊人聲仍鼎沸，劍拔弩張，衝突一觸即發；這邊簡直像閉鎖在結界，一直幽靜如鬼域。只有她和幾個陌生黑衣人無言浮蕩著。一切和那個晚上沒有兩樣。

所有人突然看向那條被稱為廣東道的頹暗窄街。兩排閉合的排檔之間，一架白色客貨車高速竄出，彷彿突然進入電影的特技場景，車子擺尾飆入亞皆老街，那一刻，她清楚看見黑布蒙面的司機。已經有人高聲示警，有幾個黑衣人朝行人天橋的方向拔足奔跑，高速行駛的車與他們方向相同。

她也是一身黑，不顧一切跑向事情將要發生的地方，手裡握著一支沒電的大電筒——很久以前家人著她收在房裡的，萬一有賊入屋，鈍重的電筒可以當成短棍棒，最近她都帶在身上。跑至轉角處，眼見一批速龍[1]下車，正要衝前攔截幾個落單的黑衣人。她直奔向那更暗的地方，舉起電筒，沒有猶疑，馬上就要擊中那一團兇暴，突然一束強光直射過來——掌心彷彿還留著那柄長電筒的重量，夢卻被強光刺破了。生命沒有允許她重回那個瞬間補償過失。

清醒時她便記起，那晚根本沒有什麼長電筒，甚至沒有黑衣，她街坊裝，穿粉紅T恤，手挽小布袋，只帶著銀包電話鎖匙。看到蒙面司機的一刻，她拔足狂奔，聽到有人尖叫「走呀！快走呀！」原來是自己的聲音。然而跑著叫著，腳步卻煞停在行人天橋的亮光裡——也不是很強烈的恐懼，也不是有意識的決定，也許只是，身體想要規避痛楚，雙腳本能地停擺。

於是，在能夠入睡的夜裡，她靈魂裡那一小塊不甘的部分執拗地逼她回去那裡，重演再重演，然懦弱終究是太刺目，她沒有一次能演到結尾。

二

「這裡是……塘尾道，有兩個男仔被捕……知不知道名字？」

「還不知道……」

「三個人被捕，好像兩男一女……地點渡船街……」

幾個身穿螢光黃背心的人七嘴八舌地向著電話報告情況，她無法冷靜思考，只管在旁心焦：到底是塘尾道還是渡船街？要是報錯位置不就麻煩了嗎？於是四處張望，馬路有車經過，她忽然看到對街兩個並列的路牌：左邊「渡船街」，右邊「塘尾道」。原來是在兩條街之間，恰好也是旺角與大角咀的邊界，兩個或三個手足被捕，被幾隻速龍按倒在地。旁邊就是一列關門的水產檔，下垂如老女人乳房的舊簷篷擋住僅有的街燈，一隻肥碩大鼠匆匆橫過行人路，鑽進店前的縫隙，那兩個他們看得見的黑衣人被按倒在骯髒潮濕的地面，身體擾動了殘燈倒影。

沒有拯救。有幾個人舉機拍攝，有幾個人一遍一遍地大聲問「叫咩名」，用盡氣力去做一個微小動作，希望能拍下他們的臉和名字，至少能讓外間知道這個人這夜在這裡被捕。然而沒有拯救，所有人都心知肚明。

1 編註：特別戰術小隊，二〇一四年雨傘運動因暴打示威者而廣為人識。

不出一百米外已是另一光景。弧形行人天橋燈火仍通明，旁邊的康樂餐廳正熱鬧著，顧客擠滿行人路，清一色是年輕、高挑、好看的白人，每一個都拿著酒，每一個都在大聲說話。秋季的東方小島氣候怡人，也許他們存了許久的錢來畢業旅行，也許下站就要去吉隆坡、台北、東京，在異域的見聞日後將成為他們的人生資本，行走江湖必更為順遂。除此之外，他們對這個地方，這片土地，這些生命，沒有絲毫興趣。被政權追捕的人為了活命拚盡全力奔逃，掠過白人眼前，白人個個面帶笑意看好戲，有個金髮男生，甚至作狀模仿黑衣人奔跑的動作，惹同伴發噱。

當地獄圖景在一個人眼前倏地攤開而他還以訕笑，那就代表，他的字典裡沒有苦難。

殖民者的字典裡沒有苦難。

殖民者與被殖民者，身處不同的宇宙，即使擦身而過其實也看不見彼此。塘尾道與渡船街之間那邊陲之地，恰好是宇宙之間的夾層，靈薄獄般的場所，一道時間裂隙。大鼠啃咬的魚屍薰染空氣，水產檔口溢出濃腥，腥味是非語言的咒召喚遭封印之海。

三

塘尾道與渡船街，曾經是陸地盡頭。一九〇六和一九〇八年，香港經歷兩次風災，遇難者眾，殖民者懾於輿論壓力，終決定興建避風塘，耗資兩百萬，利用官涌山的土石填平旺角油麻地一帶的淺灘，一九一六年峻工，是為舊油麻地避風塘；一九三〇年代，政府在避風塘旁開發兩條街道，就是渡船街與塘尾道。

無名手足被捕那片陰暗濡濕之地，僅一街之隔就是山東街，也就是曾經旺角碼頭的所在，過去市民在那裡搭乘油麻地小輪往返港九，街上店鋪種類繁多，售賣成衣、故衣、藥材等，又有大量小販在碼頭邊叫賣，人聲鼎沸。不像那一夜，彷彿位處世界盡頭般荒涼。

塘內擠滿小艇。漁民在此得以避風，但漁船避不過海水的日夜侵蝕，進入七十年代，大部分船隻已經太破舊，漁民無力翻修或換新，只能放棄出海打魚，轉而上岸從事體力勞動工作，但仍舉家居於艇上。漁船變成了「住家艇」，漁民變成了艇戶，「見證了一群原來有獨立經濟身分的香港人被邊緣化的過程」。[2] 艇戶的居住環境惡劣，避風塘滿是家家戶戶傾倒的垃圾和污水，惡臭難當；父母上岸打工時，小兒乏人看管，有落水溺斃的危險，有些家庭便將小孩整天綁在船上。殖民者對這些人的艱困境況置若罔聞，唯有在艇隻沉沒、性命堪虞、家當全付諸流水的情況下，艇戶才會獲得港英的「撫恤安置」（compassionate housing），得到一個陸上的暫棲之所。天無絕人之路，但是他們必先失去所有，才能獲得被救助的資格。

不是所有人都對他人的苦難視而不見。艇戶的困境，漸漸捲起一場風暴，一九七七年

2 陳順馨：《嗅覺記憶——我的七十年代》，進一步多媒體有限公司，二〇〇七，頁四九。

起，油麻地艇戶在社工團體的協助下開始更有組織地爭取上岸；九月份，二百多名艇戶抬著一只爛艇到輔政司署請願，令市民留下深刻印象。社工與大學生紛紛到油麻地避風塘探訪艇戶，聲援他們爭取上樓，其中包括一名香港大學鄭姓女學生（其時尚未冠夫姓），不僅落艇探視，更參與出版艇戶事件特刊。事情在一九七九年一月七日到達沸點，當天艇戶及其支持者再度出動請願，於登打士街碼頭集合，但他們搭乘的旅遊車才剛出紅隧就遭到警方攔截，警方即場宣布車上六十七人非法集會，全數帶往中區警署落案起訴。

（根據一九六七年訂立的「公安條例」，三個人或以上往同一個目的地就構成非法集會。審訊期間，一名於法庭外靜坐的支持者說：「我們重申，民主請願是民眾基本權利，是不用申請便已享有的權利。」[3]）

（鄭女在中學時期已參加學校組織的義工，探訪老人院、孤兒院及盲童院等，[4]大學畢業後，因對社會問題感到不滿，所以「選擇在建制內試下，可唔可以改變當時見到唔係好公義嘅事件」[5]。其後她官運亨通，曾任社會福利署署長、發展局局長、政務司司長，最終官拜特區行政長官，歷來政績包括推行社福機構一筆過撥款、拆卸皇后碼頭等，自言加入政府三十多年已實踐初心。她曾說：「作為公僕，需要具備三種品質：一是承擔、二是激情、三是同理心，缺一不可。」[6]大學時期參與社運的經歷，早就成為她在仕途上的籌碼。）

一九七九年二月十三日，案件審結，法官判決時說：「你們沒有申請牌照而去請願，你們便是罪人。我同情你們艇戶環境惡劣，皇恩特赦，無條件釋放。其餘一千人等，受過教育，卻知『法』犯『法』，應受處罰。」[7] 皇恩浩蕩，五十六名艇戶獲釋，但十一名支持者須守行為十八個月，並留有案底。

時代總會過去，故事總得結束，一九八九年，港英政府公布《香港機場核心計劃》（又名《玫瑰園計劃》），九龍西被列入發展範圍，「油麻地避風塘被計劃填平，以提供更多土地給公共設施和地產項目時，艇戶才全部上岸，入住新界屯門的公共屋村」。[8] 艇戶終於「成功爭取」，已經是九〇年代的事，距艇戶事件近二十年，部分人多年來一直住在殘破不堪的船上，或許有些就老死在污水的惡臭之中，無人聞問。

四十年後，我們回到塘尾道但已經沒有避風塘的記憶，沒有關於海的聯想，更不知道那些平生被囚禁於海的艇戶。

---

3 同上，頁五七。

4 https://www.ceo.gov.hk/eng/pdf/CL_booklet_revised.pdf

5〈林鄭自揭年少『激情』參與社運反建制〉，《星島日報》，二〇一六年五月三日，http://std.stheadline.com/daily/article/detail/210942/%E6%97%A5%E5%A0%B1

6 https://www.ceo.gov.hk/eng/pdf/CL_booklet_revised.pdf。

7 陳順馨：〈誰是真正的罪人？〉，《邁進》，一九七九年三月。

8 陳順馨（二〇〇七），頁六一。

這是一座以幻術為日常的城市，一切以為恆久的，其實皆如夢幻泡影。大山可以挪開，大海可以遷移，不變的僅僅是，每個時代都有它的棄兒。

四

後來她真的回到那個街口。一個晚上剛好在旺角有約，回家之前決定繞過去看看。經過康樂餐廳，她感到身體從肩膊開始繃緊，就像在電影裡看到的，因為中了巫師的咒而迅速石化，但即便如此也只能向前。步入簷篷底陰影的剎那，一隻肥鼠竄出，又立刻隱身在店前的雜物堆裡。還是上次的肥鼠嗎？不過，那夜整個旺角瀰漫著催淚煙，當時四處亂跑的老鼠，很可能已經死了。

她有點氣促。其實她很怕老鼠，只是那時根本沒有懼怕的空間。這夜她猶疑良久，才急步穿過那幾個檔口，來到三位手足被捕的橫街。

夜未央，行人還有不少。有架大巴擋在路口，司機在車上玩手機，不知在等什麼。街尾則泊了一輛大貨車，幾個南亞裔工人忙著卸下一箱又一箱不知名的貨物。街巷還是一樣陰暗，幾個人急步回家，大概是剛下班；有個男人在放狗，兩隻唐狗的項圈有鏈子相連；有個年輕女人才十時多就醉得無法走路，半身掛在男子頸上。

旺角一切如常地高速運轉著。在這裡，大概不可能找到另一個當晚的見證者。她突然發現，已經不可能回去她所記得的那個路口。她其實也不清楚，今晚來到此地，是為了記念、憑弔還是要懲罰自己。

離開時她想，今夜入睡之後，大概還要再回到那裡的。過錯永遠沒法修正，她只能記住，記住一些犧牲，一些痛苦，記住那三個無名者，是她曾遺棄的孩子。

她願意繼續做那個夢的，如果夢也是一種記憶的方法。

散文

懸崖上的月華街

葉輝

一

家住月華街，一住就是九年了；這條街道原為一個狹長的小山丘，在上世紀五十年代起，觀塘區工業迅速發展，住宅需求甚為殷切，此一山丘就與鄰近的山麓及斜坡被夷平了；其實在半個世紀前，月華街（及觀塘半山功樂道、康利道）所興建的住宅區，乃其時專為吸引區外人士（尤其是廠家）遷往偏遠的觀塘而建的。

話說在月華街一帶所發展的並非當時流行的唐樓，而是外型與外貌都相對高尚的私家樓——在月華街所興建的樓宇，據規定不能用盡樓宇地皮的所有面積，因此每座樓宇的地下都設有露天停車場，而停車場外圍即為分隔各座樓宇的圍牆，故此樓宇之間的密度顯然比唐樓低很多，與其時在其他富戶集中的地區的多層高尚住宅沒有分別。

月華街由一個狹長的小丘移山闢出，因是之故，整條長長的弧形街道，而臨近小丘頂部的天香街橫貫街道，形成小小的橫街；月華街另有兩條「掘頭路」，分別是平成里及紫來里；話說山丘經平整後才發展，但為了保持低密度的發展，尤其在靠近較高位置一邊，首先要解決此一先天問題，發展商就構想出絕世妙法：那就是在斜坡上建造樁柱，再於斜坡頂部建造路面，形成一個伸延出去的平台，再於平台上興建樓宇，因此從小丘下仰望，樁柱完全外露，此乃建築的一大特色——從協和街、觀塘道或翠屏仰望，都會發現月華街樓宇的平台俱由大批樁柱在斜坡上支撐，看似危危乎，看久了，就可看出其時的工程師匠心獨運，致使平台上的住宅立近半個世紀。

翻開《新安縣志》，就可知悉觀塘（舊稱官塘）之名，源自「官富場」，意思就是官方的鹽場；在上世紀五十年代，觀塘中心地帶並非位於裕民坊一帶，倒是茶果嶺及牛頭角等打石工人所聚居的村落；昔日鹽場所帶來的繁榮風光早已不復存在了；此時若要談觀塘簡史，則要從上世紀五十年代細說從頭了。

戰後港府就著手研究增加工業用地，觀塘其時就是其中一個選址，那麼，為何會選擇觀塘呢？主要原因乃地理優勢，皆因觀塘與九龍城、新蒲崗相距不遠，而觀塘道一帶最初仍是懸崖，裕民坊對上乃一個小山丘——官富山（即觀塘以北的黑山），山麓一帶本為官方鹽場；一旦夷平此一小山丘，所得沙泥即可作填海之用，受工程影響的人較少，據說只有住在海旁垃圾堆寮屋的拾荒者，安置還處理得相對妥善，及至一九五五年，受影響的居民都陸續遷往牛頭角徙置區。

話說當時觀塘以「花園城市」(Garden Cities)的概念設計而建設，那是十九世紀末伊賓尼沙．侯活(Ebenezer Howard)所提出的，而九龍塘正是範例，當中的住宅、工業區及商業區劃分井然，據此而建設一個自給自足的社區；然而，與其說觀塘可自所自足，倒不如說工業界所希望建造的大型工業區，比如雞寮徙置區(今翠屏邨)乃為了安置老虎岩(今樂富)虎尾村及東頭徙置大廈的拆遷戶，被安置的居民就為工業發展提供大量廉價勞工了。

二

話說宋朝時，香港製鹽業已甚具規模，皆因鹽業利潤高，宋朝曾在九龍灣之西北一帶設立「官富場」，派鹽官管理鹽場；《宋會要》記載：隆興元年(公元一一六三年)「提舉廣東鹽茶司言：廣州摶勞(今博羅)場，官富場，潮州惠來場，南恩州海陵場，各係僻遠……欲將四場廢罷，撥附鄰近鹽場所管內……官富場撥附疊福場」；元朝時「官富場」改為「官富巡司」，明朝再改為「官富巡檢司」，明萬曆年間郭棐所編撰的《粵大記．廣東沿海圖》中，乃有「官富巡司」及「大小官富」等，即九龍城寨至觀塘一帶。

觀塘早年稱為官塘，初時只是牛頭角附近沿海的一塊小地方，相傳早期是官府船隻靠岸停泊之處，也由於在古代是一個曬鹽的地方，鹽工遂以石頭及沙土在海邊築成堤壆，堤壆內的淺灘便成了注滿海水一塊一塊的鹽田，其時稱為鹽塘，由於屬官府所管理，故以就稱為「官塘」了；近年官塘演變為整個行政分區的名稱，由於區內居民不喜歡與官府打交道，不欲以「官」字為名稱，故改用觀字，由是就演變為觀塘了；此外，自從一八六〇年割讓九龍半島，其時官塘人煙稀少，直到一九五三年至一九五四年起，當時港府就在官塘填海造地，計劃發展為新工業區；於一九五七年完成填海工程，官塘南部填海部分定名為觀塘工業區，觀塘從此就正式取代舊稱官塘了。

觀塘背山面海，從九龍灣至油塘灣，有一道長長的海岸線，觀塘道以南，大部分為填海地帶，像個伸出海面的小平原；觀塘道以北乃斜坡及山區，因此很多樓宇都能看到海景；觀塘港鐵站繞經小公園便到達通往月華街的長樓梯，樓梯側有一間在基法小學內的教堂，名為梁發紀念禮拜堂，從小就居於月華街的老街坊有此說法：月華街只有住宅、學校及地產代理，僅有兩條小巴線經過，故此相對寧靜。

月華街乃上世紀六、七十年代的高尚住宅區，在地形上已分隔了貧富；原來當年移山之時，為與東面雞寮徙置區分隔開，故平整至高出七層徙置大廈的高度，斜路最低處則興建和樂邨，高處的樓宇便需加建樁柱以興建伸出的平台，再於平台上興建樓房。

從港鐵站繞過一個小公園拾級而上，街道兩旁全是上世紀六十年代建成的住宅、學校、教會和地產鋪，與山下繁囂的市中心全然分割開——因為路彎、路斜，也因為寧靜，政府為維持區內低密度，預留土地興建月華街公園，以當年標準而言面積很大，乃居民聯誼之所，公園側的通道俗稱「狗巷」，居民就在此間遛狗。

觀塘與牛頭角僅有一箭之遙，話說黃佩佳（江山故人）曾如此描寫牛頭角：「倚山臨海，有海灘，可泳，居民二十餘家，修竹成林，迎風搖曳，清篁瀟灑，翠影參差，盛夏至此，徘徊不忍去也。」其實觀塘本來為寧靜海灣，人口則集中於牛頭角山上（比如復華村）、山下則有牛頭角村、雞寮村，乃至茶果嶺。

鄰近為秀茂坪（即掃墓坪，戰時墳場），順利則為井欄樹及蕉欄樹之下的一個小小山谷，鹹田（現稱藍田）則有長龍田村疏落小屋數間，其後變成新移民聚居村落，油塘灣則臨近鯉魚門，在地鐵開通之前，俱以裕民坊為中轉站。及至戰後，港府發展為新工業區，話說一九五四年，2A巴士線由九龍城延長至牛頭角，一九五四年十月起大規模填海，及至一九五六年就陸續有工廠搬入（約在開源道附近），及至一九五九年，11B巴士線則延長入觀塘裕民坊附近，此為第一條直接入觀塘巴士線，同年清拆雞寮百年古村，興建雞寮徙置區，並將觀塘泳池對開大海灣填平了。

三

話說九龍東在一九五三年建有牛頭角碼頭，位於今偉業街與勵業街交界附近，開設來往北角的電船及灣仔的渡輪服務，當時市區陸路交通尚未連接牛頭角，居民須由牛池灣步行來往，較方便的亦只有用腳踏車；及至一九六〇年代初，港府在九龍灣進行大規模的填海工程，碼頭遷至今海濱道，並易名為觀塘碼頭。

此所以「老觀塘」嘗言：在上世紀五十年代，觀塘道只是一片爛泥地，沿海濱的小路，在潮退時是唯一的通道了；「老觀塘」所描述的觀塘，對我而言頗為陌生，話說半個世紀前，舉家從筲箕灣徙遷到油塘灣，那時才初識觀塘，有一段日子，每天都在觀塘打轉，鮮有走出牛頭角以西，觀塘彷佛就是生活唯一的領土了。

到了七十年代，觀塘好像比旺角還要繁鬧，幾條主要的大街路邊擺滿小販攤檔，行人擠塞得幾乎寸步難移；廉租屋邨已發展到樂意山，觀塘及牛頭角已連結為一個臃腫的地區了，而戲院、紮作店、當鋪、繡莊、茶樓、涼茶鋪等等，一間又一間消失了，銀行、超級市場、連鎖店、金鋪、快餐店卻愈開愈多了。

在網上看到一幀觀塘的老照片，時維五十年代，東九龍尚未開發，牛頭角道只是山邊的泥濘小徑，旁邊就是海濱，其時當然還沒有觀塘道；記得「老觀塘」嘗言：從前此地很荒涼，要走半個小時才找到士多呢，沒有追問下去，從前？究竟是多久從前呢？觀塘的領土日漸擴大了，生活於此的人們親眼看見荒山開出了一個又一個的屋邨，海岸線也一次又一次的向海面伸延出來，日漸平直了，半個世紀以來，觀塘每天都起著變化，對「老觀塘」來說，那變化似乎是歷歷可見的，然而，對我這個不斷搬家的人而言，觀塘的滄海桑田，倒像生活的每一天那樣平淡而尋常。

數十年來搬來搬去，九年前終於第四度回歸觀塘了，由是發覺公園對面的行人道是個小小的天光墟，每天清晨，販賣舊物的地攤鱗次櫛比，猶如一個古舊記憶的臨時展覽場，每一次回歸觀塘，都覺得這地方日漸老去，報攤那一家人，茶餐廳送外賣的老伙記，文具店那對和善的夫婦，家具工場擺滿店前雜物，以及胖胖的老闆都漸漸消失了，便思疑天光墟的地攤展覽著的，是無名者在此地生活的唯一記憶。

想起若干年前，在月華街公園目擊一次老樹搬家：公園對面的巴士站，變成一個樓盤，樓盤內的一棵老榕樹在一夜之間連根拔起，遷徙到公園去了，老榕樹被木板圍起來，有一天經過，發覺圍板移走了，老樹支撐著鐵架，那時想：此樹會不會像天光墟所展覽的所有舊物，呢喃著無人聆聽的前生記憶？

Haunting

王樂儀

阿莎沒有在富豪東方下車。如果富豪東方下車，沒什麼好風景，沙埔道一片荒涼，對面無煙城工程吹來一堆塵沙，夾雜酒吧傳來的酸酸臭臭的氣味，不是平常的酒氣，有汗的氣味，而且很重。因此，南角道有落，她就這樣，用僅餘的力氣大喊。

小巴司機沒有等她雙腳著地，就開車追下一個客。阿莎急急把右腳踏下來，差點跌倒。她行得很慢很慢，一拐一拐，覺得好凍。覺得好凍，可能是因為手術前啃下的那顆要子宮收縮的藥。她把藥從姑娘手上接過來，吞下去，之後就覺凍。她抱著膝，蜷曲著，一直發抖，一個小時後陰道放血，就一灘放在病床上。陳蓮告訴阿莎，那時候不想要阿世，在七樓樓梯跳下來，跳走他。之後，她也不想要阿莎，也是在七樓樓梯跳下來，摔了一跤。不過，兩兄妹，還是好端端的。

可能陳蓮不是真的不想要，跳下來，兩兄妹，活下來，又有個好好的藉口，生下來。然而，阿莎這次，無可挽回。她肚裡面的那個，不知是男是女，最後被一個吸盤吸走了。

阿莎走過龍崗道，買幾串串燒，四周喧鬧，有前來午飯的大學生，有買餸的師奶阿嬸，也有個佝僂阿伯拿著一個爛膠袋走著。

陳蓮曾經告訴她，有一個迷信的講法，就是夭折的嬰兒，統統化成鬼魂，跟在母親背後，一直長大。阿莎覺得有人跟著她，如果是她的孩子，就帶來看風景，看馬路，看生果店，看泰國佛，看樹，樹旁有個穿著傳統泰國服的女人，後面又是翻新隧道的工程。一道臨時石橋，一排大大塊的膠布擋著，地下有乾掉了的溢出的泥漿，一灘就在這裡。

然後一拐彎，什麼都沒有，一片荒涼。她站在衙前圍道與沙埔道的交界，後面是熱鬧的九龍城，她看著前方，那道斷了的橋，通往消失無蹤的舊機場客運大樓，指向一排高高的打樁機。陳蓮很迷信，她小時候見過鬼，窮人容易撞鬼，她說。

阿莎沒有攀上石壆到橋上吹風。醫生都說要她好好休息，小心保暖，戒口，留意血量。因此她走過一家只有三幾個阿叔的機鋪，還有酒吧、車房、造木廠，諸如此類，許許多多的男人。許許多多男人的街，阿莎更覺得自己是個女人，更覺得自己是個會生育的女人。許許多多男人的街上，有剛做完手術的阿莎，感覺陰道黏膩膩的。

這個時候，她更知道，阿實屬於這條街，但阿實不在，他在上班，沒有拖著她。起初，阿莎決定做人工流產，因為不想阿實成為父親。更正確來說，阿莎不想她的關係裡面，再有父親這個角色。而阿實也考慮過生活狀況，支持阿莎的決定。一級一級的爬上去，阿莎避開了在梯間乘涼阿婆，扶著扶手，終於攤到自己的床上，沒有哭。

接下來的日子，阿莎都要休養，顯得無聊。她們都說，如果這次子宮保養得好，就會像重生一樣，因此都買來烏雞、當歸、四物湯。子宮對一個女人的身體何其重要。阿實知道自己不好，不需要上班的時候，行出行入都陪著阿莎，而上班的時候，阿莎還是像入院出院那兩日，自己一個。有很多時候，阿莎背脊一涼，她的孩子一直陪著她。

她走到哪裡，他也跟在後面。有時候，阿莎走進書房，他就趴在書架上看著她打字。也沒有什麼大不了，阿莎還是要下樓，買飯買菜買熱巧克力。她開始跟身邊的朋友交代近況。我之前有了一個月，也做了人工流產手術。她們都問，為什麼沒戴套。非常技術性的問題，而阿莎不知道答案，只能夠，自己說服自己一樣，一切決定也來得很自覺，我與胎兒沒有連結，不想因此限制了自己身體、自己的生活方式、自己的發展、自己的未來。女性主義、身體自主，統統都可以拿出來包裝一下，恍惚手術過後，阿莎就成為了新女性。說著說著，她也問自己，如果沒有了這樣深奧玄妙的概念，沒有了這些前衛進步的理論，她的選擇會不會不一樣。

不過，反正子宮會重生的。子宮重生，身體就會好，她會是新造的人了。

她一邊說，一邊在貨架上拿公仔麵，買一件東西，看到前頭排了長長的人龍，想死，待會又約了雲花上門推拿。這樣一排不知排掉多少時間。他們戴著紅色鴨嘴帽，擾擾攘攘，帽子上印有信達旅遊四字。

「這個西瓜多少錢呀？」一個捧著圓鼓鼓的肚的男人插隊問。

「排隊啊！知不知道什麼東西叫排隊！」收銀阿姐身向前傾，指著我站著的這個方向，以半鹹淡的普通話回答。

「多少錢呀！」那知男人放大了聲量。

「排隊啊！」

「我們要上去啦！不要買啦！」前頭一個同樣捧著圓鼓鼓的肚的女人，摸著肚，叫他。男人索性把西瓜留在收銀機旁，走了出去，阿姐一直屌，一直怨，一陣又要放返去。

沒過數秒，前頭那上紅色帽子的，都紛紛把要買的東西放在收銀機旁，走了出去。另一個男人，匆匆忙忙的問，有沒有支付寶。

「游……」阿姐把字拉得長長的回答。不過，找不到網路，他還是放下了手上的香蕉和可樂，撲出去了。

又是到超級市場旁邊的假商場，阿莎知道，商場本來就是為內地旅客而設，兩三年前建起，像一個異空間，像一個陷阱，荒涼的街，一座擺著名牌精品的商場，裡面有珍妮小熊曲奇店，有掛著簡體字招牌的藥房。一個領隊揮揮旗竿，上面掛著一隻喜羊羊，一群人興致勃勃地跟著，要到商場裡面購物，買錶買手袋。其實是香港人騙他們來購物，一車一車，興致勃勃的羊。阿姐說，千萬不要這樣想，內地香港聯手的，自己人騙自己人。

「告訴他們來了九龍城，做什麼都好啦。特色嘛！」阿姐找了錢，阿莎點下頭就回去了。的而且確，多了很多特色菜館，香港特色、四川特色，但吃的東西都好像一樣。

九龍城。雲花聽著阿莎複述了超級市場的事，揉捏著她的肩。以前雲花住九龍寨城。其實，很多街坊，不論是來自香港還是來自泰國，本來都住九龍寨城，之後宣布清拆，他們又搬到各條街道，主要是城南道和打鼓嶺道，發展沒那麼快，租金也比其他街道的便宜一點。

「吓！那麼裡面是怎樣的？是不是有無牌牙醫？還有姐姐仔？」阿莎從小到大就覺得九龍寨城是全香港最有趣的建築，陳蓮常常告訴她，阿婆如何帶她穿過迷宮一樣的窄巷，看最平的牙醫，還有買最大的魚蛋、缽仔糕。

「我最記得那時候從窗口望落去，常常都有女帶著小朋友在棚外面等，有些哭得很淒涼，有些一聲不發，就是站著等。等老公啊！吸毒啊陰公！」雲花的記憶與阿莎的想像有落差，原來有這樣一個部分，可能他們寧願清拆，換一疊銀紙。

因為怕流血量會多，雲花按按壓壓就停手了，按了一節，五十分鐘。雲花要回打鼓嶺道湊肥仔。以前阿莎提過，閒時幫肥仔補習來交換一節推拿，其實都是說說而已。她喜歡這裡的人情味，但沒辦法把生活融入去，性格使然，又或者，他們其實也不如想像中熟絡。自己顧自己。

她從睡房的窗看出去，看著雲花走出閘門，轉右直行，拐個彎，拐到鼎沸人聲裡面，然後她又倒頭大睡。

睡眼惺忪的時候，她覺得他又在這裡。

如果陳蓮沒有說過那個迷信故事，他可能不存在，她不會睡醒然後流汗，然後累得又昏睡過去。如果陳蓮沒有說過那個迷信故事，他不是他，它只是一顆從阿莎的子宮排出來的一些組織。流產大概就是不要多按了怕你流血會多的一回事。不過，他又在這裡。阿莎起來時頭痛。

早上，阿莎想阿實帶她到那道橋上吹吹風，就像以前他們偷偷的在橋上野餐，看到很遠很遠，打樁機、地盤、一盤散沙、塵土飛揚，天都是泥黃色的，而橋下有一輛輛車飛馳。風水來說，這樣不好，大馬路會把財運帶走，因此太子道西角位那間空置的鋪位常常鬧鬼。阿莎總是跟阿實說不要緊，一次半次，也沒什麼財運好帶走。不過阿實說，未好，攀上去會有點危險，還是不要去了，就多等幾天。

阿莎拖著阿實，站在衙前圍道與沙埔道的交界，後面是熱鬧的九龍城，他們看著前方，那道斷了的橋，通往消失無蹤的舊機場客運大樓，指向一排高高的打樁機，慢慢的，一下又一下，打向地下，抽出來，又打向地下。

「哎。想問九龍寨城怎麼去。」那日捧著圓鼓鼓的肚的女人走過來問。

「就是這樣向前行，轉左那邊的公園。」阿實普通話還不錯，手指指的，把女人指過去了，指去一個平凡的地區公園。

「也其實無所謂的。上次去南山邨看彩虹橋，也是沒有彩虹，也是這樣拍照。無所謂的。」阿實沒有帶阿莎走上橋，他們在兜圈，圈住了一條街又一條街。

他們沒有走得太遠，走去街市買些菜，買磚豆腐，買隻雞，買些豬肉，很熱鬧。豬肉檔老闆總是一邊斬，一邊說以前，所有檔口都不是檔口，是一攤攤，攤在地上，像市集，任人選，任人買。阿莎望著大馬路，好像看到老闆所說的地攤，某一個部分的他，就活在這裡。

阿莎和阿實走著走著也好玩，互相捉弄。拿磚豆腐掉死你，阿莎笑笑說，也沒有要阿實死。兩人大笑的時候，阿莎依然覺得很凍，是那一日自己回來的時候那種凍，知道他就跟在後面。

那個捧著圓鼓鼓的肚的女人，和她的幾個朋友，又出現，好像正在回去酒店。她們似乎高興極了，大聲講大聲笑，不知看到什麼模樣的九龍寨城。

淩晨時分，沒有平時在樓下拿著手提電話講髒話的女人，反而有聽到有人尖叫，可能從隔離大廈傳來，可能是樓上。然後，是一連串的爭執，卻不太清楚說著什麼。阿實和阿莎都起身，跪在泊窗的床上，從窗口看出去，看看隔離左右，也看看樓下。突然一個紮馬尾的女生在樓下滾出來，撲到前方，把咪錶抱得緊緊的。後面也有一個短髮女生追出來，不停打她，不停打不停打，問她為什麼這樣賤，為什麼做呢尾嘢[1]。被打的一直喊，之後短髮的起腳踢。

1 編註：這類東西，「尾」略帶輕賤義。

我們發現幾乎每個窗口都有個人，對面富豪東方很多窗口的窗簾都打開來。阿寶快點報警。阿寶還未打電話，樓下有幾個大男人，從車房走出來，拉開了短髮的那位女生，剩下紮馬尾的一直哭。之後，有警車來到，拉拉扯扯，又什麼都沒有。阿寶又睡去了，好自在。阿莎眼光光，無法睡去，開始覺得，幸好有他蹲在床邊，看著她和阿寶。

阿莎起床的時候無風，阿寶也不在旁。睡眼朦朧間，阿寶好像叫過她繼續睡。現在她撐起來，拉開內褲，終於沒有血，只是淺淺黃色的分泌。

坐在沙發上，把一碗麵吃完，什麼都沒有。無風無聲背後無重量，一條荒涼的街道依舊荒涼。她走到沙埔道的開端，踩著一盤橡樹，攀過石壆，純熟地跨過矮矮的鐵枝，站在廣闊的斜路上。她行到橋上，半條橋上，沒有盡頭，盡頭是消失了的客運大樓，有時候回頭望一下，看到巴士站，看到公園，很多很多來來去去的人，又別過頭來向前行，一路上都沒有他。阿莎隨便坐下來，想跳下去。

＊ 二〇一九年二月二十二日，市區重建局公布，開展九龍城啟德道／沙浦道重建項目，項目地盤總面積約六一〇六平方米，涉及約四五〇個業權。

小說

鼠

梁莉姿

最後一個穿著校服的小胖子終於溫吞吞地，把皺兮兮的作業塞進書包後離開課室，明微站在門口抱著手臂盯著他。那小男生還有個飯壺袋掛了在書桌邊，明微抓著他的書包又指指看，欸欸，你漏東西哩。他才急急跑回去拉袋子。

補習社只開了半年，課室地面的蠟尚打得光滑，小胖子馬上摔了個狗吃屎，膝蓋紅了，幾乎。明微一手抓抓自己的頭髮，另一手埋在口袋中狠狠攥緊那包今早才在7-11買的可憐彩luck，緩口氣，把小兔崽子扶起來，柔聲哄問，哎呀怎地這麼不小心呢，邊帶他到大堂坐下。小胖子講不好廣東話，用微信留錄音給家人，國產型號手機。明微想起昨晚林懷說的一個關於國產電話的笑話，突然噗一聲笑了。林懷說一個女孩向男孩表白，男孩拿出手機螢幕朝她展示，說「我有女朋友了。」女孩在那泛黑的螢幕中，看到自己的倒影，感動得流下了眼淚。男孩一陣慌張，馬上大力拍打螢幕，大喊「媽的國產電話又死機了！」

林懷這麼說，是因為他們窩在床上用著平板電腦看Netflix時，電腦突然死機，明微的臉色一沉，跟那無法再顯示畫面的螢幕一樣沒有反應。他便說了這笑話，她總是這麼易逗。明微邊掩飾自己的笑，邊關燈，替課室一一鎖門，再牽著小胖子乘升降機下樓。午後的陽光刺目，街上人聲像鍋子裡的沸水，悶著悶著就是瀉不開的憮叨。

二時十八分，她邊走邊點煙，從北河街排檔直走往荔枝角道，路中央人多，但側街人更多。明微懷疑深水埗是全香港最多中年女子和老人的地區，每天一時多到六時半，沿鴨寮街到汝洲街、大南街到基隆街的路口永遠囤滿這群圓滾滾的不倒翁，在肉檔、鹵水店、蔬菜鋪、涼茶檔搖來晃去，像她回家時在樓梯口見到的老鼠膠，韌韌地黏緊那動彈不得的小鼠，看似柔軟溫順，安全舒適，卻那樣死命黏緊牠們半邊身子，使其至死不得離開。

明微不喜歡當火車頭，但現下已比預定時間晚了十八分鐘回家。她不願把煙味帶回家去，林懷雖沒說出口，她卻知道他討厭煙味，只得在回到大廈前把那枝韓冰消費掉，為此還得承受幾個迎面走來的老伯和帶著孩子的母親的臉色。她在醫局街對面的涼茶店買了杯凍銀菊露，像啤酒般一口氣灌光，大大舒一口氣，撣了煙灰，丟了菸蒂，從手袋裡拿出一對膠拖鞋，換去那尖狹的上班用高跟鞋，才走進對街一幢舊式唐樓中。

她跟林懷搬到深水埗大概三個月，明微自幼住在錦田村屋，父親是原居民，但她是女孩兒，丁權自然落在弟弟上，她跟家裡關係不怎麼好；林懷在樂富的公屋長大，家裡是開放式裝潢，沒有房間，只有幾塊布簾和雙層床。二人唸IVE（香港專業教育學院）時認識，畢業後半年住不慣家裡，想擁有小空間之餘，也想儲錢。每個週末的拍拖活動便是看樓盤，左挑右選，最後敲定深水埗荔枝角道唐八樓一個小套房，有獨立廁所，另可安裝電磁爐煮食，月租四千元，水電另算。

明微沒吃過苦，縱然家庭關係鬆散，但在成長過程裡，該給她的可一分毫也沒有少。因此當她宣布要離開家裡，跟小情人獨立生活時，家裡人都聳聳肩，沒把這當作一回事，還說了些風涼話，小瞧她沒準一個月便會哭著跑回家。明微自尊心向來那麼高，氣得跺腳說我才不會回來，少瞧不起人！

林懷在旺角一家公司做Digital Marketing，邊做邊找工作，騎牛找馬一樣尋求上流機會；明微沒什麼大志，租了深水埗後才在附近補習社找了份名涵為「市場推廣經理」，實則與保姆無異的混日子性質工作。（林懷說她真粗生粗養，樂天知命。）每天晏十二晚九，先照顧上午校放學的小學生，二至四時是吃飯時間，四時後再招呼全日制中小學生，在密麻的excel格子中點名，並向每個接孩子的家長推銷其他科目補習班，每成功推介一個加薪三十元正，逐月累積制。她想這「推廣」真廉價。

每天二時，明微會在北河街的外賣飯店，買個廿八蚊三菜飯，都是肉餅、菜心，起初會選魚腩，後來嫌多骨要吐，改選魚香茄子，帶回家吃。吃飽後，睡一個半小時午覺，再趕回補習社工作；有時沒睡意，便在北河街街市買些菜和肉，先放冰箱，待林懷下班回家做飯——明微自幼吃的飯都是傭人姐姐做的，完全不懂烹調；倒是林懷在家裡是大哥，常得做飯給弟妹吃，一飯兩菜一湯自然難不倒他。每天下班後，她爬了八層樓梯，以鑰匙打開鐵閘時，看見他正拉開摺桌，鋪好每天在地鐵站拿來儲下的免費報紙，把一碟菜放到桌上，跟她說你回來正好，替我洗洗筷子吧。

晚飯後，明微負責洗碗。有時林懷還有工作未趕完，這小小的套房由於僭建陳舊的緣故，竟沒有廉價的網路公司願意來鋪設網路，只得帶著電腦，到附近的快餐店，買一杯細汽水或薯條，享用免費無線網路——這樣做的可不止他們。明微注意到，每晚十一時多後，這家廿四小時營業的快餐店便會多出許多露宿者或無處可去的人們，大多獨自坐在廂座，支著腮或乾脆趴在桌上，跟前放一杯只餘一口的奶茶，或汽水，旁邊塞著拐杖或放滿雜物的手推車，像矮塌的城塔，他們是這空間的小小寄存者。（後來明微學聰明了，每天上班時除了打瞌睡，還先用補習社的網路下載電影和網劇，待回到八樓，再跟林懷一起躺在床上看。）

回去時北河街的午夜墟已開了，兩道擺滿地攤，想得出的都能出售，小如耳機、充電線、飾物，大如電視機、床、衣櫥，怪奇如喝過一半的威士忌、別人的結婚禮物、寫有名字的一箱千羽鶴……多是膚色黝黑的南亞裔人經營，會講一點中文，有時會向她吹口哨。明微本來拉著林懷胡逛，眼尾瞄到，便低下頭倚在男友肩上，急急走開。林懷還唸她，人家沒惡意啦，她知道，她知道，只是沒法從容對待。

他們住的大廈，八樓和九樓都是僭建的。大概是建築材料不濟，連建兩層也遠超結構承受力，小套房的天花板在下雨時會滲水，牆上的磚粉因常年泡水而剝落，馬桶連接的水渠老舊殘破，每次沖水時總有水自管子洩出，一陣陣惡臭。於是明微不能再睡午覺了，雨季時常得拖地，把膠桶移到滲水處下，像綜藝節目裡趕接滾球的參賽者一樣狼狽；又得用毛巾掩住廁所門口，扭乾，再掩。她知道林懷工作忙碌，她是樂天知命的傻大姐，工作與保姆一樣毫無意義，所以她可以好好打理家裡的事。

有時陽光不錯，明微會走到九樓，爬鐵梯上小天井。這裡的天台沒有圍欄，可以坐在大廈樓頂邊緣，晃腿抽菸。天台有幾個貓食盤，有時會有幾隻流浪貓跳來吃糧，滿懷戒心。（大廈建得緊貼彼此的關係，也能跟鄰座窗戶裡的人打個照面，如果對方開窗，她甚至可以這樣爬進別人的家。當然對面人家看到她，通常會立馬拉下窗簾。）她俯視街上密接如拼圖塊的人們，匯成一陣蠕動的潮，彷彿要把窄小的街道吞掉一樣，滯緩而巨大。她想起林懷為捉弄她而忽然展示給她看的那些密集形狀圖片，一顆一顆微洞在皮膚上如殖民的版圖般蔓開，明微感到整張臉龐都麻掉了。她熄了煙，轉身起來便見兩隻毛髮皺亂，黏成一塊的老貓在遠處吃著糧，立馬跳到旁邊大廈的晾衣架下，瞳孔在光線照射下劃成兩道長針，金黃金黃的。

明微告訴自己，她適應得很好。

媽媽來過探明微一次，問她生活得可好，明微說鄉村長大的孩子什麼都不怕啦。媽媽眉一挑，真的？她擺手說當然啦，下樓時遇見一個拖著八公斤貓糧的女孩，氣喘吁吁，坐在髒黑的梯階上，短袖T恤滲滿了汗，貼在背上拓出胸罩的輪廓。女孩十多歲左右，一手揪著糧袋一角，沿路有好些散落的糧顆——她拖行糧袋上樓時，膠紙袋磨破了，糧便像《糖果屋》那兄妹丟下的麵包碎般，細細碎碎地灑了下來。

明微認得她，她住在七樓，兩星期前坐在同一位置流眼淚，抽鼻子。林懷過去問她還好嗎，她繼續乾脆地哭，沒說什麼。明微想拉他走，她覺得林懷不懂世故，想起自己中學時離家出走，流落到公園，哭得暈眩，才發現自己無處可去。好心的途人走來安慰，她只覺羞愧，彷彿把自己長久掩藏的缺口這樣展現予素不相識的人。接過別人遞來的紙巾那一幕，後來反反覆覆出現在她的夢裡，醒來時驚慌如來潮時染滿了被褥一樣，她覺得恥辱。

那時林懷走進屋子，倒了杯溫水交給明微，說大家都是女子，由你給她較好。明微卻很不情願，她害怕任何龐大而自以為的善意都會為這女孩帶來傷害或壓力。她磨磨蹭蹭下了樓，卻發現女孩已進了七樓的單位，那是房東的屋子。

在明微恍神的瞬間，媽媽像所有熱心的人（也如同林懷）一樣，已走過去幫忙提起那貓糧，並轉頭囑咐她從房間拿些膠紙來。那女孩沉默，害羞，只能邊低頭邊道謝。明微替貓糧袋「包紮」過後，與母親一人抓著一邊，像搬運屍體一樣前後移動，直至到了家門，女孩拿出鑰匙開門，便見兩、三隻長毛及名種貓團團圍在門口，喵聲此起彼落，眼睛圓滾，毛色乖順，還不忘在地上翻滾，露出軟糯的肚皮。

媽媽客套地說哎喲這貓咪真趣緻，養得多漂亮！明微倒想起天台那兩隻有著金針眼的骯髒老貓。房東剛巧在家，也寒暄般回應哈哈有什麼用，不會抓老鼠，看到老鼠時只懂跑走，無鬼用。

她們離開時，那女孩跟明微的眼神碰上了，她沉默，害羞，臉色蒼白，卻沒有低頭，只是沒有表情般，定定看她。卻是明微，先受不了一樣把眼神移開，跟媽媽一起下樓。媽媽邊走邊問，老鼠哎，這裡有老鼠嗎？微微你自小最怕，哪裡受得了？

明微第一次在這裡遇見鼠，是在一樓閣樓門口的老鼠膠上。兩三隻幼鼠和幾隻蟑螂躺在其中，亟欲掙扎。她不知鼠已躺在上面多久，但小鼠的灰毛粘亂，皺硬，還一直竭力想把半邊身子抽離軟膠，其中一隻的小眼珠子扯掉了，如同一顆嫩滑的魚子。另外兩隻一直抽搐，排泄物僵固地粘在膠上，好像小時候玩過的樂高積木，在版塊上一直堆疊。

她別過臉去，告訴自己，沒事，沒事。儘管翌日當她下樓時發現那三隻鼠已完全死僵，眼珠圓渾，四爪由於拚命掙扎而扭斷、屈曲，血漬斑斑那般死在這裡，死在這骯髒的樓間，她還是告訴自己，沒事，沒事。有時夜歸，會在梯間遇見飛竄四散的鼠，沿路逐層走，也會忽倏跳出幾隻從窗外爬來的鼠，「窸窸窣窣」的，像一串黑滾的珠鍊。有時牠們往水管上爬，有時會往樓梯下跑，撞上明微的腿。

明微很小很小的時候，在鄉下的床睡覺時，被老鼠咬過手臂，尖小的齒痕，埋著好幾種病毒，還得了破傷風或不知什麼，害她在醫院躺了幾天。自那以後她便無法面對鼠，連表弟家養的倉鼠，都讓她嚇得躲進別人家廁所裡不能出來。但她告訴自己，林懷工作忙碌，她是樂天知命的傻大姐，工作與保姆一樣毫無意義，沒事，沒事。

後來她學乖了，先在每層停下，提著鑰匙串晃晃，好像那些孤兒院內的保姆般，搖搖響鈴，孩子便知道要吃茶點一樣跑走。鼠們聽得聲響，先在幾層樓前慌忙逃命，她心下才稍稍舒一口氣。

星期天，林懷和明微一同抱著沉甸甸的髒衣服下樓，走到兩條街外的自助洗衣店。在擠擁的北河街，夾在排檔和人群中，抱著臭濕的衣服實在不好受。忽然前方一陣騷動，人群如雀屏散開，二人卻笨重得不能快跑，只見一隻拳頭大的碩鼠從內街一家食店跑出了中央道上，在兩岸的排檔間左閃右躲。許多人大叫「打死佢啊！」、「哇，好大隻」、「好恐怖」，終於一個賣頭飾的排檔老闆娘抄起掃帚，一把朝牠肥大的身軀擊拍下去。鼠馬上吐了灘血，動作明顯減慢了，想跑進最近的坑渠逃去；玉檔老闆穿著人字拖，一把踩扁了牠如觸手般的長尾巴，笑道「想走？」再提腳把牠踢到半空，眾人喝采，大笑。

明微清楚聽到，鼠被踏中尾巴及踢中時，發出了尖厲的叫聲，與她少年時，被鼠嚙咬的瞬間而呼出的聲音一模一樣。

鼠碩大的身軀教牠墮地後在柏油路上滾了好幾個圈，最後倚在壆上，停住了。遠遠看去，大概只以為是落單了的西柚或白肉瓜之類。賣乾果的男子湊過去看看，說「無野睇啦，死左嚕。」人們又繼續聚集到一起，踩在那灘小小的血上買菜、閒聊。明微抱著衣服，走過壆旁，蹲下來，盯著瀕死的碩鼠，有一下沒一下地抽著身子，緩緩吐出更多血。她覺得有點熱，靜靜地流了一些眼淚，壓著氣不讓它變成嚎啕大哭，像那個住在七樓的女孩一樣抽鼻子，這種強烈的壓抑驅使她的肩膊微微顫抖。

林懷跟過來，問她怎麼了，是不是害怕屍體，怕就別看了，傻瓜，嚇得都哭起來了。我們快點去洗衣，我帶你去附近一家素食餐廳，好不好，不哭不哭了。還一手抱著衣服，一手把她的頭按在自己帶有汗味的胸前。明微搖搖頭，拭去了眼淚，沒有告訴林懷，她害怕任何龐大而自以為的善意。

他們先去了洗衣，在福華街一家餐廳吃飯。林懷點了「不可能的肉」，她點了定食套餐。吃到一半去換乾衣，回來後林懷分了些素肉給她，邊吃邊嘖嘖稱奇：「還真像真的肉一樣，你能想像這種肉普及後，我們用不著殺死動物也能享受吃肉的口感嗎？」明微覺得那肉在口中有點花生味，呷了口伯爵茶沖淡味道。二人結帳後，一同去了收衣服。明微點算時納悶，該不該換別家洗衣店，這幾次洗衣已害她不見了幾隻襪子，兩條內褲，天知道有變態偷去還是被洗衣機吞走了。

小說

男人街

陳苑珊

旅遊局曾按全城各區商店的消費對象，刊製一幅分布圖；女性商店為紅，男的當然為藍，結果萬紅叢中一道藍，這條男人街直像從太空俯瞰地球上的萬里長城般，呼之欲出，旅遊局被責多此一舉。

男人街本名不叫男人街，叫鷹谷街。往時街上空中猛鷹成群，掃視附近大小山頭，山頭後來給夷平為住宅用地，鷹群一去不返，只餘郵差送信時把「鷹谷街」放在心上。這街數十年來被栽在全城最貧窮的區域中，毫無轉機，厄運是常態，故你別奢望男人街中的男人，是指西裝筆挺、派頭十足的紳士達官；這裡普遍是男人，是最普遍的那種男人——全球最普遍的是哪種男人？窮的那種。窮男人能逛什麼街？能為什麼甘心消費？從首到尾，整街貨色幾乎接二連三地重複出現，且不外乎是生活技術上一些不大起眼的小部件，或可有可無，或缺一不可：插頭各異的電線多情，跟電話電腦電視機通通吻合；迷你隨身電風扇，從掛胸型進化至掛耳型，不含電芯；萬用刀鑰匙包一攻一守，望遠鏡電筒諸多八卦。

財力有限，自然只能顧及實而不華的小東西，省。省的不僅是客人的錢，還有賣家的經營成本。座座冰箱般大的鐵皮櫃，於街上兩旁一開，便是既靈活又穩定的連篷攤檔，四步一戶，平起平坐。空調玻璃窗欠奉，日曬雨淋無非讓一脈相承的男人味展露得淋漓盡致。再窮的男人也得抽菸，於是攤裡攤外一口接一口，你吸進我呼出的煙，我吸進我手中的煙。如果旅遊局再接再厲，製作一幅全城菸味分布圖，男人街的濃度定會使其又突圍而出。咳。

滿街煙霧瀰漫，濁氣纏身，難免左右視力。放目沒有任何亮點，色調總是不約而同地徘徊於深綠深藍和灰黑之間，是同類不假思索的選擇，或是風格態度的象徵？由於和諧一致，難分彼此的攤戶擺售難分彼此的貨品，難分彼此的貨品標示難分彼此的價錢；同是淪落人，無謂鬥。視覺雖朦朧，聽覺可清晰得不得了：兩旁無人叫賣。也許樸實的人做不出賣口乖這種虛浮事，也許男人沒女人那麼愛聽甜言蜜語，客人或去或留自便，攤主嘴巴不干擾。攤主什麼也不干擾，只管埋頭跟手機遊戲中的勁敵決一死戰，或漫不經心地抽菸，長相打扮簡直跟進進出出的男途人沒兩樣，都說這裡和諧一致。生意之道貴乎親切，沒主客之分，即無貴賤之別；交易之手往來不外乎為了零錢數個，身分不相干。

髒的東西都在髒的地方出現，非要把地方再弄髒點不可。沿街地上定距設有渠口，惟如篩的斜間渠蓋不是被茶渣菸蒂堵得糊裡糊塗，便是掛滿麵條和菜葉——飯粒的點綴當然不在話下——惹得隊隊蟑螂分頭行事，大快朵頤。這裡的蟑螂和男人的共存關係，好比寵物和主人，日夜相伴，見怪不怪。蟑螂如惡犬，偶爾嚇退跟這裡格格不入的人，可牠們也會被比牠們更髒的人反嚇，人蟲之間的情趣。渠口釋出的酸臭味源源不絕地攀附同樣酸臭的各男人的腳和褲管，寵物和主人果然臭味相投。如果旅遊局百無聊賴地製作一幅全城蟑螂數目分布圖……

生意買賣是男人街謀利的慣例把戲，可這裡同時是讓男人歇腳棲身的煙幕，尤其使流浪漢把日子耗得心安理得。每天中午十二時許，伴隨養精蓄銳的蟑螂出發上街的，正是這位髒得早已看不出原來膚色的「人形流動收音機」。他當然不是攤檔中的商品，可他一踏進男人街，總能剎那成為最矚目的影子——剎那後誰也對他不屑一顧。不屑一顧是因為他實在不堪入目：黏膩膩的及頸曲髮馬虎地結成一枚蟲蟻叢生的小髻，沒架眼鏡的凹臉勉強盛著兩顆過度分泌的眼珠——眼神愈迷茫，似乎愈懂竊竊向你下咒；頸前俯地硬著，東張西望時只好把整個身子危嚴嚴地轉向，如一株慢條斯理的機關。衣褲當然徘徊於深綠深藍和灰黑之間，只是較街上普遍的多三兩破洞，皺褶亦璀璨。「人形流動收音機」自在自若，既不看人，也不顧物，微彎的背沒阻他邊溜邊自言自語，發聲咬字有條有理。

「坦白說，我跟你坦白說，我也頗受婦女們歡迎，婦女們，就是那些女人呢，但我嫌她們……嫌她們沒什麼想法，腦袋不大好。沒想法不行啊！沒想法的話人會枯呢，枯了怎麼辦？不妙了……」

他苦口婆心地廣播著，像奉命於宗教的傳教士，心聲寧濫勿缺。

「驢弟又來了。」望遠鏡攤主向左半禿頭、右半紅髮的外賣員接過飯盒連咖啡。

「今天又説女人經？愈來愈沒新意了，我得叫老闆少送他剩菜剩飯。」外賣員收起兩張紫霉霉的紙幣。

「人家發情期，你可別餓壞他哈！」飯盒「噗！」一開，祖傳的咖哩味如狼似虎地衝破重重菸臭，直敲驢弟那半塞半僵的鼻孔。

訊息受到干擾，女人經失詞又跳字。

這裡的男人都叫他驢弟，因為他從早到晚於腰間繫住一條白綿繩，繩在屁股下拖行一個無蓋無輪的紅膠箱，財產至寶表露無遺。如驢的他一邊抵抗萬惡的咖哩味，一邊兩手空空的借腰力拖拉紅箱；步停箱停，步起箱隨。也許他走得慢，或箱底早給磨滑了，反正紅箱就是不吵，安安分分盡聽主人發表偉論。

「說起米飯，米的煮法可多了，真多！」紅箱煞停。「粥呀，湯飯呀，竹筒飯呀，豉油撈飯呀，你吃過沒有？很簡易，用不著弄得那麼複雜，米飯本來就好吃，對不對？」驢弟止餓的奇招，正是要光明正大地把菜式通通唸一遍。說過當吃過，自欺欺人他最了得。

「豉油撈飯不得了。」不知是躲在鑰匙包攤後還是守在電線攤前的男人順口應道，可驢弟沒加理會。

聽眾很隨便，收音機很率性，彼此相安無事。

雖然驢弟賣力演講，可身後那紅箱的確沒有領受打賞的意思——也沒誰有打賞他的意思。紅箱有什麼？紅箱沒主人那麼不堪入目，放心：清瘦的卷紙如毫無耐性的嬰孩，動不動就在數張沒年沒月沒日的報紙上滾來滾去；即棄的水樽偏如搖籃，安撫裡面躁動的微黃的液體。白膠袋成雙，垂頭喪氣地蜷在箱的角落，恨無內涵。紅箱是沒有新娘的花轎，虛張聲勢四處出巡。

午飯時段，附近工廠和地盤的工人紛紛湧至男人街晃晃逛逛，大夥兒助長雄風。儘管貨品都是那些老模樣，他們就是愛到這兒湊湊熱鬧，嗅嗅菸味，歸屬感源自投契的人。沒人跟驢弟投契，可他對誰說話也沒差，且格外珍惜如此旺盛的人氣；被人氣包圍，即使算不上受歡迎，也至少代表沒被排擠。

「限時吃飯是一件很不人道的事。多少打工仔，人人腸胃不同，薪水包你一小時吃午飯，就得急急把飯菜倒進嘴裡，哪受得了？」驢弟拍一下掌，故意靠近萬用刀攤檔前的人群。「我才不管呢！我不管！我跟你說，我一天只吃一頓飯，誰給我我便吃誰的；誰也不給我？我也懂自己找來吃，當然呀！到處都有菜有飯，抓起來有什麼難度？小事！」

攤前的背影纍纍重疊，七手八腳鑽研萬用刀綻開的各條利舌，刀光佔盡風頭。

驢弟唇舌稍休——絕非氣餒之意——反倒享受此刻人忙我閒的鬼馬情趣，對，他的自勉能力頂佳，剛不是在心裡吟嘆，「別人笑我太瘋癲，我笑他人看不穿！」嗎？

紅箱於既亂且繁的腳步中左穿右插，時而碰到別人的腳踝，時而被別人的腳尖踢到。箱的任何動靜一概透過那條戰戰兢兢的綿繩，依稀傳到驢弟的神經。他偶爾故作心思細密，鐵定這一腿是故意的，那一腳是意外的，但從不費神瞄看周遭到底誰是始作俑者。箱的重量一般差不多，就看水樽內多滿多空，因此即使被陷於如此人雜事亂的景況中，驢弟總能自信地時刻感受腰間的拉力，箱中多寡心中有數，眼睛用不著後顧提防。

「我告訴你們，發明電風扇的人不過僥倖而已。」電風扇攤上的電風扇以千迴百轉的勞力，迎接驢弟千迴百轉的解說。涼。「那人看見樹上的樹葉被風吹得轉來轉去，便倒過來想，以為只要弄得葉狀的東西轉來轉去，就可以產生風，結果你看！居然讓他誤打誤撞，撞出個發明來！」掌一拍，驢弟顯然滿意自己為電風扇攤的免費宣傳。

客人堆中「咔咔」兩下笑聲，驢弟直信沒笑的只是在忍著。他有點渴。

電風扇攤主當然不是第一次聽見驢弟這風扇論，且還曉得驢弟接下來定把那個「牛仔」看見蘋果從樹上掉下來的事跡，馬虎地帶到樹木神聖的啟示去。攤主跟街上的人一樣，從來不敢直視驢弟，可耳朵偏禁不住老向這「人形流動收音機」傾，試圖從他滿腹的暢言中，揣摩幾分醒幾分痴。一字不漏地日夜重複段段獨白，攤主無不佩服驢弟記性好，還笑說這訓練必能防止他患上老人痴呆症。驢弟是時鐘，天天準時現身說明時間，又滴滴答答的自動地沿男人街繞，陪伴攤主流失時日和肺功能。

「蘋果『咯！』一聲掉到地上，牛仔這下子——」

「小心車子！小心車子！」轟隆轟隆整座比攤篷還高的紙貨箱粗暴地撕開密不透風的人潮，連誰在推車也幾乎看不到；車一來，已霎時朝驢弟迫，驢弟顯得更矮。

「小心有人！」電風扇攤主厲喝一聲，風扇群即合力把主人的聲音放大又變形，嚇得驢弟決定不來該往哪方移。他是一株慢條斯理的機關。

「收到師兄！」貨車的滾輪極端地善變起來，連貨帶車絕情地避過驢弟，卻沒注意他那拖地的尾巴。

「蘋果……」驢弟的右手抖得厲害，居然摸不到屁股後那忠耿的綿繩；忽然腰間一下拉扯，原來電風扇攤主自作主張，借繩率紅箱退到攤下的渠口旁，使驢弟驟成一頭擺尾惹憐的懶貓。

「驢弟你當心點吧，別只顧唸經。」攤主暗暗驚訝紅箱沒看起來的輕，撤到座位時才突怕驢弟介意他多手多口。

驢弟讓紅箱喘息，風扇愛好者又如潮漲般推及攤檔，縫補驢弟和攤主之間的安全區。驢弟向來以不變應萬變，難得有人對他說話，他卻果真如舞台劇演員般，不知該即興回應兩聲，還是一鼓作氣繼續其獨角戲；更讓他猶豫大惑的是，為何這街的人總愛擅自稱他為「奴隸」？天下間誰不是奴隸？你也是，他也是！這裡的人全是！只要一刻無法成為自己的主人，便立即淪為萬物萬人的奴隸！我是奴隸又怎樣？我可是最自由最閒的奴隸！驢弟依然沒瞧紅箱一眼，且乾脆順風扇的風向飄至更濃的菸臭裡，那邊人更多！

男人街雖然龍蛇混雜——不，人中之龍該不會駕臨這裡——可攤主們似乎並沒多大失竊之憂；貨品要麼被亂手挑來撥去，要麼本來就被攤主瀉得一塌糊塗，哪有工夫細細盤點？況且攤案上不過是徘徊於深綠深藍和灰黑之間的便宜貨——你也清楚是什麼——無謂為了數個零錢，破壞這裡亂中有序的和諧。至於驢弟呢？攤主們當然不會懷疑他裝傻扮瘋來「順手牽羊」，反而還偶爾慶幸驢弟兼任男人街糾察，孜孜不倦地巡視每個角落，實在生人勿近得讓人放心！你看，他何止是糾察，連清道夫也有他的份兒！雜誌、破傘、皺毛巾……總愛零零星星的賴在攤後的地上，於是驢弟跟蟑螂搶，一邊嘮叨一邊搶，攤主卻怕驢弟的狂言中包含絲毫答謝之意，索性若無其事地讓他在背後拾得一乾二淨，施比受有福。

望遠鏡和鑰匙包的攤主倒受過驢弟的恩。全街無人不知這兩戶主嗜毒如命，不論生意興衰，二人總得於每月首個周日的凌晨，瑟縮在街尾對面的破公園，湊夠一分一毫跟黑衣人買白粉。驢弟深知毒品會令正常的人變瘋，又會把瘋癲的人變回正常；他以瘋為傲，怎會甘心變回正常人？一天只吃一頓飯，驢弟言出必行。除了飯菜，他決不把別的東西放進口中。

「毒品對我沒用，我現在有什麼不好？靠那些古靈精怪的化學品，能幹出什麼大事來？我告訴你，那些妖人的粉末，誰吃誰笨！一頓飯綽綽有餘……」每回於公園中被買毒賣毒的腳步聲吵醒，驢弟總難忍在重重紙皮下唸起反毒經，惜愈唸愈冷。

半年前那夜真冷，冷風偏無阻追毒孖寶品嚐新鮮到手的毫毫克克。就在二人悉心護著小袋口——怕風偷吃——的時候，猛光一照終於逃不掉警察的銳目！

「別走！別走！」

二人當然走，還於時亮時黑的路徑中，鬼祟地把那小包白粉丟進呆頭呆腦的紅箱裡。

綿繩沒有知覺，被搜身的孖寶也怕得沒有知覺。放行，放心；天亮前趁驢弟未醒，悄悄搔了紅箱一下，毒的早餐分外提神。

驢弟不僅渴，還餓。少了工廠和地盤的男人，男人街依舊缺個女人。驢弟很久沒看見女人，可他這刻只懂半瞇著眼睛，搜索連攤篷上的端倪。果然還是望遠鏡攤早著先機——驢弟逐漸思疑望遠鏡真能提升常人前瞻的眼光——如雲一樣的白色膠飯盒不動聲色地長在篷上的邊緣，無人問津即歸驢弟所有。他當然要臉子，故作毫無方向地朝那朵白雲漫蕩，嘴巴還滔滔不絕地多加掩飾：

「那時我追著那群鷹跑，牠們的翅膀不像我們的腿，定定的不拍也能滑過去，你說公平不公平？我還沒跟你說，我拖著那個小妹的手，她怕鷹向我們拉屎，居然不跑！」驢弟終於湊近他的目標，緩緩揚手便把飯盒摘下來，拋進滿載而歸的紅箱。「鷹谷鷹谷，我沒被鷹咬過，可牠們凶起來……」

望遠鏡攤主狠命追擊手機螢幕上的怪獸，儘管讓雙雙鏡圈掃視這沒有鷹的窮街。

＊本文藍本為鴨寮街。

小說

詩歌舞街的蘑菇

陳曦靜

一出校門，學生就像被撞開的桌球，四散匯入人流，一下子被吞沒了。希希拽緊肩帶，身子前傾，撅起屁股頂住下滑的書包，低頭犁前。開學頭一個月，是明慧姨來接他的。見了面，明慧姨笑笑，伸手欲提他的書包。希希側過臉迴避她的視線，別開身子。明慧姨也不堅持，帶頭直走，邊掃手機，偶爾回過頭來拍一兩張希希的照片。希希跟在後面，保持著一個身影的距離，小心不踩到她的影子。

希希第一眼就不喜歡明慧姨，因為她不會笑。那天，明慧姨一直笑著跟希希媽說話，可是掃向希希的眼神冰冰的、直直的。希希也不喜歡明慧姨的普通話，不像一般香港人有濃濃的口音，她的每個字都圓滾滾的沒有稜角，似乎在拱拱的口腔裡被打磨了一遍才掉出來，砸得死人。希希最不喜歡的，是明慧姨令媽媽變了個人，希希感到陌生。希希媽在明慧姨面前話特別多：明慧姨可是你老師的老師呢，很厲害的。你學習上任何問題，明慧姨都可以幫你哦，不只是功課，她退休前是訓導主任——訓導主任知道嗎？就是專教不聽話的小孩的。以後希希什麼都要聽明慧姨的知道嗎？換了在古代啊，明慧姨就是咱全家人的老師、是咱家的大恩人了！我們家希希真幸運，在學校有老師，在家裡有訓導主任，誰有這種福氣啊？不信你到時問下同學。希希什麼都要聽明慧姨的知道嗎？媽媽會每天打電話來，看希希有沒有惹明慧姨生氣。媽媽跟明慧姨說好了，要是希希不乖乖吃飯、好好做功課……明慧姨會代替媽媽管教希希的知道嗎？明慧姨比爸媽更嚴厲更會管教，她可是個老師……

希希媽變著花樣讚美明慧姨，臨走時拍兩下希希的頭，希希看著陌生的媽媽，有點難為情，又有點委屈，不知為什麼，淨想哭。好幾個月過去了，他對明慧姨的印象沒多大改變，倒不是因為明慧姨真打罵他，事實上，明慧姨不大管他。剛開始的一個星期，明慧姨天天叫希希起床，那個週末買了個超人鬧鐘給他，說他大了，可以自己起床。希希對超人啊蝙蝠俠鋼鐵俠什麼的都興趣缺缺，要是媽媽買的話，他非要個小王子的不可。第二天，鬧鐘聲把希希嚇得彈坐起來，一時之間，竟不知身在何處。

明慧姨的早晚餐一點不馬虎，早餐一般是西式：煙肉、香腸、火腿、芝士、茄汁豆、吐司、蘑菇，吞拿魚三明治，偶爾也吃甜的鬆餅，希希喝橙汁或鮮奶，明慧姨則是自己磨咖啡豆，泡一杯黑咖啡，坐下來慢慢享受。這樣的早餐對希希來說是新奇的，他家是山東人，雖在大城市生活了好些年，依然保留著喝小米粥、吃花捲饅頭的習慣。明慧姨煮小米粥、蒸饅頭時，會讓希希捧著饅頭或舀一勺粥拍照。希希媽老怕希希不習慣香港的飲食，每次過來都會帶一捆玉米餅，說是老家輾的玉米粉，找人攤的。明慧姨欣然接下，接下來的日子，吐司不烤了，其他材料夾到玉米餅裡，來個「中西合璧」。希希吃什麼都無所謂，媽媽過來時，和麵粉、做山東大饅頭，希希為了令她開心，硬是多撐了一個下去。

跟早餐相反，明慧姨晚飯多煮中式的，湯水更是少不了，天天根據天氣、季節，變換著花樣。希希吃了好多以前沒吃過的食物：粉葛、老黃瓜、赤小豆、荷葉、苦瓜、鯪魚、蜜棗、椰子、木瓜……還有一些希希叫不出名字的，反正一個湯放好幾種材料，希希只記得自己愛吃不愛吃，其他的就不管了，明慧姨講他就聽，她不講他也不問。希希媽每次見希希氣色不錯，又拔高了不少，既欣慰又有點失落。希希呢，聽到媽媽說自己長高了，心裡暗自內疚，感覺背叛了母親，愈發疏遠著明慧姨。

這並沒有什麼困難。放學後晚餐前是「互不打擾」的時間，希希晚飯後把功課交給明慧姨檢查就可以了。功課很快做完，其他時間，希希就坐在大廳窗台的窗簾後發呆，看人來車往。這些人從哪裡來？到哪裡去呢？希希為他們編故事，安排他們到其他國家探險，可是，其他國家也過一樣的生活嗎？故事很快編不下去，不了了之。希希又擔心：人不斷被生出來，以後的人住哪裡呢？樓那麼高，地基不會太辛苦了嗎？一家的地板是另一家的屋頂，要是地板破了怎麼辦？天花板會掉個什麼人下來呢？自己掉到別人家裡該怎麼打招呼？希希也看書——學校或公共圖書館借的——圖書館的書是明慧姨借、還的，有的希希喜歡，有的不喜歡。明慧姨有子女嗎？他們多大了呢？為什麼不住在一起？希希有想不完的問題。

希希覺得明慧姨會變魔術，都沒見她在廚房忙碌過，飯菜卻總是隨時準備好。希希在家時，明慧姨要麼在自己房間打電話，要麼在書房用電腦。很多時候希希聽她講普通話，什麼體檢啊、保單啊、飲茶之類的，聲音高亢而熱情。希希媽說，明慧姨賣保險賺好多錢哩。明慧姨就是透過一個保險經紀介紹來幫忙照顧希希的。希希不知道保險是什麼，明慧姨出門，只是一個小提包，不見什麼產品。吃飯時，明慧姨有時問希希家裡都有哪些親戚，做什麼工作。吃完飯，希希把自己的碗筷收進廚房，其他的又是明慧姨的事了。

檢查功課也很簡單，希希把手冊打開，按順序攤開一份份功課。明慧姨不只一次在希希媽面前稱讚，說希希是個非常自律、細心又敏感的孩子，不用大人怎麼操心。明慧姨沒跟希希媽匯報，第二個月開始，希希就自己上學、放學了——是希希提出來的，說十五分鐘的路程，又沒有紅綠燈，很多同學都是自己上學的。明慧姨想了一會，提出一個條件：希希不能晚於五點半回家。希希答應了。

那兩小時的自由時間，希希特別享受。其實只是到附近的幾個遊樂場玩或呆坐，或在街頭漫遊。有一次，希希走到附近的殯儀館，門口一個人也沒有，靜穆得叫人心慌。希希知道，殯儀館是死人來的地方。有時他會看到一輛方形的車開進來，有時見到有人反手拿著兩個大花圈走進去，百合花白得反光，路上瀰漫著鮮花的腐爛氣味。希希感到又害怕又吸引，總不由自主蕩到那邊。

最近，希希又「發明」了一個遊戲：在詩歌舞街上滑翔。所謂滑翔，只是希希在腦海裡虛擬的活動，他先是迷惑於街道的弧度，繼而有此想法的。詩歌舞街不長，希希學校外就有個小弧度，往左走至劉皇發中學附近，是另一形狀更為優美的弧度。希希覺得有弧度的街道好夢幻，特別是早上或黃昏的陽光斜射下來的時候，所有的人、車、樓房，都像走進卡通片去了，因此，他開始幻想自己是一隻鳥——大家都說他是雙非學童[1]，希希不明白什麼是「雙飛」，但他喜歡這名稱。變什麼鳥呢？希希想了好久。老鷹是最威猛的，老家也常看見，可是，希希不想做老鷹，終日掛在半空。希希嚮往海洋，對，他要做一隻信天翁，在海跟天的中間飛翔。於是，放學的時候，希希出了校門往右走百來米，再折返，經過街道弧度時，張開雙臂，微微傾斜身子，假裝自己是海面上的一隻信天翁，飛過一個，又一個海洋。

這天，微雨。希希撐著傘，想像在風暴中打算棲身海面的信天翁，飛啊，飛，突然一陣急風驟雨——一個踉蹌，希希撞到別人了。希希呆住了，張大嘴說不出話。那是第二個海洋的中心——誰會站在路中間呢？是一個二十來歲的女孩，撐著白底紅點的雨傘，同系列的雨衣，像一隻瓢蟲，希希心想，信天翁撞上瓢蟲。瓢蟲卻毫不在意，一徑低頭盯著地板，慢慢蹲下身子，招手讓希希過去。希希艱難蹲下，過重的書包差點令他跌個仰面朝

1 編註：父母均非香港人之新移民學童。

天。女孩並不幫他，伸出食指放在唇前作「噓」狀，希希屏著氣，學她一樣盯著地板，期待著奇怪的小昆蟲。

水泥地板被雨水打濕了，除了一條裂縫，什麼也沒有。希希抬起頭，詢問的看著女孩。女孩依然不理他，臉上漾出笑意。希希再循她眼光望去——在那裂縫間，冒出一團米粒大小的植物，希希伸手指著葉子，正待說話，女孩一把抓住他的手，阻止他觸碰葉子。女孩的手冰冷冰冷的，希希縮回手。女孩自言自語道：找到了！終於找到你了！知道媽媽找了你多久嗎？多久了呢？那時候——噯，媽媽在廁所生的你——女孩用手圍著小草，如同呵護著剛出生的小動物。希希吃了一驚：在廁所生小孩？為什麼？女孩笑了笑，噯呀沒辦法呀，一點辦法也沒有。剛出生的時候不是這樣子的呢，眼耳口鼻——都看不清——希希囁嚅道：你，你在廁所，生了一堆小草？女孩說：長得像爹地，真像！可他怎麼說不像呢？說不是他的，怎麼不是他的呢？他是老師，你知道嗎？他說我們認識於詩歌舞街，結局早註定了。同學們都羡慕我。他說，你知道詩歌舞街的真正意思嗎？他學問真好！啊，真像，你說像不像？真像！可是他那麼生氣，說我把他害慘了。我怎麼會害他呢？我那麼愛他，我要為他生好多好多孩子。現在好了，媽媽終於找到你了，媽媽帶你去見他，見了他就明白、就不生氣了。走，我們現在就去——

女孩一把扯著希希站起來，希希正聽得一頭霧水，一下子愣住，杵在原地。女孩卻又突然不動，端詳起希希，為他正了正書包、雨傘，注視著雨點打在地面濺起一朵朵水花，突然恍然大悟道：啊！原來你也是蘑菇嗎？太好了！你也是蘑菇。說完撐著傘，一動不動了。希希仰望透明的雨傘，天空跟樓房被雨水打得扭扭曲曲。希希忘了自己是信天翁，忘了女孩是瓢蟲。雨中，他是蘑菇。

那天晚上，希希近七點才回家，明慧姨正猶豫著是否報警，一見到希希，忍不住抓緊他肩膀，前後上下檢查一遍，問他到哪去了，語氣罕見的嚴厲。希希說：學校門口碰見阿虛，在附近玩得忘了時間。希希沒有說謊，女孩的確叫阿虛。他聽到那兩個女人叫的。有點年紀那個一把抓住女孩喊道：阿虛！你怎麼又跑出來淋雨了？這是誰家孩子？你別再亂帶人家孩子回家啊，人家要報警的！哎喲，怎麼好啊！穿護士服的跟他講，小朋友，你家在哪裡？趕緊回家……希希瞄一眼阿虛，阿虛對他眨了兩下眼睛，他明白，他不會說話的，那是蘑菇的祕密。

第二天吃晚飯時，希希說，你知道嗎？詩歌舞街（Sycamore Street）翻譯錯了，應該叫無花果街。無花果是你湯裡那種嗎？為什麼叫無花果？不是結果了嗎？為什麼呢？為什麼還叫無花果？啊，是因為沒有開花就結果嗎？是這樣嗎？那為什麼又變成詩歌舞街了呢……

明慧姨盯著他，一臉愕然，又若有所思。

散文

受教

李維怡

想起來，從開始在深水埗區出出入入，到常居在此，也有十八年了。

縱然這樣，寫深水埗的街道還真不容易呢……

自由的滋味

還是由我最喜歡引用的深水埗重建街坊——天台強哥開始。

深水埗有什麼好呢？

「自由囉！」他放下啤酒杯瞪大眼説道。

然後他數算深水埗有幾多種不同的人在生活，有學識無學識的、不同膚色的，最主要就是：「除了最有錢那些人」。

我琢磨了一陣，推敲他的意思是：什麼人都可以在這裡找到一種「生活」，「除了最有錢那些人」。

然後，然後強哥、一堆街坊、一堆義工，包括我，便開始了一種「在一起」的生活。

吵架有時、開會有時、隊啤[1]有時、抗爭有時、守護有時、抽菸有時……

大叔

這兒有許多坐在街上過日辰的大叔，各自面上的皺紋藏著一絲絲祕密，總用你不明白的眼神看著、或者不看著這個世界。當中有些，你永不可能打開他的話匣子；另一些，一但有人跟他說話，他便會急著用他幾輩子的知識，以壓倒性的音量和語氣來教訓你。

可能，在他們作為生理男性的生活裡，這種壓倒性的說話方式，便是他們經驗中唯一可以表達渴望交流的方式？

又或者，在他們作為基層男性的生活裡，這種壓倒性的說話方式，也是唯一挽回些許尊嚴感的方法？

又或者，兩者皆是？

話說有一晚，家人有事，我又收夜，要食孤獨飯。隨意走入福榮街一間夜半有特價的

1 編註：「隊」，意即狂飲。

餐廳，燈火通明，照亮不少與我一起吃夜半孤獨飯的人。

坐下不久，兩個座位外的一位大叔，便開始時而低聲、時而高聲地自說自話，內容聽不太懂，大概是遭到某些親近之人的背叛吧。失意苦悶之人無處傾訴，在這裡，似乎也不是什麼要大驚小怪的事。店內街坊，包括我，都是自顧自低頭吃東西、看電話。至於店員，也沒有要處理的意思。

後來，有兩個打扮斯文的中年男女走入來，一坐下男的便說出去「泊好架車」。這時失意大叔忽然站起來，在我身後狹小的過道上邊走邊罵，經過我身邊時，毫不意外地傳來了濃重的酒氣。經過斯文女時，大叔不留神撞到她椅背一下。斯文女尖聲發飆，大叔表現出一副「好男不與女爭的樣子」，自顧自回到座位上。這時斯文男剛走入來，忙問何事，斯文女指著大叔道：「佢撞到我！報警啦！」

我忍不住抬頭說了一句：「用不著吧。」

警察到。男警過去招呼大叔，女警過去招呼斯文女。

大叔遇到男警，氣勢馬上急跳十倍：「我係咁大聲架啦咁點呀！」

男警正是血氣方剛的年紀，遇到無理大叔挑釁，馬上就著火。兩句來回後，二人都雄風大發起來，愈講愈大聲，又完全牛頭不搭馬嘴對不上話。警察增援，塞在小過道中，一人一句。我心想，學堂無教他們這樣只會挑釁對方嗎？男警一多，大叔一緊張，說話愈發不收斂，愈講愈嚴重：「拉我番差館[2]呀笨！」

斯文女充滿鄙視地向警察嚷嚷：「拉佢番差館啦！搗亂！」

我看此女一副自以為敢言的正義使者模樣便吃不消，筷子一放便高聲回道：「大家都是街坊，你用不著這樣黑心吧！」

斯文女彷彿這才意識到不是所有人都認同她做的事，這才收了口。

這類大叔，可能被警察抓也不怕，我只是擔心他一次過得罪了那麼多警察，去到吃幾拳也說不定。以前認識一個重建義工，幫個重建區街坊搬屋，過程中與警察口角了兩句，無端端被告襲警，去到差館叫天不應叫地不聞，悶吃了幾腳，幸好後來遇到少有的講道理法官，才得無罪開釋。那晚還是我們成群街坊義工一起去差館報案室，燈火通明地坐了一晚要人，律師也找了，那義工也還是悶吃了幾腳，這回落單的基層大叔，不是太安全吧。

我正猶豫著，若開口幫忙是會火上加油令他後果更嚴重還是怎樣，不料，坐在大叔與我中間另一位正在吃麵的白頭大叔，卻出手了。白頭大叔一手拉著失意大叔扮熟，一手拎著自己的啤酒說：「唉，有什麼好吵呢？別吵了別吵了，去差館有什麼好呢？有什麼不高興，坐下我陪你飲！我請！來！」一邊又轉過頭去安撫那些男警的情緒：「無事無事，心情唔好飲多咗啫，別認真別認真……」我幾乎想擁抱這位白頭大叔了，可惜失意大叔似乎

2 編註：警察局。

是受了驚，反射動作地大聲説話，我便好聲好氣對後排的差人[3]加把口：「唉呀你們這麼多人圍著他，他一緊張不就更失控囉……剛才你們來之前他也只是飲多左，大聲自言自語啫……咁小事無謂返差館啦，無端端又多左嘢做……」

如是，白頭大叔和我一前一後，一個盡量安撫失意大叔，一個盡量按撫那些男警的情緒。無耐[4]，前排男警雄風一發不可收拾，而失意大叔呢，我想他意識到該害怕了，開始大聲但斷續地説話，有時更好似説不出話。結果呢，失意大叔還是被戴上手銬帶走了。白頭大叔白忙了一番，和我相視苦笑了一下，也只可以，坐下繼續吃飯，也再無話。

可是，剩下那四份一碗麵，已不再是孤獨飯了，一味擔心，一味厭惡，一味無力感，一味感恩，一味萍水相逢但相知的默契……相比之下，味精麵變得無味了……

元州街的卡秋莎和拉娜們

那時我不住在深水埗。

我第一次在深水埗仔細地遊走，是因為碩士論文的研究題目，是有關深水埗元州街上，街頭性工作者的生活文化和氛圍。

那是一九九七—一九九九年。

香港主權移交，亞洲金融風暴。而性工作者，不變地被主流社會當作「類似人的人」；

而深水埗的元州街、青山道、桂林街一帶，仍舊是街頭性工作者（俗稱「企街」）的開工熱點。我唸的是人類學，除了正式的訪問，更講求參與式研究和仔細的地方觀察。我的膽又沒有大到直接去參與開工來做研究，所以只能經常流連，在她們沒有客人時坐在樓梯口閑聊。當然，開工以外，警察無端的羞辱、滋擾，路人與樓上住客（尤其是女性）的鄙視，都要一併接受。

那時真是不懂做訪問，一開口就問人家「為何進入這一行」。當時不明白，對於被深刻社會污名困擾著的她們來說，這問題無異於一把鋭利的劍。結果，我迫得幾乎人人都得將自己一生人都吐出來。那時我又白痴得很，聽不懂，以為她們答非所問，只是也不好意思打斷，就由得她們一直說一直說。

後來在聽著錄音帶打出逐字稿的時，我才忽然聽懂了。

她們是在回答我，不過不是用我期待的方式。

她們深明主流社會對自己的痛恨，又不知我帶著何種觀點看她們，於是，都不自覺地，想用過程代替身分標籤，來獲得我這陌生人的一點理解和認同。我真蠢，自己寫小說何嘗不是常在做「用過程來代替身分標籤」這動作？

3 編註：警察。
4 編註：不久。

受訪者在一九九七年均已四十多歲，換言之，在她們一七至二十一歲開始在「大場」（舞廳）做小姐時是一九七〇年代尾聲。那仍是全球資本都稱許香港工人（尤其是女工）「價廉物美」的年代。大家若細看深水埗唐樓的唐二樓外牆，也不難發現，有好些當年作為山寨廠的廠名遺跡。當時的女工，只要不對被剝削或無限重複的工序感到太不安，養家應該是沒問題的。事實上，當年不少人家中，哥哥弟弟得以上大學，都是靠母親或姐妹死做爛做而來。只因，深信男人才能成大器，而女人在這過程中必須犧牲。

可是，對一個花樣年華，又兼有一點點反叛意識的女孩子來說，她要如何說服自己，做人非這樣不可呢？為何出身貧賤便非得做牛做馬呢？於是，她們會成群結隊流連在家屋以外的地方玩，以她們的說話，便是：「去威」。只可惜，這一點點反叛的火花，還未有機會接合上對性別和階級的社會認識，她們便已被另一些人盯上了。

這些人提供另一些收入可觀，又聲稱「可玩樂」的工作。當然，很快她們便發現：勞動者受制於老闆，女性受制於男性這些最主流的社會邏輯，在歡場裡，一應俱存，而且實踐得更加嚴厲。故而，在性道德上，她們被訓練成我意想不到的保守。作為性方面的勞動者，她們同樣面對無限重複的工作，而且除了體力還要陪酒陪到嘔，又要進行不斷猜測如何迎合人意的情感勞動。只是，這時，已難以抽身。同時，由於家中並不富有，她們也必須養活自己或提供家用。隨著年齡增長，若不是很懂得操弄別人的女子，或有幸「上岸」的人，便會在這性行業中逐層下降。

「貪慕虛榮，自食其果？」或許吧。只是「貪慕虛榮」通常不會用來形容，可以家中有錢供其「貪慕虛榮」的人。

離開深水埗回到大學的路上，心裡總有種據説是搞人類學的人常有的疲勞感。坐在火車廂中看著不斷飛逝的風景，有時腦海裡會飄過一些我彷彿認識的人：《復活》的卡秋莎、《罪與罰》的蘇尼雅、《齊瓦哥醫生》的拉娜、《茶花女》的瑪格麗特、《悲慘世界》的芳婷、《霍小玉傳》的霍小玉、《警世通言》的杜十娘、《新約》中被帶到耶穌面前的所謂有性罪行的女子……

雖然，很可惜，沒有一個人物是由女子所書寫的。

為何主要想起卡秋莎和拉娜？可能因為她們二人，都具備某種驕傲，以及在性事上「出軌」時，都有一種，說不清楚的模糊狀態……

捉老鼠的狗

在桂林街，曾有一隻會捉老鼠的狗。

寵物名稱品種我不熟，總覺得那是人們強行加諸於動物的名字。所以，我只能說得出，牠是一隻小狗，有點鬆毛，看起來常有點髒髒的，但牠應該不是流浪犬，因為，牠似乎是住在桂林街一間與牠一樣，小小髒髒的茶餐廳裡。

P是當時經常在這裡開工的街頭女性性工作者之一，因為她，我也有時會坐進這間小小髒髒的茶餐廳。這裡有點奇怪，桌子總共不到十張，餐廳盡頭的卡位長期放著一箱二箱，人客也零零丁丁，而且總坐著些看來精神狀態不大好的人，總在打瞌睡。總之，整個餐廳好像一個小小的異域，光管盡開也感覺不到光，瀰漫著一種時間停頓的氣氛。P總是喝凍檸茶，喝了不用付錢，她說，這兒的老闆人很好，常常讓她們賒帳。

我看老闆也沒有什麼賒不賒的，直接就是請她們喝的吧。她們大部分人連吃飯錢都快要付不起了，還怎能有「坐低飲杯野」的閑錢？當時在這條街工作的，大都是上了白粉癮的中年女性。我第一次去元州街，就被一身紅衣但挨牆站著出神的H嚇到了。初時我以為，是因為有了毒癮，她們才要繼續從事這一行。慢慢認識久了，才發現，「毒癮」原是一種我們並不陌生的社會控制模式。

這行業的存在，是父權社會的結構性社會需要，千百年來都存在於父權主導的社會中；但同時，父權社會要求每一個人都遵從某套排斥性交易的性道德。那麼，我們這種社會如何既不容許她們存在，又必須要她們存在呢？

若能置社會污名於不顧的話，單以勞動的角度看，在街上執業的個體戶性工作者，在性行業中是最有「自主性」的。在勞動回報的問題上，她們無須分佣金給任何人、無須長期付租金、無須被集團控制，只要同賓館打好關係，安全問題也可得到保障。若能置污名於不顧的話，在精神自主的問題上，她們無須用過度的成本去打扮粉飾，去改變自己迎合客人；無須陪酒陪到嘔；無須陪客人聊一些根本沒有興趣的話題；無須陪笑——誠實清楚的性交易：你買白飯我給白飯，不附帶香料味精。

可是，因這種父權意識的主流文化，街頭個體戶性工作作為最有自主性的性勞動模式之一，就成了性異常者之中最公然無視性道德者。於是，作為一種社會無意識的規訓手段，她們也因表現了「最大的無羞恥心」而被置於整個性行業的底部：聲譽（文化資源）和收入（經濟資源）都處於最低等。

一方面，跟其他長期在某一行業工作的人一樣，做了這一行很久，認識的人都在這圈子，要離開，談何容易。於是，繼續開工成為必須。可是，繼續下去的話，深刻的污名，令她們在街上開工時必須承受許多難堪的眼光和壓力，加上她們性意識如此保守，故精神上很需要感到內在還有一個「未被污染的真實自我」。因此，內心的劃界，亦即「開工時須在精神狀態上變成另一個人」，成為必要。說服自己是「因控制不了生理需要」的癮，才被迫做性工作：不是全自願，不是很高興，不可以感到快樂，這樣，才比較沒有離主流性道德那麼遙遠。

這個深刻的文化心理機制，才是造成所謂「上癮」的源頭，以及警察和黑社會對她們進行某種黑白二道的「共同管理」模式：身為性工作者雖不犯法，但社會污名生產出對精神藥物的堅實需求，這需求令她們繼續成為黑社會的收入來源，同時也成為她們被國家機器管理和收監（押送芝麻灣戒毒所）的罪名。

毒癮，又有幾貴呢？

現在我不知了，但當時市價，一包二百多元，只能「頂癮」大概半天至一天。當時做一個客，就只有一百多二百元，有時生意不好，還要減價包房租，實在有夠潦倒的了。那時有一個瘦瘦的L，某天在樓梯口長嘆一口菸，說她兒子昨日生她的氣，認為她拿家中的東西典當買白粉。那兒子脾氣也不小，發作起來直接把電視從窗口丟到街上去，還好沒砸到人。

後來在青山道認識了比較皮光肉滑的M，她說她「老公」是黑社會的小頭頭，拿到的貨比較好，不用打針，而且沒有混進雜質，一劑能「頂癮」幾天，自然皮光肉滑，樣貌也精神許多，她滿臉鄙夷地跟我說：「我才不像她們呢，癮起時的衰相怎能站在街上讓人看！」她甚至覺得，在青山道做生意，客人會比元州街的高級一些……

賣白粉的人做生意不老實，見到沒有反抗能力的人便混進雜質，同價賣次貨，導致那些女子的皮肉錢都白做了。可是，這時，被怪責為無用、無尊嚴的倒是沒有反抗能力，肉隨砧板上只能同價買次貨的同工。我心裡嘆，大家都站在街上了，也還要這樣分等級啊……不過，也許就是，愈是被人看不起，便愈想在自己群體內部找個能踩下去的人踩一腳，以證明自己不是地底泥吧。

不過，這一切，想來也沒有什麼特別。

比如說，有人說因為要供樓所以做牛做馬，但這樣說的人當中，有多少是因為無法想像結婚供樓以外好好生活的可能，而進入供樓的維穩大軍呢？正在供樓的，又或已供斷的人當中，又有多少人會質疑地產商謀取暴利？還是有更多人會恥笑供不起樓的人是「無用」呢？

同樣的邏輯，換個名稱，在所謂正常社會裡，同樣通行。不斷的循環，不斷的無意義重複工作，其實都一樣。只是，她們腦海裡的道德警察令她們不自覺地要懲罰自己，不能做一個快樂的性工作者（多麼不要臉啊……），故而，不斷重複帶來的停滯感和無意義感特別大。

有天我與P在那小小髒髒的茶餐廳，有一句沒一句地，在她的瞌睡之間搭話，看著凍檸茶的冰氣一點一點地往外冒成汗，就在時間停頓感極強的一刻，忽然後面一聲巨響。P驚醒了，其他人的眼睛也亮起來，我轉過頭去，看到鬆毛小狗在追老鼠。兩隻動物的動作都好快，感覺好像只看到影子。有食客笑：「哇，狗捉老鼠呀！」

餐廳又小，牠們便在大家的座位下追逐，我嚇一跳縮腳，但同時也發現，這是我第一次看見，這裡的人，眼裡閃現不太光亮的光，面上有了笑容。一瞬間，生活彷彿有了什麼不同，因而顯示出，時間，的確有在流動……

大埔道的長梯

這地方現在已變成了一所國際藝術學院的校舍。說是古蹟活化的一個計劃：以前的少年法庭，成了學校少年的自修室；法庭、拘留室等等成了課室。

做那個性工作者的研究時，我也不時在那裡出入，當它還是北九龍裁判法院時。

性工作者、小販、小偷、醉酒鬧事、道友……

幾乎人人都是低頭無神地站到犯人席上，未審已經有罪。不認罪者，罪加一等。那時，彷彿只要是女人，站在元州街某段上停留多過一分鐘，便會被認為是性工作者。其實，即使是性工作者，收工也可以站在那裡等朋友、抽支菸吧。不過，不重要。因為對這個世界自認為正常的人而言，她們只是類似人的人。

在香港，從事性工作這身分不犯法，而主流社會經常用來對付她們的條例是「引誘他人作出不道德行為」。雖然，每次警察放蛇[5]，都是放蛇的警察主動提出性交易，然後到上房收錢的一刻進行拘捕。雖然，有時連這一步都跳過，當警察因各種原因「趕時間」，也可能直接抓個站在街上的、熟口熟面的女子。

法庭大堂的樓底好高，四周都是硬硬的巨石，輕輕說句話，聲音就會四處反彈變得很大聲，讓人不自覺的，都會按下聲音說話。

法庭內部，不算大。法官座與「觀眾席」面對面，「觀眾」都要坐在看台式的座位上候著。兩者之間形成了一個類似V形的山谷，而疑犯，便要站在谷底受審。

坐我後面的「觀眾」（通常也是候審的人），經常都忍不住打瞌睡。法庭絕對不是電視劇的模樣，要多悶有多悶，精於此道的人也不見得很歡快，更別說不擅於文字的人，故，無論是否道友，都很容易犯睏。一不小心頭跌了下來，或者行出行入沒有向法官鞠躬，旁邊庭警便如訓導主任般走過去指著那人：「起來，不准睡覺！」「鞠躬！不准自出自入！」有些庭警，可能自己也悶得慌，能走動便走動一下，有時走過去，直接「喂！」一巴掌拍到睡著的人頭上。

也曾有人不認罪。

「都不是我主動招呼他，是他主動叫我的，不是我引誘他嗝！」

「那你是否從事賣淫呀？」法官沒好氣。

「是。」

「那不就對了嗎？沒有抓錯你啊！」

說也奇怪，法例對她們，竟也如對權貴一樣，靈活度非常高。不過當然，是向著相反方向運作的吧。

還有一個無牌流動小販，我無法直接憶述他說了什麼，但大概，就是這個月已抓過他

5 編註：警方喬裝執法。

很多次，無理由再抓他，無錢開飯之類。在街上找生活的人都知，小販管理隊捉人，一般都有不明文規則，就是同一個月不會抓同一個人多過一次。不過，說明白了就是不明文，要選擇用明文規則來處理時，也一樣可以罰。權不在你手，不由得你。我無法直接複述他的話，卻很記得這位小販叔叔的背影，記得他瘦骨嶙峋，穿一件棕色T-shirt，藍牛仔褲的顏色已發黃，說到激動處舉高手指著法官。

都說了，不認罪，罪加一等。他們二人，比起被控告同樣罪名的其他人，判罰都更重。小販叔叔的罰款數字從法官口裡吐出來時，庭內響起混雜的「哇」一聲。我才留意到，平素都在打瞌睡的人原來都在聽。那一聲雖然聲音小，但人多，便成了一種噪音，庭警又喝人，庭內立時環迴立體聲，變得更吵。

我陪伴的性工作者們，通常都有毒癮，上了庭，有入無出，直接被渡海送芝麻灣戒毒。如是，我去法庭，二人入，一人出。每次出來，都覺著那條樓梯，好長，好長，長得總覺得自己要跌倒了……

工不到不為財

話說元州街上有間歷史悠久的糖水鋪。一九九七年我在元州街上做研究時，它就已在那裡了。

有一次，P忽然說，很久沒有吃過糖不甩，問我可不可以請她，於是我們就過馬路到這家糖水鋪。我還記得，P沒有露出特別滿足的樣子，只是用很慢很慢的速度，慢慢咀嚼那些糯米、花生、白糖、芝麻，不悲不喜，悠久，只說了一句：「好耐無食過啦……」真正與老闆認識，是在我住進深水埗之後，卻又不是在深水埗。

總之，有一天，在旺角西洋菜街，我也忘了我正在為什麼議題派傳單和做街頭展覽，忽然迎面一個熟悉的面孔跟我打招呼。我一看，是糖水鋪老闆。他問我們在做什麼，是真的問和真的聽那種。完了後，他問我怎樣稱呼。他走時，我在五光十色、人影幢幢的西洋菜街，看著他的背影。吃了他那麼多次糖水，在發現我們在「客人」以外的「真身」後，才問我們名字……我就決定，以後吃糖水一定去他那裡，就算不特別想吃也要時不時去幫襯一下，為支持好街坊繼續經營出一份力……

不過，是我想多了，就算我不幫襯，那店外也經常排大隊了，有時想幫襯還排不上呢。事緣他們的糖水真材實料，而且不時不食，不是秋冬絕對沒有栗子露，正所謂實而不華是也。有次我問老闆，另一間附近同名的是否他的分店，他說是親戚開的，言語間也沒有怨氣，我問他有無考慮過開分店，他居然說：

「阿維怡，工不到不為財呀！」

當時，我想必是心心眼地望著老闆吧。而且，心裡也的確想到了灣仔利東街未被市建局摧毀前，那間前鋪後廠的印刷鋪阿叔跟我說的：「我就是一隻蜆殼，裝滿也只是這麼多水，不能再多，那有多些水，讓大家都有得撈，不好嗎？」

其實，在這幾條街的範圍內，「工不到不為財」的想法絕不只這家糖水鋪。某著名麵店，老店主退休，兩個兒子承繼家業，這才分成兩家，而且開在附近，經營時段也不盡相同。有次與大少聊天，他就說，不想再開分店，因為現時這樣，他可以確保質素，選自己真正覺得好吃的才賣給人家。

噢，還有還有，這一帶的深水埗街坊大概都知道，在欽州街有一間小小的店，賣好好味烤魷魚。雖然他們也賣其他零食，但烤魷魚卻肯定是公認的區內美食之一。住在深水埗之後，有時經過，會見到他們一家人坐在那裡，把烤好的魷魚剪好放入紙袋、塗醬料；有時人流不多，會見到那位年輕的東主（應該是第二代了吧），放一本厚厚的書（我直覺是小說）在烤架前翻閱。有一次，我想幫店鋪拍個照，放上網，作為街坊心水店推介一下。年青老闆靦腆地說，不要拍到人。由於路太窄人又多，我走到對面安全島拍，這才發現，他們連個店號也沒有，只有破爛、掉色、手寫的「魷魚」二字。我猶豫地再走去問他，年輕人道：「沒有名字的。」

「呃……那我該怎麼寫呢？」

「哦，你就寫魷魚吧。」他指指那兩個破爛、掉色、手寫的大字。

……

在這個連「社會運動」都講包裝、賣相和宣傳多過真實的時代，到底這些殷實小商戶，是在用一種什麼態度，來面對這個世界呢？

糖水鋪現在已大部分交由第二代打理，相對於老老闆，年輕人多花了許多心思去創作新甜品和做網上宣傳，只不過，不開分店的原則，暫時還是讓他們的質素有很好的保證。我反正經常夜歸，便會在人較少時，去享受一下做深水埗街坊的小確幸。

老實講，上面講的任何一位店主，我都不可以算是十分熟絡，但，活在他們之間，卻有一種，腳踏實地的幸福感。

沒有信任的信任

去年與街坊組成了一個關注深水埗社區和發展問題的小團體，其中一項活動是搞學校的導賞團，邀請其他區的年輕人來了解深水埗這種基層社區的特色和好處。有時成員打電話到學校查詢，有些老師的回應是：「深水埗好雜喎」、「深水埗好多扒手喎」、「深水埗好亂喎」……

扒手？小偷？或許是有吧。只是這裡的窮人也多，也沒什麼好偷的。

在號稱治安不良的地方出沒了超過十年，卻常看見一個與這種「常識」相反的「常識」。

我經常夜歸，但凡大時大節，街上雖黑，卻還是靜靜地熱鬧著。

數元一個的廁所刷、數十元一個的膠水桶、百多元的各款中秋燈籠或夏日水泡、幾百元的紙紮公仔或萬聖節玩具、近千元一個的巨型聖誕飾品……就這些，靜靜地，待在不太難拿到的地方。什麼節日近，絕對不會感受不到。

在福榮、福華、元州一帶的玩具店、精品店、家品店、紙紮店、文具店，收檔不收貨，是一種「常識」。我自問是個不浪漫的人，我偏向不認為這是什麼街坊情誼，而是有什麼別的原因，無意地為社區帶來了這種「信任」的環境氣氛。有次與朋友們一起為社區報紙做一點採訪，每家店鋪的原因各異，有人認為收起很麻煩；有人說：「不值錢的東西！要拿又麻煩，誰要拿就拿吧！」；有人直稱店面太小，大件的貨品收不起，但若每天都要運送到「安全」地方鎖起來成本又太大；有人就說是習慣……

不過，不約而同的是，這些街坊都表示，不曾因此遺失物品。

一個颱風的夏夜，經過掛滿各種動物形狀泳圈的文具店門外，見到一隻北極熊，孤零零地被吹跌在地上，再吹兩下便卡在旁邊一個建築物的出口，在白燈下照出一臉詭異的純真微笑。第二天早上，沒有人把孤獨的北極熊帶回家，牠仍帶著那微笑歪歪地、安心地坐在原位，直到文具店開門。

美

這裡沒有簡單的是非黑白，沒有鮮明的好人壞人，也沒有清晰的楚河漢界。

如是，這裡有一個普通的世界。

怎麼說呢，就好像，走到大南街賣飾品、珠仔的小店裡，或看著長沙灣道琳琅滿目的衣服時，你會發現，當那些五顏六色長相各異的東西，都擺在一起時，她們才能，生成出一種美的感覺。若單挑一粒一件看起來，又總像欠點什麼了……

美的感覺，說簡單也很簡單，說複雜也很複雜。反正不是漂亮、整齊、安全、乾淨、反光、完成、叫人純粹接收的東西，而是一種多層次的、整體的、動態的、發展中的、可以參與的存在感。這種感覺，躺在無人的夜半山上，感受繁星落下、自我彷如消失在土地裡時會出現；在深水埗七彩斑爛、多人嘈吵、衝突與復原不斷的街道上，同樣感受到。

是不是強哥所講的「自由」呢？應該是吧，自由不是已經存在的東西，而是一種不斷被追求的存在。

「日與夜相隨，永不復尋獲，始有了追隨，所以，我們才有了大地。」

——來自墨西哥山區查巴達人民解放陣線的馬歌斯大叔

III 新界

東澳古道

詩

東澳古道，或東涌哀歌

廖偉棠

出發就不知歸路
海盜洶湧而海在兩百年後靜止
黑船游弋的地方如今飛機升降
他們在山頂眺望鄭一嫂
白裙濕透
背上都是歷史喃喃的刺青

而我們入密林如自己的人質
把碼頭廢棄
把夕陽灌滿空氣

東涌河水潺潺
拾蜆者仍依此道往返
往返於擊壤的那個中國
與伸出珠港澳大橋的那個中國

我們在山頂眺望
那些富貴且鹹濕的事物把我們陸沉
厓山之後，我們在此埋下中國
我們使用宋體和明體寫詩
在路側、石上
全然不顧路牌上的英文和拼音
它們繪製地圖而我們繪製道路本身
即使像一群無家的鷹

出發就不知歸路

最後我們來到大澳
想像伶仃洋，每一朵陳舊的浪、
新鮮的浪，是否也如我們
擷花而無處祭奠
那些海盜，那些酩酊於山腳祕道上的天使啊
都是她的情人，都是我們

*東涌古道，從東涌舊墟通往大澳，可能是香港離島上最古老的道路，源自宋代，清代張保仔、鄭一嫂等海盜應也使用此道。

散文

馬會道、龍琛路

袁兆昌

自從我家遷進彩園邨後，生活都離不開兩條馬路：馬會道與龍琛路。龍琛路就在我就讀的小學旁、石湖墟南隅的馬路，家母接送上下課，都會牽我穿過一片荒地，顧著經過的各種汽車、鄉村車、單車與牛車，在渡口走到我遊樂玩耍學習跟隨上帝的場所。

小學名叫上水宣道小學，很有動感的名字：一上水踏岸就宣播我道，坐言起行。學校附翼是教堂，教堂外釘上一句話：我就是道路、真理、生命。聖經金句坐落龍琛路旁，又可以是龍琛路自述？龍琛路自新運路與新豐路交界口東行後往東北走，走到梧桐河為止，旁有天平邨。其時天平未興、祥華剛竣，宣道小學以外都是田園與野地，野草比人高，遍地害羞草，蹲下來就見草蜢跳，追上去揜起手掌還是抓不到一隻。龍琛路一通，先有一道行車線，十數年後駁通與交匯往粉嶺的新運路，在新運與龍琛之間開了新路，叫龍運路。這就是道路與生命，也是城市發展的真理，當須塗著柏油把路連成網。

龍琛路行人道校門旁，有個阿叔賣腸粉，那些年龍琛旁盡是荒田平房，龍豐花園連半條鋼根都未插進泥裡，一塊磚頭都未放上去，是一望無際天與地，五六歲的我就只對物質地存在的東西感興趣，尤其美食當前，頭也不回，提著一包腸粉衝進課室早買早享受。宣道小學沒有小食部，校舍旁一道無名小巷，巷邊有車仔麵檔，就是我們的重要補給站。小息時，一干同學就跑到乒乓球檯旁，隔著鐵絲，一條條小手臂穿過鐵絲網的方格，喪屍一樣向老闆慘叫：香腸！魚蛋！就是不敢點蘿蔔與豬紅：都市傳說是這樣的，蘿蔔由老闆用晨尿來浸泡，吃時會有陣酸味。豬紅其實是老鼠血，小巷老鼠多，老闆就大把抓、大刀劈，一磚一磚血紅來路不明。至於香腸因何一定不是鼠肉烹成、魚蛋一定不是屎水慢燉，大約是孩童都覺得這都可口、都愛吃的，就不會編故事。

龍琛路有報販，小五周日常回校，加入宣道會主日學，為的不是聽故事與讀經，而是買一冊最新連載的《龍珠》，一見新書，特別感受到主的榮光照耀四方。為了看漫畫上主日學是罪嗎？這疑問困擾我好多年，尤其《龍珠》已發展到，原來孫悟空是外星王子，更令我疑惑：這個戰士都由上帝創造的嗎？這罪要怎麼洗？悟空雖沒殺人，卻有許多人因悟空而死，他該上天堂還是落地獄？這成了我在主日學收藏起來的疑問，當然也不能發問：瞞著導師買《龍珠》肯定影響師生關係？小冊明顯是盜版的，騎釘本印得粗糙，釘得隨意，書釘時有跨格，格子又歪倒零落，往往看不清內容，翻到後半部的頁數，才看到前半部被釘住了的對白；往復來回，情節得以牢記起來，也認得幾個字來。

「石湖墟」在我家的語言中，並不存在；它的名字政治很不正確，卻又如此想當然：

「上水墟」；病了要去看醫生，走不短的路排隊輪籌的不是「香港賽馬會診所」，而叫「上水馬會診所」；由工字鐵合組的臨時天橋叫「新橋」，臨時了十數年，後來不再新了，就只叫「果邊」[1]，舊了的新橋，永恆似的臨時，連名字也失效了。我家為石湖墟許多建築物命名，為小店緊縮店名，時有音轉，若非處身生活圈的鄰居，該會聽不明白的。這套語言佔領了我整個童年與少年時代，以致我升讀中學後，與同學談起去處，都溝通不來。其時，龍豐與新都剛落成，上水廣場仍在興建，那些自彩園邨裡伸展的臨時天橋，臨時了十數年，終於等到正名的一日。

「上水墟」曾有戲院，就在「上水馬會診所」後面，名叫「行樂戲院」（緊縮為「行樂」，樂字音轉，韻母上揚）。家母常帶我們看戲，最有印象的一齣是《英雄本色》，家裡有許多張國榮黑膠唱片，家母明顯是因哥哥而來的。戲播完了，我哭得很烈，家母卻沒哭，我覺得奇怪：她的偶像不是死掉了嗎？怎麼不哭？回家造了噩夢：哥哥來叩門找家母，雖只找家母不找我，但也夠駭人了吧——見了鬼，要落地獄嗎？幾天過後，我還是讀到張國榮的新聞，肯定只有耶穌才可復活的，除非張國榮也是神的兒子吧。即是說，他並沒有死去，僅在一個叫「戲」的東西裡死掉而已（許久以後，他選擇結束自己。共抬望眼看高空，留下只有思念，尤其家母）。「行樂」旁有小酒家，曾有過正宗灌湯餃：籠裡一張滿布孔洞的

1 編註：那邊。

鐵皮上，盛著一個灌滿湯水的大餃子。酒家對面有些小店，近路口的唐樓，有一間樓上影樓，樓下樓梯櫥窗裡，有幾張人像，還擺了一張觀音照片，都市傳說是有個人搭飛機時看到雲上有觀音立馬拍攝下來流傳至今云云。

香港賽馬會診所坐落在馬會道盡頭，往北就是文錦渡路，直通邊境，許多貨櫃車都在這裡通關。馬會道南至祥華邨、安樂邨。念到中學，才知我們住了十年的城，叫做「新市鎮」，政府希望我們自給自足，家長在這裡工作，給我們工業區（安樂邨）；孩子染病，給我們診所，不假外求。上水今天的工業邨，昔日是臨時房屋區，家母曾有朋友入住，我和兒時玩伴都在那片土地跑躍過，臨時房屋屋頂旁印上數目字，一座一座平房無盡延伸，我以為這些房子延至羅湖（當時以為羅湖就是大陸）。臨屋夷平後，我少了一個遊樂的地方，多了個神祕的、不敢進入的工業區。來人多了，就有北區醫院，居民卻沒有留在上水，大都搭乘九廣鐵路通往大埔、沙田、九龍等地工作去。許久以後，察覺「上水馬會診所」建築有包浩斯特色，樓上是職員宿舍，曾有同學住在這裡，許久以前錯過了一次同學聚會，沒有見識過它樓上的內部結構。

我們住在彩屏樓面北的單位，山後就是落伍的大陸。窗戶很高，我遲熟，長到中一二，才一米二三，有時替家父家母晾衫收衫，都放一張櫈在窗下，伸手拉著扣了滑輪的繩子。往窗外看，鐵軌往西北張開，一拐就到羅湖，山後就是大陸，其時只有一座高樓，從山谷裡冒起。後來高樓漸多，鄉人親人都不用我們回鄉接濟的時代來臨了，我也已搬離這個成長地。

「石湖墟」任由我們命名的日子已過。當年青山公路旁仍有軍營駐守，今天都不知成了哪個模樣。曾因家母有段時間任職幼園車長，小車走過唐公嶺與蕉徑，見過鄉間小山上有紙廠，唐公嶺彎急小路黃皮滿掛，俯衝下去小巴站就見小販與士多[2]，鄉民牽牛路過，賽馬會有馬走過，蹄鐵咯咯，汽車隨馬行路，越線時車窗外伸手可觸的，就是馬匹結實的身體，哪管騎牠的是誰。這些鄉村與我居住的城分別太大了，我為我住城市自豪過；認識九龍人、港島人，才知自己其實一直住在鄉村。今天，「上水墟」被稱為「藥房墟」，不見石湖。這地方有真的紛爭，也有看來是真的紛爭，我都沒看清楚。至於多出了許多連接大陸的公路，都是真的。

漸漸，那些我曾到過的鄉村與小鎮，能從這種文字裡讀到，卻都不是真的了。

2 編註：Store之音譯，主要販賣食品、報紙的小雜貨店。

西樓角路

馬國明

眾所周知，香港不少街道以英治時期的大人物命名。荃灣是鄉下地方，在上世紀五十年代時，除了青山道，便只有一條眾安街。隨著荃灣和觀塘被劃為「衛星市鎮」，填海工程亦在荃灣展開，一些沿海地區的村落當然要被拆卸。荃灣的楊屋道、河背街、海壩街等算是保留了這些被拆卸的村落的名字。由於九七之後的特區政府施政，乏善足陳，荃灣這些保留昔日村落名字的街道或許也可以被當作是英治時期的一項德政。事實上，除了海壩街，荃灣還有大壩街、馬頭壩道和白田壩街。這些街道的名字訴説著荃灣原是低窪地區，須要興建堤壩阻擋海水倒灌。不過在云云以昔日村落命名的街道中，最值得留意和討論的是西樓角路。

西樓角路的名字來自昔日的西樓角，而西樓角位於今日地鐵荃灣站外的地鐵車廠。西樓角是一條住了五百人的非原居民村落，這類村落曾散布在地鐵荃灣站和老圍之間的山坡上。由於荃灣原是低窪地區，因此大部分村落都是建於山坡上。當年的港英政府借著興建地鐵，一舉把這類村落拆卸，除了三棟屋和老圍這類原居民村落之外，其他非原居民村落，連名字也沒有留下；西樓角因而成了倖存者。一般而言倖存者會訴説自己僥倖逃生和遇難者的故事，但西樓角路作為保留西樓角這倖存者名字的街道卻沒有訴説自己或其他非原居民村落的故事。西樓角路被分為兩截，由青山公路東行線轉入西樓角路至地鐵荃灣站的一截，基本上與另一行人天橋無甚分別。像運送行李的輸送帶一樣，這一截的西樓角路把絡繹不絕的行人送到地鐵站或是運送從地鐵站走出來的人至返回荃灣不同屋苑的候車處。另一截西樓角路由地鐵荃灣站伸延至蕙荃路，這一截西樓角路行人稀疏，即使西樓角路的西行線旁是荃豐中心等多個商場的所在，而東行線旁更是荃灣唯一的博物館——三棟屋博物館——所在之處。這座博物館保留了三棟屋村當中一所完整的圍屋，復修後搖身一變成了博物館。雖然是荃灣唯一的博物館，三棟屋博物館恰好屬於Ackbar Abbas在*Hong Kong: Culture and Politics of Disappearance*裡提出的建築物分類中的Merely Local。這類建築物雖然位於香港，但卻訴説著另一個地方和另一段時間的故事。作為荃灣唯一的博物館，三棟屋博物館和荃灣的關係僅限於館內一幅荃灣的舊照片！博物館展示的不是與荃灣有關的文物，而是中國農耕社會的宗族制度。如果居住在荃灣的人對宗族制度無甚興趣，這一邊的西樓角路行人稀疏屬順理成章；奇怪的是連另一邊商場林立的西樓角路同樣近乎渺無人跡！

這一點恰好是西樓角路值得討論的地方，地鐵荃灣站是唯一在地面興建的地鐵站；當年興建時的藉口是為了減省建築成本，但真正的原因則可從地鐵荃灣站的設計而得知。鐵路路軌雖然建在地面，但地鐵荃灣站的出入口卻安排在二樓大堂（若干年後才加設兩個地面的出入口）；大堂則有行人天橋連接到地鐵站外的商場。三棟屋博物館另一邊的西樓角路雖然商場林立，卻同樣行人稀疏，因為這些商場全都以行人天橋互相連接，當然亦連接到地鐵荃灣站外的商場。如果三棟屋博物館訴說的是另一地方，另一段時間的事物，三棟屋博物館另一邊的西樓角路訴說的則是地產商興建的商場如何主導人們的日常生活。恰好近日有某大地產商的執行董事，聲稱香港人喜歡行商場。是否喜歡應是因人而異，但即使真的喜歡，那是因為地面上的街道被架空了，商場成了人們日常生活裡必經的地方而已，這一點也是西樓角路訴說的事情！

小說

艇

劉綺華

一

直至怪事發生那天，我一直以為比賽是會輸的。

我們這划艇隊可謂拉雜成軍。有天我在學校籃球場自顧自入樽，有人大喊我的名字，我轉頭，就吃了一記波餅，「今年划艇隊唔夠人，你嚟參加啦。」是矮小健碩的陳蛇，教體育科，兼教數學科。他揚起油光黏膩的臉，咧嘴，亮出閃著口水光的牙齒，活像一頭狗。當時我沒多想，就跟在他後頭。

我跟他走進健身室，才發現我是他找來的第一人。健身室中間，四台划艇機一字排開，舊得快生鏽，陳蛇叫我坐頭一台，但我挑最後一台，隨便划兩划，他就說：「五百米三分零六秒，划得唔錯呀，為校爭光，靠你啦。」

陳蛇是新老師，叫學生參加比賽，贏了可增加續約的資本；對我來說，這無可無不可，划艇不用動腦，而且經常操練，可豁免補課，何樂而不為。

過了兩天，陳蛇找來其餘三位隊員，全級頭十名的阿威，身型肥胖很渴望拍拖的阿離，和經常低頭走路的阿花。大家各不認識，陳蛇叫大家圍一圈，手掌疊手掌，「划艇隊正式成立！下年校際賽艇比賽許勝不許敗！贏咗我哋有兩萬蚊獎金，仲會寫喺成績表到！大家一定要加油！」

阿威大聲說沒問題。阿花微微點頭，阿離看了阿花和阿威一眼，也說「好」。我沒待陳蛇說完，就騎上最後一台划艇機，划了五百米。

划艇機我早懂得用。平日午飯時間，籃球場擠滿袖衫亂飛的男同學，他們完全不懂打籃球，欄杆外的女生卻高聲歡呼。我走過盪漾著汗味和歡呼聲的操場，來到走廊最遠處的健身室。健身室只有我一人，冷氣鎖著，很熱，但我不介意，開著youtube學習各種健身器械。

我一個又一個五百米不斷划，覺得無聊極了。只是拉槳、回槳，陳蛇教了三小時。阿威一個死勁瞎拉，但拉槳不能同時伸腿，鼻樑上的黑框眼鏡不時向下滑；阿離划不到五分鐘就滿頭是汗，腰間幾層肉險些掙開袖衫的鈕扣；至於阿花，阻力調至一，拉槳還是像臨盤，拉上三分鐘就難產了十次。不到五分鐘，阿離和阿花就氣喘吁吁，抬眼看陳蛇，陳蛇說：「留意姿勢，唔准停，繼續！」

他們划了一小時，也划不到五百米，我用三十分鐘就划了四千米。陳蛇跟我說：「喂，你做隊長啦。」其餘三人來不及回過神，我應道：「唔做。」然後多拉個五百米，比之前快十五秒。

划悶了，我去練啞鈴。陳蛇忙著照顧三個組員，組員們又忙於馴服野獸般的划艇機，我閉上眼，默默呼氣吸氣，計算著何時加重，以達到今星期的健身目標。

二

陳蛇要求我們每天放學都留校練習，晚上九時才可回家。他信誓旦旦說如果缺席或早退，會扣數學科平均分，但我發現，這是針對阿威、阿離和阿花說的。艇隊成立第二天，阿花划至雙手脫皮，哭著要退出，陳蛇說：「贏咗每人有五千蚊喎。」聽罷她想哭不哭，不知說什麼才好，陳蛇就吩咐她繼續划。阿離被要求減肥，要戒除零點，嚴格跟隨餐單進食，不過三天就發脾氣衝出健身室，但門快關上時，陳蛇說：「減咗肥容易啲溝女[1]喎……」而且，阿花咁辛苦，你陪吓佢啦。」阿離瞄瞄阿花，阿花的臉刷地紅了，阿離愣住，沒說話，就回去繼續划。至於阿威，怎樣操練他都甘之如飴，每划一個五百米，他就來比較我的速

1 編註：泡妞。

度；他想做划得最快的人，隨便吧，我恨不得成全他，也就離開划艇機，操練其他器械。

每天我划完四千米，做一小時負重運動，不足兩小時就回家，陳蛇從不留難我。對我來說，這跟平日健身沒分別，加不加入划艇隊根本無關重要。

一個月左右，陳蛇不准我再獨自練習，要我跟他們一起操練，說四台划艇機連成一排本就為了模仿水上划艇的狀態。陳蛇拍打最頭一台划艇機，說我體能好，節奏佳，再次問我做不做隊長。他多加一句，「做隊長CV[2]靚啲。」我還是說：「唔做。」陳蛇轉為叫阿威擔任，阿威求之不得，爽快地說了句「無問題」，就坐在前頭，跟陳蛇笑了笑。

我瞄阿威一眼，就坐在他後面，第三是阿離，第四是阿花。

陳蛇大喊：「依家[3]兩個人一組練習。兩個人嘅節奏做到了，就四個人一齊練。阿毛專心望住阿威，阿花望住阿離。」

阿威坐頭一台，就划得更起勁，還向我示範怎樣划，糾正我的「錯誤」。剛開始他拉得很快，但後勁不繼，時快時慢，沒所謂，我什麼都跟他。至於阿離和阿花，阿離拉一下槳，就向後一望，阿花低下頭，抿抿嘴。

「划艇最重要係放低自己。記住，大家係一齊，一個身體。」陳蛇又說。

阿威喊一聲「好」，就竭力拉機。大概學霸不只成績好，體育也要出色。每次派測驗卷，阿威任由同學看試卷的分數，直至放學那刻仍保持微笑。我的成績不好也不差，從不像其他同學一樣，想超越阿威。好和差只是制度的產物，學生們卻愚蠢地，以此證明自己的優劣，又愚蠢地，以為必須證明自己才能生存。

所以阿威拉，我就拉，阿威停，我就停。

陳蛇說的「一齊」，在意的大概只有阿離和阿花。阿離轉頭，阿花就避開眼神，但沒多久又偷看阿離。好幾次陳蛇走開，阿離走上前，捉著阿花的手教她怎樣划，阿花的臉紅得發紫，想縮手又不敢。

至於我和阿威，沒所謂一齊不一齊，我跟著他就是。我們一直划，四台划艇機發出雜亂的蓬蓬聲，像好幾隻蒼蠅在耳邊纏繞。陳蛇在旁踱來踱去，愈走愈快，過了五分鐘，他大聲吆喝：「阿威時快時慢，阿離同阿花就亂拉，潰不成軍！將來點贏？」

陳蛇的聲音充斥整個房間。大家停下來，不敢跟陳蛇對視，只剩下冷氣機颯颯作響。半晌，阿威學陳蛇的口吻說：「我哋一定要贏，係唔係？」阿離凝視著阿花，「我哋，我哋……一定要贏。」阿花瞬即低頭，不一會才點頭。阿威瞟我一眼，我沒理會他，別過臉去。

2 編註：履歷。
3 編註：現在。

三

什麼「代表學校」、「一定要贏」，都是廢話，陳蛇阿威說得愈慷慨激昂，我愈無感。人啊，口裡說得多動聽，心裡卻圖謀著其他事情，早在小四那年，我就明白這個道理。那年，爸爸對我很好，給我買很多很多玩具，媽媽也對我很好，一年帶我去了二十次迪士尼。每次，爸爸給我遞上玩具時，都叫我不要告訴媽媽，我問媽媽為什麼爸爸不去迪士尼，媽媽都說爸爸沒空。一年後，爸媽離婚了。他們輪流說一樣的開場白，什麼就算分開了，仍然愛我，說罷，就搶著問我想跟誰生活。我凝視他們良久，說：「無所謂。」

過後一個信天主教的老師問我，你難過嗎？我說：「無。」她微笑，撫我的頭，「如果想哭，唔好忍，老師支持你。」

但我沒想過哭。那時我想，爸媽生我出來，不過為了滿足某些願望，而老師關心我，也只是想我信耶穌罷了。

我曾把這些想法告訴一位鄰座女同學。我跟她不熟，是有天她想勸我相信宗教科老師所說的，人類由上帝創造，沒可能從猿人進化而來；我任她說完，就繼續玩爆旋陀螺（台譯：戰鬥陀螺），計算陀螺由旋轉至倒地需要多少時間。忽然，她大喊一聲，哭起來。「總之，總之，就係上帝創造人類……」我看她一眼，沒說話，她就哭得更厲害，還驚動班主任來調停。她抽答著說：「難道……你唔信上帝？」

我揉搓手指，爆旋陀螺在桌上又轉一圈。

「你乜都唔信，乜都唔信……」

「所有叫人相信嘅人，都有目的。」我說。

女孩哭得像個發了瘋的水龍頭，我只想把她關掉。班主任瞟我一眼，說：「你咁諗，開心咩？」[4]

那班主任就是小四時安慰我的天主教徒老師。她跟女孩說：「佢屋企出咗問題，好無助好唔開心，所以……」

班主任以「唔開心」「無助」來解釋我的行為，希望別人同情我，真的很可笑。人的感受只是排洩物，開心片刻就會傷心，不代表什麼。升中後我回想班主任那番話，才明白她在問，我的人生有意義嗎？其實這個問題毫無意義，今日唔知聽日[5]事，可能明天就死了。這一刻的意義，下一刻未必延續。

那女孩跟我升讀同一間中學，兩屆跟我同班。因小四那件事，她老記著我，常跟我傳福音。有一次她拿著福音橋珠鏈問我：「你知道活著為乜嗎？」那時我正前往健身室，就說：「為了活動身體。」

4 編註：意即「你這樣想就開心嗎」。

5 編註：明日。

我只是隨口說說，但後來想這也未嘗不可，所以到現在，我每天都做運動。

四

沒多久，陳蛇安排我們下水訓練。那天下雨，一根根雨針打在艇裡，一船旋起旋滅的漣漪彷彿城門河的一部分。阿花問可否取消練習，阿離也同意，但陳蛇各派每人一件雨衣。「無行雷閃電，練水無問題。」

「但雨勢可能增大，會閃電，好危險……」阿花低聲說。

「總之我話要練就要練。你哋唔想贏咩？」陳蛇喝道。

阿威沒穿雨衣，第一個上艇，做手勢叫大家跟隨；阿花踏進艇裡，險些滑倒，阿離立即扶起她；阿離甫上艇，艇就左搖右晃，這兩個月，阿離的體型沒大變，雖然他聲稱已瘦了五磅。我穿上雨衣，一直看河岸四周的風景，下雨的大涌橋路仍舊車水馬龍，緩跑徑只有零星的人；雨水把緩跑徑上依稀的人影打散，像蒙太奇。阿威向我呼喝一聲，我就跳進艇去。

陳蛇騎著單車，在岸邊舉起大聲公發出指令。雨更大了，阿威坐在隊長的位置，很用力很用力划，他全身濕透，每次拉槳頭髮上的水珠都撥到我身上。至於阿離與阿花，我背向他們，只聽到阿離不斷說笑哄阿花開心。划著時，我愛看緩跑徑上幾個來來回回的人。

緩跑徑後面的馬路叫大涌橋路，那緩跑徑叫什麼路？

突然，天空閃了一下，雷聲趕在後頭。阿威聽見雷聲，就以隊長的口吻說：「我哋要快，快。」就奮力拉槳。阿花大喊救命，阿離趕緊說：「唔駛驚，有我在，我會保護你。」然後向岸上的陳蛇說：「閃電好危險，可唔可以停？」

陳蛇不知聽見沒有，只管嚷道：「阿毛望住阿威，唔好周圍望！阿離阿花唔好掛住傾計[6]，就快撞槳啦。仲有阿威，你落槳太深啦，crab槳[7]——」陳蛇沒說完，阿威就掉進水裡。天空又白光一閃，阿花嚇得哭起來，阿離不住說沒事沒事。阿威沒觸電，一下子爬上艇。待阿威綁好鞋套，陳蛇又說：「依家繼續划。記住，你哋坐埋一齊，就變成一條艇。要贏！」陳蛇在岸上的單車一下子超越我們。

縱使行雷閃電，「要贏」的口號仍深深感動阿威，阿威也喊一聲「要贏」，就出盡力划，濕透的頭髮不斷向我撥水。沒多久雨勢轉弱，灰黑的天空亮起來，經阿離的鼓勵，阿花放下心，繼續划下去。行雷閃電我不在乎，只是雨小了，眼前的景物變得更清晰。我任由大涌橋路的車和緩跑徑上的人在眼底滑過，心想著緩跑徑沒有名字，還是路嗎？或是如陳蛇所說，我們坐埋一齊，就變成一條艇，那麼人走在路上，也變成路了？

6 編註：意即「只顧聊天」。

7 crab槳為賽艇術語，意即動作變形，使槳失去用力支點。

五

這個問題我想了一個月，始終想不通；但這個月裡，無論陳蛇多嚴厲，阿威還是繼續crab櫱，阿離身型不變，阿花仍然乏力，而阿離和阿花終於拍拖。每天陳蛇在岸邊喊得力竭聲嘶：「出力啦！要贏呀！」我們沒一人聽他。

划二千米要十分鐘，連笨蛋都知道贏不了。

誰都知陳蛇為了贏不擇手段，好幾次阿花運動過度受不住嘔吐，阿離拉傷腰，阿威急性腸胃炎，他仍要求大家每天練習，不許缺席和早退。儘管如此，最初阿威阿離和阿花還會偶爾抱怨一下，後來竟完全不介懷，陳蛇老喊要贏，他們就像中了蠱般跟著喊，還愈喊愈大聲，蓋過偶然飛過的白鷺劃過水面的聲音。而且，他們還養成一起吃飯的習慣。每次練習後，他們都會去火炭大排檔吃晚飯，平日吃飯我不習慣有人在旁，所以吃過一次就沒去了。那次阿威點了蠔仔粥、兩隻乳鴿、薑葱炒蟹；菜來齊，阿威跟大家乾杯：「我哋差不多日日見，變咗家人啦。」說罷把一隻乳鴿分成兩半，大的一半給阿花，小的給阿離。「一肥一瘦嘅神鵰俠侶。阿花瘦，食多啲，阿離就減肥啦。」

阿花臉紅傻笑，阿離親阿花一口，給阿威添一隻蟹鉗，「成日crab櫱，啱你，蟹隊長。」

這時他們看著我，我拿起碗，為自己添了一碗蠔仔粥。阿威揚眉笑道：「阿毛就叫蠔啦。做乜都毫無所謂。」

阿離連忙說：「咁我哋隊名就叫蟹鵰蠔隊！」

阿威反反眼：「嗰名好難聽。」但接著說：「不過，我以隊長嘅身分，批准叫做蟹鵰蠔隊啦。蟹鵰蠔隊必勝！」

「蟹鵰蠔隊必勝！蟹鵰蠔隊必勝！」阿離和阿花齊聲呼喊。

他們很吵，吵得口中的蠔仔粥都變得淡然無味。他們喊口號時，我瞥一眼阿離和阿花緊握的手，和阿威放在袋裡沒藏好的九十分數學試卷，就感到異常厭惡，整晚沒說一句話。

自此每次練習他們都會喊口號，划累了，就喊得更大聲。但喊口號無助表現，阿威仍有crab槳，是少了；阿花多出了力，但仍常跟阿離談情；阿離是瘦了，但只減了兩磅，無助減輕大家的擔子。我從不喊口號，一邊划，一邊看兩岸的風景，暗暗期待著什麼發生。如果他們死掉，剩下我，會划得更暢快嗎？但為什麼在水裡划，不留在健身室操划艇機？或是所有人都退出比賽？陳蛇一定不許，他們也不會這樣做。我一人退出呢？退出與參加沒分別，但要填無數張表格解釋無數個理由，太麻煩。如果這條艇是一個國家，我真期望來一個暴君，秦始皇也好，路易十六也好，希特勒也好，任何達不到要求的人，都判死刑，那麼不用喊口號了，無論阿威、阿離、阿花還是我，都可以毫不費力地做到最好。

沒錯，最重要是毫不費力。

六

到底是我的想法感動上天，還是我們四人都精神錯亂？奇怪的事發生了。

距離比賽只有四天，陳蛇要求我們整個週末用作練習，早上七時我們來到城門河畔，大涌橋路車輛疏落，緩跑徑到處是晨運的人。阿威沒crab槳，但節奏時快時慢；阿離和阿花比以前專心，但阿離還是太重，阿花又太弱，彷彿兩個負累。陳蛇在岸邊拿著大聲公瘋狂大喊，像個小丑。

忽然，一陣狂風刮過，水面翻起巨浪，艇劇烈搖晃，像被掉進正在旋轉的洗衣機。我們用力穩住船槳，以免掉進水裡，約兩分鐘後，風停下來，河面回復平靜，我像剛睡醒般，奇怪的感覺流遍全身，突然身體一晃，險些失去平衡，滑座竟不需用力蹬，自行前後滑動；槳架撥動艇槳，我放手，它們會自動划，不用我拉槳和回槳。我嚇了一跳，很快平復下來，握著槳，手腳配合著艇的動作，整條艇持續向前，但我沒出過一分力。阿威、阿離和阿花都遇上同樣情況，阿威轉頭問發生什麼事？無人能答他。阿離嚇得手不知放哪裡，握槳不是，放手讓槳自行活動又不是，臉如土色；阿花大喊一聲，沒多久就跟我一樣若無其事地划。陳蛇在岸上看急了：「阿威阿離做乜嘢？集中！集中！」

阿威不習慣這條自動的艇，更使力划，企圖奪回控制，但因艇本身在動，他再用力，就嚴重crab槳，整個人掉進水裡。我們無法停下來，艇一直前進，阿離和阿花像跟巨人鬥力，想穩住槳，但只能縮短槳移動的幅度。阿威冒出水面向前游，不斷喊「停呀，停呀」，阿離和阿花面面相覷，問我可怎辦，我聳聳肩，一直划。

艇走到火炭路就停下來，艇槳和滑座回復正常，艇像平日一樣順著水流輕輕搖晃。阿離倒抽一口涼氣，自言自語：「係……唔係撞鬼……」阿花臉容平靜，輕拍他的肩膀。我向阿花示意，把艇泊岸。

阿威自行游上岸，還未走到火炭路跟我們會合，但陳蛇看見我們三人，既驚又喜，舉起秒錶說：「七分六秒。得三個人都划得咁好！」

「但其其其實……條艇……」

阿離顫抖得下顎差點掉下來，阿花扯他的衣角，不讓他說下去，阿離不解地看著阿花。陳蛇繼續說：「總之，今次係你哋動作最齊嘅一次。只要阿威唔跌落水，就冠軍在望。再划一次！」

阿離還想說話，但阿花把他拉上艇去。我也隨後上艇。阿離不住顫抖，使艇身也跟著搖晃。

阿威回來時全身濕漉漉，他也想說些什麼，但陳蛇搶著說：「你係隊長嚟呀，快啲上艇啦。」

「頭先[8]……」

「全隊人等你指揮，仲等乜嘢？」

阿威看看坐在艇上的我們，又看看陳蛇，就忍著不說，應陳蛇的吩咐上艇。

我們上艇後，一拉槳，剛才的情況又出現。艇以比我們平日快一倍的速度自行前進。阿威不像剛才一樣用力，雙手不再握槳，讓槳自行擺動，但他只顧觀察，忘記腰向後靠，槳擊中胸膛，砰一聲，他痛苦呼喊。阿離跟阿花和我一樣，順著滑座和槳的動作，裝作在划，但阿離臉色蒼白，划到一半嘔吐了，胃酸的味道和米白色的嘔吐物隨著水流，緩緩飄走。

七

第二天回來，阿離說昨晚做了一整夜惡夢，想跟陳蛇說棄權，阿花又扯他的衣角，但他撥開阿花的手。阿離快步走到陳蛇跟前，陳蛇朗聲跟阿花說：「贏咗每人有五千蚊，加油呀阿花。」阿花點點頭，陳蛇轉跟阿離說：「阿花都唔怕，你怕？你係唔係男人嚟？」阿花以哀求的眼神看著阿離，想拉阿離上艇，阿離萬分不願，但阿花踏進艇時一不留神，失去平衡，阿離一手捉著她，無可奈何也跟著上艇。

不久阿威來到，也想開口說話，但陳蛇劈頭就說：「難道你唔想贏？贏咗寫喺CV，幫你升大學喎。而且，大家都想贏，係唔係？」阿威瞟了大家一眼，見所有人都準備就緒，只好上艇去。

「總之，我哋依家就係一條艇，乜都唔好諗。」陳蛇說。

艇跟昨天一樣，人齊了一起握槳，艇就自行滑動，到終點就停下來。今天阿威沒掙扎，也不再觀察，只跟著艇做動作；艇比我們用力划時走得更平穩，但阿離還是忍不住嘔吐；阿花則沒所謂，一直划。他們沒再喊口號，各懷心事，我也樂得清靜。我感到我們就像一隊木偶，彷彿有人代替我們活動身體，身體不再屬於我們。平生沒當過木偶，原來當木偶也不錯，現在我不用等待阿威的指示，不用跟著阿威的節奏，原本不想動的腦袋，可完全停下來。我感受到徹底的自由，這種自由我從沒感受過。還記得爸媽離婚那年，我曾想過自殺，不是因為傷心，想藉此吸引他們的注意(他們根本不值得我注意)，而是想，死了，就不用花氣力相信任何事，做決定總是很累人。到底選爸爸還是媽媽？相信爸爸還是媽媽？如果人人做事都有目的，有什麼好相信？既然如此，不如讓死為我做一切決定吧。

想自殺很多年了，但沒付諸實行，怕痛。如今風迎面吹來，我不用死，也能體會到死亡的快感，相信大家也感同身受吧；划了幾回後，他們漸漸習慣這條自動的艇，阿威不再掙扎，阿離不再嘔吐，阿花則愈划愈開心，樂此不疲；其實像陳蛇所說，「乜都唔諗」就能跟艇和平共處，沒想像中難。我坐在艇上，自由自在地觀賞兩岸的風景，現在緩跑徑的名字不再困擾我了，只要一個暴君降臨，開口說一句，路就有了名字。

8 編註：剛才。

練習到晚上，阿威阿離阿花罕有地沒一起去大排檔吃飯，默默各自回家去。

八

我原以為事情會這樣下去，但比賽前一天，奇怪的事又發生了。艇走了兩回，艇槳忽然加快移動，槳距擴闊，滑盤滑動的幅度也擴大，像遊戲升了級。身體要配合艇沒之前那麼容易，雖然不需用力，阿離還是划得大口喘氣，額上掛著豆大的汗珠；阿威跟不上艇的速度，好幾次槳撞到胸口，嘭嘭直響；阿花柔軟度不足，腰壓不下那麼低，每次回槳都忍不住呻吟。

艇走得比先前還快，陳蛇看見了很高興，在岸邊高呼，不知為我們還是為艇打氣。阿花不斷問：「幾時完？幾時完？」阿離和阿威沒作聲，我猜他們也想盡快到達終點。我的柔軟度尚可，是有點辛苦，但還能轉頭看風景。艇走快了，岸上的人一溜煙略過，快要連成一條線，緩跑徑就更像一條路了。

到達終點艇就停下來，泊艇上岸時，阿花一個踉蹌摔在地上，說腰和腿都很疼。阿離罵阿花：「難道你為咗錢乜都願意？」阿花沒想到阿離罵她，流下淚來，「原本以為咁樣幾好……」沒待阿花說完，阿離跑到陳蛇跟前，「可唔可以換艇？條艇自己會郁，搞到阿花受傷。」說罷轉向阿威和我，「你哋有無事？」

阿威掀開運動衣，胸口紅腫一片。

陳蛇一臉疑惑，「艇自己郁？邊有可能？」[9]

阿離向陳蛇解釋艇自行活動的情況，又叫大家坐在艇上，向陳蛇示範一次。陳蛇表現出難以置信的樣子，頻頻點頭，以示理解。艇走了一回後，阿離再問：「可唔可以換艇？」

陳蛇沉吟一會，說：「我好明白大家嘅情況，但以前划艇隊都係咁練習，無出過問題喎，而且學校資源有限，只有一隻艇。」

阿離急道：「即係以前都有發生過咁嘅事？難道你睇唔到隊員受傷？贏比賽比隊員更重要？」

「以前有無發生過我唔知，但練習受傷係正常。聽日比賽後就可以休息。」

「咁同食藥比賽有乜分別？我哋有出過力咩？」阿離瞪一眼阿花，阿花低下頭。

陳蛇收起笑容，「你哋唔係話蟹鵰蠔隊要贏咩？要贏，就預咗視隻艇比自己重要。」

「你視自己仕途比我哋重要。」

陳蛇生氣了。「唔好唔記得，你哋係代表學校。」

「我哋代表我哋自己，我哋依家退出。」阿離拉著阿花的手，看著我和阿威。

「我都贊成退出。」阿威說。

9 編註：意即「艇自己動？怎有可能？」

陳蛇很驚訝，沒想到阿威贊成。這時阿離跟我說：「你講句嘢啦，我有講錯咩？」

所有人的目光集中在我身上。我沒說話。

「是非不分！」阿離向我大喊，阿花拉著他。

陳蛇環視我們一圈，厲聲道：「如果你哋退出，首先校長會召見你哋，而且，我會令你哋數學考試唔合格！」他瞪著阿威，他知道阿威最重視分數。

阿離大喊有無搞亂，阿威擺擺手，叫阿離住口。阿威定睛看著陳蛇，「反正條艇會自己郁，都唔使練，聽日準時嚟比賽就得啦。」再轉頭跟我們說：「蟹鵰蠔隊，走。」

九

「加油！蟹鵰蠔隊加油！」

陳蛇在看台大聲疾呼。孖橋的熱身區裡幾條艇在早晨的陽光裡滑行。我們的艇泊在岸邊，像一台死氣沉沉的機器，等待接駁電源。我們早跟陳蛇說過不會熱身，因為艇會自動划，沒有熱身的需要，陳蛇毫不在意，「總之保持之前的水準。」

阿威遙看各艇隊熱身，跟阿離分析他們的落水情況。阿威邊說邊做動作，彷彿在河裡划的，是他自己。

「我呢個隊長都幾廢。」阿威說。

阿離跟阿花對視一會，吃吃笑道：「我哋都衰，花喺划艇嘅時間唔係咁多。」

「不過無論點，我們都贏呀啦。」阿威嘆道，阿離和阿花不知該說什麼。

阿威伸個懶腰，「係呢，其實你哋鐘唔鐘意划艇？」

「喺河上用力划，見到隻艇行好爽。」阿離說。

阿花輕聲說：「係好辛苦，但大家一齊嘅感覺好好。」

大家看著我，我沒作聲。

阿威呼一口氣，又問：「大家係唔係真係想贏？」

「想邊種贏先？」阿離說。

阿威笑了，「一陣照原定計劃？」

阿離和阿花點頭，我瞄他們一眼，就低頭看在河上飄盪的白雲。

* * *

昨晚他們又到火炭大排檔吃飯，阿威要求我一定要出席。他們同樣點了蠔仔粥、兩隻乳鴿、薑葱炒蟹，菜來了，阿威給阿離和阿花夾乳鴿，阿離給阿威添蟹鉗，然後默默地吃，我則自顧自吃粥。

他們沒喊口號，顯得大排檔的人聲很吵，我反而感到很自在。吃了一會，阿威開腔：

「其實如果無怪事發生，無論如何我哋都會輸。」

「最重要係我哋一齊，唔係贏。」阿離說。

「我哋……係一家人。」阿花說。

大家都看著我。

我繼續吃飯，但大家一直盯著我，足足看了幾分鐘，我忍不住笑了。

他們三人就像喜劇演員，實在太好笑了。「有得揀咩？贏咗又點？而且邊度有『我哋』？」

「咁你想要『我哋』定想贏？」阿離霍地站起來，阿威和阿花把他按下。

「你，」我指著阿威，「只係想表現自己，張CV同成績表都好重要，係咪？」又指著阿離和阿花，「你哋就掛住拍拖，依家仲係熱戀期，每日傾廿四個鐘都唔夠，係咪？」

旁邊的食客靜下來，轉頭來看。阿威阿離和阿花呆在當場，無言以對，我快樂極了。

「有一隻會郁嘅艇咪好囉，咁大家咪真正團結囉。」

阿離被我的笑聲惹怒，緊握顫抖的拳頭，阿花攔住他。阿威吩咐阿離冷靜，盯著我，目光如炬，像要用眼神挖出我的罪。「就當你講得啱。但就算我真係想表現自己，阿離阿花想拍拖又點？難道有一隻控制我哋嘅艇，就有所謂嘅『團結』？有『我哋』就唔可以有每個人嘅自己？」他瞄瞄阿離和阿花，又說，「聽日，我哋會用自己嘅方法去贏，你決定跟唔跟我哋。」

阿威放下錢就走，阿離和阿花也跟著離開，大排檔又回復熱鬧。桌上還剩下很多餸菜，我給自己多添一碗蠔仔粥。

＊＊＊

對於阿威的計劃，我沒所謂。我什麼都沒所謂。

但大家不理解我。比賽快開始了，剛才上艇時，阿離對我啐道：「一個無自己嘅人，同死人有乜分別？」

「比死人更差，助紂為虐。」阿花抬頭說，眼神少有的堅定。阿威向他們示意，他們才沒說下去。

我不明白他們說的「自己」指什麼。我不過比他們清醒，看清事情背後的一切，但竟令他們感到威脅，把我說成比死人更差的叛徒。其實，他們做什麼，我都會照做，如果他們決定集體自殺，我也會跟隨。那艘艇、他們的計劃、陳蛇、所有的命令和要求，對我來說是一樣的。只有保持清醒，我才能在眾多慾望裡，如燈塔般穩穩站著。

但看清一切又如何？

阿威上艇後，警戒地瞪我一眼，我聳聳肩，等待比賽開始。哨聲一響，河裡幾條艇蓄勢待發，我們握著船槳，艇就像按亮開關鍵，一枝箭向前滑動。不出所料，我們的艇一馬當先，其他艇隊看見了，連忙為自己打氣，五四三二一地爆響。台上觀眾歡呼吶喊，陳蛇的聲音也消融其中，我忽然感到四周很安靜，所有聲音像殘骸般沉沒水底，連水花都沒有。

兩分鐘左右，我們的艇就走了一千米，艇拖著很長很長的水流尾巴，其他艇隊仍在後方，像散落河面的落葉。這時阿威轉頭打眼色，阿離和阿花點點頭。然後阿威跟看台上的陳蛇揮揮手，就跳進水裡，阿離和阿花跟著，我也尾隨其後。

觀眾很驚訝，哇一聲起鬨，陳蛇衝到岸邊大喊「搞乜」，但阿威、阿離和阿花很開心。阿威說：「我哋用自己嘅方法都可以贏，係唔係？」

「無咗隻艇，我哋仍然係蟹鵰蠔隊。」阿離一邊游一邊說。

「就算輸，我哋都贏！」阿花說時吞了一口河水。

大家跳艇後，艇就停下來，橫在河中。阿威、阿離和阿花並排而游，我在後面跟著。他們游不快，我可輕易超越他們，但沒這個打算。我終於可細看河岸的風景，大涌橋路在堵車，緩跑徑只有幾個人，看上去不再像一條路；我轉身看那條廢棄的、香蕉皮一般的艇，一股強烈的絕望不斷膨脹，我感到身體愈來愈重，只想一直沉下去，沉下去……

只有終極的死統治一切，所有疑惑才會消失。

但，城門河實在太臭，無法呼吸的感覺也太難受。讓死為我做決定，也得首先決定去死。死與不死，有分別嗎？沒有。這樣想，心情就回復平靜。我浮上水面，趁阿威他們向終點邁進，折返游上岸去。

散文

青山下的白

麥樹堅

青山是屯門的舊稱，現在專指杯渡山。好些屯門尤其是青山附近的地方，以「青」字開首命名（青衣也有此情況），按常理推敲不難命中青雲（路）、青福（里）、青賢（街）、青湖（坊）和青海（圍）等等。居於屯門，青山總掛在眼皮，它的山形、山色我已見慣，因而帶「青」的街道予人蘢蔥綠意，乃無懼四時遞嬗依然植被處處的強韌生命力。

然而在青麟路躑躅，綠意摻雜著一點白，如斑，似紋，或隱或見。除了屋苑和鄉村，青麟路兩旁還有安老院、道觀、長期護理院、醫院、護士學校、醫生宿舍和骨灰龕場，這些設施和機構依稀將人所忌諱的老、病和死串連，具體化。

外公的骨灰安放於青麟路分支上最大的骨灰龕場。龕場的前後，或為左右，是兩所醫院，中間還夾著一所長期護理院。護理院的外牆是淺灰抑或茶白，圍欄是紺青抑或黛藍，年月既久途人已無法分清。圍欄裡一排森嚴的九重葛遮擋視線，途人難以窺探虛實。記得護理院落成之初，樹木幼小，午後我步行往建生邨，隔著青麟路望到院裡二、三樓的房間悉數敞開窗戶，天花板的吊扇旋轉砍劈殘影，明暗頓生節奏。

清明節前夕，大伙兒前往骨灰龕場拜祭外公。其中一年，我奉命將衣包、紙紮品捧到化寶爐化掉。爐內別具意義的火焰令人難受：高溫令雙眼乾澀，淚水湧溢，眼瞼再頑強也只能半張。祭品在模糊視野內燃起，我執著沉重的鐵杆，將它們推進熊熊的中心。長輩提示，要確保衣包等物燒個淨盡，否則傳送到另一個世界便可能殘缺、不夠數。為求大家心安理得，我便忍耐一下：眉毛快要著火，頭頂似有烙鐵，通體一層閃亮、帶焦味的汗。完成任務後，腦裡一個頑固的念頭：來一罐甜膩的冷飲。

甜膩的冷飲在護理院外的路邊攤。小販洞悉孝子賢孫的需要，自信滿滿，無需叫賣，調撥精力抵抗酷熱天氣。她的法寶是海鮮檔用來盛魚的巨型白色塑料箱，上面用箱頭筆標明「每罐十元」，是願者上鉤。護理院的院友也被吸引過去——作為屏障的九重葛被修剪得低矮疏落，他在圍欄的空隙伸出手臂完成買賣。此時別談什麼理性消費，乾燥欲裂的口腔和喉頭亟欲被冷飲征服，麻痺是立即見效的存在感。我買罐汽水，第一口入喉的冰涼是抓住頸皮的大手，將我從沸湯裡撈起、摔落人間。

打個散發甜香的嗝，你已佇立在旁。

你是廿多年前從建生邨往回走的我。你剛剛升中，卻未辦妥輕鐵學生季票，只好認命。你失去小學時期所有朋友而倍感寂寞，於是把打乒乓球認識的少年當朋友，並聽信他們的意見，到落成不久的建生邨踩場。事實上你只和他們玩過一次，之後你獨自去建生邨虛耗光陰。註定一無所得的行程，你望著青松觀和屯門醫院往回走。鐘鼓、木魚之聲在道觀上空形成透明大球，與大興邨興平樓、興耀樓的方角相映而不趣。你想起道觀裡的水池，曾向父親討一角錢「掟龜」[1]祈福只為了買新玩具。醫院洗衣房的煙囪冒出濃濃白煙，你以為那是炊煙，以為廚房裡有酥炸雞排、番茄洋葱炒蛋、燜牛筋腩。你以有限知識理解經過的疾病和死亡，自以為正確，其實連皮毛都揩不到。

你用眼神示意留心那位喝汽水的院友，我猜想護理院出於健康考慮，不設汽水自動販賣機。不容置喙的安排——你改而笑笑：那麼一年裡只有十數個日子可以伸手出外買冷飲囉。

輕佻反映你未懂自在和健康的可貴，十歲出頭，最大經歷不過是摔破頭入急症室縫針——連麻醉針都不必打，醫生縫幾針就解決了。即使發燒至四十度也不會手腳乏力，睡一覺又繼續到處闖。你外公、外婆行走自如，清早捉你去藍地的嘉爵酒樓或麒麟園的和生飯店飲早茶，無懼豬油的飽和脂肪酸和膽固醇，燒賣、炸雲吞、鴨腳札、金錢肚、排骨飯……全部照吃如儀。你以為他們有嘮叨幾十年的能耐，而一年有兩個學期實在綿長得很。

於你而言，建生邨是少年的無奈——中空沒有重量的無奈。不知生誰的氣，你連根帶泥踢起醫院外圍、行人路旁的含羞草，罔顧它受傷的下場。你看不到，看不到小販擺檔的

1 編註：「掟」意即「擲」，此處指朝龜殼投擲東西。

日子以外，骨灰龕場是座小小空城，空得清潔工掃地的聲音清晰通天。那天我心灰意冷又不敢對活人申訴，便長途跋涉——在某些屯門人的情感裡，屯門公路是漫長如隔世的——逃到外公靈前靜思、低泣，一言不發，但好像把所有都描述一遍。在暗香繚繞的龕堂裡，光是多餘的，人像暫時隱身，可以哭得毫無儀態，肯定沒有誰來打擾。在倒數的勢頭裡凝止片刻，被白所切割開來的特殊空間。那些用壽字石板封住的龕位終有一天會存放一個年代、一個家族的過去，過去許多的悲喜對錯都有了容器，擺放在遠離日常之處。

相對於你，我老了，出席過葬禮，也進過手術室。罵你別以為失去一班朋友的愁苦稱得上是愁苦，至少，他們不過在別的學校讀書、交朋結友。被痛斥後你想反擊，遂提出一個設想：以骨灰龕場為核心畫個半徑五百公尺的圓，圈住了好些人生命的最後和最後：第一個最後是餘生，第二個最後是遺留。這等如說青山山麓一隅是醫療、安老和殯葬的專屬，建築物之間相距數分鐘腳程，是具體的緊密，也恍然是過程的銜接。是病，是老，或因病而老，因老而病，或都不是，觸目是許多白的意象，藥丸、床單、燒香、制服、粥飯、斑馬線、菊花、蠟燭、救護車、棉花紗布等等，滿目心驚膽顫。

仰頭把汽水喝盡，下一秒你就消失無蹤。我省掉搧你耳光的力氣：你想像出來的結界也框住外公、外婆的住處，還有你剛剛讀完的小學。你做人粗心大意，所以升中試失手要讀另一間中學。你將來才見識破地獄的火盆、火葬場的小窗口、化寶爐的滾燙，這些烈焰展開、通往一個未知的世界，從狹窄走向一片茫茫。人生不好理解的變幻，變幻得更加不好理解，而白色的冷峻能降溫，養心安神，以便思考世事的繁瑣零碎。

轉身返回龕堂，扭開路邊的水龍頭掬水洗臉。長輩猶在細聲討論外婆的情況，關於療養院的飲食和紓緩治療。他們和她們的髮都枯乾、稀疏、灰白，體力不繼要憑欄或小坐，稍後依舊去和生飯店歇歇。年輕的同輩見到我就雀躍：「表哥你去一去這麼久。」聽者有意，這「去一去」像說去了很遠……遠在人間以外逡巡。班次疏落的輕鐵響號叮叮，想像成港島的電車也不錯，不太好的是有些病令人認真地跟過去的自己爭辯。

背後護理院的九重葛很粗生，不多久又成嫩綠的屏障，然後終年花開燦爛。要注意：淡紫、紫紅、桃紅、淺粉是它的花苞，毫不顯眼的聚生小花是黃綠色、黃色或白色的。這排九重葛面對的小路，名字頗有意思：青新徑。

詩

呼呼青山道青山公路

鄧阿藍

青山道呼呼青山公路
市聲中道路彷彿伸得很快
有的路人行著牛步
一架路政署的油漆車
卻在路面塗成快線
失意人在繁盛城
沾染了車線的白漆色
經濟衰落下的空鋪
刺激著眼球神經線

商店的幻彩燈映射街道
嚴重貧血的人面令人惶恐
好多街頭行人染白了
匍匐著地上的彩色光
表情發愣爬得遲鈍
好像患了風土精神病
車輛行駛急速
呼呼青山道青山公路

一架路政署的油漆車
並不塗出停車站
都市生活無休止的奔馳
拉緊了人腦的韁繩
向前衝向前衝向
未出現的總站

每一天機件一般的作息
馬路磨損的路標線
純白色變成灰灰黑黑
青山道呼呼青山公路

車聲中長路伸展更快
似加速的行人電梯
仿若要將行得太慢的人群
急急運到青山醫院[1]
呼呼青山道青山公路
路政署車的油漆器失控了
只能塗上長長長的快線
青山道呼呼青山公路
呼呼青山道青山公路

1 編註：香港著名精神科醫院。

小說

癲雞[1]

可洛

清早上班時間。暮春的冷雨繞著剛熄滅的街燈飄飛，落在招牌、交通燈、行道樹、綠van[2]車頂上，織成一張水紋的網。綠van駛過車公廟路最後一段河景，溱岸八號和名城等豪宅群躍然眼前。阿馨一身黑衣，像是一個幽靈。身體隨著車身顛簸而顫動，馬尾辮在跳，不停地拭拂著司機椅背的靠枕，這個靠枕是用兩支塑膠加一塊洗碗用的海綿，自製而成的。掛在車窗前的平安符左搖右擺，儀表板上一個底部裝有彈簧的母雞玩偶正忙不迭地點頭，啄食著虛空。

阿馨和她的綠van駛到大圍站外的迴旋處，因為路面積水，加上車速太快，車身幾乎翻側。乘客慌亂中握緊扶手，一個五六十歲的男人大罵起來：X！你識唔識揸車架，想

1 編註：香港俗語，指潑辣不受控的年輕女子。
2 編註：香港專線小巴。

搞出人命呀？阿馨沒理會，車速限制器的數字由77逐步跳升至81……發出咇——咇——嗚響。

乘客要在茶餐廳下車，她轉彎靠站也不收油，煞車聲嚇得店裡的嬰兒也哭起來，那男人下車時繼續辱罵：仆街，咁樣揸車法，我port硬你[3]！等到乘客全部下車，阿馨便把綠van開上斜坡，這時綠van像一頭老牛，有氣無力地往上爬。你阿媽我細細個黎旅行，沙田四圍都係田。阿馨說過這樣的話，但她女兒不感興趣。又或者不是這樣，如果沒有興趣，女兒後來又怎會跑到田裡去呢？都係我呢個阿媽唔好，阿穎似足我，脾氣差，總係唔聽我支笛[4]。綠van泊站，阿馨上了一趟廁所，期間不能自已地想著這些事。

喂，今朝踩左幾多轉呀[5]？駕駛同一號小巴的炳哥問。阿馨答五轉。駛唔駛咁搏呀，以前就話分帳啫，而家個個月出糧，揸咁X快做乜？他他條[6]咪得囉。炳哥一邊檢查車輪一邊說。有工開好過無工開。阿馨說。又有客投訴呀，開咁快，趕住去投胎呀？炳哥說。我鬧住[7]！班乘客係咁架啦，快又嘈，慢又嘈，咁鍾意投訴咪投飽佢囉。阿馨重新戴上手套，又準備開車了。總之小心啲啦。炳哥在倒後鏡裡揮揮手。

綠van在總站已經坐滿乘客，阿馨不顧之後的車站，下山轉左抄捷徑開到車公廟路去。這段路很短，不過兩三分鐘，但最靜，車和人也少。一邊是三十年的老屋邨，另一邊是公共游泳池，每逢夏天都可以聽見嬉水的聲音，水的反光投在行道樹的葉子上，晃亮如鏡。女兒阿穎小時候學游水的片段突然浮現，像汽車非法切線般衝進她的大腦，她連忙踏下油門，用高速把它甩在後頭。

午飯前她又揸了六轉，到廁所洗一把臉，重新束好馬尾辮，然後到總站下面的茶餐廳。魚片頭河，凍檸檬茶，日日如儀。茶餐廳也如舊，輪替的快餐款式她早已倒背如流，老闆娘依舊喜歡在收銀櫃台塗指甲油，廚房播放著八十年代的廣東歌，陳百強、譚詠麟、梅艷芳……食客都是熟悉的臉孔：地盤工人、小巴司機、老人、中學生……電視新聞節目也是新意欠奉：青年包圍立法會、警察清場、政府譴責。鄰桌兩個男人放下手提電話，抬頭看電視，其中一個開口說：啱啦，拉晒佢地就好[8]。另一個人說：搞亂社會既就係呢啲人，好似之前覆審咁拉晒佢地去坐監就啱。第一個開口說話的人和應：以為自己好啱好威，阻住香港發展，讀書讀壞腦。另一個人說：呢啲咪就係有爺生無乸教[9]。阿馨沉不住氣，開口罵人：你地又覺得自己好啱好威呀？人地有爺生無乸教你都知？仆你個

3 編註：意即「這樣開車，我一定會投訴你」。
4 編註：意即「不聽我的話」。
5 編註：意即「開了幾趟車」。
6 編註：意即「優哉悠哉」。
7 編註：摒絕不吉利的話。
8 編註：意即「對啦，把他們全都抓起來就對了」。
9 編註：指責人家教不好。

街。男人不甘示弱：我地講嘢又關你咩事呀？茶餐廳「熱鬧」起來，食客紛紛低頭吃飯，不敢作聲。老闆娘放下指甲油鬆來打圓場，兩個男人把錢放下便走了，阿馨張開雙腿坐下來，把餘下的小半碗魚片頭河掃進嘴裡。

在車公廟對面的車站，一對母女上車，八達通機[10]一先一後地響，聽起來就像對罵的聲音。阿馨在倒後鏡裡看見二人掛著怒容。果然綠van還未駛到乙明邨，母親便開始指責女兒，說她不應該跟男生單獨上街：才十六歲，許多事也不懂，知人口臉不知心，女人會吃虧，她還大數那男生的不是……女兒一開始沒答話，但過了沙角邨便按捺不住，說了幾句話，阿馨聽不清楚她說什麼，小巴的車速限制器彷彿也加入罵戰，發出刺耳的吡吡。母親聽了女兒的話，變得更激動了，她嘗試發出更大的嗓音，企圖要蓋過車速限制器的響聲，但她說的只是重複的話，似乎只要說足一百次，女兒便會相信和順從的。小巴上的人都不作聲，而女兒的反駁聲也逐漸變大，但阿馨始終聽不清楚，就像她從沒仔細去聽阿穎的話。母親、女兒和車速限制器的聲音在狹小的車廂裡爭奪著各人的耳朵。阿馨真想破口大罵，但在母女下車的時候，她竟在倒後鏡裡看見自己和阿穎的身影，車速限制器靜默了，她卻感到耳鳴。

又去？你去做乜野？果班人關你咩事呀？唔准去！阿馨坐在家中的木梳化上，用平日跟乘客對罵的聲量說。其實她並非故意大聲，只是一來她習慣了，二來她的耳朵不好，有時連自己說的話也聽不清楚。阿穎把風衣和水瓶放進背包，只拋下一句：我今晚唔翻黎食飯。你咁鍾意去耕田，不如幫你阿媽我摵菜葉啦。阿馨說。我唔係去耕田，我係去幫新界東北的村民，政府同發展商搶走佢地既農田同屋企，逼佢地搬走，你唔覺得香港地發生呢啲咁唔公義既事好離譜咩？阿穎一口氣地說完，然後又像洩氣般垂下兩肩，同樣的話說過不知幾次了，但每次都只會換來母親的責罵。我都唔明，讀完大學搵份工，賺錢買樓生仔，就係咁簡單，你去搞咁多野做咩？阿馨也抑制著脾氣，但她明白這些話並沒有作用。你仲唔明？正正因為讀大學，我先至明白要去追求公義，要履行公民的責任。阿馨實在不明白，正如她說過沙田從前是一大片農田，現在發展起來，有鐵路、大廈、商場和屋邨不是很好嗎？她還想說什麼，但又想到都是說過的話了。阿穎出門了，觀音在角落默默不語，太陽下山，客廳一片昏暗，只有神位的紅光。

車速顯示屏的紅色數字又再跳動，如果老公仲係度……如果阿穎係聽我講……如果阿穎唔係識到果班人……在車速限制器的脈搏聲下，乘客敢怒不敢言，阿馨則一邊駕車，一邊喃喃自語。她記得丈夫在生的時候，阿穎還未上大學，她和女兒的感情要比現在好得多。做地盤雜工的丈夫四年前因肺塵病去世，母女相依為命，即使工作多忙，她都會回家做晚飯。她寧願揸早更，天濛光出門，由早上六點駕駛小巴到傍晚六點，下班後買菜回家做飯。可是升上大學後，阿穎回家吃飯的日子愈來愈少，上莊[11]、做paper、參與社會運

10 編註：類似悠遊卡感應器。

動佔了她幾乎所有的時間。直至有一天，阿穎在電話裡說今晚我不回來睡，阿馨知道她要去遊行，然後包圍立法會，阿馨生氣了，明知不會奏效，但還是搬出同樣的話，她以為阿穎會用熟悉的話來反駁自己，但那天阿穎好像不想多說話，只是說：你收工就抖下[12]啦，唔駛擔心我。便掛線了。

母雞玩偶不住地點頭，前面便是車公廟了。為了女兒，阿馨去過廟裡求籤，轉風車。用紅、綠色箔紙做的風車轉得很快，幻化成一個閃動的銀盤，好像猛烈的陽光照在車身上，令人晃神。阿馨想要把霉運都轉走，願望女兒平安，她為自己和女兒求了一道平安符，自己的一道掛在綠van的車窗前，阿穎的則偷偷地放進了她的背包。可是風車轉來轉去，並沒有改變任何事情，就像阿馨和阿穎每次吵架說的相同的話，又像綠van固定的路線，沿著車公廟路去馬鞍山，又沿車公廟路回顯徑，一圈一圈，周而復始。

阿穎在電視新聞出現，阿馨才知道她因包圍立法會被判社會服務令，完成社會服務令後，卻又因為律政師上訴，被改判入獄八個月。那只風車還用衣夾扣在露台的窗前，蒙塵了。

現在，一旦空閒，她便會感到徬徨和心痛，只有在高速之中，才能暫時忘記這些事情。癲雞返黎囉！小巴總站的司機們都在起哄，廿四分鐘，破晒紀綠啦！阿楊用指頭敲敲手錶的錶面說。嗌你癲雞真係無改錯名，投訴當透明，當正一級方程式咁揸法，佩服。炳哥說。佩服你就同我收嗲啦，口水多過浪花[13]。阿馨說。嘩，家下唔止係馨姐，變左

dodo姐[14]囉。司機們笑得更高興了。

今晚有無人要翻屋企陪老婆？我替埋你果更[15]。阿馨從車窗探出頭來，掃視他們每個人的臉。你呀，返歸飲湯啦。阿楊啦，老婆call你呀。我都無老婆……男人們你推我讓，最後阿馨替了阿楊的更。

買了支裝水和麵包，阿馨回到司機位上，等乘客都上了車，引擎聲再次響起，阿馨的馬尾辮跳起來了，車速顯示器亮出不斷上升的數字：62、64、68……母雞玩偶發狂地點頭，一下一下在阿馨內心尋覓可供啄食的餘剩。

---

11 編註：擔任大學學會幹事。

12 編註：意即「休息一下」。

13 編註：香港電台節目，由著名藝人鄭裕玲主持。

14 編註：藝人鄭裕玲暱稱。

15 編註：意即「我頂替你開那班」。

詩

林錦公路白千層

洪曉嫻

吐露港的烈日
在大海以外迷惑疲憊的車窗
路段筆直搖晃不言說的頭顱
車子轉向西北迴旋處我們都是
來自異地的移民

巴士在白千層海綿般的剝離中行走
南半球的夏天在我們背面
但白穗花在日照漸長裡盛開
並且散漫在過路人的呼吸之中

我也帶著外鄉的塵土
作為後來者穿過許願與相思
細葉和雨聲
曾經在什麼時候也走過相似的公路
就像一段見證過的隱喻
如今又再重新走過一遍
彷彿無從到達的迴圈

暗夜裡唯有樹皮蒼老發著白光
書寫一幅植物遷徙的地圖
離鄉者喃喃
厚繭的腳掌辨識土地的起伏
孕育油潤的枝葉
被哽在喉嚨裡的話
升散在輕巧的分子裡

陽光蒸餾成液態幽微的記憶
連同瓦片縫裡流轉過的光
流經繁盛與荒蕪
滴落在琉璃河裡

散文

元朗大馬路——文化終點站

陳德錦

微風緩緩吹拂，陽光輕輕瀉在元朗舊墟的一磚一瓦上。在這歷史的古巷，一回首已是百年。（引自一位元朗考察活動者的筆記）

「元朗大馬路」，官方名稱應為「青山公路——元朗段」。你若問路的話，元朗人必定回答「大馬路」，而不說那嚕嗦的官方名稱。「大馬路」是元朗的地標，是青山公路最早建成的路段（一九一四年）。它像一把刀子，把元朗市中心從西面至東面切割成上下兩半，任何建築物都不能取代它的地位。

在元朗連續居住了快將二十年。在此之前，也有幾次元朗之行，到南生圍遠足，到一所學校觀禮之類。那時沒有隧道、鐵路和高速公路，要到元朗，需由九龍出發，經荃灣、深井、屯門、洪水橋等地，單是來回車程就要花三、四小時。車子走的正是青山公路，起點在深水埗，與大埔道交接，但九龍的一段叫「青山道」，英文名稱卻仍叫 Castle Peak

Road。這條可稱為全香港最長的公路，在新界西部繞了一圈，繞到元朗還未終結，還要向上水進發。

街道存在的意義在乎交通和建築物，否則便不成其為街道。「元朗大馬路」受盛名之累，由上世紀七十年代開始，西式大廈愈蓋愈高，早年帶騎樓的房屋拆卸無餘。「紅寶石金行」舊址的鋪位，碩果僅存兩三枝柱腳，孤伶伶的，不但無助遮蔭，還成為路人的障礙。八十年代以後，「大馬路」成為最接近輕便鐵路始發站（元朗）的新界道路。當路壆移除，鐵軌佔據了路面的中線後，「大馬路」就變成「窄路」，幾乎不能作兩線行車。但這也不能怪責當年的工程師，他們並非摩西，揮一揮手杖就能把路面變闊，像紅海的海床。大馬路兩邊的鋪位常有不規則的界線，玄關向街心拓展，為了拉直馬路，行人路近店鋪的一邊就委屈成參差的鋸齒狀，最狹窄的行人路段僅可容單人來往！

很多媒體都在宣傳元朗——這近年來發展得最快的新市鎮，宣傳它的食物，它的樓房，它邊緣的自然景觀。元朗大馬路其實沒有地標，卻以不斷流轉的歷史感為其色彩。它俗艷，它繁囂，它固執，它放任，它吸納，它排斥。人人想擺脱它，最後又被它牽引而去。

每年農曆三月廿三日天后誕會景巡遊，萬人空巷，「元朗大馬路」是必經之途。這已是三十年前的情況，現在會景巡遊已改到合益路一帶，只有舞龍、舞獅、花炮等節目，規模縮小，不像從前那麼多樣化，也不像從前熱鬧可觀。「元朗大馬路」像人一樣有脾氣，把舊衣服扔掉，又換過新裝。它排斥但又吸納。從前墟期來臨時買賣農作物的盛況已無可回溯，但今天仍有不少老年人沿街擺賣農產品。那些檸檬、西紅柿看來不似元朗所出，而像木瓜、蛇舌草、菠蘿蜜之類的土產，數量也大不如前。早於半世紀前，元朗大馬路一帶已經是新界地價最昂貴的區域，近來鋪位租售價格高漲，低增值的小商鋪已不能維持經營。有實力的商戶，不斷轉移店面，務求減省營運開支而不失人流暢旺的優勢。

每當我走過這一公里左右的大街，走到稍為寧靜的角落，閉目遊想，腦海便泛起米埔、屏山、南生圍以至僅憑圖片略知一二的「雞地」、「泰園漁村」、「元朗娛樂場」等已成歷史的地景，勾起了一點身在「魚米之鄉」的感覺。一幀上世紀五十年代的彩照，站在田地上的村孩和農婦，手握一把金黃的稻束，背後升起一縷炊煙、一所村舍，你細眼看去、閉目體會，似是內地農民而卻又不是，這種似曾相識的感覺，模模糊糊的，也許就是香港人的集體記憶。當我張眼一看，稻田消失、農地蕩然，是那些密集的食店、是那些僭越行人路的菜檔果攤，還是那些僅餘的一兩塊綠化地使我有這種感覺，我說不清楚。

每次瀏覽「元朗大馬路」昔日的照片、拿著舊地圖對照時，也不是「若有所失」，而應是變臉易容式的置換。幾乎所有戲院——同樂、樂宮、光華、芝加哥——都不見了。「元朗邨」變成一棟一棟華廈。谷亭街附近的「新墟」比「舊墟」跑在前面，連屋帶街提早清拆了。再看不見冰室、飼料店、木材店，甚至酒樓、國貨公司也彷彿銷聲匿跡，取而代之的是藥房、銀行、電器店、珠寶店、體育用品公司。「元朗大馬路」，市鎮的命脈，固執於它無可取代的經濟價值，放任商業活動在它身上散布「天下熙熙，皆為利來」的訊息。

但最使人傷感的，不是舊式商鋪已隨時代消逝，而是在這寸金尺土的大路上，不斷掙扎求存的小書店再也無法立足。我曾在大馬路一間地鋪書店[1]買到佛洛斯特（Robert Frost）論文集和克里斯蒂（Agatha Christie）的小說；甚至攀登幾十步樓級在位於三樓的書店買到阿爾博姆（Mitchell Albom）的譯本和董橋的散文。我曾在另一個閣樓書室附設的餐間與學生一起吃午飯、暢論文學幾句鐘。走上這些書店，內心其實並不好受。明知自己不能多買一兩本，充當進店片刻又開溜的客人，對書店的經營者來說只是一種煩擾吧。

由魚米之鄉變成現代商場，元朗的變化顯得急劇而沒有軌轍。不少人在這裡安居樂業，生活日漸富裕。但「衣食足」之餘便是坐電梯、享受空調和喝一杯 Cappuccino、在黑橡木書架上取下一套精裝莎劇？

「衣食足」不是文化興旺的前提，書店的撤離大可為證。年輕時讀書確實有一種「療飢」的力量，也許說不上精研細味，但至少能打發一點時間，而這些時間可能總想到衣食問題。到今天看書已淪為囫圇吞棗或午後檸檬茶的情態，若非胃納滯脹何以至此？文化和書本，都變成身外物，都不在書架上；而書架，也無法在僅可容膝的居住單位站起來。一間比閣樓式書屋寬大十倍的書店進駐「大馬路」，能改變這趨勢嗎？能把美和知識送到被俗艷與繁囂包圍的心胸裡？

百年之後，也許元朗舊墟還保存下來，又一批年輕人走進來考察它的歷史。但那時，所有大大小小的書店也許都遷離「大馬路」，成為不斷更替的文化終點站。

1 編註：相當台灣位於一樓的書店。

擠眉弄眼和勾肩搭背

淮遠

四年前我們跟南鄉的新業主發生邊界糾紛，我到小城的地政分署查找可以顯示吾園邊陲舊建築物位置的殖民地時期的「飛機圖」時，曾經對在那兒當了幾十年會計員的小學同學魚頭視而不見，並非因為那時我擔任校友會公關而每年聚餐他屢請不到，而是要報復某天中午他在茶樓門廳裡對我視若無睹。不曉得他退休後可還住在小城，只知道他早已遷離小學時住的谷亭街。下一趟見面而又交談的話，也許我會問起街口那家拖鞋店和那個女老闆的事情。

我在最近寫的一首詩中戲言它已結業的拖鞋店，果真關門大吉了。這是半個月前坐計程車進城品茗時（從村子前赴元朗市區對我們來說算得上進城吧），赫然發覺的。「連這老店也結束了。」我說。「開了幾十年。」看來跟我歲數相若的司機應道。不用估算，那位最近曾要求買拖鞋的我幫她在店堂深處撒些鼠藥的中年女老闆，起碼已是第二代經營者。當然我並不知道，她結束營業到底是由於我在詩中胡說的患夢遊症的拖鞋誤吃鼠藥，還是因為鼠患太嚴重，或者谷亭街的租金漲得太不像話，或者奶粉藥房、兑換店和流鶯愈來愈多，把想買拖鞋的顧客都搶走了。拖鞋店左鄰的時鐘旅館的左鄰，去年曾經有過一家烘雞蛋仔名店的分店，但只是曇花一現，也許雞蛋仔愛好者們都被流鶯們干擾或者改變食慾了。在小城同樣租金飛漲的年代，也許只有她們和託她們福的時鐘旅館，能夠屹立不搖。

從前當人們説谷亭街的時候，他們説的不單是谷亭街，同時也是這條街分支出去的四條小街和一個巷子。四條小街的盡頭，從前是小城的東端。二十多年前某個黃昏我因亂過馬路拒受喝查而被群警追捕，就是迂迴地奔跑到那裡去，再坐從天而降的計程車逃之夭夭。至於巷子，則起始於拖鞋店與時鐘旅館或其前身（不記得是什麼）之間，蜿蜒通往元朗大馬路的東部，地勢比低於大馬路的谷亭街更低。吾家開養雞場的日子，我常跟爸爸到巷子深處的鐵皮農具店去。雨季一到，每每涉水而行。七十年代農場因大陸雞湧港而倒閉後，我進巷是為了另一目的——看要命的牙醫。我的牙齒不好，注定一輩子擺脱不了那些握著恐怖金屬武器的虐待狂和他們的大躺椅。自從換了牙醫以後，三十多年來再沒有進過巷子了。

我接著看的牙醫姓譚，個子很高，診所設於大馬路一棟三層樓房（那時元朗大馬路的房子全都只有三層）的二樓。他收費挺貴，該是個名醫吧，可我記得的並非他的醫術，而是自脱牙行刑室衝出來吆喝著把一名等得不耐煩的候診者攆出去的那種氣勢。不過，從小學到初中，我在小城看得最多的名醫，還是後來也當了醫生的小學同學阿初的老頭子。他長得該比逐客牙醫還要高大，我也見過他有一回由診室衝出來，但不是驅趕哪位嘮叨的病人，而是持著針筒，往半昏在候診間沙發上的我這個孱弱少年的細瘦屁股上捅了一針。矇矓中從沙發仰望，覺得他比平日更高大得多。

阿初老頭子的底樓診所坐落於谷亭街與大馬路相交處，跟大馬路斜對面林子祥的老頭子開的那家診所分庭抗禮。後者我一次都沒看過，前者則可說是我的再生父母。我一根贅生的拇指，就是在他的診室裡，給他用小手術刀割掉的。可惜我上到高中之後，他就退休了。此後谷亭街再沒有名牌西醫，只有橫街上僅能說薄有名氣的跌打醫師。我最近常常光顧的，就是第四條橫街將盡處的一家算得上窗明几淨的跌打館。跟拖鞋店和第二個街段那家去年曾賣給我一包不能發芽的南瓜種子的「菜種行」一樣，它也是經營到第二代的。但無論到訪拖鞋店、兌換窗、菜種行抑或跌打館，在谷亭街上我總是走得比平常更急更快，生怕瞄見某大學同學曾經結伴光顧的流鶯們擠眉弄眼，甚至把我截住，甚至碰我一下。可幸我需要跌打醫師幫忙的，多半是臂膀或指頭，而不是任何一條腿。在此說明一下，我並非假道學，事實上有時還十分色情狂，但眼下的谷亭街實在是整個小城中最難遇見你會多瞄兩眼的良家婦女的地方呢。

對於谷亭街的變遷，魚頭的憤怒或無奈該比我大。小六那年，放學後，很多時我和包括魚頭的死黨肥油在內的三數位同學，總會從學校所在的那個叫凹頭的山村步行回元朗，一起造訪魚頭位於谷亭街一條橫街一棟金字頂兩層木樓二樓[1]的住處（那時整條街的房子全都只有兩層），為的是聽一個或半個下午的披頭四——一台最簡單的方形小唱盤、一根人手操作的小唱臂、三數張小黑膠。那時相當妒忌魚頭，不僅他是眾人當中唯一一個擁有電唱機的（連醫生兒子也沒有），更由於他跟長相標緻、舉止放蕩的小姊姊終日勾肩搭背，有時還在床上狂蹦亂跳。那時我懷疑、甚至相信他倆在搞姊弟戀，只是無從證實。

曾經聽吾姊說，她老爺子曾經擁有半條谷亭街的房產。不曉得魚頭播披頭四的地方是不是他的物業，也不曉得魚頭是在他把半條街賣掉之前抑或之後搬離谷亭街一帶的。只知道吾姊那位土生土長的老爺子早已無法看到自己放棄的那條街的沒落，只知道頭髮早已全白的魚頭仍可偶然瞥見他自己和小姊姊互摟著嘻笑著走過樓下那些米鋪和雜貨鋪，年輕得絲毫不在意、甚至絲毫感覺不到街道的低陷，或者自己的放蕩。

1 編註：相當於台灣的三樓。

小說

時光凝滯

王証恒

清晨，天空幽藍，幾顆早星如熾火不滅。蹄聲愈來愈響，街上垃圾堆積，黃牛垂頭覓食。潮水慢慢退去。海風吹來，有點冷。牠們匐伏沙灘，擺尾驅蠅，彷彿在細味海風。

我們起行，沿徑入村，偶有狗吠，路的兩側盡是荒廢的田野，布滿野草、灌木。老人帶著鐵鏟、膠盤蹣跚前行。泥土的氣味四溢，夾雜海的氣息，蛞蝓、蝸牛留下曲折的路徑，反映路燈的光。蛙聲響起，在水溝中迴蕩。野草刮得雙腿微癢，滿布紅痕。微涼，走得久了，汗仍是滲滴出來。束起長髮，頓覺風颼颼的送來。

你認得方向？我問。

認得。他說。

路邊忽有龐然大物，水牛抬頭，看著我們。牠們的身軀壯實、灰黑、滿是泥巴。我們路過，牠們將頭沒入草堆，嚼草的聲音響亮。數輛單車迎面駛來，我們停在路旁，讓他們先過。走近村口，農田漸多，以種菜為主，也有花田。

抄小路，入林，步上小丘，梯級平緩，樹木蔥鬱。昨晚下過雨，溝中水流湍急、外溢，半淹泥路，間中需踏石前行。水聲愈來愈響，迎來沁涼的風，稍稍嗅到河水的氣味。前方就是瀑布。

一棵大樹橫擱溪上，阻截水流。那是清晨，樹下陽光疏落，天空微明。

如果遠方有一棵樹倒下，無人知悉，那麼這棵樹是否存在？我問。

存在。他說

但這棵樹有什麼意義。

他想了想，說沒有。

那年我們到了梅窩，瀑布的水流很猛，岩石為水淹蓋。水潭清澈見底，有數尾魚。

那天過後，我們便默契似的沒再提起那個暑假，就像沒事發生一樣。

那是我當教師的第三年，輝初入行，坐在我旁邊。我們第一次抽菸，才知道抽菸可以提神。

我們在學校度過赫赫炎炎的七、八月。聞說下一個學年教育局會來做學檢，為符合要求，我們需每天回校整理文件，補回缺漏。我們打電話給同事，詢問他們會議內容，再由我們補上。他們總是愛理不理，只說一句正在旅行，便匆匆掛線。我們有時要虛構不存在的會議、課堂教案。輝問，這是否違反專業操守。

你以前寫計劃書，構想一些假大空的活動，又是否合乎道德？

輝在當教師前，在大學當行政人員，他說那是人生中最無聊的工作，比當教師還要無聊。

起初，文件散亂不堪，我們無從入手。後來我們臚列缺漏，訂出細目、分工表格，完成後在格子畫上剔號，由對方校對，再將格子填滿；我們的工作終有一點起色。

百葉簾半開，陽光斜照，微塵蕩漾，宛若飛蟲停滯半空。除了英文組的同事外，就只有我和輝在學校。十年前，中文科和英文科為爭奪資源而起爭執，從此少有往來；我們的教員室，也置於不同樓層。

八月溽濕、燠熱，我們將冷氣調較到最大。學校近山，窗外的樹葉如金屬片般閃閃發亮。正午的時候，空中偶有老鷹徘徊盤旋。

我們沒什麼娛樂，只是在偽造會議紀錄時，會作一些有趣的改動，例如特意將在會議記錄中的工作進度寫得比實際多一點，讓視學官輕易找出漏洞，追究問責。我們偶爾也會打賭新老師的性別、年齡。學校每年都會流失數人，請來新的老師。我們也想離開，不斷寄出求職信，只不過都石沉大海。

那年的暑假特別漫長，時光凝滯，教員室寂靜得可以聽到秒針跳動的聲音。我跟輝說，我們就像置身巨大的器官中，聽著脈搏。我們刻意播些音樂，蓋過刻板的鐘聲。如果工作太累，就到後山散步。

聞說學校的後山曾為果園，隨著主人老去，果園便被棄。我們對這說法存疑，那裡就只有數棵貧瘠的荔枝樹，果實幾乎沒有果肉、極其酸澀；到九月時，果皮仍然青綠，宛如初生。我們沿著小徑走，樹影斑駁，偶有蜻蜓停駐半空，走近，又飛離，追捕果蠅去。繞過荒廢的鐵皮屋，就是水溝，山腳的寮屋都將廢水排到這裡，水呈奶白，苔絲布滿石塊，溝中有數條魚逆水而游，停滯不前。

他跨過溝，抓緊樹幹，伸手進樹洞，拿出一小包東西。

這是什麼？我問。

他解開包裝，是一包菸，還有火機。

是你的？我問。

5C班的學生。

你知而不報？我笑說。

我們是5C班的班主任，學生都無心向學。他們經常在輝的課堂搗亂，不留情面。

是何永德的？

不是，他直接將菸放進書包。

是陳婉兒嗎？

他點頭。

陳婉兒畢業後做什麼？

聽說到中人壽賣保險。

賣保險也好，她說話考得不錯。

抽一口菸如何？

瘋了？

他點了火，在日光下，火顯得黯淡。水聲夾雜風聲。火忽明忽暗，我鬆手，火消失，歸於無。

這裡有人嗎？

應該沒太多。

我們入林，攀進廢屋。屋中空無一物，牆壁上有學生的塗鴉，說老師的壞話，有些退休已久，有的仍在任。青苔蔓生，蝸牛的食紋紊亂。

他遞給我一根菸。菸紙因潮濕變得柔軟，有點皺。他點了火。

你先抽？他問。

一起。

我們將菸嘴對接，輝打火。菸有點濕，白煙冒出，少頃，火終燃起。我先抽了一口，好苦，抽得太用力，作嘔。後來習慣了，只覺得愈發精神。輝的眼睛滿布紅筋。

你看起來似吸了毒，還是別抽。

起碼要抽完一支，做事要有始有終。

漸漸感到火的熾熱，將菸撳在牆上，丟到地上。他依樣，再踏上一腳，我也踏在菸蒂上，扁了，尚有些餘燼。

我身上有菸味嗎？他問。

有。

回到家，我們就說，在街上碰到一個抽菸的學生，要輔導他。你的妻會信嗎？

應該會。

那年輝新婚，付了首期，整天在埋怨生活艱難。忽有數顆塵埃飄過，那刻才知道我們對視良久。八月，縱然置身密林，仍是酷熱難耐。瀏海為汗所濕，微微貼住前額。他的額上有數顆汗滑下，為顴骨阻緩，最終仍掉在地上。我們的手輕輕觸碰，然後握緊。

我們沿著山徑，走到高處去看海，讓風吹散菸味。

風很大，雲不住飄動。電塔兀立山上，宛如巨獸，到電塔下仰頭察看，雲如置於籠牢。電纜蜿蜒至山下的變電站。草隨風搖曳，蟬叫得極響。

對岸是大嶼山嗎？

對。

海蔚藍，漁船碇泊岸邊，巨輪穿越海峽，到遠方去。

島的後面是什麼？

還是島。

我們找天到島的另一邊看看？

去一次梅窩？他問

他想了想，說好。

我們於每天的五時三十分抽菸。香菸愈來愈少，工作卻是源源不絕。每當工作快將完成，總會收到指令，要處理更多文件。有時我們更要到校務處協助書記處理校董會、主任會議的文件，讓人覺得學校一直嘗試有序地落實五年計劃。

日子久了，我們慢慢習慣了菸的苦澀，且開始練習吐煙圈。

我們到便利店買了三條菸來練習。屏住呼吸，舌翹起，讓煙在口中醞釀，待一會，輕輕的吐出。煙圈不太工整，隨風顫動、淡薄，如瀕死的水母，終散逸，只剩下氣味。他學得比我慢，到後來，他也能吐出煙圈，只是太容易散掉，轉瞬消失。

我們又到校工室拿了釘子、錘子，在廢屋的牆上刻字。

你刻上什麼？

校長去死吧。我說。

他說要刻上學校去死吧。

學校死了我們就失業。我說。

校長呢？

校長死了，可能會換上一個仁慈的校長。

他抽了一口菸。然後改刻生活去死吧。

抽過菸後，他開車送我回家。我們在各自的屋苑泳池游上幾圈，以洗淨身上的菸味。泳池很小，沒太多人，後山的蟬鳴極響。游得累了，我會靠在池邊，不經不覺做出抽菸的手勢，只是兩指之間空無一物。

那時我沒想到，數年以後，他仍舊詛咒著生活。我們在教育局的課程重遇。他坐在後排，輕拍我肩。他的樣子沒有多大變化。離開時，他問我住在哪裡。我說在屯門，他在天水圍。

他順道駕車送我回家。車上放著家庭照，照片被曬得褪色。

他駛到青山灣碼頭。車停在林蔭小路，海風習習吹來。

那個夏天後，你還有沒有抽菸？我問。

沒有了，只收學生的菸。

我們沿小路前行，終於看到海。扁平的運沙船停在海上，如礁石一般。有幾個人釣魚，我們靠住圍欄。對岸就是大嶼山。

兒子現在幾年級？我問。

一年級。

選了什麼小學？
家附近的直資小學。
英文小學？
他點頭。
你那邊工作忙嗎？
比以前好，但仍舊無聊。
有沒有回過舊校，聽說空置掉，沒人用。
多浪費。
這裡有船去梅窩嗎？
沒有。
他拿起一塊石頭，擲進海中。魚群散開，又聚合。數塊木在海中飄零，隨波逐流，撞在石堤。他不斷埋怨著生活，我也擲了一塊石到海中，沒太多水花。釣魚者叱罵，說我將魚都趕走了。海水墨綠、不見底，石不知要多久才能沉到海底。
我在想，他是否記得，我們曾在澄碧的泳池游泳。
泳池的濾水器日久失修，太陽暴曬池水，長出了藻類。入夜，仍下著雨，射燈照著泳池。
換上泳衣，爬梯進水池。我先潛進水中，仰望水面，雨點落下來，一圈一圈地散開，從這個角度看，水淡綠，燈光炫目。他游自由式，動作不急不緩，沒濺起太多水花，那時他身軀精瘦。他在車上掛著學界游泳比賽的接力銅牌，他不時都會談起中學操練的經歷，早上五時便要操水。我知道那是他一生中唯一的榮譽。我也想過有什麼值得跟他提起，大概就只有大學時在文學雜誌登過一首新詩，收到五十元稿費；中五時和學生會會長拍拖，兩個月後分手。

他慢慢地越過了我，我隨著他的路線游。有時划水會撥到樹葉，葉下沉，復浮到水面。累了，我們靠在池邊。空氣中洋溢著泥土的氣味。我有點氣喘，胸口起伏，泳衣沾水後貼緊肌膚。他鬆下泳鏡，背靠池邊，讓身體載浮載沉。我看到自己的雙腿，在幽綠的、因雨水愈發混濁的泳池中，顯得更加蒼白。他走近，搭著我的肩，肌膚在水中浸泡已久，些微鬆弛。忽然蟬鳴響起，雲為風吹散，看得久了，終見到數顆殘星。

他的手向下挪移，觸到我的背，順脊骨而下，直到碰到最尾的一節，才停下來。我再次向前游，他尾隨著。

那是八月的第一場雨，雨後水被蒸騰，暑氣凝滯，沒有一絲涼意。

忽爾大雨如注。我們回到車上，雨如簾覆蓋玻璃。他啟動水撥，天色昏暗，他開了燈，映照出豆般大的雨點。待雨勢稍緩，才看到雲掩蓋大嶼山的山尖，東涌的燈光疲弱，海灰黑如混凝土地，連上島和大陸。

我們離去。

那個暑假要到八月中旬，我們才整理完文件，校長打電話來，說我們還剩下兩天的暑假，後來她回校跟我們簽新一年的合約。

我們在不同的時間來到中環，上了同一班船。時近黃昏，日光已不如正午猛烈。船破浪而行，陽光如此熾烈，海上粼光片片，島嶼星羅棋布，浪打在岸上。船經過數個有人居住的島，我們以為那裡就是梅窩，但原來都不是。

在那裡會碰到學生嗎？他問。

小心一點便可以。

我們分別租兩個房間，如果在同層碰到熟人，就去住另一層。輝刻意安排妻跟朋友旅行，避開這兩天。

船靠近梅窩，小城只有數幢大廈。下船，到酒店去。數人騎著單車駛過，有些是外國人，我們向右轉，旁邊是碧綠的銀鑛灣，時值潮退，十數個老人蹲在沙灘，挖沙捉蜆。遊人並不多，有三數人坐在海邊的亭下乘涼。

風也是熱的，我走在前，他走在後，裝作彼此不認識。

海被山環抱，因陽光暴曬而藻類叢生，一片墨綠。遊人靜躺沙灘，又或是在水中泅泳。每一班船都有遊人來，也有遊人離去。

越過橋，河中有形貌似針的、半透明的魚。魚擺尾，抵抗倒灌的海水。酒店稍稍作了些裝修，進步了些，但仍比不上國內二三線城市的旅館。

酒店的大堂逼仄、破落，燈光不足，酒店的職員已屆中年，說的廣東話帶點鄉音，問我們有沒有興趣轉到酒店新翼，舊翼的冷氣系統日久失修、忽冷忽熱。

我們還是選了可以看海的舊翼。推開防煙門，沿樓梯上樓去，房間仍保留八十年代的陳設，木色家具、棗紅地毯都帶著霉味。地上有幾處被菸蒂燒焦，一直走到窗前，推開門，到露台看海。太陽慢慢落下，起初一片橙黃，直至太陽下山，水轉為墨綠。我們卸下行裝，坐在露台的沙灘椅上。

梅窩有什麼？我問。

明天我們去看瀑布好嗎？

海如此寧靜，只有風聲。

對面是什麼島？我問。

他說不知道。

你多久沒有來過？

我來過一次。

你呢？

我嘗試憶起多年前的景象。那時仍是高中生，參加夏令營。在那營會最後的一晚，女團友負責分享見證，由於參與營會的非信徒頗多，那也算得上是一場布道會。見證圍繞著她的會考成績，無甚特別，但我合眼禱告時，在傳導人的呼召下，竟然站立，決志信主。

我沒有告訴過別人，那晚站起來，不過是因為傳導人不停說見到有人站起，我唯恐只有自己仍坐著，才站起來。

張開眼時，發現決志的只有自己。所有的團友都來跟我握手、道賀，說我擁有了新的生命。

你還會在學校做多久？我問。

下一年就會轉工。

減薪也願意？

願意。

你打算轉什麼工？

如果找不到政府工，就去賣保險。

賣保險也好。我也賣過。

他的雙眼泛著淚光。我握住他的手，大概因為他年紀比我小，我從不厭惡他的懦弱。

入夜了。我們並肩，到街上閒逛。我們到了海邊的大排檔吃海鮮。最後，餐廳只剩下我們倆。桌上還有很多食物，半碟炒蜆、半條石斑。那個晚上生意冷清，遊人並不多，餐廳的座位大多空著。我本來以為我們會喝至酩酊大醉，碰杯至夜闌人靜，然後將吃過的東西，都嘔進海中，但是我們最後只淺嚐了數杯。下雨，我們買過東西後，便回到酒店。

我們開了窗簾，射燈映照澄碧的泳池，空無一人。

我們回到房間時，滿身都是漂白水的氣味。我先洗澡，拉上沙玻璃造的趟門，合不上，有一道小縫。

張開眼，沒有光。稍為適應，才隱約看到房間中物件的輪廓。已是半夜。

潮氣盈滿房間。汗滲透床褥，轉身時頓覺背脊一涼。將薄被蓋在身上，細聽他的喘息。他沒有流太多的汗，但是那男性的氣味，仍隱約可以嗅到，就像窗外海腥鹹的氣味，似有若無。

走到露台，浪聲輕柔。潮漲，沙灘幾乎被淹沒；牛都離去了，牠們黃昏時還三五成群地在海邊乘涼，用尾巴驅走蒼蠅、蚊蚋。街上無人，只有蟲繞燈四竄，無軌跡可辨，牠們偶爾飛來，撞在燈上，倒地、翻身、在地上爬行。

路上無人，我們就是沿這路走來，那時日光如炎。夜了，路邊的石椅上就只有貓閒擱其上，感受日間的餘溫。

他也醒來了，坐在我旁。

睡不著嗎？他問。

我靠在他的肩上，沒答理。

他到雪櫃拿出一瓶啤酒，放在几上。他將樽蓋卡在桌的邊緣，用力拍打，鋁蓋應聲鬆開。

他拿出打火機。打火，藍亮的火花轉瞬即逝，卻未點燃。再多打一次，火苗隨風飄曳，他趨近點菸。有風，他護住火苗，待香菸燃亮了，才垂下手。

我拿起桌子上的鐵盒，倒出兩顆薄荷糖。薄荷揮發，燠熱的空氣吸進鼻孔也變得沁涼。糖在舌苔上滑動、溶化，冰涼而苦澀。

給我一口，可以嗎？

我抽了一口，有點嗆鼻。

我將菸遞給他，他接住。又抽了一口。

啤酒都不再冰冷了，杯上沒有太多水點，我們酒量不佳，不能喝太多。

菸將燒盡，他將之放在菸灰缸中，煙飄散，倒了點酒，弄熄火苗。

過了一會，空氣才澄澈起來，可以嗅到海的氣息。那夜的風是熱的，待得久了，身上竟有一層暗啞的油光。

忽然飛蛾掉在菸灰缸中，翼上有兩個大白點，像眼睛，目光炯炯。

太陽即將出來，我想像著瀑布的形貌。

離開碼頭後，雨一直下著，他握住軚盤，戒指和指縫之間現出一線空隙。他駕車回去舊校。

我們真的能夠進去嗎？

大不了爬進去。

鐵絲網應該有破洞。

應該有。

他將車泊在停車場，停在學校附近會惹人疑竇。校舍空置數年，牆上滿是塗鴉，學校的玻璃都破爛不堪。我們繞了一圈，終在籃球場的鐵絲網找到缺口。爬進去，操場積滿水窪，油漆龜裂，踏上去，便即破碎。

他撐著傘，雨仍是斜撇過來。他開啟了電話的照明功能。推開大堂的門，門柄積滿塵埃，附在手上。上了一樓，到教員室，桌椅都被丟棄了，幾無完物。玻璃都破碎了，雨水不斷流進來。

我們以前坐在哪兒？我問。

他凝神看著窗外的景色，嘗試辨認。

窗外的樹好像比以前高了。風大，影隨樹搖擺，我踱著步，回想起昔日那些不著邊際的對話。

暑假的意義是什麼？

暑假就是要無所事事。

無所事事也是一種意義？

總比我們做的事有意義。

你說得對。

又或者，去做一些以前不會做的事情。

例如？

撕爛作業。

抽菸。

吸毒呢？

最好做一些沒帶來太大後果的，不能太影響生活。

為什麼要在暑假才做這些事情？

我們總是找不到最終的答案；後來我們得出一個結論，很多事情都不可言詮。外邊的狗在吠，有一輛車駛過。

雨停下來，我們離開學校，到後山去。路異常濕滑，布滿泥濘。我著他關掉電筒，讓眼睛慢慢適應漆黑的環境。路徑附近的溪流水聲響亮，淹蓋雨後的蟲鳴。

我們沿徑尋索，終於找到了石屋，藤蔓叢生，蓋過窗口，我們推門進去，室內一陣潮味，頗暗，腐植物覆蓋地面，他開了電筒，地上有蚯蚓蠕動，在水窪中掙扎。

牆壁上已沒有新字，我們尋找昔日的刻字，我們曾倒數菸的數目，模仿學生的筆跡寫情話，寫校長的壞話。

不知她死了沒有？他問。

死了也沒多大影響，世界仍是如此。

就像以前一樣。

很久以前的事了。我說。

四年還是五年？

五年。

應該是四年。

我早已忘記了香菸的牌子、味道。我深深吸了一口氣，是雨後草的氣味，萬物彷彿被洗淨了，成了新造之物，不見舊痕。

我們沿徑上山，流水淙淙，鞋被弄濕了，每走一步，都感到水從襪中擠出來，又吸納進去。對岸人工島亮著燈，船仍密密運沙，偶有巨大的貨輪掠過海面。飛機升降，稍稍聽到引擎的聲音，機場的燈閃爍不定，看得有點眼花。夜空的雲湧動，被城市的燈光映照得微紅。

漸漸，雲散開了，島上山的稜線隱約可辨。島如廢堞的牆，殘損不堪。他瞻望遠方，驀然有思。我注目良久，又合眼，漆黑掩埋光之所在。記憶總存在於某個角落，如死火般偶爾重溫。

詩

幸福與詛咒——

致屯門河傍街

周漢輝

颱風按時推翻生活
也飽受樓壁擠壓磨損

殘餘涼意吹痛你的眼角
隱有傷口對流變特別敏感

針孔下屯門河水退露餡
他的血管積塞淤泥與惡臭

海洛英與美沙酮同在附近
他不管黑暗昂貴光明價廉

河傍街一邊鄰接政府診所
一邊帶你和妻談起去年風季

妻還在另一區診所兼職
風假中你冒風雨伴送上路

八號風球或黑雨下照常開放
男女老少照常排隊領毒藥止癮

沿街撐傘俯望河道偶想有沒有
兩岸住家包含你倆的排泄物

街頭西鐵站尚待恢復通車
街尾麥當奴晝夜聚眾像聖堂

你倆跟他一樣喜好黑暗
想起來倒沒有相逢於戲院

巴黎倫敦紐約米蘭戲院
散場門口開向屯門河潮汐

漲潮時記憶看過夢裡套夢
潮退了忘不了蟲洞與時差

河傍街一直與鄉事會路相交
貨車在此撞倒偕母過路的孩子

血淚外圍你倆才跟他初見
來回幾個眼神像生命般輕重

你牽緊妻穩住眼前一切意義
他遙想好些故人好些前塵

繁庶市面需要流通廢水污河
幸福需要詛咒像你倆需要他

他似乎不知道你倆住在樓下
你倆大概不知道他獨居樓上

西鐵站吸菸處在上層露天平台
你倆工餘遁走一角呼吸天然風

香燭燒盡鮮花萎碎在腳步間
河上白鷺振翅至溶入血紅浮霞

小說

禮芳街的月色

張婉雯

我和嘉芙蓮在日語夜校認識。回想起來，即便那是廿年前，她的衣著還是有點土氣：一件款式普通的上衣，下半身半身裙，短白襪，一雙白色球鞋，頸上掛著一個看上去不怎麼協調的玉佛吊墜。她總是來去匆匆：嘴裡咬著麵包衝進課室，輕輕地跟在黑板寫字根本沒朝她看的老師點頭，說句「すみません」，然後盡量安靜地在我身旁坐下——我喜歡坐最前排，旁邊總是空著。嘉芙蓮從背包中拿出筆記本馬上開始抄寫。我瞄了一眼，本子上密麻麻的。嘉芙蓮是個勤力的學生。

黑板上是日語敬語列表。老師說，通常到了日語動詞語尾變化的階段，便會走掉一批學生。我和嘉芙蓮每周一會，共同跨過了這一關，便有點熟悉親切之感；儘管她年紀比我大了一截，我對她課堂以外的事其實所知不多。

應該說，那時我對一切事情都所知不多。那一年的我，一頭栽進了一潭渾水般的愛情。生活於我來說，像是海底漫步，無法加速。四周景色是暗昧的輪廓。沒有聲音。眉梢眼角都是水流暗湧，要小心不跌倒。不是每個上帝都會把紅海分開。

只有上日文課時我的精神能稍為專注。日語是曖昧的，語焉不詳的，但日語課是清晰的，分類明確的。學習外語這回事比人生本身公平多了，只要努力付出，總有收穫。那是我每個星期的救贖。

況且，正如我對嘉芙蓮算不上了解，她對我在日語堂以外的生活同樣不清楚。她不知道也沒追問我的工作、戀愛、星座……我感到安全。

當然也有閒聊的時候。到了「体言1は体言2が形容詞・形容動詞ている」、「他動詞+てある」的課，我知道嘉芙蓮在日本人開的公司做會計。對中三開始數學便未曾合格的我來說，當會計的人是深不可測的。那時(一直到現在)，會計是一個經常要加班的職位。因此她總是遲到，總是錯失部分課堂內容。而根據嘉芙蓮自己的說法，她年紀已不小，本來學歷也不高，學習日語對她來說頗為吃力。

這對於有點語言天分的我來說，是很可惜的一件事。我不禁對她同情起來。因此，當她提出讓我給她補習日語時，我一口便答應了。

嘉芙蓮的家在葵芳禮芳街。葵芳是我常到的地方，卻不包括禮芳街這一帶；我常到的，是那個華麗寬敞的新都會商場，由新都會天橋穿過葵涌廣場，再由葵涌廣場的天橋回到街上，那彷如一個由仙界貶落凡塵的過程。在新都會，仙女們穿著高級時裝，高跟鞋的鞋跟彷彿無須著地；到了葵廣，仙女變了韓國美人，雖說沾了人工氣，到底還是年輕的，什麼都願意試試的。然而一眨眼仙女就老了，經過一道天橋，便老成了禮芳街上的中年婦人，手裡挽著的不是星光而是塑膠背心袋，裡頭裝著食慾、物慾與歲月。那是一個住宅舊區，一幢唐樓外圍著四條小路，五金店的鋪名被高高懸起的膠水桶、椰殼毛掃帚和廁所泵[1]遮蔽；雲吞麵檔的蒸氣與門口不斷進出的食客擋著去路，沒有人帶路的話是不會曉得怎樣走的。於是我約她在天橋口前的卡拉OK招牌下等。晚上七時，她挽著一袋袋的蔬菜、凍肉，從遠處笑容可掬地向著我快步走來。

「對不起，」嘉芙蓮把手中的背心膠袋換到另一隻手，「我可以再去買一點東西給小弟吃嗎？」

「當然可以。」我微笑著。於是她很快走到我的前頭。大廈外牆掛了一個男歌手的巨型海報，在黑暗中對著我微笑。過早的聖誕燈飾懸掛在天橋與商場中間的半空中。我必須跟著嘉芙蓮的腳步；街道愈走愈窄，四處愈來愈靜。我們經過好些細小而灰暗的商店；每隔幾家就有許多孩子在圍觀巨型的電視，激烈明亮的格鬥場面投射在他們的瞳孔中。在沒有智慧型手機的年代，街頭的機鋪[2]是兒童的戰場，他們打的是敵我分明的、熱鬧的戰爭。

嘉芙蓮的家位於夾在燒臘店和小食店之間的一幢唐樓內。電梯口的看更[3]和她寒暄了

1 編註：馬桶吸把。
2 編註：電子遊樂場。

幾句，又看了我一眼，跟著便沒有什麼興趣地別過臉去了。到了門口，她先打開大門，然後裡面又是幾個門口——廿年前，社會上還沒有「劏房」這個說法，然而現實世界中劏房早已存在。單位劏成的小房間，分租予不同的人。房門都是緊閉的。其中一個房間的門外放了好幾雙尺碼相同的矮跟皮鞋，想來是某個年輕的上班女郎。坦白說，我以前並沒有到過這樣的地方。

「小弟，開門。」

房間大約二百尺（約六坪）；一張上下格床、一個組合櫃、一個衣櫃。沒有沙發和桌椅。摺簾後面是一個抽水馬桶、一個冰箱和一個洗衣機；洗衣機旁邊的木架上放了個單頭煮食爐。

嘉芙蓮的孩子大約十二、三歲吧；胖胖的，架著眼鏡。他很小聲地叫了一聲「姐姐」，然後接過嘉芙蓮手中的東西，幫忙著放進冰箱中。嘉芙蓮打開了摺櫈、摺椅，拿出錄音機和課本。又倒了一杯水放在桌面，給我找來一雙拖鞋。一切都是在五分鐘之內辦好的。在那之間我一直站在房間的中央，看著她幹練地轉來轉去。

「この辞書の用例が多い。」

「この車は性能がいいです。」

「私は歯が痛いです。」

我唸一遍，嘉芙蓮就跟著唸一遍；許多地方她都唸得不大好。她自己大概也知道，不用我說就從頭再讀一遍。然後我請她做練習。小弟把飯盒放在洗衣機上吃。

「媽咪，剛才叔叔打電話來找你。」

「知道了，媽咪現在沒空呢。」嘉芙蓮頭也不抬。

「爸爸叫我這個星期天過去他那邊，說奶奶想著我。」

嘉芙蓮沒有回答。

我看出窗外。嘉芙蓮住在二樓[4]，外面是很低的天空；月亮夾在幾幢高度參差的唐樓中間，像一朵半開的花，垂在眼前不遠的地方。我的心不禁有點悵然；人們忙著生活，或忙著在想要過怎樣的生活。誰會想到看什麼月色呢？

有時，我們也會在周末的日間上課。禮芳街對出是一個小公園。說是公園也許不太準確，那就是四邊的花圃圍起來的，滿地踩扁了的菸蒂的一塊水泥；石椅旁邊是比垃圾本身還髒的垃圾桶。然而這一天陽光很好；我到快餐店買了一杯咖啡，猶疑了一回，又買了一杯雪糕。小公園就在唐樓出入口的對面，離大街略遠。兩個老伯坐在陽光下看報紙，看不出他們是認識還是不認識。鬧市的車聲、人聲從遠處傳來，空氣有一點稀薄，卻是很清涼的。

3 編註：保安。

4 編註：相當於台灣的三樓。

我在一張長椅上坐下；其中一個老伯抬頭來，向我微微一笑。於是我也笑了。一點雲也沒有。冬日的天空非常高；在廣大的藍天中我找不到一點世界虧待我的地方。它不過是若無其事地晴朗著。那是一種殘忍的恩慈。

放手吧，我想。我應該把注意力集中在有益的事情上。麻雀飛來，在我腳前停下，側著頭，想了一想，便又飛走了。我以為牠會衝向天空，但牠只是鑽進不遠處的大紅花叢中，轉眼便不見了。

「年紀大了真是沒法子的事。才教過的，轉眼就忘了。」這晚離開的時候，嘉芙蓮說要送我下樓。日語升班考試快到了，嘉芙蓮問，會不會礙著你溫習呢？我是無所謂的——我是這個世界上最無所謂的人。只是每次到她的家，她都要張羅什麼點心之類的東西，反而讓我過意不去。其實我什麼都不想吃——吃不吃都無所謂。

「別這樣說，你很認真。」我由衷地說。

電梯停在頂樓一直不下來。我又把按鈕按了好幾次。

「你很擅長做練習吧，」嘉芙蓮忽然笑了，「這個要三十分鐘內做好。那個不能超過十五分鐘。我看著你對錶[5]的樣子，好厲害哦。」

「香港的學生從小到大都是這樣吧。」我說。

嘉芙蓮的目光停留在電梯的數字板上，臉上保持微笑。如果她要揶揄的話，那對象應該是我吧。

那日之後我的背包裡總是放著書、電話裡放滿歌、記事本中寫滿了約會；我在大衣袋子裡放了一顆小石頭，一邊和別人說話時一邊把玩著，免得兩手常常想抓著些什麼。然而漸漸地我發現自己只不過白白地把那些書本、記事本等沉重的東西揹來揹去罷了。在地鐵中我只是發呆。我甚至沒有看錶。我提早到達禮芳街，先在小公園裡坐上十分鐘。又是那個老伯，他在吸菸。香菸外面的白紙隨火光迅速往後消失。我彷彿聽到「哇啦啦」的聲音。那是時間消逝的聲音。

我站起來，毫無目的地走開。還沒到上課的時間。如果把我走過的路程拉成直線，我大概已走到內蒙古了，可是我從沒離開過這城市。

終於，日語考試完了之後，嘉芙蓮說要請我吃飯，答謝我的幫忙。說是答謝太客氣了，我說，吃頓飯，聊聊天就好。那就今晚吧，今晚你有空嗎？嘉芙蓮問。

我看看手錶，想起某個已經與我無關的人也是今天考完試。

我吸了一口氣，說，好。

於是我們就在她家樓下的小菜館吃晚飯。

「這菜館挺好吃的。」我找個話題。

嘉芙蓮點點頭，「我搬來這裡一年，也是第一次光顧。」

5 編註：一同校準手錶時間。

「哦……」我不知是否要問下去，猶豫間嘉芙蓮繼續說：「說起來也許你不相信，我離婚前住太古城[6]。」

「那……」我只好問下去，「為什麼搬到這麼遠的葵芳呢？」

「我的前夫常常來找我。」嘉芙蓮低下頭，呷了一口湯，「他有了別人，我就跟他離婚了。但後來他又來找我，不過是……想跟我……那個……」

那時我還年輕，想了一會才知道她要說什麼。「或許……他只想跟你和好吧……」

「無論如何我不會跟他在一起了。」嘉芙蓮放下湯勺，看著我，微笑著搖頭，「我不會回頭了。當年不過是年輕，想找個人疼愛自己，也沒想過自己是否真的愛他。他有外遇，我不怪他。只是我不想再走回頭路了。」

我也看著她，微笑著。

「來，吃飯。」嘉芙蓮給我添了一碗湯，「考試完了，小弟今晚又到同學家玩，我也難得輕鬆一下。」

「這一區倒是熱鬧。」我又找個話題，「買東西也方便，街市又近。」

「我中五畢業就沒升學了。」嘉芙蓮夾了菜，「唸過的書都忘了。倒是搬來這裡後，常常想起某句話。」

「哪句？」

「『大隱隱於市』，有這句話是不是？」

「是的。」

嘉芙蓮露出一個得意的表情。我不禁笑起來。

步出飯館，嘉芙蓮又說：「真的謝謝你這幾個月的幫忙。」

「別客氣。」我衷心說，「我也謝謝你。」

嘉芙蓮彷彿知道我在想什麼，拍拍我的肩，往上一指：

「你看。」

我抬頭。在沸騰的禮芳街夜市中，圓而大的月亮在雲後露出臉來，像一朵不敗的蓮，廿年後仍然盛放。

6 編註：香港有名中產住宅區。

散文

所謂鞍駿街

樊善標

原來鞍駿街的兩端都打了個結。一端是路的盡頭，但不是斬釘截鐵地終止，小小的迴旋處讓駛到的汽車順勢回去；另一端，馬路乾脆繞了一個圈子，和自己相交後換上另一個街名繼續伸延。即使這樣，鞍駿街也不見得縛住了什麼。附近的鞍什麼街不知道有多少，這名字我是幾經用心才記住了的。

二十年前因為換了工作，從旺角鬧市移居新發展的馬鞍山，由單棟式沒有電梯的舊樓搬到購物商場上的簇新屋苑，迎向一個陌生的世界。鞍駿街在屋苑後面——姑且這樣說吧，正式地址上寫的是另一個方向的公路——那時是條寧靜的小街。街的這邊幾個相鄰的屋苑，店鋪幾乎都在架起的購物商場裡，路面上如有行人，絕大部分是行色匆匆的，例如抱著大袋髒衣服去洗衣店，鮮少四周打量。街的對面是大片荒地，據說將闢作公園、圖書館、游泳池，還有海濱散步長廊。這些都是我非常期待但不敢輕易相信的好消息，倒是常常穿過荒地，去看吐露港的拍岸水波，或者稍遠處烏溪沙那個快要坍塌的小渡頭。那時沙灘上有一所士多兼營舢舨出租，我划過一次，好像是端午節前後，後來再沒有這樣的興致了。

好消息陸續成真，並有更多的屋苑落成，地面的商鋪也增加了一些。最近十多年我們晚飯後的節目變成由商場的行人天橋直接下降至公園正門，步過園內紅磚小徑，沿海濱長廊走一段，再由鞍駿街另一端踱回來，轉上商場順道買點麵包作第二天的早點。某個晚上經過一家茶餐廳，看見門外貼了張手寫告示，說本店的主廚已經離職，歡迎客人再來光顧云云。我連忙掏出手機拍下，和朋友「分享」鞍駿街最戲劇化的事件。

在馬鞍山住了幾年後，有一次要和電召小型貨車司機約定停車地點，才認真記住這條街的名字，更直到最近，才偶然知道延伸部分原來是另一條街。但這些都不重要吧，反正只是通道，通往那家洗衣店、那家酒樓、那個速遞公司的收發站之類少數幾個目的地。如果有更便捷舒適的路徑，我決不會難於選擇。西西說，「那些古老而有趣的店鋪，充滿傳奇的色彩，我們決定去看看它們」，完全是另一個世界的事情。

不過西西曾經來過這裡的。小說〈草圖〉從烏溪沙青年新村寫起，「這裡並沒有蝴蝶。／這裡是烏溪沙。／這裡是烏溪沙的青年營。」時維一九七三年，青年新村還未把部分營區賣給地產商建作豪華屋苑，鞍駿街的史前史在沒有蝴蝶但草蚊成陣的郊野裡。幾年後，我讀小五時，也千里迢迢由九龍坐火車換渡輪，來到這裡參加了一次宿營。那幾天有什麼活動已經很模糊了，唯獨黃昏時導師帶著我們沿沙灘跋涉的畫面，還有粗沙在鞋子裡硌著腳的痛感，頑強地保留下來。我總認為那些事情都發生在未成形的鞍駿街上。

那時當然無法預想到，四十多年後的一天，我竟巴巴地從屋苑停車場開車沿這條街兜了一圈，最後停在其中一端的迴旋處。我拿過手提電腦擱在膝上打字，奢想掇拾對這地方的記憶。疏疏落落的途人漫不經心地走過，沒有誰留意我在駕駛座上遊目四顧。他們有如淺溪水面的落葉自然地繞過石頭，就像我在正式投入所謂的事業後，愈來愈懂得輕靈地擺脫一切毫無意義的牽繫。噢，原來二十年了。

詩

東涌達東路

盧勁池

1.

每走進這名店商場，我就哼起曲
那是你每天清晨，聽起來
最厭惡的音樂，然後我
繼續微笑，然後等待——

關於你口中描述的那些
滑稽、委曲又繽紛的

商場布景

2.

每天，我多麼熱衷於
從九龍西的一個老舊社區走來
搖著盲人白杖，錯過地車
然後在擠擁的下班人群中捕捉
迷路的快感
一次後人類時代的
無障礙旅行

3.

然而這個十二月，我從另一趟治療的旅程回來

到底前往你家的路，是否已經
變得更為擠擁？但你並沒回答
只想到尖礪的管風琴，錯體的馬
透明的高聳建築
從對岸的大橋冒起
世界一片空寂。

4.

或許我是深信著市場的購買力
那些歪曲的肩頸，那些過剩的情緒
沒有現實界線的想像，和不斷
抽搐的手，總有一天可以
跟那些輪椅、白杖和失明眼鏡一樣
成為各種，ＶＲ模擬實境

五一假期的等價交換
充滿愛心的打卡熱點
從朋友圈大濃

5.

當說到他們，昨天從中山出發
換乘兩次公車，坐上直通巴士
約兩小時可抵達大橋口岸，如果直接
坐計程車到珠海，還可以減省
半個小時，我說
已經很方便呢？
你說也是。但
B6站沒有車入城
時間已經太晚。

6.

我一直熱衷於想望
那些我永遠
無法抵達的
任何地境，然後如常地
搖著盲人白杖，錯過地車
然後在擠擁的下班人群中
締造一個又一個
破額的搭乘人次，我知道絕望之虛妄
跟美學一般勵志，空氣既然彼此需要
空間和意識形態的截斷性
早亦返魂乏術
我咬破下唇，視野混濁
一路搖搖晃晃，我說我們

不如繼續走下去？
反正除了穿越
根本再無路可逃

這可是我們的家

鍾耀華

二〇一九年夏天香港人發起了舉世聞名的反極權運動，示威者黑衣為記，每個星期大大小小的遊行場合皆見黑衣，面對警察槍炮的暴力，負隅頑抗。七月二十一號當日在港島有大型遊行，遊人抵達警方指定於灣仔的終點後繼續前進，希望去到西環中聯辦這個操控香港政經的背後代表地。當時還算運動初期，警察還不到連遊行未開始就拘捕及開槍的地步，他們只於西環附近布防，阻止示威者抵達中聯辦這個標誌地。當晚警察在上環與示威者發生激烈衝突，警察瘋狂開槍——橡膠子彈、布袋彈、催淚彈、胡椒彈，各式各樣。前線示威者在防線前舉傘、拿盾、投擲汽油彈還擊，説還擊倒也是誇大，雙方武力不對等，最多只能説是在被殺前的自衛。裝備不那麼齊全或相對沒勇氣或包袱大的示威者就在防線後開展了兩列物資傳送鏈，人們手把手將後方製造的物資傳上最前線。這些物資是什麼？包括用紙皮包著四五個塑料瓶造成的「盾牌」、路邊挖起用來投擲的磚頭、眼罩、頭盔、在建築廢料車斗撿回來的竹枝……每一段時候前線有示威者不敵或受傷而退下來，卻又會有一隊近十人又近十人全副武裝的小隊在兩列物資鏈之間操上前線。那些小隊神情堅定，做好面對劇烈警暴的準備，毅然邁步，我們這些在物資鏈的人就好像在夾道鼓勵他們，但他們是在送死。

前面的防線不斷向後壓縮，警察的槍聲愈來愈近，人們還是堅持。再過了一會，我自己受不了，離開了隊伍，乘車回元朗。我從小到大住在元朗，已經二十多年了。元朗這個地方從來與社會運動無緣，皆因政經中心都在九龍港島，人們抗議的對象自然在這些政經要塞地，所以每次示威遊行過後，我回元朗，都有種離開衝突的感覺，多少會放鬆。當然我們都知道元朗是鄉紳黑幫勾結之地，新界有太多原居民，太多丁地農地被廢棄，然後用作炒賣發展起高樓。但儘管這樣，人們還是默作不知，日日如常在這個地方居住，換一口安靜，所以有許多許多來自外面九龍港島的人為著近郊的景色為著較便宜的樓價而在元朗置業。這十多年愈來愈多中產豪宅在元朗建成，住了許多外來人。YOHO是當中的代表，好像是全港最平均尺價最高的頭幾位屋苑，坐落在元朗西鐵站旁。而元朗西鐵站卻又是港鐵向原居民收地建成的，我曾在貨車上聽過原居民司機講當年西鐵座落的西邊圍村村民抗議發展，說影響村落風水之類，但後來港鐵付出了更多的錢，什麼風水祖靈就都拋諸腦後了……

在回程的車上，我從電話的各個通訊群組收到消息說元朗有穿白衣的鄉村黑社會遊行，也聲言要守衛家園，驅趕那些外來搞亂元朗的黑衣人——當日不知怎的不斷有消息指黑衣人要帶隊入元朗破壞。其實明眼人一看都知這是訛傳，因為火力全部集中了在西環對抗，誰會分散戰力來到香港最西北的元朗？但許多白衣人就是以這個為原因，在元朗抗議。我嗅到了一些不安的味道，但在上環撤退而回的我，還總是想，元朗始終是家，直覺還是覺得回家該理直氣壯，怕他什麼。車抵元朗後，我還特意走到元朗西鐵站，確實看到有白衣人兇問路過的黑衣人為什麼到元朗。我望了望，覺得沒什麼大不了，這陣子路人和路人因政見爭執時常有之，於是我還到了西鐵站附近吃個遲來的晚餐。飯後感覺情況沒什麼變化，我就回家了。才剛回到家，電話訊息響個不停，不斷有消息指白衣黑社會在西鐵站打人。我看著立場新聞的直播，白衣人先是在月台揮棍無差別打人、後來甚至衝上月台打人，列車停在月台不開，廣播不斷重複有緊急事故，叫人下車。車外面就是打人的黑社會，人們可以去哪？直播裡還有我認識的記者被打……我徹底的呆著。我同伴猛叫我，著我立即換衣服再出去，我才稍回復意識，和她手執雨傘要了輛的士衝出去。

車剛下，我們走到元朗西鐵站月台，月台一片狼籍，消防水喉曾被拿來射向白衣黑社會，現在還倒在地上不斷流水、月台用的閘機都被撞破、垃圾筒被拆掉作投擲用……大部分白衣人已經走了，港鐵職員也正安排滯留的乘客搭回重新開啟的列車離去。現場只還有五、六十名住附近趕至的居民和剛才被打的市民留下，向在市民報案後三十九分鐘才抵達的警察質問。人們極之憤怒，警察毫不介意，甚至反吆喝示威者不搞事就不怕——「你們不是反對警察嗎？」人們這樣就更激動了，雙方接近衝突邊緣。有市民拉著激動者：「不要和他們衝突，冷靜！」「我也想冷靜啊！我剛才被人打啊！點冷靜啊？」然後兩者都哭了起來。我想人們的情緒是不可能透過言語去平復的，我和朋友就走去攬著那些激動的市民，他們一邊在罵警察不作為，一邊在哭，慢慢就停了下來。

其實我自己心情也難以平復，上環那邊還一直在打，有示威者後腦中彈，而元朗這個家還變成這樣……這個時候警察離開了，他們居然什麼都沒作為逗留不足十分鐘就走了！警察才剛離去，已落下鐵閘近西邊圍的元朗西站J出口外又有白衣人從樓梯走了上來，原來白衣黑社會之前一直聚在他們南邊圍的村口。站內的群眾怒極指罵，白衣人揮棍挑釁，作勢拉開鐵閘。我當時還真不信鐵閘可以被搖兩搖就拉開了。然後超過五十個持棍的白衣人就衝了出來，瘋狂追打站內還有的幾十個市民。我和同伴掉頭拔足狂奔，沿K出口往YOHO商場跑了幾十米回頭看，白衣人又追上來，我們又跑……這樣走了幾百米，雙腿發軟，人們哭聲不絕，有人大叫打破火警鐘叫消防趕來，大家相信消防也不信警察。後來我才知道為什麼一度追上我的白衣人停住了，是因為NowTV的記者與柳俊江擋住了他們，所以二人被打得頭破血流。我望著那些救助我們的人慘遭毒手，身體卻因為恐懼而癱瘓，什麼都做不了，一輩子都記得那種感覺。

那些說「不要外來人搞亂元朗」的人，我想問為什麼你們就是元朗人，而我們不是元朗人？我這種父母在元朗努力生活，不斷搬家都落戶元朗的人，為什麼不是元朗人？早期警察還不會禁止遊行的時候，每次有大遊行黑壓壓的人群都會從元朗廣場巴士總站排隊搭

968巴士到銅鑼灣，隊伍從巴士站沿大馬路排隊到元朗警署對面。許多住在鄉村的朋友因為懼怕被不合政見的原居民知道其立場而被襲擊，每次遊行前都不敢穿黑衣，而要出到元朗市區才換上黑衣。這些都不算元朗人嗎？

我活在元朗二十多年了，自己讀的約瑟幼稚園就在大坑渠邊，學校外會有賣衣服的地攤小販，我好記得我買過一套好喜歡的比卡超T-shirt和褲，那衣服的填色都印到比卡超的框外。我記得坑渠邊還會有賣未長大小雞的婆婆，嫲嫲就買過幾隻給我玩。我記得元朗還不是那樣擠逼每天在大馬路都水洩不通，還有許多老舊士多，我還記得幼稚園外的腸粉店婆婆，她總是笑得燦爛，我每天下課後不是到她店裡，就是到後面西菁街兒童遊樂場旁的茶餐廳邊吃著豬排烏冬邊看著店內電視機放著的超人迪加。我記得自己讀的水邊圍光明小學外每天早上有賣自家肉鬆壽司和印尼撈麵的阿姨和阿叔，兩個不太搭話有點像競爭對手一樣，但又會互相點頭，如果有一天兩個都沒來我就會很失落，當時我身為領袖生長但卻不太會值班，訓導老師叫我不要再吃街外無牌食品做壞規矩，我卻覺得這樣好味又飽肚又便宜的早餐為什麼不？我記得中學的時候每天下課就到街外位於坑渠邊的鐘聲籃球場打波，然後就騎單車回家，那個時候馬路上車不多，騎單車的路綽綽有餘，許多同學都這樣上下課，市民也多用單車代步。只有現在從區外搬進來元朗的人，才會對騎單車的元朗人指指點點，還居然會說「乜行人路上可以踩單車㗎咩？」我通常會回他一句「屌你老母你第一日住元朗啊？」他們連元朗是一個怎樣的社區都不知道就帶著城市的思維與邏輯進來，然後要改變這個地方。就算我經常被警察截停告我在行人路上非法踩單車，都是這樣鬧回去。從前根本不會被人捉踩單車。

後來我讀大學五年都住宿舍，沒怎麼回元朗，畢業後搬了出外住，兜兜轉轉又回到元朗定居。不過這年頭定居什麼的都是笑話，我和同伴五年來已經搬了四次屋了，不是加租就是被業主趕走希望重建祖屋。這五年回到元朗，才發現什麼都沒有了，我上面所講的都幾乎被消滅了。元朗的店鋪，尤其是大馬路兩邊的鋪，絕大部分都是元朗的原居民持有，他們為了更多的租金收入，趕絕了老店小店，全部租出去了給承租力更強的連鎖食店，運動用品店，金鋪，藥房，主要去做大陸人的生意，他們把我所認識的元朗都摧毀了。他們把自己村的土地都賣出去，建豪宅、吸引外來人住進來，推高了地價樓價租金，再沒有養雞仔賣的農場，再沒有賣腸粉的婆婆，再沒有賣印出框外比卡超衣服的小販，路上多人多車再也踩不了單車了。誰在破壞元朗？誰在搞亂元朗？是這些打人的鄉黑對吧？我知道，我父母也是外來的人口，我這樣外來人的後代也算是外來人對吧？但我不會這樣破壞自己的地方啊，我叫元朗做自己的家啊，我搬出來住也是因為元朗這個地方的感情才回來啊。是這樣糊塗的人才會把自己的生命都投放在元朗啊，才會覺得笨得開書店也覺得要在屬於自己的地方開啊！你們知道嗎？打人的黑社會聚集地，就在我們店的外面啊！七月二十一日後，二十二號那天，聽說黑幫要回來復仇，全元朗的街道下午三點鐘就全關了，連平時打十號風球都還會開店的鋪頭也關了，路上行人還急急腳在走回家。整個元朗變成死城，我出生住在元朗二十多年也從未見過。我們也害怕得把店拉下鐵閘撕走那些罷市罷工反極權的海報。只是一天過後，我們又在想，為什麼要這樣害怕？這裡是我的家啊？元朗是我成長的地方啊？我們不要這樣，然後又把東西重新貼回鋪面。如果你們這些白衣人是元朗人，為什麼我們不是？

自那天起，我每次都會跟自己說，再走多一點，盡量再行多一步，做不到的硬著頭皮都再做多一點。因為那種眼前人受傷而自己因恐懼什麼都沒做的感覺太可恨了。這可是我們的家。

小說

房門內妳底肌膚如精靈的閃光[1]

李智良

My body is burning with the shame of not belonging, my body is longing. I am the sin of memory and the absence of memory. I watch the news and my mouth becomes a sink full of blood.[2]

刮風的夜晚，打翻的垃圾在街上旋轉，商鋪的鐵閘軋軋作響，湧進室裡的黑漆海濤讓她浮在床邊足不著地，憂傷無以名況，沒有閃回的情節畫面，不過是無盡的白夜以消耗生命的方式重臨：「如果她想到時間，是因為它不曾存在，她所處的地方已然消失……」[3]

1 文題取材自：鍾玲玲《玫瑰念珠》，香港：三人出版，一九九七，頁八三。

2 Warsan Shire. "Conversations about home（at a deportation centre）".（*Our Men Do Not Belong to Us.*）New York: Slapering Hol Press. 2014. See also: https://youtu.be/cwp4uB5R6Bw?t=6m53s

3 Jean-Luc Godard. *In the Darkness of Time*（Dans le noir du temps, 2002）

鄰屋的電視聲此際穿越一切，有男人和女人在連續劇中笑鬧。只能放下床與衣櫥的房裡，香薰油、菸、頭髮與性的氣味不散，乳膠床褥碰撞床板的聲音迴響，一堆鬆舊衣服擱在床邊的椅，地板如十數年前的樣子，有傢俬擱待此處彼處的刮痕，新舊斑駁，房間如像房間的幽靈。

從一件法蘭絨格子襯衫與卡其褲的皺褶想像一個人，他疲倦而無望的生活——一切毀壞與失去，沒抵上任何，時光迢迢——妳摸著那人乾燥、褐色的背，腰眼之間硬梆梆突出一節變形的脊椎，像藏著一塊化石，皮肉可是活著，「會痛嗎？」一下沒想到會有人問，他說不會，也不知道怎麼說痛，卻咕嚕一句什麼聽不懂的把妳拉倒，頭幾乎撞到牆上，手肘撐著牆角，腳給一隻手捏著，只能看著立鏡裡扭著的人在動，他的頭髮有太陽和塵土的氣味，妳想到一個僵直的身體被乾土埋沒，面目未及看清，妳的頭髮披散眼前，兩個身體無望碰撞，妳聽見那人的呼息，倉促不得撫慰，「轉過身來」他說，「趴下去」他說，「遮著妳的臉」他說，妳都一一依他[4]，有時妳還沒吃飯，還在藥後的昏沉，那滲著一層汗的身體格外貪婪厚重，妳卻不能癱軟，不可疑懼，不可從這一切逃去。妳還在這裡。外面是外面，一道門之外是更多門，無人會照應。

妳似乎總是憂慮各種瑣碎——水餃麵條、菸的價錢，忘記吃的藥，晚上要打給阿兒那通電話，沾到褲子被單上的血與污跡，交租交費的日子突然而至，腰背的舊患，頭殼裡模糊柔軟的棉絮——於是妳沒看見，牆線與天花接連的地方有青綠黴菌偷偷爬長，充當門簾的橘色布料透著光，一截淺薄影子落在地磚的格線之間，光影隨窗縫滲進的微風浮沉，緩慢叫人暈眩。白牆之間常有菌絲般的陰影漂浮，抬眼，日頭短暫的夢如光裡的塵埃飄落，「由於日子空虛而漫長，因而在她終日的凝望下，成為周全的美」[5]，妳可曾有過的金黃色的日子，與少時的同伴挽著手在操場的一株樹下唱〈落雨聲〉，離開寄住舅母家的七層宅樓把一串鑰匙丟到水溝突然不知道去處[6]，終日踩踏著衣車[7]或拿著電路板盯焊點或是還會寫日記蹺課看午場電影的印象，摸著胸口幾乎觸手可及，卻記不起忘記了什麼，妳揉著眼，眼簾裡一片紅與黑的暗影與光斑，季節將轉又轉，好像妳早已經在這裡——有時，門鈴忽然響起，妳從無夢的昏睡中醒來，那鈴聲刺進耳根又戛然而止，只聽到門外有鞋跟踏步下樓或上樓去，那條樓梯下午時分總是好靜。妳抽著菸，還是會不自覺盯著那點橙紅的火，捲爬著紙菸燒成燼，外面傳來午後的市聲，貼了磨砂膠紙的窗縫之間，那道陽光彷彿有無盡美好……

妳關掉手機，瘀青的地方仍然發疼，只能多塗點藥。一陣驟雨打在窗外的簷，好像有

---

4 Warsan Shire. "The Diet". https://youtu.be/cwp4uB5R6Bw?t=4m43s

5 鍾玲玲《玫瑰念珠》，香港：三人出版，一九九七，頁一二一。

6 鑰匙與寄居的意象取材自：Tania De Rozario. "Doors". *And the Walls Come Crumbling Down*. Singapore: Math Paper Press, 2016. p.75-80.

7 編註：縫紉機。

貓的身影走過，水管在薄牆之間咳嗽，髒水哇哇下落，橡膠輪子壓在路上一個彎道上滑行，不過是細瑣片刻堆疊，沒有故事；四百年的漁農墟市與殖民新界戰場與「花園城市」的規劃重疊，幾枝交通燈的過路提示得得得敲到夜靜，就是沒有盲人路過；妳聽見一把沙啞聲音呼喊，一下消失在某號房裡，人們要不是躲著準是沒有人聽見……廣播車的音響要麼呼籲要麼宣傳叫陣，要把一切污穢趕回去中世紀黑暗時代，「我們的肉身被魔鬼佔據而作惡人間，魔鬼借我們的名，令我們不由自主地作惡，蒙上惡名……」[8]正義的話音從街的一端繞過微邊的額，從小巴站頭爬到「七約」[9]天台教會的書店前又繞到舊時鄉議局那邊，那人把他的性塞在妳的口裡，他眼不眨的看著，「時而鄙夷，時而驚嘆；妳是由他的林總不安所生的獸」[10]，妳認得這種眼神，三行佬[11]後生的禿頭的大熱天穿襯衫的所有失意的脆弱男人，能從皮夾掏幾張銀紙，或不給錢打壞[12]的老雜、龜公與契弟[13]，也不是性而是可以有四五十分鐘自由，不問理由壓倒、可以猥褻、可以侮辱一個女人的自卑滿足，發洩憤懣。

多少次妳想一口狠狠咬下去，犬牙與兩排臼齒磨嚼，舌往一邊捲，和著肉腥與唾沫吐在地上，最好能見到血！但那隻手揪著妳耳邊一撮頭髮，另一隻扣在頸後，妳聽見小孩哭笑，攤販叫賣熱鬧和平，那麼一刻妳就是那個剛放學得穿過街市穿越山河方可回家的小孩，正想著雲的形狀未完的功課和卡通片快要播映的時刻，只是晚餐還在車程關口之外，妳卻吞吐著橡膠的味道給亂七八糟的粗毛刺著口鼻，汗與烤菸木屑灰塵的氣味沒洗清，他要看妳幾乎窒息一臉口水鼻涕想推開他卻推不開的模樣，然後他會換個姿勢，一下把妳按在床鋪或牆邊，把妳擘開把妳壓倒好像從沒如此，好像男人一出世就只為了這樣……妳半合著眼，只要不太注意那幾隻突出的牙齒，就看見那張臉的背後，痛苦不是愉悅不是，湊成一張臉的什麼已然剝落，那雙眼睛多麼願意閉上，但他要看，但他不要看到妳在看他。就像會帶妳換兩程車去動植物園玩的伯父，每個家庭都包庇這樣一個惡魔，別人的丈夫別人的兄長，妳害怕爸媽不知去哪的寒暑假，妳認得那種眼神，但一次再一次，「時光逝去太快，避開了破碎的記憶」[14]。

妳知道外面是外面，妳卻獨自留在這裡，彷彿生命有那麼多岔路而妳卻只能如此，可

8 陳雲（Wan Chin）臉書，二〇一六年五月三日。見：https://www.facebook.com/wan.chin.75/posts/10154101395107225

9 大埔七約是大埔區中的七條村落（地區），包括泰亨約、林村約、翕和約、集和約（即沙羅洞）、樟樹灘約、汀角約、粉嶺約，全部為非鄧姓的村落。見：https://zh.wikipedia.org/wiki/%E5%A4%A7%E5%9F%94%E4%B8%83%E7%B4%84

10 Warsan Shire. "The Diet". 見：https://youtu.be/cwp4uB5R6Bw?t=4m43s

11 編註：三行工人，指裝修工人。

12 編註：香港俗語，指人孱弱。

13 編註：罵人語，意近王八蛋。

14 Louis Aragon. "Elsa, je t'aime", *Le Crève-coeur*. Cited from: Jean Luc Godard. *Goodbye to Language*（Adieu au langage, 2014）.

怕的不是黑暗而是惡的透明，可怕的是不知道這一切始終；妳等著，黏在身上的人們在一陣麻痺之後抽出，暈眩的感覺如墮溫柔，有些什麼卻留在妳身上，無味無色，無形狀，指不出它所在，指不出是什麼，下一個又會有別的要求。發薪的周末，賭馬贏錢的晚上，喝得半醉的，更多是趁中午出差，一腦子賤格想頭按著手機程式來到，妳面臨世界的單薄姿態不可理喻。

就在那家便利軍火與鴉片進出買賣的殖民地銀行前面，見到第二間7-11轉入裡街，走到街尾見到去白牛石的綠色小巴站，對面有間比辦館大一點的小型超市、旁邊有間印卡片的，樓梯就在那個巷口後面，二樓的鐵閘沒有鎖，從鎖頭下面伸手過去一拉就是……街上的磚頭掘起又重鋪過許多次，牙醫診所律師辦事處老人保健香燭四川重慶意大利的食店換了又換，睇場的男人始終在「銀河」或「澳門」外面喝啤酒抽菸，放蛇的總是吃完飯就大刺刺坐在停在路旁的七人車或十六座上滑手機，變電站旁的公園總有幾個人在賭牌，旁邊站著不知哪裡來的人在看，幾張長椅上總坐著看手機的黑實男人，但妳已經「記不起從哪裡走失」[15]，妳在附近幾條街已經搬過幾次。

但街不過是兩列商鋪物業之間的空隙。街不會記憶，它不曾屬於任何人。

妳不要拖著一個小兒在那些轉得讓人頭暈的樓梯間上上落落，為身上的傷與疲倦和無法給出更多愛解釋，就把他送返阿母那裡。阿母在電話中說，妳弟打麻雀出千俾人打到一身傷上唔到工，得多拿錢回來。紙菸熄掉，但妳怕阿母聽到點火吸氣的聲音就讓它擱在菸灰碟的坑槽上。妳想像有一日不再聽到阿母的電話，妳不要靠一個男人卻得靠男人討活。這許多人卻熱鬧無恥活著。

此際，妳彷彿聽見熱水從身上流淌，那細小的漩渦停在纏著頭髮的網格，水霧從妳的身上升騰，熱水爐的藍焰顫動，沒有昇華的意象，妳幾乎聽見抽氣扇葉的擾流在瓷磚浴室裡呼呼作響。手腳之間極小的水點在打擊，壓在胸口的窒息感覺與濕潤的空氣連續，妳看著腳邊綻開的水花，卻看到延綿無盡的生鏽管道與幽暗水溝，一個腫脹的身體泡在黑水中，男人擠進來，妳渴望能像脫掉衣服般，從自己的身體脫去。妳不屬於自己，不屬於這裡，或任何一處。

---

15 Md Mukul Hossine. *Me Migrant.* Trans-created by Cyril Wong, Translated from Bangla with help from Fariha Imran & Farouk Ahammed. Singapore: Ethos Books, 2016. Cited from: Me *Migrant.* Singapore Reviews of Books. 25/5/2016. See: https://singaporereviewofbooks.org/2016/05/26/me-migrant/

作者簡介（依文章順序排列）

顏純鈎—筆名慕翼、斯人、冷瑩。高中參加文化大革命，一九七八年由福建移居香港，先後任職《晶報》、《新晚報》、《文匯報》。曾任天地圖書有限公司總編輯，二〇一六年底退休。曾獲香港第八屆青年文學獎小說高級組冠軍、博益小說創作比賽冠軍及台灣行政院新聞局電影劇本徵選優異獎。出版小說集、散文集、劇本多種，包括《自得集》、《紅綠燈》、《天譴》、《心版圖》、《母蔭》、《難堪的盛宴》、《血雨華年》等。

崑南—原名岑崑南，一九三五年生。著有長篇小說集《地的門》、《慾季》、《天堂舞哉足下》，短篇小說集《戲鯨的風流》、《旺角記憶條》，詩集《詩大調》、《旺角大變奏》，評論集《打開文論的視窗》，英文小說集《Killing the Angel》等。

劉偉成—香港浸會大學文學士、哲學碩士，現職編輯。曾獲香港中文文學雙年獎及推薦獎，歷任多屆青年文學獎評判。著有詩集《感覺自燃》、《瓦當背後》、《陽光棧道有多寬》，散文集《持花的小孩》、《翅膀的鈍角》等。

關天林—男，一九八四年生於香港。著有詩集《空氣辛勞》、《本體夜涼如水》。

黃怡—作家。現為《字花》編輯，寫作班導師。香港大學心理學及比較文學一級榮譽社會科學學士、英國倫敦大學國王學院英語文學碩士。曾獲青年文學獎、大學文學獎、中文文學創作獎等獎項。曾任《明報星期日生活》、《字花》、《linepaper》專欄作家。作品現見於《香港中學生文藝月刊》、《大頭菜文藝月刊》、《字花》、《明報周刊》。著有小說《林葉的四季》、《補丁之家》、《據報有人寫小說》等。

蔡炎培——香港詩人，曾用筆名杜紅、PS等，一九三五年生於廣州，戰前移居到香港，一九五四年開始創作，一直到晚年，還一直堅持創作。曾於不同文學雜誌發表作品，如《人人文學》、《詩朵》、《香港時報》、《文藝新潮》，曾主編《中國學生週報・詩之頁》，又於《星島日報》撰寫專欄「碎影集」。

方太初——香港作家，著有《另一處所在》、《隱物：The Untold Lie》、《穿高跟鞋的大象》。作品收入香港及韓國等地的小說選集，曾於報章雜誌撰寫「浮世物哀」、「薄物細故」、「一物兩寫」等專欄。獲選香港書展「香港作家巡禮2010」當代及新晉作家之一。

鍾國強——曾獲青年文學獎、中文文學創作獎、香港中文文學雙年獎、二〇一五年香港藝術發展獎藝術家年獎（文學藝術）等。著有詩集《圈定》、《路上風景》、《門窗風雨》、《城市浮游》、《生長的房子》、《只道尋常》、《開在馬路上的雨傘》，散文集《兩個城市》、《記憶有樹》、《字如初見》，小說集《有時或忘》，詩評集《浮想漫讀》等。

呂永佳——畢業於香港浸會大學中文系，同系博士生。曾獲中文文學創作獎、大學文學獎、青年文學獎冠軍。香港電影評論學會會員、獨立文學雜誌《月台》編委。著有詩集《無風帶》、散文集《午後公園》。曾任中學教師、寫作班導師、青年文學獎評判。作品散見《明報》、《字花》、《秋螢》、《香港文學》、《文匯報》等。個人網站：http://ericlwk.com

伍淑賢——香港人，原籍廣東順德古朗。從事公關及傳訊工作。早年小說散見《素葉文學》和《文化新潮》等，近年作品多見諸報章，著有《山上來的人》。

何秀萍｜進念二十面體劇團成員，多重身分媒體人：劇場演員、編劇、填詞人、自由寫作人、電台DJ及節目監製等等。第一首歌詞作品為達明一派《那個下午我在舊居燒信》，近作（二〇一七年秋）為盧巧音的《明日我與你海邊跑一天》。一九九二年以藝名何Lili、在香港商業二台任職節目主持、監製。一九九六年離港移居美國西岸，其間繼續填詞。二〇〇四年回流香港。二〇〇五年重返商台任雷霆881創作總監及主持節目包括《有誰共鳴》、《兩個女人越夜越美麗》、《美食殿堂》等。於二〇一六年四月一日離任。著有文集《從今以後》及《一個女人》。

曹疏影｜詩人。哈爾濱人。北京大學學士、碩士。二〇〇五年移居香港。有詩集《拉線木偶》、《茱萸箱》、《金雪》、散文集《虛齒記》、遊記集《翁布里亞的夏天》、童話集《和呼咪一起釣魚》。曾獲香港文學雙年獎、香港中文文學獎、台灣中國時報文學獎、劉麗安詩歌獎。詩作、評論、散文發表於香港、中國、台灣、海外報章及文學刊物，並收入多種文學選集、詩歌選本。與音樂人合作，實驗文字與音樂，曾參加二〇一三、二〇一四自由野音樂節、Joint Music Festival、好想藝術、廣州書墟等活動。與音樂人合作的詩作分別收入音樂專輯《香村》、《九歌》。

黃燦然｜詩人、翻譯家。一九六三年生於福建泉州，一九七八年移居香港，現居深圳。曾任《紅土詩抄》主編、《聲音》詩刊主編和《傾向》雜誌詩歌編輯。著有詩集《十年詩選》、《世界的隱喻》和《游泳池畔的冥想》、《奇迹集》；評論集《必要的角度》；譯文集《見證與愉悅——當代外國作家文選》；譯有《卡瓦菲斯詩集》、蘇珊．桑塔《關於他人的痛苦》、《里爾克詩選》、《曼德爾施塔姆隨筆選》等。

蘇苑姍｜愈來愈不知何去何從，愈來愈不知從何說起。著有詩集《我這樣回答自己》。

王良和｜現為香港教育大學文學及文化學系副教授。曾獲青年文學獎、大拇指詩獎、中文文學創作獎、香港中文文學雙年獎、香港藝術發展局文學獎。著有詩集《尚未誕生》、《時間問題》，散文集《山水之間》、《魚話》、《街市行者》，小說集《魚咒》、《破地獄》、《蟑螂變》，評論集《打開詩窗——香港詩人對談》、《余光中、黃國彬論》。

梁璇筠—香港中文大學語文教育系畢業，曾任中學教師、吐露詩社社長、詩潮社社員，現為詩人、自由撰稿員。曾獲第二十八屆青年文學獎新詩組冠軍、二十九屆青年文學獎散文組亞軍、大學文學獎小說組優異獎。著有詩集《水中木馬》、《自由之夏》等。

陳滅—本名陳智德，詩人，學者，東海大學中國文學系畢業，香港嶺南大學哲學碩士及哲學博士，現任香港教育大學文學及文化學系副教授。著有《市場，去死吧！》、《抗世詩話》、《地文誌：追憶香港地方與文學》、《板蕩時代的抒情：抗戰時期的香港與文學》、《根著我城：戰後至2000年代的香港文學》；編有《香港當代作家作品選集・葉靈鳳卷》、《香港文學大系1919-1949・新詩卷》等。

陳慧—曾獲香港中文文學雙年獎。著有小說《拾香紀》、《味道／聲音》、《補充練習》、《四季歌》、《人間少年遊》、《看過去》、《好味道》、《愛情戲》、《小事情》、《愛未來》、《心如鐵》、《愛情街道圖》、《他和她的二、三事》、《女人戲》、《浪遊黑羊事件簿》、《K》及散文集《物以情聚》等。

黃裕邦—詩人。作品Crevasse奪二〇一六年Lambda Literary Awards男同志詩歌組別首獎，中譯為《天裂》。二〇一七年榮獲香港藝術發展獎藝術新秀獎（文學藝術），2018年獲Australian Book Review Peter Porter Poetry Prize。

鄧小宇—生於香港，年幼時曾當演員，參演十多部國語片。一九七六年與陳冠中等創辦《號外》雜誌，並業餘為《號外》撰寫文章至今，除在香港，國內亦有發行其著作《吃羅宋餐的日子》、《穿Kenzo的女人》及《女人就是女人》之簡體字版。個人網站：www.dengxiaoyu.net

韓麗珠一一九七八年生於香港。著有《離心帶》、《縫身》、《風箏家族》、《失去洞穴》、《空臉》、《回家》等。曾獲二〇〇八年《中國時報》開卷十大好書中文創作類、二〇〇八及二〇〇九年《亞洲週刊》中文十大小說、香港中文文學雙年獎小說組推薦獎、第二十屆《聯合文學》小說新人獎中篇小說首獎等。長篇小說《灰花》獲第十三屆紅樓夢文學獎推薦獎。

謝傲霜一香港作家，創作橫跨小說、新詩、劇本、文化論著等不同領域。香港中文大學新聞及傳播學士，香港大學文學及文化研究碩士，現於香港經濟日報任職副刊的閱讀、文化及專題版編輯。香港文學館理事。著有文化評論集《愛情廢話》、《香港情書》、《廣告熱賣》（與馬傑偉合著）、《音樂敏感地帶》（與馮應謙合著）；小說《一半自己．曲戀癲癇症》、《耶穌13門徒》、《多謝你背叛了我》；詩集《在霧裡遇上一尾孔雀魚》；劇本《失戀大發現》、《中英街一號》等。

西西一原名張彥，一九三八年生於上海，一九五〇年來港定居。曾任《中國學生周報》、《大拇指周報》和《素葉文學》編輯。著有《我城》、《哀悼乳房》、《飛氈》、《像我這樣的一個女子》、《縫熊志》、《猿猴志》等。《手卷》獲台灣中國時報第十一屆時報文學獎小說推薦獎、《飛氈》獲第三屆花蹤世界華文文學獎、長篇小說《我城》被列入《亞洲週刊》「二十世紀中國小說一百強」。二〇一四年獲得台灣全球華文文學星雲獎貢獻獎。

唐睿一香港作家，香港浸會大學助理教授。曾獲第一、二屆大學文學獎詩、小說獎及第廿九屆青年文學獎散文、兒童文學獎。香港教育學院主修美術，教育學士學位畢業後留學法國，巴黎第三大學新索邦大學法國文學學士、比較文學碩士，上海復旦大學中文系博士。作品見於本地文學雜誌。小說集《Footnotes》獲第十屆香港中文文學雙年獎小說組雙年獎。

鄭政恆——著有《字與光：文學改編電影談》、散文集《記憶散步》、詩集《記憶前書》、《記憶後書》及《記憶之中》。二〇一三年獲得香港藝術發展獎年度最佳藝術家獎（藝術評論）。二〇一五年參加美國愛荷華大學國際寫作計劃。現為香港電台《開卷樂》主持、《聲韻詩刊》及《方圓》編委。

陳麗娟——又名死貓。畢業於香港中文大學及皇家墨爾本理工大學（於香港修讀），分別主修英文和藝術。詩集《有貓在歌唱》獲第十一屆（二〇一一）香港中文文學雙年獎推薦獎，著有詩集《有貓在歌唱》、散文集《不能抵達的京都》。亦從事視藝創作，並育有一貓名普洱。部落格：littledeadcat.blogspot.com。

池荒懸——詩人，《聲韻詩刊》社長，著有詩集《海灘像停擺的鐘一樣寧靜》及《連花開的聲音都沒有》。

胡燕青——畢業於香港大學，主修中、英文。前任香港浸會大學語文中心副教授，設計並教授文學創作科目。三度獲得香港浸會大學頒發的校長盃最佳教學獎。目前為國際基督教機構聖經課程翻譯編輯。已出版十本個人詩集，十二本散文集，兩本短篇小說集，二十多本少年兒童文學作品。曾獲得兩項中文文學創作獎冠軍（詩，散文），兩項基督教湯清文藝獎（優勝獎，卓越成就獎），《好心人》、《剪髮》入選「中學生好書龍虎榜十大好書」，三項中文文學雙年獎首獎（詩，少年小說，散文）。二〇〇三年獲香港藝術發展局頒發「藝術成就獎」（文學藝術）。

余婉蘭——寫小說的人，著有《無一不野獸》。

鄧小樺——詩人、作家、文化評論人，香港文學館總策展人，香港文學館「賽馬會『過去識』本土文學普及教育」計劃總監，文學發表平台「虛詞．無形」總編輯，文學及文化專刊《方圓》總編輯，港台電視節目「五夜講場．文學放得開」主持，於各大專院校及中學兼職任教。著有《眾音的反面》、《若無其事》、《問道於民》、《恍惚書》；編有《自由如綠》、《一般的黑夜一樣黎明——香港六四詩選》等。

查映嵐—寫字的人，專業是當代藝術評論，有時寫散文、訪談、書評、電影隨筆。合著有《農人の野望：大地藝術祭與港日鄉城連結》。

葉輝—文化人、傳媒人。一九五二年生於香港，七〇年代初投身新聞出版事業，曾任多份日報社長；業餘一直參與文學出版、評審、編輯及教育工作；先後在多間大學任兼職講師、主持寫作課程及專題講座。個人著作《浮城後記》、《水在瓶》、《書寫浮城》、《新詩地圖私繪本》、《在日與夜的夾縫裡》皆曾獲得香港文學雙年獎。

王樂儀—香港浸會大學人文及創作系哲學碩士、寫字的人。寫過小說、散文、詩及流行歌詞。人太貪心，藝多不精。

梁莉姿—青年寫作者，著有小說集《住在安全島上的人》、《明媚如是》及詩集《雜音標本》，一畢業就等於失業。

陳苑珊—香港中文大學英文系一級榮譽學士，首部作品《愚木——短篇小說集》獲二〇一七年香港中文文學雙年獎小說組推薦獎，其他作品獲台灣新北市文學獎，及散見於《香港文學》、《香港作家》、《明報》等。二〇一七年旅居南韓寫作，二〇一九年出版《肺像——短篇小說集》；同年任香港美荷樓駐留作家。

陳曦靜—小說集《爆炸糖殺人事件及其他》獲得香港文學季推薦獎。著有小說集《不再狗臉的日子》、《爆炸糖殺人事件及其他》。作品散見於《香港文學》、《文學世紀》、《作家》、《瞄》、《字花》等。

李維怡—香港中文大學新聞及傳播系畢業，後又同校主修人類學獲社會科學哲學碩士，現為香港理工大學應用社會科學系的兼任導師。曾獲二〇〇〇年聯合文學小說新人獎首獎，散文、小說與詩歌散見於《字花》、《文學世紀》、《明報》、《捌a報》。著有《行路難》、《沉香》、《短衣夜行紀》；與李智良、呂永佳等合集《走著瞧》等。這十年主要在香港從事紀錄片創作、錄像藝術教育、各種基層平權運動，現為影像藝術團體「影行者」的藝術總監。

廖偉棠—全職作家，兼職攝影師、攝影雜誌《CAN》主編、文學雜誌《今天》詩歌編輯。曾獲香港青年文學獎，香港中文文學獎；台灣的時報文學獎，聯合報文學獎，聯合文學小說新人獎；馬來西亞花蹤世界華文小說獎及創世紀詩獎。著有詩集《永夜》、《隨著魚們下沉》、《花園的角落，或角落的花園》、《手風琴裡的浪遊》、《波希米亞行路謠》、《苦天使》、《少年游》、《黑雨將至》、《和幽靈一起的香港漫遊》、《八尺雪意》、《半簿鬼語》等，攝影及雜文集《波希米亞中國》（合著）、《我們從此撤離，只留下光》、《衣錦夜行》，攝影集《孤獨的中國》、《巴黎無題劇照》，小說集《十八條小巷的戰爭遊戲》等。

袁兆昌—畢業於嶺南大學中文系，現職教科書編輯。著有《拋棄熊》、《修理熊》、《超凡學生》系列小說、《Jumper籃球王》；詩集《出沒男孩》、《結賬》；散文集《大近視——袁兆昌的文化蒙太奇》。評論作品散見明報《星期日生活》。曾獲青年文學獎、中文文學創作獎。

馬國明—香港文化人、專欄作家、商人。一九八四年，他於香港灣仔莊士敦道創辦曙光書店，是香港一九八〇至九〇年代重要的英文書籍專售書店。馬氏時有在報章發表文化評論，已出版著作：《從自由主義到社會主義》、《班雅明》、《路邊政治經濟學》、《馬國明在讀什麼》及《全面都市化的社會》。

劉綺華—畢業於香港中文大學中國語言及文學系、香港中文大學哲學系文學碩士。曾任職書籍編輯，現從事教育行業。過往寫詩，現以寫小說為終生職志。著有長篇小說《失語》。曾獲二〇一六年香港中文文學創作獎小說組冠軍。

麥樹堅－香港浸會大學中國語言文學系榮譽文學士、哲學碩士，現為香港浸會大學語文中心講師。著有個人散文集《對話無多》、《目白》、《絢光細瀧》；詩集《石沉舊海》；小說集《未了》、《烏亮如夜》；合著小說《年代小說 記住香港》等。曾獲新紀元全球華文青年文學獎、大學文學獎、香港藝術發展獎藝術新進獎（文學創作）、中文文學創作獎及中文文學雙年獎等。

鄧阿藍－原名鄧文耀。早年曾參加端風文社活動而展開寫作。一九七三年獲第二屆青年文學獎新詩高級組獎項，詩作曾於《70年代雙週刊》、《秋螢詩雙月刊》、《中國學生周報》、《大拇指》、《詩風》、《素葉文學》、《新穗詩刊》、《香港文學》、《星島日報》等發表，並在《工人周報》、《年青人周報》、《星島日報》等撰寫專欄。曾任職工廠工人、的士司機，一九八四至一九八八年間兼讀澳門東亞大學公開學院文史學系課程並獲頒文學士學位。一九九八年出版《一首低沉的民歌》詩集。

可洛－原名梁偉洛，曾任職編輯，現為獨立創作人和寫作班導師。著作有《鯨魚之城》、《女媧之門》系列、小說集《繪逃師》、《她和他的盛夏》、《夢想seed》、《末日絮語》、《小說面書》、詩集《幻聽樹》及兒童故事《迴轉壽司選美大會》和《石巨人的心》等。小說《繪逃師》獲第九屆香港中文文學雙年獎小說組推薦獎。

洪曉嫻－詩人。曾任《字花》編輯、青年電台／電視節目主持，著有詩集《浮蕊盪蔻》。

陳德錦－香港大學哲學碩士，香港浸會大學哲學博士。曾任職中學教師、出版社編輯、報刊博欄作家、《新穗詩刊》主編。著作包括《文學散步》、《夢想的開信刀》、《愛島的人》、《盛開的桃金孃》等，曾獲第三及第九屆香港中文文學雙年獎。

淮遠—本名關懷遠。英女王登基那年生於殖民地香港。中學三年級開始寫詩，翌年加入創建實驗學院詩作坊。上大學前開始寫散文。畢業於樹仁學院新聞系，現職新聞系兼職講師，著有詩集《跳虱》、散文集《鸚鵡韆鞦》、《懶鬼出門》、《賭城買糖》、《水鎗扒手》、《蝠女闖關》、《獨行莫戴帽》等。近年更在個人臉書和微博發表作品。

王証恒—畢業於城市大學中文系，曾獲青年文學獎、香港文學創作獎、城市文學獎、大學文學獎。曾任教師、記者、編輯，現為自由撰稿人，作品主要為時事評論、小說，散見於《端》、《字花》、《方圓》等。

周漢輝—曾用筆名波希米亞，信耶穌，香港公開大學畢業。寫詩與散文，獲香港台灣二地多項文學獎及二〇一四香港藝術發展獎—藝術新秀獎（文學藝術）；二〇一〇年出版過詩集《長鏡頭》，近設Facebook專頁「香港公屋詩系」。

張婉雯—畢業於香港中文大學中文系，曾任出版社編輯，現職香港理工大學中文及雙語學系語文導師。曾獲第二十五屆聯合文學小說新人獎中篇小說首獎及第三十六屆時報文學獎評審獎。著有小說《極點》、《為你鍾情銅鑼灣》、《快快樂樂》、《甜蜜蜜》、《微塵記》、《那些貓們》及散文《我跟流浪貓學到的16堂課》等。

樊善標—香港中文大學中文系副教授。研究香港文學、現代散文、建安文學。著有《力學》、《暗飛》、《發射火箭》。

盧勁池—香港詩人，視障者，長年受西醫無法確診的病患所困，致力於透過文學創作、編輯和共融藝術策展等工作，達至殘疾人的自我倡權和文化建設。著有《後遺——給健視人仕．看不見的城市照相簿》、《在熾熱的日光下我所誤讀的一切》。

鍾耀華—畢業於香港中文大學政治及行政學系，曾任香港中文大學學生會會長，現經營元朗生活書社。曾任職端傳媒，喜歡文字喜歡閱讀，一直搞不清楚讀書與寫字，所為何事。

李智良｜著有《白瓷》、《房間》，部分散文及小說作品收錄於《走著瞧：香港新銳作者六人合集》及《香港短篇小說選二〇一〇—二〇一一》。網誌「處決一九三八！」見：oblivion1938.com

我香港，我街道

主編　香港文學館

社長　陳蕙慧
副社長　陳瀅如
責任編輯　陳瓊如（初版）
行銷業務　陳雅雯、趙鴻祐
特約編輯　任容
插畫　莊璇
版型設計　黃暐鵬
內頁排版　宸遠彩藝
封面設計　莊謹銘
印刷　呈靖印刷股份有限公司

出　版　木馬文化事業股份有限公司
發　行　遠足文化事業股份有限公司（讀書共和國出版集團）
地　址　231023 新北市新店區民權路 108 之 4 號 8 樓
電　話　02-2218-1417
傳　真　02-8667-1065
客服信箱　service@bookrep.com.tw
客服專線　0800-221-029
郵撥帳號　19588272 木馬文化事業股份有限公司
法律顧問　華洋法律事務所　蘇文生律師

初版一刷　2020 年 2 月
初版十三刷　2023 年 9 月
定價　480 元

鳴謝　何鴻毅家族基金「藝術・改寫香港」資助計劃

國家圖書館出版品預行編目

我香港, 我街道 / 香港文學館主編 . -- 初版 . -- 新北市 : 木馬文化出版 : 遠足文化發行 , 2020.02
面； 公分
ISBN 978-986-359-759-9(平裝)

855　108022950